DO OUTRO LADO DA PONTE

Mary Lawson

Do outro lado da ponte

Tradução de
MARIA BEATRIZ DE MEDINA

EDITORA RECORD
RIO DE JANEIRO • SÃO PAULO
2009

CIP-Brasil. Catalogação-na-fonte
Sindicato Nacional dos Editores de Livros, RJ.

L45d

Lawson, Mary, 1946-
Do outro lado da ponte / Mary Lawson; tradução de Maria Beatriz de Medina. – Rio de Janeiro: Record, 2009.

Tradução de: The other side of the bridge
ISBN 978-85-01-07909-1

1. Irmãos – Ficção. 2. Vida rural – Ficção. 3. Conflito de gerações – Ficção. 4. Romance canadense. I. Medina, Maria Beatriz. II. Título.

08-5553

CDD – 819.13
CDU – 821.111(71)-3

Título original inglês:
THE OTHER SIDE OF THE BRIDGE

Impresso no Brasil

ISBN 978-85-01-07909-1

PEDIDOS PELO REEMBOLSO POSTAL
Caixa Postal 23.052
Rio de Janeiro, RJ – 20922-970

Para meus irmãos, George e Bill, que amam o norte.

Prólogo

Foi em um verão, quando eram garotos, e Arthur Dunn tinha 13 ou 14 anos e Jake uns 8 ou 9, que durante semanas sem fim Jake insistiu que Arthur brincasse de um jogo que ele chamava de "facas". Na época, Jake tinha uma coleção enorme de facas de todos os tipos, desde pequenos canivetes suíços com dezenas de acessórios até uma faca de caça, fina e comprida, com um sulco em um dos lados para o sangue escorrer. A faca de caça seria a usada na brincadeira, porque segundo Jake era melhor para arremessar.

— Uma vez só, tá? — dizia Jake, dançando descalço no chão do terreiro, jogando a faca de uma das mãos para a outra como um malabarista, pulando depressa para trás quando ela decidia cair com a lâmina virada para baixo. — Vamos lá, uma vez só. Só vai levar um *minutinho.*

— Estou ocupado — dizia Arthur, e continuava com a tarefa que o pai lhe dera. Estavam nas férias de verão e a lista de tarefas era interminável, mas melhor do que ir à escola.

— Vamos — dizia Jake. — *Vamos.* Você vai *adorar*! É uma brincadeira legal. *Vamos!*

— Preciso consertar esta dobradiça.

Jake havia explicado as regras do jogo da faca e era loucura. Deviam ficar de pé, um de frente para o outro, a pouco mais de um metro de distância, e jogar a faca no chão, o mais perto possível do pé descalço do adversário. Era preciso estar descalço, explicou Jake, senão o jogo não fazia sentido. Onde quer que a faca caísse, o adversário tinha de deslocar o pé até ela. A idéia era fazer com que abrisse a perna pouco a pouco, o mais devagar possível. Quanto mais lançamentos, melhor. Quanto menor a distância entre o aço ainda vibrante e a borda externa do pé, melhor. Doideira.

Mas no final, como os dois sabiam que aconteceria, Jake tanto insistiu que convenceu o irmão. Era esta a especialidade de Jake: vencer pelo cansaço.

Em uma noite quente de julho, ao final de um dia longo e escaldante no campo, Arthur estava sentado na soleira da porta dos fundos sem fazer nada, o que era sempre um erro. Jake surgiu pelo canto da casa, viu-o e seus olhos começaram a brilhar. Os olhos de Jake eram azul-escuros, em um rosto pálido e triangular, com o cabelo cor de trigo. Tinha a compleição magra e delgada ("frágil" era a palavra que a mãe usava) e já era bonito, embora não tanto quanto ficaria mais tarde. Arthur, cinco anos mais velho, era grande, lento e pesado, com ombros caídos e um pescoço de boi.

Jake estava com a faca, claro. Sempre estava. Ela ficava em uma bainha especial, presa ao passador de cinto, de modo que Jake estivesse pronto para tudo. Começou a insistir com Arthur na mesma hora, e este acabou concordando só para acabar com a história.

— Uma vez só, tá bom? — disse Arthur. — *Uma só*. Brinco uma vez agora e você não me pede nunca mais. Promete?

— Tá bom, tá bom, prometo! Vamos.

E foi assim que naquela noite quente de julho, com 13 ou 14 anos — de qualquer modo, com idade suficiente para ter juízo —, Arthur viu-se de pé atrás da linha que o irmão mais novo traçara no chão, esperando que lhe jogasse uma faca nos pés nus e vulneráveis. O chão estava quente, mais quente que o ar, e macio como talco. O pó subia entre os dedos sempre que ele andava, deixando-os de um cinza pálido e fantasmagórico. Os pés de Arthur eram largos e carnudos, com marcas vermelhas causadas pelas botas pesadas da fazenda. Os pés de Jake eram finos e compridos, delicados, com veias azuis. Jake quase nunca usava botas. A mãe o achava novo demais para trabalhar na roça, embora com a mesma idade, Arthur não fosse considerado novo demais.

Jake jogou primeiro, porque a brincadeira e a faca eram dele.

— Fique em posição de sentido — disse. Seus olhos estavam fixos no pé esquerdo de Arthur, e ele falava com voz sussurrada. Tinha talento suficiente para a dramaticidade do momento. — Fique com os pés juntos. Não se mexa, haja o que houver.

Pegou a faca pela lâmina e começou a balançá-la frouxamente entre o indicador e o polegar. O indicador descansava tranqüilo no sulco para sangue. Mal parecia segurar a faca. Arthur observava a lâmina. A sua revelia, sentiu o pé esquerdo dobrar-se para dentro.

— Fique parado — disse Jake. — Estou avisando.

Arthur forçou o pé a ficar no chão. Passou-lhe pela cabeça — não de leve, mas de repente, totalmente formada, como uma pedrinha redonda, fria e dura — a idéia de que Jake o odiava. Essa idéia nunca lhe ocorrera antes, e de repente lá estava ela. Mas não conseguia imaginar a razão. Ele é que deveria sentir esse ódio.

A faca balançou mais um minuto, e então, em um movimento único, rápido e gracioso, Jake levantou o braço e lançou-a. A lâmina girou, desenhando arcos velozes e brilhantes no ar, até enterrar-se fundo no chão, a uns 5 centímetros da borda externa do pé de Arthur. Um belo arremesso.

Os olhos de Jake se desviaram do chão, e ele sorriu para Arthur.

— Pronto — disse. — É a sua vez. Leve o pé até a faca.

Arthur moveu o pé para fora, até a borda da faca, e tirou a lâmina do chão. A pele no alto do pé esquerdo pinicava, embora nada a tivesse tocado. Ele se endireitou. Jake estava de pé, encarando-o, ainda sorrindo, braços soltos, pés juntos. Os olhos brilhando. Entusiasmado, mas sem medo. Sem medo porque — e de repente Arthur também percebeu isso — Jake sabia que Arthur nunca se arriscaria a jogar a faca realmente perto.

Arthur imaginou a cara da mãe se ele quisesse provar que Jake estava errado e lhe cortasse uma fatia do dedão. Imaginou o que o pai faria se conseguisse pegá-lo naquela brincadeira estúpida. Não conseguia entender como deixara Jake convencê-lo. Devia estar maluco.

— *Anda* — dizia Jake. — Anda, anda, *anda*! O mais perto que puder!

Arthur segurou a faca pela lâmina, como Jake fizera, mas era difícil relaxar os dedos para fazê-la balançar. Já jogara facas antes e sua pontaria não era muito ruim; na verdade, alguns anos atrás ele e o amigo Carl Luntz, da fazenda vizinha, pintaram um alvo na parede do celeiro e organizaram competições que Arthur geralmente vencia; mas o resultado nunca teve importância. Agora a possibilidade de atingir aquele pé fino com veias azuis parecia enorme. Então, de uma vez só, ele viu a resposta, tão óbvia que só um estúpido como ele não veria antes. Jogar longe. Não tão longe a ponto de Jake adivinhar que era de propósito, mas o bastante para terminar o jogo com rapidez e segurança. Fazer Jake abrir a perna em três ou quatro jogadas. Jake ia rir dele, mas riria de qualquer modo, e assim o jogo acabaria logo e Jake o deixaria em paz.

Arthur sentiu os músculos começarem a relaxar. A faca balançou com mais facilidade. Respirou fundo e arremessou.

A faca fez um círculo desajeitado no ar e caiu de lado, a quase meio metro do pé de Jake.

— Que horror! — disse Jake. — Jogue de novo. Tem de fincar no chão, senão não vale.

Arthur pegou a faca, balançou-a de novo e lançou, agora com mais confiança. Desta vez a faca fincou-se no chão a 25 centímetros do dedo mínimo de Jake.

Jake soltou um som de desagrado. Levou o pé até a lâmina e pegou-a, demonstrando desapontamento e piedade, o que para Arthur estava ótimo.

— Tá bom — disse Jake. — Minha vez.

Pegou a faca pela lâmina e balançou-a para a frente e para trás, olhando rapidamente para Arthur. Quando seus olhos se cruzaram houve uma leve pausa de frações de segundo, na qual a faca hesitou em seu balanço preguiçoso e depois retomou o ritmo. Mais tarde, pensando nisso, Arthur nunca conseguiu decidir se houvera significado nessa pausa — se, naquele instante de contato visual, Jake lera a sua mente e adivinhara o que ele pretendia fazer.

Na época, não pensou em nada porque não houve tempo para pensar. Jake levantou a faca com o mesmo movimento rápido de antes e jogou-a, desta vez com mais força, e mais depressa, e houve apenas um borrão brilhante quando ela girou pelo ar. Arthur viu-se fitando a faca enterrada em seu pé. Houve uma fração de segundo surreal antes que o sangue começasse a jorrar, e então ele veio, escuro e grosso como melado.

Arthur encarou Jake e viu que ele estava fitando a faca. A expressão de seu rosto era de surpresa, e Arthur também pensou nisso depois. Jake estava surpreso porque nunca pensara na possibilidade de fazer um lançamento menos que perfeito? Teria tanta confiança assim em si, tão pouca insegurança?

Ou estava surpreso simplesmente por ser tão fácil ceder a um impulso e concretizar a idéia que tinha na cabeça? Fazer simplesmente o que queria, e que se danassem as conseqüências?

Um

Bombeiros combatem incêndio em floresta
Avião encontra caçador perdido: 40 horas na floresta

TEMISKAMING SPEAKER, MAIO DE 1957

Em uma fazendinha a uns 3 quilômetros de Struan morava uma linda mulher. Era alta e esbelta, com uma cabeleira loura que ela puxava para trás em uma trança grossa e amarrava com o que estivesse à mão — uma fita desfiada, um elástico, um pedaço de barbante velho. Aos domingos, enrolava-o na nuca, em uma bola brilhante, e prendia-o de modo que não se soltasse durante o culto. Seu nome era Laura Dunn. Laura, um nome suave e lindo como ela; Dunn, sobrenome do marido, sólido e comum como ele. Arthur Dunn era fazendeiro, homem grande e corpulento, com um pescoço duas vezes mais grosso que o da esposa, e para Ian, sentado com os pais três bancos atrás, parecia absolutamente desinteressante.

Ian notou Laura Dunn pela primeira vez quando tinha 14 anos — ela esteve presente durante toda a sua vida, mas foi naquele ano que se deu conta dela. Na época, Laura devia ter uns 30 anos. Ela e Arthur tinham três filhos, talvez quatro. Ian não tinha certeza; nunca prestara muita atenção às crianças.

Durante um ano contentou-se em observá-la aos domingos, na igreja; os Dunn iam à cidade para o culto todo domingo, sem falta. Quando

Ian fez 15 anos, o pai lhe disse que devia arranjar um emprego aos sábados e feriados para juntar dinheiro para sua educação futura, segundo a teoria de que apreciamos melhor as coisas quando ajudamos a pagá-las. Ian não conseguia se lembrar se alguém lhe perguntara se queria mais educação — era um dos muitos pressupostos que os outros faziam sobre sua vida —, mas nesse caso específico não discutiu. Pegou a bicicleta e foi até a fazenda dos Dunn.

A fazenda era uma aberração na região de Struan porque Arthur Dunn ainda usava cavalos para lavrar a terra. Não porque não pudesse comprar um trator — a fazenda era bastante próspera — e nem por convicção religiosa, como os menonitas, mais ao sul. Quando lhe perguntavam, Arthur olhava para o chão, pensativo, como se a pergunta nunca lhe tivesse ocorrido, e dizia que gostava de cavalos. Só que ninguém aceitava essa explicação. Todos supunham que Arthur desistira dos tratores anos antes, quando o pai arranjou um e caiu em uma vala e morreu — tudo isso duas horas depois de o trator chegar à fazenda. Até mesmo um cavalo de arado bem novo e pouco inteligente tomaria cuidado para não cair em uma vala. No dia seguinte ao funeral, Arthur livrou-se do trator, atrelou de novo os cavalos e desde então arava com eles.

Ele trabalhava no campo quando Ian chegou à fazenda de bicicleta. O rapaz o viu a distância, rebocado por dois grandes animais de pernas fortes, como a imagem de um cartão-postal de tempos idos. Ian encostou a bicicleta na bomba d'água, que imaginou ser usada apenas para encher o cocho — praticamente todas as fazendas da área, com exceção das mais distantes, tinham água corrente e eletricidade e tinham sido ligadas à rede fazia dois anos, quando levaram os fios até a serraria.

Ian abriu caminho entre as galinhas até a porta dos fundos. Havia a porta da frente do outro lado da casa, mas imaginou que ninguém a usasse. Daria para a sala de estar, onde provavelmente nunca havia ninguém, enquanto a porta dos fundos dava para a cozinha, que era onde tudo acontecia. Podia ouvir Laura Dunn falando enquanto subia os três degraus que levavam à porta. A porta interna estava aberta e deixava sair o som das vozes, mas a porta de tela estava fechada, o que dificultava ver o interior. Ela parecia ralhar com um dos meninos, embora Ian não conseguisse entender as palavras porque havia um bebê chorando. A voz não era ríspida e sarcástica, como tendia a ser a voz de sua mãe quando se incomodava com alguma coisa. Era exasperada, mas ainda gentil e leve, ou pelo menos assim lhe pareceu.

Houve uma pausa no choro do bebê, e Ian, de pé no último degrau e com a mão levantada, prestes a bater, ouviu Laura Dunn dizer:

— Pelo amor de Deus, Carter, você não sabe *dividir*? Não pode ceder a *vez a ela*?

E a voz de um menino:

— Ela nunca divide o que é *dela*!

Uma voz de menininha choramingou:

— Divido, sim!

E o bebê voltou a berrar. Veio o som de uma cadeira sendo arrastada pelo chão e a porta de tela se escancarou, quase derrubando Ian do degrau, e um menino saiu correndo. Ele lançou a Ian um olhar surpreso e zangado antes de pular e desaparecer pelo lado da casa. Parecia ter uns 12 anos, e Ian achou que tinha o tipo de rosto que dá vontade de estapear: o rosto irado e tristonho de um garoto que acredita que o mundo está contra ele.

A porta de tela bateu, fechando-se de novo, e Laura Dunn apareceu por trás. Levou um susto ao ver Ian ali de pé e disse:

— Ah! Ah, oi! Você é Ian, não é? Filho do Dr. Christopherson?

— Sou, sim — disse Ian. — É... é que... eu vim falar com o Sr. Dunn... sobre um emprego. Será que ele vai contratar alguém no verão? Quero dizer, todos os dias no verão, mas talvez aos sábados agora, e depois todos os dias quando começarem as férias?

Ele se sentiu corar. Cuspia as palavras porque ela estava tão perto, a poucos centímetros de distância do outro lado da porta de tela, e olhava para ele, apenas e diretamente para ele, com aqueles olhos suaves e maravilhosos, olhos que ele notara que pareciam sempre sombrios, como se contivessem mistérios profundos e insondáveis ou — a possibilidade lhe ocorreu então, com o choro do bebê e o comportamento das crianças — como se estivesse o tempo todo cansada.

— Ah — disse ela. — Ah, é, é verdade, acho que ele vai gostar da ajuda. Um minutinho, Ian, eu vou sair. Um minutinho.

Ela sumiu. Ian ouviu-a dizer alguma coisa a alguém e depois reapareceu com o bebê no colo. Havia uma garotinha atrás dela, que recuou quando o viu ali de pé. Ele desceu os degraus e Laura saiu, ninando o bebê no quadril, suavemente, para cima e para baixo. O bebê era gordo e assexuado, como todos os bebês, e tinha lágrimas redondas e pouco convincentes rolando pelas bochechas. Ele e Ian olharam-se, e o bebê meio que fungou, como se não ficasse lá muito impressionado com o que via, e meteu o polegar na boca.

— Pronto, pronto — disse Laura, acariciando-lhe com os lábios o alto da cabeça. — Assim é melhor. Esse é Ian. Diga oi a Ian.

— Oi — disse Ian, e sorriu com cautela para o bebê. Este encarou-o e depois se encolheu e enterrou o rosto nas pregas do vestido de Laura, a mão livre agarrando-lhe possessivamente o seio. Ian olhou depressa para os pés.

— O problema é que você vai ter mesmo de conversar com Arthur — disse Laura. — Agora ele está arando. — Ela apontou com a cabeça a imagem de cartão-postal do marido. — Se quiser ir até lá pra falar com ele, basta seguir aquela trilha. — Ela olhou com desconfiança a bicicleta de Ian. — Só que acho melhor você ir a pé. Os cavalos esburacam um pouco o caminho... Mas tenho certeza de que ele vai ficar contente... É tão difícil arranjar ajudantes. Hoje em dia ninguém sabe cuidar de cavalos. — Ela sorriu para ele. — Mas talvez você goste deles. Foi por isso que veio?

— É, mais ou menos — disse Ian. Nem pensara no trabalho da fazenda, no serviço que viera pedir. Tanto fazia se Arthur Dunn atrelasse um alce ao arado. Naquele momento, toda a sua atenção concentrava-se em não olhar para o bebê, que agora, inacreditavelmente, enfiara a mão no vestido da mãe e cutucava o que encontrara lá dentro, fazendo o tempo todo barulhinhos impacientes com os lábios.

Laura soltou a mãozinha suavemente.

— Quietinho — disse para o bebê. Sorriu de novo para Ian, parecendo não notar o embaraço do rapaz. — Volte e me conte o que ele disse, está bem?

Ian fez que sim, a cabeça transbordando com a proximidade dela, sua *presença* avassaladora, e desceu pela trilha lamacenta até onde Arthur Dunn arava, subindo e descendo pelos sulcos atrás de seus cavalos. Arthur Dunn, tão sólido, tão obtuso, obviamente tão pouco merecedor daquela esposa. Arthur Dunn, que, ao ver Ian se aproximar, parou os animais e cruzou o campo para encontrá-lo e disse que, claro, com certeza, precisava de um ajudante. Ian gostaria de começar no sábado seguinte?

* * *

O avô de Ian fora o primeiro médico a morar em Struan e, quando atendeu ao anúncio "*Procura-se médico*" publicado em uma revista médica de Toronto, o povo agradecido da cidade construiu-lhe uma casa um quarteirão a oeste da Rua Principal, a uns 200 metros do lago. Era uma bonita estrutura de madeira, pintada de branco com detalhes verdes, com gramado nos quatro lados e uma cerca de madeira. Nos primeiros tempos, havia um bom estábulo também pintado de branco para o cavalo e a charrete a 20 metros da casa. Depois, o primeiro Dr. Christopherson comprou um Buick conversível, que passou a fazer parte da sua imagem, tanto quanto a antiga maleta de couro preto, e acrescentou-se uma garagem ao lado do estábulo. Ele manteve o cavalo para usar no inverno, quando as estradas próximas a Struan só podiam ser percorridas de trenó. Às vezes, ainda ouviam seu filho, o atual Dr. Christopherson (que também tinha um Buick, embora o seu fosse um sedã), lamentar não possuir mais o trenó, dado o estado da única máquina tira-neve da cidade.

Como tudo o mais, a construção da casa fora uma declaração de fé do povo de Struan. Até então, quem precisasse de um médico tinha de ir a New Liskeard; e, provavelmente, quem precisasse tanto de um médico a ponto de fazer a viagem até New Liskeard não teria condições para isso. Ter o próprio médico era sinal de que a cidade ia bem. No pequeno intervalo decorrido entre a última demão de tinta e a chegada do Dr. Christopherson, o povo de Struan inventava desculpas para ir até a casa e admirá-la. Passavam pela casa e pensavam: este aqui não é um povoado do Norte nascido de improviso em torno de uma serraria; uma cidade capaz de construir uma casa como essa para seu médico surgiu para ficar.

Ian conhecia a maior parte dessa história pessoal e cívica e, no que lhe dizia respeito, o avô devia ser doido. Imagine sair voluntariamente de uma cidade como Toronto para morar em um lugar caipira como Struan. E, embora pudesse desculpar o erro do avô com base na ignorância — talvez não fizesse a mínima idéia do lugar para onde ia —, essa desculpa não valia para o pai de Ian. Este nascera e crescera em Struan e conseguira escapar, mas, depois de morar quase uma década em Toronto — onde trabalhou no Hospital Infantil até se formar em medicina —, *voltara a Struan* para ocupar o lugar do pai. Ian não conseguia entender isso. Por que alguém faria uma coisa dessas? O que era Struan além da serraria? Um pobre amontoado de lojas enfileiradas em uma rua principal empoeirada, sem nada nelas que valesse a pena comprar. Algumas igrejas. A Hudson Bay Company. A agência do correio. O banco. O restaurante Harper's. O bar Ben's. Um hotel — porque, por incrível que pareça, tinha gente que ia passar férias em Struan — e uma pequena aglomeração de casas de veraneio perto do lago. O lago era o único patrimônio da cidade, na opinião de Ian. Era grande — 80 quilômetros de comprimento, de norte a sul, e quase 30 de largura — e fundo, e muito límpido, cercado por morros baixos de granito com abetos e pinheiros castigados pelo vento. Suas margens eram tão rasgadas de baías, enseadas e ilhas que seria possível passar a vida toda explorando-as sem chegar a conhecer metade delas. Quando Ian sonhava em ir embora da cidade, coisa que agora fazia o tempo todo, só a idéia de abandonar o lago o incomodava. O lago e Laura Dunn.

Ele estacionou a bicicleta na varanda de casa, subiu os degraus largos de madeira até o pórtico e entrou. A porta do consultório do pai estava fechada e podiam-se ouvir vozes do outro lado, mas a sala de espera estava vazia. Ian sentou-se em uma das 12 cadeiras velhas e gastas encostadas na parede e folheou um exemplar velho da *Reader's Digest* enquanto pensava em Laura Dunn. O modo como as mechas de seu cabelo fugiam do elástico e flutuavam em torno do rosto. Aqueles olhos sombrios. Os seios. Ele notara — não pôde deixar de notar — que na frente do vestido havia dois círculos molhados, onde vazara o leite.

A porta do consultório se abriu e Ted Pickett, dono da loja de ferragens, saiu com o braço na tipóia. Cumprimentou Ian com a cabeça e sorriu num esgar, e Ian sorriu de volta. Os pacientes entravam na casa pela porta lateral, mas tanto o consultório quanto a sala de espera ficavam ao lado do vestíbulo; portanto, durante a vida toda acostumara-se a ver gente entrando e saindo em vários graus de sofrimento e aperfeiçoara sua reação.

— Ele acha que não está quebrado — disse Ted Pickett.

— Que bom — disse Ian.

— Ele acha que está só deslocado. Mas dói muito.

Ian fez um sinal de empatia com a cabeça.

— O senhor caiu da escada?

Na loja de ferragens havia uma escada com rodinhas que o Sr. Pickett arrastava de um lado para o outro, para pegar pregos, porcas, cantoneiras ou dobradiças: uma promessa de acidente a cada instante.

— Foi — disse o Sr. Pickett, parecendo surpreso. — Como sabe?

— Eu só... é... imaginei — disse Ian, com educação.

Quando o Sr. Pickett saiu, bateu à porta do pai e entrou.

— Arranjei um emprego — disse.

O pai estava de costas. Enrolava ataduras e guardava-as cuidadosamente de volta na gaveta. A escrivaninha vivia cheia de papéis — anotações sobre pacientes, revistas médicas, contas —, mas as ferramentas do ofício ficavam sempre bem guardadas.

— Foi rápido — disse.

— Na fazenda de Arthur Dunn — disse Ian. — Ele falou que posso começar no sábado.

O pai virou-se, tirou os óculos e piscou.

— Na fazenda de Arthur Dunn?

— É, sabe... pra fazer... trabalho na roça.

— Trabalho na roça. — O pai concordou de leve com a cabeça, como se tentasse imaginar a cena.

— Achei que ia gostar de trabalhar ao ar livre — disse Ian.

O Dr. Christopherson pôs de novo os óculos e olhou pela janela. Começava a chover.

— É... — disse meio em dúvida. — Bom... Se é o que você quer... Arthur é boa pessoa. — Olhou duvidoso para Ian. — É trabalho duro, você sabe.

— Sei — disse Ian.

— Viu os cavalos?

— Vi.

— Animais magníficos.

— É — disse Ian, embora mal os tivesse notado.

Ele e o pai sorriram um para o outro, contentes por estarem de acordo. Em geral concordavam, ao contrário de Ian e sua mãe.

Em seguida foi contar à mãe, que estava na sala assistindo a *I Love Lucy*. Dois meses antes, a televisão finalmente — finalmente! — chegara a Struan, provando, se é que era necessária alguma prova, que tudo ali era atrasado. A princípio, a mãe de Ian não gostara, mas agora assistia mais do que ele. De fato, ultimamente parecia assistir à televisão o tempo todo. Ela deveria estar trabalhando com o pai — era sua enfermeira —, mas, sem contar uma ou outra emergência, fazia semanas que Ian não a via no consultório.

— Mãe? — disse ele, de pé na porta. Ela estava daquele seu jeito ausente; ele sabia, embora não visse seu rosto. Nessa época ela só tinha dois estados de espírito: ausente ou irritada. E, se estava em um deles, invariavelmente ele preferia o outro.

— Mãe? — disse outra vez.

Ela virou um pouco a cabeça, sem desgrudar os olhos da tela.

— Arranjei um emprego — disse Ian.

Ela virou-se um pouco mais e encontrou seus olhos; ele viu o olhar vidrado esmaecer quando ela o focalizou.

— O que foi? — disse ela.

— Eu disse que arranjei um emprego.

— Ah — disse ela, e sorriu para ele. — Que bom. — E virou-se de novo para a televisão.

Ian esperou um minuto, mas não houve mais respostas; foi então à cozinha ver a reação da Sra. Tuttle. Ela empanava pedaços de frango para o jantar, mergulhando cada um deles em uma tigela de ovos batidos e depois passando-os de lá para cá em um prato cheio de migalhas.

— Arranjei um emprego, Sra. Tuttle — disse Ian.

— É mesmo? — disse ela, pondo um peito empanado no tabuleiro e pegando uma coxa pálida e de aparência escorregadia da carcaça retalhada na tábua de carne. — Que ótimo. Onde?

— Vou ajudar o Sr. Dunn na fazenda.

Ela parou e virou a cabeça para olhá-lo. Os óculos tinham respingos dos pratos do dia — uma polvilhada de farinha dos biscoitos do chá, um pouquinho de manteiga, algumas migalhas e até o que parecia ser uma lasca de casca de cenoura.

— Céus! — disse ela, baixando a cabeça para olhar por cima das lentes. — Por que você quer um emprego desses? — Era isso o que ele esperava que ela dissesse, logo, de certa forma, foi satisfatório, e assim ele sorriu e deixou a cozinha.

A mãe ainda estava diante da televisão quando passou pela porta da sala a caminho da escada; *I Love Lucy* acabara e ela assistia a um programa em francês. Isso pareceu meio estranho a Ian, porque ela não sabia francês. Perguntou-se se a mãe de alguém assistia à televisão durante o dia. Era difícil saber. As mães da maioria de seus amigos eram mulheres de fazendeiros e não tinham tempo para sentar-se, muito menos para assistir à TV. Mas sua mãe nunca fora igual à mãe de ninguém. Ela não era do Norte; era de fora, vinha de Vancouver.

Usava sapatos bonitos de salto, mesmo em casa, e saias com suéteres combinando, e arrumava o cabelo em ondas soltas, em vez dos cachinhos apertados das mães dos amigos. À noite, ela, Ian e o pai comiam formalmente na sala de jantar, em vez de na mesa da cozinha. Usavam guardanapos — finos guardanapos de linho branco, lavados, engomados e passados pela Sra. Tuttle toda segunda-feira. Ian suspeitava de que ninguém mais, em toda Struan, teria a mínima idéia do que fazer com um guardanapo.

* * *

Uma coisa boa no humor recente da mãe era que os jantares eram rápidos e indolores. No passado eram difíceis, porque ela insistia em manter o que chamava de "conversa civilizada" enquanto comiam. Segundo ela, era para isso que servia a refeição da noite: para que as famílias se reunissem e trocassem opiniões e experiências em um ambiente agradável. Talvez fosse bom se Ian tivesse meia dúzia de irmãos ou irmãs para dividir o fardo de pensar no que dizer, noite após noite, mas ele era filho único. Não via por que não podiam ler à mesa. Preferia ler e sabia que o pai também — dava para ver pelo ar melancólico e desfocado de seus olhos. Ansiava por mergulhar em um artigo sobre a nova ameaça da poliomielite em áreas rurais ou sobre o novo remédio milagroso, ou sobre um novo tipo de curativo cirúrgico que não grudava nos ferimentos. No caso de Ian, seriam revistas de pesca: um lúcio de 25 quilos capturado no rio French, os prós e os contras de arrastar ou lançar a linha, a última palavra em equipamento de pesca. Imaginava-se a si e ao pai, ombros encolhidos, queixo a 15 centímetros do prato, com garfadas distraídas, alegremente absortos na palavra impressa. A mãe poderia folhear um dos seus catálogos da Eaton's. Por que não? Seria muito mais descontraído e pelo menos tão amigável quanto a encenação que tinham de fazer toda noite em nome da união familiar.

Mas nos últimos tempos parecia que ela perdera o interesse pela conversa, fosse civilizada ou não. Às vezes ainda tentava, meio desanimada, fazer a coisa andar com perguntas como "Então, o que fizeram hoje?", mas naquela noite nem isso ela tentou. Os três comeram mais ou menos em silêncio (ele e o pai com os olhos fitos na média distância enquanto mastigavam, pensando nas coisas que gostariam de ler) e depois todos pediram licença, levantaram-se e foram cada um para seu lado.

Ian pegou a bicicleta e seguiu para a reserva. Chovera forte por uns dez minutos mais ou menos enquanto comiam, mas agora o tempo abrira e o ar da noite estava limpo e fresco. As nuvens afastavam-se para o lago e o céu pálido brilhava nas poças ao lado da estrada. A Rua Principal — único caminho para sair da cidade — estava deserta. As lojas fechavam exatamente às 17h30 e a população inteira de Struan ia para casa jantar. Essa era uma das características da cidade que exasperavam Ian — o jeito como tudo morria à noite. Os únicos lugares que ficavam abertos eram o restaurante Harper's, que servia refeições até as 18h30 — até as 19h nas sextas-feiras — e o bar Ben's. O bar Ben's era o que havia em Struan de mais parecido com um covil de iniqüidade. Todas as noites de sábado enchia-se de homens da madeireira rio acima, que vinham à cidade para gastar em bebida o salário da semana. Caíam de bêbados, causavam ao sargento Moynihan e ao pai de Ian um monte de problemas e depois voltavam à floresta, e a cidade retornava ao seu estado banal e previsível de sempre durante mais uma semana.

Durante muitos anos Ian nem pensou na cidade, porque era tudo o que conhecia, mas no verão anterior a mãe o levara para passar uma semana em Toronto e os seus olhos se abriram. O que mais o impressionou não foi o tamanho da cidade, nem o barulho, nem mesmo os prédios — isso tudo ele já esperava. O que o atingiu com mais força foi o fato de, ao descer a rua, não conhecer ninguém. Milhares e milhares de estranhos. Achou isso espantoso. Libertador! Completamente diferente de Struan, onde todo mundo conhecia todo mundo desde o nascimento. E para ele era pior do que para a maioria, porque seu pai era propriedade pública — era o "nosso médico", como o chamavam — e tinha consultório em casa. Mas Ian notara que não chamavam sua mãe de "nossa enfermeira". Chamavam-na de Sra. Christopherson, e só. Ele sabia que todos tinham um pouco de medo dela. Ela era um tanto ríspida. Dizia: "O doutor é um homem ocupado, Sra. Shultz. Use o seu bom senso."

Mas pareciam achar que o pai de Ian era deles, e a casa dele também, e talvez — mais ou menos desde o ano anterior começara a sentir isso —, talvez o próprio Ian. Praticamente todo mundo em Struan já estivera na sala de espera do médico uma vez ou outra, aguardando que ele lhes examinasse a garganta dolorida ou lhes costurasse pedaços dos dedos, e enquanto esperavam viram Ian crescer. Muitos entre os mais velhos deviam ter visto também o pai crescer; tinham-no visto engatinhar pelo mesmo assoalho de madeira em que Ian engatinhara, ficar maior a cada dia e se transformar aos poucos no seu médico. Ian começava a suspeitar de que pensavam nele do mesmo modo. Cada vez mais sentia que as pessoas o olhavam e logo pensavam: lá vem mais um. O próximo Dr. Christopherson.

Na verdade, na semana anterior o velho Sr. Johnson, que levara um tiro nos dedos dos pés havia quarenta anos, na Batalha do Somme, e se arrastava com a ajuda de duas bengalas, parara-o na rua e perguntara-lhe se tinha "mais daquelas pílulas". Ian respondera: "Acho que o senhor devia falar com meu pai, Sr. Johnson", e o velho pareceu confuso. Ficou parado no meio da rua, piscando para Ian, a boca escancarada com o esforço de entender o que ouvira. Ian pensou: "Ah, por favor! Eu só tenho 15 anos!" Mas todos diziam que ele se parecia muito com o pai, a mesma compleição escandinava de ossos grandes, o mesmo cabelo claro. Talvez, com a vista fraca, fosse difícil perceber a diferença. Acabou ficando com pena do velho e levou-o de volta para a calçada antes que fosse esmagado por um caminhão carregado de troncos, e disse-lhe que falaria com o pai sobre as pílulas.

Mas o incidente o irritou. No caso do Sr. Johnson, podia ser questão apenas de confusão e vista fraca, mas fez com que percebesse o pressuposto — tácito, mas repentinamente óbvio — de que seguiria os passos do pai e do avô. Como se não tivesse opinião sobre o assunto, nenhuma idéia própria.

Pensou em morar em Toronto, ou Vancouver, ou Nova York. Imagine só a liberdade. A gente pode ser quem quiser. Ninguém espera nada da gente, ninguém sabe quem são nossos pais, ninguém se preocupa se a gente é neurocirurgião ou imbecil. Só que para onde quer que fosse teria de existir um lago por perto, ou pelo menos um rio. Não conseguiria morar longe da água.

Ian pedalou pela Rua Principal até os arredores de Struan, o que levou três minutos, e então desceu a estrada rumo à Reserva de Ojibway, o que levou mais uns cinco. A reserva se estendia pela orla de uma baía, com uma ponta de terra enfiando-se pelo lago entre ela e Struan, uma barreira tanto simbólica quanto geográfica. A estrada perdia a pavimentação uns 800 metros antes de chegar à reserva, e a terra era tão baixa que só havia juncos e insetos — moscas pretas aos milhões no início do verão e depois mosquitos tão grandes que agüentariam carregar pessoas. Mas a loja da reserva, onde morava Pete Corbiere, ficava bem junto ao lago, o que lhe dava o benefício do vento e de menos insetos do que o resto. Quando Ian chegou, o avô de Pete estava sentado nos degraus, fumando e olhando a floresta. Tinha cicatrizes nos dedos de tanto deixar os cigarros queimarem demais.

— Oi — disse Ian, encostando a bicicleta em uma árvore.

O Sr. Corbiere fez um gesto de cabeça como saudação.

— O senhor parece ocupado — disse Ian. Gostava do velho, mas nunca sabia direito como falar com ele; havia vários anos decidira-se por uma jocosidade meio sem jeito que não o contentava mais, mas que não conseguia abandonar.

O Sr. Corbiere assentiu de novo com a cabeça.

— Um duro danado — concordou. — A sua vara de pescar está lá dentro. Guardei por segurança. Os garotos estavam brincando com ela.

— Ah — disse Ian. — Obrigado.

— Como vai seu pai?

— Bem, obrigado, Sr. Corbiere. — Procurou em volta algum sinal de Pete. — Pete já saiu?

O velho apontou o lago com a cabeça.

— Obrigado — disse Ian de novo. — Onde está a vara?

— No quarto de Pete.

Ian contornou com cuidado o quadril largo do Sr. Corbiere e subiu os degraus para entrar na loja. Estava escura e cheirava a mofo. Um gigantesco congelador tipo cofre murmurava solitário, encostado na parede. Em certas épocas do ano, o congelador ficava cheio de caça — coelhos, às vezes ainda sem esfolar; pedaços de veado, patos, gansos, certa vez um castor inteiro, o rabo achatado e esticado. Ao lado do congelador imenso havia outro menor, cheio de peixe e, ao lado deste, um menor ainda, para sorvetes e picolés. Na parede dos fundos havia algumas prateleiras com latas — feijões, pêssegos em calda, picadinho de batata. Em uma prateleira embaixo havia três pães de forma embalados. Na outra ponta da loja ficava o setor de ferragens — fósforos, anzóis, pilhas, arame para armadilhas, mata-moscas, machados, meias de lã. Nada de mocassins com miçangas. Os mocassins com miçangas eram vendidos ao lado da estrada, em barraquinhas rústicas, junto com caixas decoradas com papel enroladinho, canoas de casca de bétula em miniatura e totens de 15 centímetros. As barraquinhas propriamente ditas eram anunciadas por cartazes enormes que mostravam chefes indígenas de aparência severa com pintura de guerra e grandes cocares. Os Ojibway nunca tinham usado cocares e os totens eram do litoral oeste do Canadá, a quase 5 mil quilômetros dali, mas os turistas gostavam, então foram adotados. “Não quero desapontar ninguém”, dizia o velho.

Ian empurrou uma fileira de tiras de plástico penduradas em um portal e foi para os fundos da loja. Pete e o avô moravam ali. A loja pertencia a um escocês — segundo o pai de Ian, todas as reservas do país tinham lojas pertencentes a escoceses — que deixava Pete e o avô morarem ali em troca de cuidar da loja. Havia dois quartos, um banheiro e uma cozinha, que consistia em pia e fogão, na ponta do corredor. O quarto de Pete era pequeno, quadrado e absurdamente bagunçado:

roupas, papéis de chiclete, livros de escola, raquetes de neve que deviam ter sido guardadas em março, revistas de mulher pelada abertas como se o velho não fosse ligar — e provavelmente não ligava. A vara de pesca de Ian estava de pé em um canto, parecendo nova, brilhante e bem deslocada ali. Ele a pegou e saiu de novo. O Sr. Corbiere acendera outro cigarro. Ian passou por ele.

— Obrigado, Sr. Corbiere.

— Pegue um grandão.

Ian sorriu.

— Vou tentar.

Assim que desceu até a margem, só precisou de alguns segundos para avistar o *Queen Mary*. O barco estava do outro lado da baía, perto do banco de areia na embocadura do rio — um bom lugar para achar lúcios na primavera. Por algum truque da luz o velho barco a remo parecia flutuar um pouco acima da superfície da água, como se fosse um navio-fantasma ou tivesse saído de um sonho. Ian observou-o um instante, e a forma imóvel de Pete dentro dele. A noite estava muito calma e a água brilhava como prata fosca.

Pôs as mãos em concha ao redor da boca e gritou. O som voou pela água e a pessoa no barco se mexeu e levantou a mão em reconhecimento. Então ouviu-se o distante put-put-put do motorzinho e o barco virou em sua direção. Ian andou até a ponta do ancoradouro.

— Como está indo? — perguntou, quando Pete chegou mais perto. O cheiro de gasolina e peixe que subia do barco o atraía.

— Mais ou menos — disse Pete.

O barco deslizou ao longo do ancoradouro e Ian embarcou, evitando meia dúzia de trutas faiscantes no fundo. Pete se afastou e voltou cruzando a baía. Quando chegou ao banco de areia, desligou o motor. As ondas brancas em sua esteira alcançaram-nos, balançando o barco suavemente e seguindo em frente.

— Não posso ficar muito tempo — disse Ian desatento, escolhendo uma boa isca na caixa de equipamento. — Preciso estudar. Temos prova de biologia amanhã.

Pete prendeu uma isca artificial no anzol e deixou-o cair pelo lado do barco. E disse:

— As suas prioridades estão na ordem errada, rapaz.

— Eu sei, eu sei. — A caixa de equipamento estava em situação parecida com a do quarto de Pete: iscas e pesos e anzóis e pedacinhos de pele e penas, tudo misturado, com alguns besouros mortos para completar.

— Talvez se passem cem anos — disse Pete, dando um puxão forte na linha e içando uma perca. — Talvez até duzentos, para a gente ter outra noite perfeita para pescaria como esta. Mas sempre, sempre vai haver outra prova.

— Grande verdade — disse Ian. Ainda assim, teria de voltar a tempo de dar uma olhada no livro. Ele e Pete adotavam a mesma política, desenvolvida e aperfeiçoada com o passar dos anos, de só estudar o suficiente para não ter problemas, mas no caso de Ian, por ser filho do médico, a expectativa dos professores era irritantemente elevada.

Pescaram. Pete usava um caniço simples, uma varinha com a linha amarrada e peixinhos minúsculos ou insetos como isca, ou às vezes só o anzol, um peso e um pouco de pele de veado. Ian usava sua vara de pescar, que era boa, presente de aniversário dos pais. Se aquela fosse uma noite igual às outras, e seria, pegaria um peixe a cada quatro ou cinco de Pete. Se trocassem de equipamento, Pete continuaria a pescá-los e Ian continuaria a não pegar quase nada. Este era um fato da vida, e ele o aceitara havia muito tempo.

Tinham-se conhecido na pescaria; Ian não sabia ao certo se recordava mesmo ou se fora o pai que lhe contara a história algum tempo depois. Foi antes de entrarem na escola, logo deviam ter uns 4 ou 5 anos. O pai de Ian queria ensiná-lo a pescar e o levara até a Baía do Rio Manso. No banco de areia, na embocadura do rio, viram outro barco, onde estavam Pete e o avô, também no meio de uma aula de pesca. O pai de Ian conhecia o avô de Pete, assim como conhecia todo mundo em um raio de mais de 100 quilômetros, e foi até lá dizer alô, e os dois homens começaram a conversar. Pete e Ian olharam-se de cima a baixo, as linhas de pescar penduradas na água, e enquanto estavam ocupados nisso as linhas foram mordidas. Houve alguns minutos de caos — disso Ian se lembrava —, respingos voando, os barcos balançando enlouquecidos, os dois homens tentando ajudar sem parecer que estavam ajudando e, quando os peixes foram finalmente içados e levantados para que os admirassem, o de Pete era um lúcio de 35 centímetros e o de Ian um peixinho de meio palmo. Nenhum dos meninos foi capaz de entender por que os dois homens riram tanto — o avô de Pete tinha lágrimas correndo pelo rosto. Mas os meninos levantaram suas presas, triunfantes, sorrindo um para o outro pela amurada dos barcos, dois meninos magrelos com a barriga protuberante, pescadores pelo resto da vida. O fato de que daí em diante Pete continuou a pegar os grandes e Ian continuou sem pescá-los era apenas natural.

Ian puxou a linha, verificou a isca e levantou-se para lançar de novo. Balançou a vara da frente para trás, ouvindo o molinete sibilar enquanto a linha se movia, e deixou-a voar. A isca navegou pela água e depois afundou, leve como uma gota de chuva. Nada mau. Começou a puxá-la lentamente, a linha desenhando um V delicado na superfície da água.

— Arranjei um emprego hoje — disse dali a pouco.

— É? — disse Pete.

— É. Meu pai disse que eu devia trabalhar neste verão. Aos sábados também.

— Ainda vai ter tempo de pescar?

— Claro. Vou trabalhar das 8 às 18h. Ainda vou ter as noites livres.

Pete concordou com a cabeça. Cuidava da loja no verão enquanto o avô servia de guia a turistas que se imaginavam homens da floresta e adoravam a idéia de ter um guia índio em carne e osso. "Encontrei um velho índio na floresta ao norte de Ontário", diriam aos amigos quando voltassem aos subúrbios bem-cuidados de Toronto, Chicago ou Nova York, mostrando casualmente a cabeça de urso pregada na parede da sala de jogos. "Conhece o lugar como a palma da mão."

— Vou trabalhar na fazenda de Arthur Dunn — disse Ian de repente. Puxou a linha, verificou a isca e lançou de novo. Sabia que Pete olhava para ele, curioso. — Achei que seria melhor do que ficar confinado na cidade. Tem uma vaga na farmácia, mas eu não estava com vontade de ficar atrás de um balcão o verão inteiro, ouvindo todo mundo se queixar de dor de cabeça.

Silêncio de Pete.

— Ou ouvindo as mulheres se queixarem de... de coisas de mulher — prosseguiu Ian, e parou, perguntando-se de repente se não seria esse o problema da mãe. A menopausa. Já lera sobre isso quando folheava os livros do pai atrás de outra coisa, qualquer coisa que tivesse a ver com sexo. Aquilo tudo lhe pareceu meio indecente. Mas a mãe era nova demais para esse tipo de problema. Era 19 anos mais nova que o pai e tivera Ian com apenas 20 anos. — Ou velhos se queixando de unhas encravadas. Em casa já tem medicina demais.

Mais silêncio. O problema de enganar Pete era que se conheciam havia tempo demais. Um amigo que nos conhece desde os 4 anos nos conhece de verdade, enquanto os pais só pensam que nos conhecem.

Pescaram. Do outro lado da baía ouviram o zumbido de um motor, o som morrendo aos poucos ao contornar uma ponta de terra. O silêncio voltou a se instalar. Então dois pássaros começaram a chamar-se um ao outro, rindo-se de alguma piada melancólica só deles, os gritos tremulando para lá e para cá pela água. A cor refluía das árvores que margeavam o lago, transformando-as de verde-escuras em pretas.

Pete disse, como se não tivessem se passado dez minutos:

— Ficar detrás do balcão é só ficar de pé, cara. Trabalhar na fazenda é *trabalhar*.

Torceu o caniço, parou um ou dois segundos e puxou a linha com força. Uma truta rompeu a superfície a 3 metros dali. Ele a içou e a largou no fundo do barco.

— Você podia arranjar emprego na serraria — disse, pondo outra isca no anzol e jogando-o de volta pela amurada. — Seria a coisa mais fácil do mundo. Todos lá já precisaram do seu pai alguma vez na vida. Em três dias você viraria capataz e em duas semanas seria gerente do lugar. E a grana é boa também. Mais do que Arthur Dunn pode pagar.

— É — disse Ian —, mas quem quer passar o verão inteiro trabalhando para Fitzpatrick? Ainda prefiro Arthur Dunn.

Pete içou uma perca de dez centímetros, pequena demais. Soltou o anzol e jogou-a de volta na água.

— Você podia arranjar emprego de garçom no Harper's. Servir uma xícara de café aqui, pegar uma xícara de café ali. Grana boa, serviço fácil... Ou na biblioteca... Ou no posto de gasolina. — Houve outro puxão em sua linha. Era a perca de novo, o buraco na boca da vez anterior bem visível. Pete levantou-a até o nível dos olhos e disse: — Você não pensa não, cara? — O peixe abriu a boca de espanto. Pete jogou-o de volta pelo lado. — Ou a loja de ferragens. A Woolworth's. O correio. Qualquer lugar seria melhor que uma fazenda. Ainda mais a fazenda de Arthur Dunn.

— A fazenda é legal — disse Ian, suavemente. — Os cavalos até que são divertidos.

— Os *cavalos*? — Pete olhou pra ele, os olhos meio fechados. Então, de repente, sorriu.

— O que foi? — perguntou Ian, na defensiva.

— Nada — disse Pete. — Nada, nada.

Pescaram por mais uma hora, mais ou menos, mas os lúcios não estavam interessados e, quando Pete pegou a perca pela terceira vez, desistiram e voltaram para casa.

Os pais estavam juntos na sala quando Ian chegou. A mãe, sentada em frente à televisão, embora, para variar, não estivesse assistindo, e o pai de pé na porta. Quando ele entrou, os dois desviaram os olhos. Houve uma pausa rápida, e o pai disse:

— Chegou cedo. Os peixes não estavam mordendo?

— Nada que valesse a pena tirar da água — respondeu Ian.

A mãe olhava vagamente para o colo. Devia haver uma migalha ou um fiapo na saia; ela o catou com todo o cuidado, estudou-o alguns instantes e jogou-o no chão.

Dois

Secretaria de Comércio de Toronto visita o norte de Ontário
Gado enlouquece — Homem perseguido até madeireira — Houve tiros

TEMISKAMING SPEAKER, MARÇO DE 1925

A coisa mais antiga de que Arthur se lembrava era estar na porta do quarto dos pais, olhando a mãe deitada na cama. Era dia claro, mas mesmo assim ela estava de cama e Arthur não sabia o que pensar. A cama era muito grande e alta, e Arthur mal conseguia ver a mãe. O rosto dela estava virado para a janela. Então o pai de Arthur gritou do pé da escada que o médico estava chegando, e ela virou a cabeça, e Arthur percebeu que ela chorava.

Então o velho Dr. Christopherson veio, e com ele a Sra. Luntz, mãe de Carl, da fazenda vizinha. A Sra. Luntz deu uns tapinhas na cabeça de Arthur e mandou-o descer, e ela e o médico entraram no quarto da mãe e fecharam a porta. Mais tarde, vieram gritos do quarto. Durante todo esse tempo o pai de Arthur ficou sentado na poltrona da cozinha, com as grandes mãos nodosas abertas sobre os joelhos. As mãos dele pareciam muito estranhas, paradas daquele jeito. Normalmente, quando ele se sentava, elas se ocupavam consertando alguma coisa.

Nas lembranças de Arthur havia apenas esta única imagem da cena, mas mais tarde, ao juntar as partes, ele soube que isso devia ter acontecido mais de uma vez. Três, pelo menos.

Mais tarde houve um longo período em que a mãe ficou de cama, embora não parecesse doente, e nessa época o pai fazia o jantar depois de chegar do campo, à noite. Quase todo dia a Sra. Luntz e outras senhoras das fazendas vizinhas vinham visitar, trazendo comida em grandes pratos cobertos, e assim o pai só precisava esquentá-la. Não foi uma época ruim, pelo que Arthur conseguia recordar. Lembrava-se de que o pai lhe dava um pano de prato e lhe passava a louça para enxugar, dizendo que ele estava fazendo um bom trabalho. Lembrava-se de que levara o jantar da mãe com o máximo cuidado pela escada e o entregara a ela, e ela sorrira e agradecera.

Não conseguia lembrar do que fazia durante o dia, enquanto a mãe estava de cama e o pai trabalhava no campo. Era novo demais para ir à escola, logo deve ter brincado sozinho. Mas lembrava-se claramente do dia em que ouviu a mãe chamá-lo do quarto. Devia ter uns 5 anos na época. Lembrava-se do pânico que percebeu na voz dela e da sensação no estômago — um aperto frio, como uma mão a se fechar — enquanto subia a escada correndo. A mãe estava com os joelhos levantados sob as cobertas. Parecia assustada. Arthur nunca vira medo no rosto de um adulto antes, mas não teve dificuldade em reconhecê-lo.

— Vá buscar seu pai — disse ela. — Diga-lhe que está chegando! Corra!

Aí havia uma imagem além da lembrança: a imagem dele mesmo voando pela borda do campo, os pés tropeçando nos torrões pesados de terra encharcada pela chuva.

— Papai! Papai! — Terror na voz. O que estava chegando? Algo terrível, aterrorizante, e a mãe sozinha em casa sem ninguém para protegê-la.

E então, algumas horas depois, quando escureceu e o médico veio, com a Sra. Luntz outra vez, e ficaram com sua mãe, tornou-se óbvio, pelos gritos que ecoavam pela escada, que não podiam protegê-la melhor que ele ou o pai. Arthur queria ir até o pai e sentar em seu colo, mas teve medo da expressão de seu rosto e do silêncio assustador entre os gritos. Queria ir para o quarto e deitar-se na cama e se encolher ali, mas para isso teria de subir a escada e passar pela porta com os sons horripilantes lá dentro. Então enrolou-se como uma bolinha na outra poltrona e lá ficou, até que muitas horas depois os gritos finalmente pararam. E aí veio outro som, um berro, como um cruzamento de corvo com ovelha, e soube que, fosse lá o que fosse, tinha finalmente chegado e triunfado, e a mãe estava morta.

Só que de manhã lá estava ela, nada morta, de jeito nenhum, mas sentada na cama, sorrindo, segurando um embrulho e dizendo:

— Venha ver, Arthur! Você tem um irmãozinho! Veja seu irmão! O nome dele é Jacob, não é uma gracinha? Pode chamá-lo de Jake.

* * *

Foi então que tudo começou? Antes mesmo que Jake nascesse, com a perda daqueles outros bebês? Quando Jake finalmente chegou, como resultado de tanta dor, medo e sofrimento, seria tão precioso para a mãe que ela quase não conseguia agüentar? Ela o carregava o dia todo, segurando com força, afastando a morte com o cotovelo. Ela amava o novo bebê — ah, como Arthur sabia disso! —, mas o amor parecia consistir principalmente em uma ansiedade agoniada. Arthur a via olhar para Jake com uma expressão quase de desespero, como se achasse que ele desapareceria a qualquer momento, arrancado de seus braços por alguma força obscura. O fato de Jake ser uma criança adoentada, sujeita a resfriados e febre alta, não ajudava em nada. Ou talvez, no fundo, não fosse adoentado — talvez fosse o medo dela. Era só o bebê tossir e ela mandava o pai de Arthur buscar o médico, e seu carro velho sacolejava descendo a estrada, com os limpadores de pára-brisa lutando contra a neve.

— Os bebês são mais fortes do que parecem — era o que o Dr. Christopherson dizia. Dizia isso muitas vezes, com paciência, tentando acalmá-la. Mas ela não era fácil de acalmar. Cada nova fase do desenvolvimento de Jake trouxe toda uma nova hoste de perigos, tantos que Arthur se perguntava como ele próprio sobrevivera. Quando Jake começou a engatinhar, a vida ficou ainda mais perigosa.

— Eu já caí da escada? — perguntou Arthur à mãe quando ela recolheu Jake do patamar de cima; ele estava a alguns metros, mas pela cara da mãe Arthur pôde ver que fora por pouco. Só que ela enterrou o rosto no pescoço de Jake e não ouviu a pergunta.

Mas provavelmente ele, Arthur, fora um bebê grande e forte. Se caísse da escada talvez até ricocheteasse. Jake, com certeza, morreria.

No dia em que Jake deu o seu primeiro passo, Arthur foi formalmente recrutado para a batalha contra as forças do destino. A partir daí, e Arthur sabia que seria uma missão de longo prazo, sua primeiríssima tarefa era proteger o irmão menor. Na verdade, não precisou ser recrutado. Já sabia que a felicidade da mãe dependia do bem-estar de Jake. Arthur adorava tanto a mãe e precisava tanto dela que não tinha opção.

Eis aqui outra imagem: ele e Jake, com uns 9 e 4 anos, brincando no terreiro. Ao lado do celeiro havia uma pilha de caixas vazias, caixotes leves de ripas de madeira que o pai usava para levar alfaces e tomates e outras hortaliças ao mercado de Struan. Arthur construía para si um castelo de caixotes, uma estrutura impressionante de muitos andares, quando Jake arrastou para longe um dos caixotes para seu uso próprio. Alguma coisa, uma sensação de inquietude, fez com que Arthur levantasse os olhos na direção da casa. De onde estava, conseguia ver a janela da cozinha e a mãe estava ali, de pé, os olhos fixos em alguma coisa. No rosto, uma expressão de horror. O coração de Arthur pulou de pânico. Ele seguiu seu olhar e viu que Jake puxara o caixote até o cocho d'água e subiu para ver o que havia dentro. Arthur saiu então aos tropeções de seu castelo e voou, gritando enquanto corria:

— Desça daí, Jake! Desça daí!

A mais de um metro de distância, joga-se sobre o irmão, derrubando-o do caixote e fazendo-o rolar aos uivos pela terra.

A água no cocho tinha apenas uns 20 centímetros de profundidade. Um camundongo conseguiria se afogar — na verdade, às vezes algum se afogava —, mas, com certeza, não uma criança. Foi o que o pai de Arthur disse, ou talvez não tenha dito, talvez só tenha ficado meio perplexo com a confusão quando soube do caso à noite. Para Arthur, ainda feliz com o calor da gratidão da mãe, essa era uma questão menor, já que não agira para salvar a vida de Jake, e sim para resgatar a mãe do medo. De qualquer modo, parecia que o pai estava errado ao duvidar da gravidade do incidente. Uma criança poderia se afogar em 3 centímetros de água, lera a mãe de Arthur em uma revista. Três centímetros de água. Já tinha acontecido.

O pai não discutiu, embora Arthur pudesse ver que ele achava difícil imaginar aquilo. Franziu a testa e estreitou os olhos. Três *centímetros* de água? Examinou as botas. Mas não discutiu. Curvou-se ao conhecimento superior da esposa. Acidentes fatais com crianças pertenciam à área de especialidade dela, até Arthur sabia disso. Havia assuntos que o pai dominava, como a fazenda, e assuntos que a mãe dominava, como o resto todo. Sabia que o pai admirava a mãe por sua inteligência. Ela lia o *Temiskaming Speaker* de ponta a ponta, toda semana, e nas raras ocasiões em que o *Toronto Daily Star* chegava até Struan ela também o comprava. Era ela que escrevia as cartas que tinham de ser escritas e pagava todas as contas. O pai de Arthur sabia ler, desde que não fosse nada muito complicado, e sabia somar direitinho, mas na hora de escrever os dedos eram desajeitados e as letras e números não saíam do jeito certo.

A mãe de Arthur também era melhor para lidar com os outros. Na primavera anterior, quando uma geada tardia matou metade da safra e o pai de Arthur teve de conversar com o gerente do banco, ela foi junto para servir de porta-voz. O pai de Arthur sabia o que era preciso para ajeitar as coisas, quanto dinheiro queria tomar emprestado e quanto tempo levaria para pagar, mas tinha medo de que, no espaço fechado da sala do gerente, as palavras se recusassem a lhe ocorrer e ele ficasse ali de pé, com cara de estúpido. Os homens da família Dunn não eram bons com as palavras.

Portanto, ele confiava na esposa. Aceitou prontamente que havia coisas que ela sabia e ele não, inclusive quanta água é necessária para afogar uma criança.

* * *

Apesar dos temores da mãe e dos desejos ocasionais, cheios de culpa e em geral reprimidos de Arthur, Jake não se afogou nem caiu do telhado nem foi atropelado por um carro, e tornou-se uma criança adorável e radiante. Eram essas as palavras que a mãe de Arthur usava para descrevê-lo. Todo mundo gostava dele — ela também dizia isso. "É porque ele é tão alegre", dizia. "Tão interessado em tudo e em todos."

Arthur estudou seu próprio reflexo no quadrado de espelho do banheiro. O rosto grande e comum, o cabelo cor de lama. Radiante não era a palavra que vinha à mente. Qual seria a palavra certa? Nebuloso, não... Nublado? Sem graça? Era isso. Sem graça. Ele até se sentia sem graça.

Quanto a se interessar por tudo e por todos... bem, não era o caso dele. A maioria das pessoas e das coisas era chata, quando lhes dava atenção. Mas também não achava que Jake se interessasse tanto assim. O irmão só parecia interessado. Ainda bem pequeno, o irmão controlava melhor o rosto do que Arthur; conseguia exprimir o que quisesse, não importando o que acontecia sob a superfície. Conseguia fazer o rosto brilhar de interesse e entusiasmo quando Arthur sabia com certeza que, por dentro, torcia o nariz ou bocejava. É claro que só se dava ao trabalho de fazer isso com os adultos; era a eles que valia a pena impressionar. Cumprimentava a todos os que lhe cruzavam o caminho como se fossem a pessoa de quem mais gostava na face da Terra. Dizia "Oi, Sra. Turner!", e o rosto se iluminava e brilhava, caloroso, quando a grande e gorda Sra. Turner vinha andando e balançando o corpo feito um pato; cinco minutos depois de ela deixar uma moeda na mão dele e seguir balançando rua afora, ele imitava seu jeito de andar e tentava convencer os outros a brincar de "bater e correr" na porta dela.

A Arthur, por outro lado, sempre diziam que parecia mal-humorado. Ele não era mal-humorado, era só o modo como seus traços se arrumavam no rosto. E quando os adultos cruzavam o seu caminho ele abaixava a cabeça, porque não fazia idéia do que dizer.

* * *

— É melhor se cuidar, Arthur — disse a professora. — Seu irmão menor vai pegar você.

Era o primeiro ano de Jake na escola. Arthur estava na sexta série. Tinha de sair para a caminhada de 3 quilômetros até a escola 15 minutos antes do que de costume porque Jake não conseguia andar tão depressa e não podia chegar à escola cansado de correr para acompanhá-lo. Arthur não conseguia entender por que tinham de ir juntos; até onde sabia, não havia perigos no caminho da escola, nenhum rio caudaloso para atravessar, nenhuma montanha para escalar. De vez em quando surgiam ursos na região, mas a freqüência era a mesma de quando ele tinha a idade de Jake e ninguém se preocupara com medo de que ele fosse comido por um urso.

Mas, afinal de contas, havia mesmo com que se preocupar. Nos últimos anos, surgiram estranhos que perambulavam pela estrada comprida que vinha do sul. O povo chamava-os de vagabundos. O pai dizia que procuravam trabalho. Parecia que no mundo não havia mais emprego. De vez em quando, um dos vagabundos batia à porta da cozinha e perguntava se podia ajudar no campo, cortar lenha ou fazer qualquer serviço que fosse necessário, qualquer um. O pai de Arthur tinha pena deles e gostaria de contratar um ou dois, mas não podia pagar; dinheiro era coisa que os fazendeiros, pelo menos os de Struan, nunca tinham muito e agora tinham menos ainda. A mãe de Arthur também tinha pena dos homens e às vezes lhes dava comida, mas também tinha medo deles. Quem sabe o que um homem desesperado é capaz de fazer?

Assim, Arthur foi obrigado a tornar-se guarda-costas do irmão menor, escoltando-o no caminho de ida e volta da escola, protegendo-o de... de quê, exatamente? O que a mãe achava que um vagabundo faria a Jake? Comê-lo? Arthur não conseguia imaginar, mas era melhor não discutir.

Antes que a primeira semana de Jake na escola terminasse, Arthur aprendeu mais uma coisa: estar na escola com Jake não seria coisa fácil. Todas as oito séries tinham aula na mesma sala, oito filas de carteiras, as da primeira série na parede mais perto da porta, as da oitava mais perto das janelas, e assim a comparação entre irmãos era mais ou menos inevitável, e também era inevitável que Jake o ofuscasse de todos os modos.

Por algum tempo, Arthur suspeitou de que saíra ao pai no quesito inteligência. Tudo o que o pai sabia dizia respeito à fazenda, e isso era tudo o que Arthur também viria a saber. Na escola, ele era burro. A mãe lhe dissera que aprender nos livros era importante, e ele tentou, mas nada daquilo fazia sentido. A Srta. Karpinski fazia-lhe alguma pergunta e ele não tinha a menor idéia do que ela falava.

— Sabe definir adjetivo, Arthur? — perguntava, a impaciência já lambendo as bordas da voz, embora ainda não desse tempo para a resposta dele não sair. Ela era muito mais nova que a mãe de Arthur e usava vestidos de gola branca e redonda, e cintos tão apertados que era espantoso que não se quebrasse ao meio. — Vamos, acabamos de ver isso, você não prestou atenção? O adjetivo é a parte da oração que... O que é mesmo que ele faz?

Arthur não fazia idéia.

Jake sabia, é claro. Ficava sentado do outro lado da sala, com os garotos menores, rindo da estupidez de Arthur. Nascera sabendo o que os adjetivos faziam.

Assim, o trabalho escolar somou-se à lista de coisas que Jake sabia fazer e Arthur, não. A lista crescia a intervalos regulares. Jake sabia assoviar, por exemplo, e a boca de Arthur parecia ter o formato errado. Jake sabia andar de bicicleta. O tempo decorrido entre a primeira vez que Jake sentou no selim da bicicleta e o momento em que saiu pedalando, sem ajuda e com controle total, foi de uns três minutos. Mas havia nas bicicletas algo que escapava a Arthur. Ele só conhecia outra pessoa incapaz de andar de bicicleta: o pai, que nunca tentara, porque dizia não ver razão para isso.

Mas o melhor truque de Jake era o modo como conseguia fazer a mãe iluminar-se. Punha os braços em torno dela e abraçava-a com toda a força; Arthur não entendia por que ela gostava tanto disso, considerando como era violento, mas ela adorava, dava para ver. Então, certa noite, Arthur tentou. Foi até ela enquanto ela descascava batatas para o jantar e pôs os braços em torno dela e apertou-a com cuidado, porque sabia que era muito mais forte do que Jake e não queria machucá-la. Ela parou o que estava fazendo e olhou-o, intrigada. E perguntou:

— O que foi, Arthur?

Não parecia zangada, só perplexa.

Ele ficou sem graça. Achou que devia ter feito do jeito errado. Apertado com força demais ou sem força suficiente, ou no lugar errado. Então achou que talvez fosse apenas velho demais, que só garotos pequenos pudessem fazer esse tipo de coisa. Mas Jake não parou de agir assim quando cresceu; os abraços ficaram menos intensos e menos freqüentes, mas ele ainda a abraçava de vez em quando, e o efeito ainda era o mesmo. Era como se ligasse um interruptor e a luz se acendesse dentro dela. Depois ela brilhava durante meia hora.

* * *

— É hora de Jake começar a ajudar — disse o pai de Arthur quando Jake fez 7 anos.

Tinham acabado de jantar. O pai estava sentado de lado na cadeira junto à mesa, remendando um arreio. Usava uma agulha de sapateiro, afiadíssima — ele já se picara duas vezes, e talvez isso lhe tenha dado a irritação necessária para puxar o assunto de Jake —, e forçava-a para dentro do couro com a ajuda de um alicate.

A mãe de Arthur lavava a louça do jantar. Arthur estava na outra ponta da mesa limpando a espingarda, tarefa que o pai lhe confiara quando fez 12 anos e da qual se orgulhava imensamente. O pai o ensinara também a usar a arma e disse que lhe daria 5 centavos a cada coelho ou corvo que matasse, os coelhos por serem bons para a panela e um verdadeiro incômodo perto da plantação, e os corvos por simplesmente não prestarem.

Jake, como sempre, sumira assim que esvaziou o prato. Podiam ouvi-lo lá fora. Criara tanta confusão quando Arthur teve permissão de usar a espingarda e ele não, que a mãe lhe comprara um arco pequeno e algumas flechas na Hudson Bay Company. Ele pintara um grande alvo na parede do celeiro e de vez em quando se ouvia o barulho de uma flecha. Arthur sabia que durante o dia, quando o pai estava no campo e a mãe ocupada em outro lugar, Jake usava um outro tipo de alvo. Amontoava alguns punhados de mato seco na base de um mourão da cerca, enchia meia lata com a gasolina do tanque no celeiro. Punha a lata em cima do mourão, acendia com um fósforo o monte de mato seco e tentava derrubar a lata do mourão com uma flechada. Quando conseguia, ouvia-se um chiado gratificante e as chamas lambiam o mourão da cerca. Ele costumava jogar água no fogo bem depressa, mas mesmo assim alguns mourões estavam ficando bem chamuscados e, mais dia menos dia, o pai ia notar.

Arthur se preocupou com isso. Nos últimos anos, seu papel de protetor do irmão se ampliara para protegê-lo também das conseqüências dos próprios atos. O pai era um homem sereno e era preciso muito para enraivecê-lo, mas Jake aprontava muito, e quando o pai se enfurecia mesmo a visão era apavorante. Arthur só fora repreendido por ele uma vez, por não vigiar direito o fogo em um toco de árvore, e tomava o máximo cuidado para não provocá-lo de novo. Jake fora surrado várias vezes. Exagerava os efeitos o mais que podia, mancando durante dias, mas quem mais sofria era a mãe e, assim, Arthur sofria junto. Além disso, suspeitava de que o pai também sofria; não queria ferir a mulher e a pouparia se pudesse, e isso o deixava ainda mais zangado com Jake. Assim, depois de cada ataque incendiário de Jake, Arthur passou a sair de casa para raspar escondido a madeira chamuscada da base dos mourões. Às vezes tinha de lixá-los para retirar a parte escurecida.

Agora Arthur percebia a relutância na voz do pai quando puxou o assunto da participação de Jake no serviço. Detestava entrar em confronto com a esposa, mais do que detestava os corvos.

— Acho que ele ainda não tem idade suficiente, Harry. — A mãe de Arthur virou-se na pia. — Olhe só pra ele.

— Já olhei pra ele — disse o pai de Arthur, a relutância fazendo sua voz arrastar-se num murmúrio. — Parece bem grandinho para alguns serviços. Alimentar as galinhas. Levar o balde de lavagem pra fora. Coisas assim.

Jake escolheu este momento para voltar do terreiro.

— Você acha que é forte, Jake? — perguntou o pai de Arthur. — Ou ainda é um molequinho?

— Claro que sou forte — disse Jake, sorrindo. — Consigo ganhar do Arthur.

— Arthur deixa você ganhar dele — disse o pai —, logo isso não prova nada. Quero ver se consegue levantar essa cadeira — e mostrou com a cabeça uma cadeira da cozinha. A mãe de Arthur virou-se para observar, ansiosa, as mãos pingando espuma.

Jake agarrou a cadeira pelo encosto e suspendeu-a do chão. Balançou-a de um lado para o outro em arcos apertados, sorrindo para os três.

— Aposto como você não consegue levá-la até a porta — disse o pai, e Jake foi até a porta.

— Isso não prova nada, Henry — disse a mãe.

— Claro que prova. Se ele consegue levantar a cadeira, pode levantar o balde de lavagem.

— Há uma diferença enorme entre levantar uma coisa e levá-la o caminho todo até o celeiro.

— Não é uma diferença tão grande assim. — Ele baixou o arreio e limpou as mãos na frente da camisa, depois pegou o arreio de novo e fitou-o com atenção. Talvez tivesse de se espetar mais uma vez com a agulha antes de continuar.

A mãe de Arthur apertou os lábios. Olhou Jake e disse:

— Vá lá pra fora agora, Jake. Você também, Arthur.

Arthur pôs a arma na mesa com todo o cuidado e saiu atrás de Jake. Fingiram dar a volta na casa e se esgueiraram, colando-se à parede junto à porta da cozinha.

— Ele ainda é só um bebê — dizia a mãe.

Houve uma pausa, na qual Arthur imaginou que conseguia ouvir o pai pensando que havia boa razão para isso. Quando ele disse:

— Arthur já fazia muita coisa com a mesma idade.

— Arthur é bom para trabalhar na fazenda. Jake, não. Não consegue ver isso?

Arthur olhou Jake de esguelha. Jake sorriu. Tinha grande confiança na capacidade da mãe de vencer discussões a seu favor.

A mãe disse, a voz tranqüila, mas cheia de orgulho:

— Não vê que Jake é diferente? Ele é tão inteligente... Ele terá opção, Henry. Terá coisa melhor do que isso.

Arthur podia ouvir o silêncio confuso do pai. O que seria melhor do que isso?

Finalmente, disse:

— Mesmo assim, fazer a parte dele não vai lhe fazer mal. Vai fazer bem. — Ele suspirou e Arthur imaginou-o limpando as mãos na camisa outra vez. — Ele vai crescer mole, Mary, se não trabalhar. Precisa fazer a parte dele. Veja Arthur. Não fez mal nenhum ter algumas tarefas quando tinha a idade de Jake. Ele faz tudo direito e não me lembro de ouvir nenhuma queixa.

Arthur sentiu um orgulho estranho inchar-lhe o peito. Dava valor ao trabalho, era o que todo mundo fazia — pelo menos, todo mundo que conhecia. Seu amigo Carl Luntz trabalhava ao lado do pai, os dois irmãos mais velhos também. Arthur nunca questionara isso. Com certeza nunca esperara ouvir elogios.

Sentiu o olhar de Jake e virou a cabeça para fitá-lo. A boca de Jake estava torcida de desgosto. Os olhos estavam sombrios e Arthur teve dificuldade para entender aquela expressão. Com toda a certeza, não era respeito nem admiração.

* * *

A mãe de Arthur estava errada quando disse que todo mundo adorava Jake. Havia exceções.

— Charlie Taggert jogou meu livro da escola na lama — disse Jake.

Ele e Arthur voltavam da escola. Era setembro, a pior época do ano para Arthur — meses intermináveis de escola à frente, engaiolado em uma sala de aula abafada, em uma carteira pequena demais, enquanto lá fora os bordos chamejavam, vermelhos e dourados, e o ar estava limpo e puro como água da fonte. Lá dentro, o peso de chumbo do tédio; lá fora, o cheiro penetrante da fumaça de madeira e a urgência dos dias cada vez menores. Podia-se farejar a chegada do inverno. Podia-se vê-la na transparência da luz e ouvi-la nos gritos ásperos de alerta dos gansos que passavam no céu. Mais que tudo, era possível senti-la. Durante o dia o sol ainda era quente, mas assim que descia atrás das árvores o calor despencava do ar como uma pedra.

Como os meninos das outras fazendas, Arthur seguia para o campo assim que chegava da escola, na parte da tarde, para algumas horas de colheita antes de escurecer. Junho e julho tinham sido sequíssimos e depois, na colheita do milho, houve uma semana inteira de chuva e foi preciso esperar que a plantação secasse. Agora o tempo estava seco e o pai de Arthur ficava no campo do nascer ao pôr-do-sol. Chegava à noite, coberto de pó e suor, quase cansado demais para comer. Arthur adoraria matar aula e trabalhar o dia todo ao lado dele, mas a mãe proibira e o pai deixou claro que concordava.

Jake ajudava quando lhe ordenavam. Só assim, e nunca em outras ocasiões. E trabalhava tão devagar e com tanta inépcia, e resmungava tanto, que o pai disse que nem valia a pena, embora continuasse pedindo ajuda por questão de princípios. Jake demonstrava tanto interesse pela fazenda quanto se estivesse crescendo na cidade.

— Papai perguntou se você quer ajudar no parto do bezerro — disse Arthur. O pai mandara buscar Jake, achando que pelo menos um parto lhe interessaria. Com certeza todo mundo se interessaria pelo início de uma nova vida.

— Fazer o quê? — Jake brincava com um baralho que achara, ninguém sabia onde. As mãos moviam-se velozes, abrindo as cartas em leque e fechando-as de novo. Lembraram a Arthur asas de passarinho.

— Venha ajudar. Jessie vai ter o bezerro.

— Ela não pode fazer isso sozinha? — perguntou Jake. — Deve poder, senão não haveria vaca nenhuma no mundo, todas teriam morrido que nem os dinossauros.

Foi bom que Jake dissesse isso a Arthur, e não ao pai. Arthur sabia que Jake só estava sendo lógico e fazia o comentário a sério, mas o pai consideraria a observação zombeteira, e as observações zombeteiras de Jake o enlouqueciam.

— Não quer vir nem para olhar?

— Agora não. — Jake arrumou todas as cartas com figuras em uma certa ordem, tão depressa que mal deu para ver o movimento das mãos. — Estou meio ocupado. Talvez mais tarde.

Ele vivia para a escola. A escola e tudo o que acontecia lá, triunfos e desastres, amigos e inimigos. Especialmente inimigos.

— Veja isso! — disse Jake quando iam juntos a pé para casa. Puxou um livro da sacola e o brandiu para Arthur. Estava coberto de lama. Debaixo da lama podia-se perceber a capa verde-escura e o título em letras douradas, *História inglesa*. Arthur lembrava-se dele vagamente. Reis e rainhas às dúzias. Guerras às dúzias também, todas com datas, como se alguém se importasse com elas. A Srta. Karpinski dizia que o objetivo de estudar história era que quem não aprendesse estava condenado a repeti-la, mas, pelo que Arthur podia ver, os livros de história provavam que a gente estava condenado a repeti-la de qualquer jeito, então para quê?

— Veja em que estado está! — Jake abriu o livro mais ou menos pelo meio. Parecia que alguém o pusera em uma poça, com as páginas para baixo, e tirara e botara meia dúzia de vezes. — A Srta. Karpinski vai me matar. — Ele parecia mesmo preocupado.

— Não vai, não — disse Arthur. A Srta. Karpinski adorava Jake. Era a última pessoa da escola que ela mataria.

— Vai, sim! Você sabe o que ela diz sobre os livros!

— O quê?

— Que são sagrados! Que a gente tem de tratá-los com respeito e tudo o mais, porque são chaves que abrem portas.

Arthur não conseguiu se lembrar da Srta. Karpinski dizendo essas coisas, mas parecia mesmo coisa dela. Não devia estar prestando atenção na hora. Parecia que a falta de concentração era um de seus defeitos. Já estava com 14 anos e ainda cursava a oitava série. Já deveria ter ido para o ensino médio, do outro lado de Struan, com Carl e o restante da classe no ano anterior, mas não passara nas provas. Jake, por outro lado, pulara um ano e agora ele e Arthur só estavam separados por duas fileiras de carteiras. Arthur achou esse estado de coisas quase insuportável, e o pior é que parecia que nunca ia acabar. O pai gostaria que ele saísse da escola assim que a lei permitisse, ou seja, no dia em que completasse 16 anos, mas a mãe ficara tão nervosa com seu último boletim que lhe afirmou que ele terminaria o ensino médio nem que levasse a vida toda. O fato é que isso ia mesmo levar a vida toda. Para terminar a oitava série, teria de começar por agradar à Srta. Karpinski, que era juiz e júri na hora das provas. Não conseguia sequer imaginar como agradar à Srta. Karpinski.

Jake ainda abanava o livro na frente dele.

— O que vou dizer à Srta. Karpinski? — perguntou. A voz era aguda, com uma ansiedade que parecia real, embora com Jake nunca se pudesse ter certeza.

— Diga a ela que foi um acidente.

— Mas Charlie Taggert disse que vai fazer de novo! Disse que vai enlamear todos os meus livros se eu não lhe der o dinheiro do leite.

Arthur olhou-o, inquieto. Jake era mentiroso, não dava para acreditar em nada que dizia, mas se, por alguma improvável possibilidade, desta vez fosse verdade e estivesse metido em encrencas e descobrissem que Arthur soubera e não ajudara, a mãe nunca o perdoaria.

— O que quer que eu faça? — perguntou, relutante.

— Bata nele — disse Jake na mesma hora. — Ele é um valentão metido.

A testa de Arthur franziu-se. Charlie Taggert era inteligente, usava óculos e Arthur não gostava dele, mas não parecia um valentão metido. Por outro lado, Jake também não parecia um valentão metido, mas era. Jake era um valentão sutil, um valentão sorrateiro. Especializara-se em pôr os outros em apuros. Talvez só quisesse pôr Charlie em apuros. Ou talvez Charlie quisesse pôr Jake em apuros. Ou talvez Charlie quisesse mesmo o dinheiro do leite de Jake. Ou talvez Jake tivesse feito alguma coisa com Charlie e Charlie tivesse jogado o livro na lama para se vingar e isso não tivesse nada a ver com o dinheiro do leite. Quando Jake estava envolvido, Arthur sempre sentia que lidava com algo acima de suas forças, que afundava em um mar de possibilidades desconhecidas.

— Não posso sair batendo nele assim — disse Arthur. Charlie era um garoto pequeno e, de qualquer modo, Arthur não era de sair batendo em todo mundo. Era pacífico, se pudesse escolher. Mesmo entre os amigos, não se metia nas brigas em que a maioria deles se envolvia.

— Você *tem* de bater nele — disse Jake. — É a única coisa que vai fazer ele parar.

— Você mesmo pode bater nele — disse Arthur.

Jake lançou-lhe um olhar exasperado.

— Ele é maior do que eu.

A verdade é que eram mais ou menos do mesmo tamanho, mas Jake nunca brigava fisicamente. Não que fosse pacífico, mas brigar era a única coisa em que não era bom. Pelo menos, não com as mãos nuas. Esse era o ano da obsessão de Jake pelas facas, mas a Srta. Karpinski não permitia facas na escola, o que era bom, na opinião de Arthur. Às vezes o seu pé ainda lhe doía no lugar onde Jake jogara a faca de caça, e o incidente lhe criara todo tipo de dificuldade, porque teve de fingir que se machucara sozinho — ambos seriam esfolados vivos se o pai descobrisse a verdade. Arthur teve de fingir que sem querer enfiara o dente de um forcado no pé quando limpava o celeiro, mentira que o obrigou a destruir uma bota ainda boa, porque ninguém seria idiota a ponto de usar um forcado com os pés descalços.

— Por que não conta à Srta. Karpinski? — perguntou.

Jake pareceu chocado.

— Quer dizer, *dedurar* ele? Quer que eu *dedure* ele?

Claro, era impossível. Jake tinha toda a razão. Dedurar alguém era o único pecado imperdoável.

Arthur pensou.

— Vou lhe dar um aviso — disse.

— Avisar não basta! Ele não vai dar a mínima!

— Vou avisar que, se não atender ao aviso, eu bato nele.

Jake o importunou pelo restante do caminho, mas Arthur não cedeu. Tinha de ficar longe de encrencas, senão a Srta. Karpinski o deixaria na oitava série até que sua barba ficasse comprida e grisalha.

Arthur abordou Charlie Taggert no pátio da escola no dia seguinte. Foi até o grupo de meninos com que ele estava e parou bem na frente dele, para que tivesse de interromper a conversa com os outros e prestasse atenção. Charlie fitou-o, os olhos como grandes ovais fantasmagóricas atrás das lentes grossas.

— O que é? — perguntou ele.

— Deixe o meu irmão em paz — disse Arthur.

— O quê? — repetiu Charlie, parecendo surpreso.

— Você ouviu — disse Arthur. As palavras soavam bem. Por um minuto, imaginou uma nova imagem sua: defensor dos direitos dos outros. — Estou lhe avisando — disse, sombrio.

— Eu não fiz nada — disse Charlie. Parecia apreensivo, mas irredutível.

— Você jogou o livro do meu irmão na lama — disse Arthur. — Se fizer isso de novo, eu lhe dou uma surra.

— Nunca peguei o livro do seu irmão.

— Pegou, sim — disse Arthur.

— Nunca peguei nenhuma meleca de livro.

Arthur sentiu uma sombra de dúvida passar por ele, como um corvo na frente do sol. Olhou em volta, procurando Jake, mas Jake sumira. Olhou Charlie outra vez.

— Pegou, sim — disse outra vez, em voz mais alta, tentando afastar a dúvida da voz. Os outros garotos assistiam em volta. — Você disse que se ele não lhe desse o dinheiro do leite você jogaria todos os livros dele na lama.

Charlie retorquiu:

— Eu não fiz isso. Não quero nenhuma droga de dinheiro do seu irmão. O meu pai é gerente do banco, não preciso da meleca do dinheiro do seu irmão. O seu irmão apostou comigo o dinheiro dele, achou que eu não conseguiria adivinhar como ele fez aquele truque idiota com as cartas, e adivinhei, e nem fiquei com o dinheiro dele porque não preciso e a minha mãe disse que vocês da roça são pobres. Vou contar ao meu pai que você me ameaçou.

— Eu não ameacei você — disse Arthur. — Eu só disse que se você fizer de novo eu vou ameaçar você.

— Vou contar para o meu pai — disse Charlie. E contou. E o Sr. Taggert, que por acaso era presidente da diretoria da escola naquele ano, ligou para a Srta. Karpinski, que mandou uma carta à mãe de Arthur pedindo que ela fosse à escola conversar, e a mãe de Arthur teve de ir e pedir desculpas por Arthur e ficou envergonhada e humilhada até a raiz dos cabelos.

No passado, houve muitas ocasiões em que Arthur quis dar um bom soco no nariz de Jake, mas dessa vez mais do que nunca. Fantasiou sobre isso vários dias; viu seu punho fazer contato, o sangue lindo e rico correndo, mas sempre que pensava nisso o rosto da mãe também se esgueirava no quadro: o horror nos olhos, o amargo desapontamento. Então, nada fez.

O fato é que socar o nariz de Jake não responderia à pergunta que Arthur se fazia. O que Jake pretendia? Uma suspeita lhe ocorreu depois do acontecido, uma possibilidade em que não pensara na hora, e isso o incomodou, e gostaria de poder rejeitá-la. A suspeita era a seguinte: que Jake não tivera rixa nenhuma com Charlie Taggert além da ocasional antipatia e do ressentimento por ter o truque das cartas revelado, e que nunca quisera que Arthur batesse em Charlie, e por conhecer Arthur tão bem não pensara mesmo que ele o faria. Porque Charlie nunca fora o alvo de Jake. Era Arthur que ele queria pôr em apuros o tempo todo.

Seria possível? Será que ele inventara todo aquele caso do livro de história, jogando-o ele mesmo na lama ou deixado-o cair por acaso, decidido a aproveitar o acidente?

Arthur se atormentou com a idéia, remoeu-a. Finalmente, e com alívio, rejeitou-a. Porque não fazia sentido. Jake não tinha razão para fazer uma coisa dessas e nem criaria tanta dificuldade para o próprio irmão sem motivo algum.

Três

Chuvas apagam incêndio em floresta
Auto-estrada 11 inundada

TEMISKAMING SPEAKER, MAIO DE 1957

Se tivesse pensado direito, Ian perceberia que trabalhar na fazenda dos Dunn não o deixaria assim tão perto de Laura. Perto de Arthur, sim, mas não era isso o que ele queria.

Na manhã de sábado, às oito, quando encostou a bicicleta na parede do celeiro, Laura saiu e disse:

— Ele está lá na plantação, Ian. E disse pra você ir direto pra lá. — Ela apontou a sebe que acompanhava a trilha. — O terceiro campo à esquerda. O caminho desce a colina, por isso você não consegue ver daqui. Acho que ele disse que hoje vocês vão cuidar das batatas.

— Está bem — respondeu Ian.

— O almoço é ao meio-dia. Aí a gente se vê.

— Está bem.

E foi só. Ela entrou de novo. Tempo de contato: menos de um minuto. Mas foi um minuto a mais do que ele teria se não estivesse ali. E iria vê-la ao meio-dia.

Fazia uma manhã linda: céu azul-claro, plumas de nuvens a distância. A brisa suave ainda era fresca — estavam em maio, afinal —, mas trazia o cheiro do verão para se misturar ao cheiro de esterco fresco. Esterco era um problema para os pés — parecia que cavalos e vacas também usavam a trilha. Ian usava os sapatos mais velhos que tinha, mas botas seriam melhores. Entre uma olhada e outra no caminho, ele examinou o campo. Primeiro, à esquerda, havia porcos fuçando em torno de macieiras velhíssimas; à direita, campo arado, o solo escuro recém-revirado. Depois, à esquerda, campo arado; à direita, pasto e umas trinta vacas, de cabeça baixa, ruminando. Havia ali uma mistura de capim novo e velho — dava para perceber pequenos brotos verde-claros espetados no meio do amarelo seco do ano anterior. Pelo que podia ver, os campos mais distantes tinham sido arados ou estavam cobertos de capim. Alguns tinham cercas antigas em ziguezague, outros estavam orlados de pedras e tocos de árvores, alguns bem novos, outros já podres de tão velhos. Além dos campos, as árvores eram densas e escuras, o topo tingido pelo verde pálido e indistinto dos ramos novos.

Quando chegou ao limite do terceiro campo, Ian conseguiu ver Arthur e os cavalos, como Laura dissera. Os cavalos estavam de pé, ociosos, em um lado do campo, desatrelados da carroça, com as cabeças juntas como se tramassem alguma coisa nas costas de Arthur. Este lá estava, no meio do campo, andando para trás por um sulco de arado. Segurava um balde do qual tirava pedras, jogando-as no sulco. Ian retardou o passo, intrigado, perguntando-se se Arthur talvez não seria meio maluco e ninguém se incomodara de avisá-lo. Aí entendeu. Não eram pedras, eram batatas. Batatas-sementes.

De repente Arthur saiu do sulco e caminhou com dificuldade até a lateral do campo. Lá havia um grande saco, e quando Ian olhou pôde ver que havia mais sacos arrumados em volta do campo e outros ainda na carroça. Arthur curvou-se e passou a encher o balde no saco. Quando se endireitou, viu Ian, pousou o balde — e foi até o lado do campo para cumprimentá-lo.

— Bom dia.

Ian sorriu, na esperança de parecer entusiasmado.

— Bom dia.

— Batatas, hoje — disse Arthur.

— Ótimo!

Arthur usava um macacão enlameado e botas pesadas cobertas de lama. Com a sua compleição robusta e cabelo da mesma cor de lama, Ian achou que estava bem parecido com uma batata gigante. Diziam que as mulheres se sentiam atraídas por homens de aparência vigorosa e, definitivamente, nisso Arthur era nota 10, mas ainda assim era difícil imaginar o que Laura vira nele.

— Trouxe um balde para você — disse Arthur, e foi até o saco de batatas, atrás do qual Ian viu que havia um segundo balde.

— Encha aí — disse Arthur. — Jogue-as a um palmo e meio umas das outras. Assim, olhe. — Ele pegou uma batata no balde, deixou-a cair no sulco, deu um passo atrás, largou outra e olhou esperançoso para Ian. Este concordou com a cabeça, feliz porque nenhum amigo podia vê-lo. Imaginou Pete dizendo bem devagarinho: Pegue a batata no balde, cara. E jogue-a no sulco. Dê um passo para trás e então pegue outra batata no balde.

— Você termina essa fileira — disse Arthur. E pegou seu balde e seguiu para o começo da fileira seguinte.

Plantaram batatas durante quatro horas. Era mais difícil do que Ian imaginara. Principalmente mais doído: a dor da tensão de andar para trás sem cair no sulco, a dor do peso do balde, a dor da necessária postura esquisita, de cabeça baixa, ombros curvados. Bem antes que a primeira hora terminasse, seus músculos — todos eles, de todas as partes do corpo — lembravam-lhe os diagramas da musculatura humana nos livros do pai: desenhados com tinta vermelha, parecendo esfolados e esticados a ponto de romper.

Manteve-se em movimento pensando em Laura. Pensava na hora do almoço. Arthur estaria ali, o que era uma pena, mas talvez depois do almoço tirasse uma soneca e os dois ficassem sozinhos. Imaginou-se sentado com ela à sombra de uma velha macieira que não tivesse porcos em volta, jogando conversa fora, gozando a paz e a companhia um do outro enquanto Arthur roncava em um quarto lá em cima.

Ao meio-dia, Arthur finalmente largou o balde e caminhou pesadamente pelos sulcos para anunciar que era hora de voltar. Ian seguiu-o com gratidão até a casa. Lavaram-se na bomba, a água gelada amortecia mãos e braços, dois cachorros magros farejando os tornozelos de Ian, as galinhas desfilando e cacarejando por ali. Havia uma toalha pendurada do lado de fora da porta dos fundos; Arthur enxugou nela as mãos e passou-a a Ian, sorrindo timidamente, parecendo que queria dizer alguma coisa, mas sem conseguir atinar com o que fosse, e enquanto pensava nisso Laura cruzou a porta de tela carregando uma panela. Viu-os e parou.

— Que bom! — disse ela. — Vocês já estão aqui. Entrem e sentem-se. Ian, arrumei seu lugar ao lado de Arthur. — Ela lhes deu um sorriso arrasador e sumiu.

Ian entrou atrás de Arthur. A cozinha era igual às cozinhas das outras casas de fazenda onde já estivera, grande e quadrada, servindo também de sala de estar. A área para cozinhar ficava em um canto do cômodo, e no outro havia um fogão a lenha com algumas poltronas amontoadas em volta. O centro da cozinha era ocupado por uma mesa comprida de madeira. Estava posta para sete pessoas e quatro lugares já estavam ocupados.

Durante a manhã toda ele imaginara que o almoço seria uma ocasião tranqüila e íntima — somente Laura, Arthur e ele, e Arthur na verdade não contava. Esquecera-se totalmente das crianças. Lá estavam elas, todas as três — o menino que quase o derrubara dos degraus, a menininha e o bebê na cadeira alta. Havia também um homem velhíssimo, apoiado em almofadas e tão encurvado que o queixo quase encostava na mesa.

Laura estava colocando uma concha de ensopado de carne e legumes no prato da menina e esta reclamava.

— Ora, deixe no prato — dizia Laura. — Separe e deixe do ladinho.

Ela sorriu para Ian.

— Você senta ali. — Apontou com o cotovelo, as duas mãos ocupadas com a panela de ensopado. — Arthur fica na cabeceira da mesa e você entre ele e Carter. Ah, não o apresentei: Carter, Julie, March — indicando as crianças na ordem decrescente da idade — e este é meu pai; talvez você se lembre dele, foi ministro da igreja durante anos. Não, acho que você é novo demais. Vovô — ela se inclinou na direção do velho e falou em voz bem alta —, este é Ian, filho do Dr. Christopherson. Veio ajudar Arthur.

— Olá — disse Ian, inseguro. Laura não lhe dissera o nome do pai, mas talvez não tivesse importância, porque o velho não deu sinal de ter ouvido nada do que ela dissera.

— Mas, mamãe — dizia a garotinha, a voz reduzida a um sussurro pela presença de Ian —, está tudo misturado.

— Você pode catar — disse Laura. — Veja. Assim...

Ian seguiu Arthur até a ponta da mesa, tentando sufocar o desapontamento. Sentou-se ao lado do menino, Carter, que batia na mesa com a faca, em um ritmo complexo de pontos e traços como código Morse, e não demonstrou, nem por um olhar, que percebera a presença de Ian. Parecia-se com Arthur, pensou Ian, mas menos bonito.

— Ian — disse Laura. De repente ela estava ali tão perto que a manga do vestido quase tocou o braço dele. — Você deve estar com fome, posso adivinhar. Como foi a manhã? — Começou a encher-lhe o prato de ensopado, sem esperar resposta. — Diga quanto quer.

— Está ótimo — disse Ian educadamente. — Obrigado, Sra. Dunn. Deve estar uma delícia. — Valeu a pena toda a agonia da manhã para chegar tão perto dela.

Ela lhe dirigiu seu lindo sorriso.

— Laura. Não precisa nos chamar de senhor e senhora, não é, Arthur? — Ela usava um avental sobre o vestido azul-claro com minúsculas florezinhas brancas. Tinha o decote em V, o que era sempre bom pelo que havia na ponta do V, mas ele não conseguia ver até onde ia o decote porque sumia atrás do avental.

Ela se movia rapidamente, servindo o ensopado. Finalmente foi até seu lugar na outra ponta da mesa. A quilômetros de Ian.

O bebê balançava os braços e fazia barulhos ameaçadores.

— Quietinho — disse ela ao bebê. — Vai comer direitinho com a gente? Quer um pedaço de cenoura? — Com os dedos, ela pescou da panela de ensopado um pedaço de cenoura e colocou-o no prato do bebê, que o jogou no chão.

— Ainda não me disse como foi a manhã, Ian — disse Laura, pegando a cenoura e colocando-a de volta no prato do bebê. O bebê pegou-a e jogou-a no chão outra vez e Laura suspirou e deixou-a lá. Alisou a saia do vestido para sentar-se; Ian percebeu a curva dos quadris e olhou para o outro lado.

— Como foi? Achou o trabalho pesado demais? Você não deve estar acostumado com esse tipo de serviço. Ah, vovô, espere, esse pedaço é muito grande. Vou cortar para o senhor. — E lá foi ela outra vez, movendo-se veloz até o lugar do pai para cortar-lhe a comida. O velho observou as mãos dela, falando sozinho.

— Hum — disse Ian —, não, foi normal. Muito interessante.

— Ótimo. — Ela voltou ao seu lugar e finalmente sentou-se. Uma mecha de cabelo escapulira da fita na nuca e ela a afastou do rosto com as costas da mão. Ah, se agora ficasse sentada... Ele queria saborear a presença dela, mas era difícil saborear uma coisa que não parava de se movimentar de um lado para o outro.

— Será que vai dar para arar os campos esta tarde, Arthur? — perguntou ela. — Porque Ian está interessado é nos cavalos.

— Não tem leite? — perguntou Carter.

O garoto tinha pelo menos uns 12 anos e podia muito bem ir à geladeira e pegar o leite, mas Laura respondeu:

— Claro, querido, claro que tem.

Em pé outra vez, até a geladeira, de volta com o leite, rodeando a mesa, servindo todo mundo em vez de deixar que eles mesmos o fizessem.

— Na verdade estou interessado em tudo — disse Ian. — Não só nos cavalos. Sabe, o que for preciso fazer está bom para mim.

— Você esqueceu o pão — disse Carter.

Ian estava sentado ao lado dele, bem perto. Perto o bastante para alcançá-lo com facilidade e socá-lo sem sequer esticar o braço. Ou esticar o pé em volta da perna da cadeira e puxá-la debaixo dele. Mas era Arthur que devia cuidar disso. Se Laura era boa demais e tinha o coração mole demais para disciplinar os filhos, e na opinião de Ian esse era o problema, a tarefa caberia ao pai. Mas Arthur estava ocupado comendo. Ele comia como fazia tudo o mais: devagar, metódico, de cabeça baixa. Quando levantava os olhos, Ian notou que era para a esposa que se dirigiam, não para os filhos.

— Qual é o problema comigo hoje? — disse Laura. De pé outra vez. De volta outra vez com o pão.

O bebê franziu o rosto, balançou os braços e berrou. A menininha disse:

— Mas, mamãe, eu ainda sinto o *gosto*.

Carter arrotou e riu de lado para Ian.

Nenhum deles a merecia.

* * *

Havia alguém com o pai quando chegou em casa e Becky Standish estava na sala de espera. Em teoria, o pai só cuidava de emergências no fim de semana, mas o povo de Struan nunca dera muita atenção a isso e sempre havia alguns que "se aproveitavam", como dizia a mãe.

— Oi — disse Ian a Becky. Eram da mesma sala na escola e ela era bem legal, embora um tanto boba.

— Oi — disse ela, mas corou e olhou para o outro lado, o que significava que tinha um problema ginecológico e estava com medo de que ele perguntasse o que havia de errado. Então soltou um "depois a gente se vê" e seguiu pelo corredor até a cozinha.

Ian largara os sapatos cobertos de lama na varanda, mas as meias deixavam pegadas impressionantes; a mãe teria um ataque quando visse. Ele diria: "É que eu estava trabalhando, mãe. A lama faz parte do serviço."

Ela estava descascando cenouras quando ele entrou. A Sra. Tuttle não trabalhava no fim de semana.

— Já voltei — disse ele alegremente. O corpo todo lhe doía e não ficara um só instante sozinho com Laura, mas sentia-se indescritivelmente bem.

— Ótimo — disse a mãe. Ela nem se virou. — Vamos comer assim que seu pai terminar. Tem alguém na sala de espera?

— Uma pessoa só. — Ele tentou avaliar o humor da mãe pelo tom de voz. Parecia meio diferente. Nem zangado nem ausente, mas outra coisa que Ian não conseguiu identificar.

— Ótimo — disse ela de novo.

— Dá tempo de eu tomar banho?

— Se for rápido.

Ele esperou que ela perguntasse como fora seu primeiro dia de trabalho, mas ela continuou ralando cenouras. Dali a um minuto ele disse, enfaticamente:

— Como foi o dia?

— Ótimo. — Ela parou um instante, as mãos na pia, e ele achou que ela ia se virar. Mas não se virou, então ele saiu da cozinha e subiu a escada.

Tomou um banho, esvaziou a banheira e tomou outro, o que deu cabo de quase toda a sujeira. Com toda aquela dor era difícil dizer por que se sentia tão contente. Não era como se tivesse descoberto sua verdadeira vocação de trabalhador rural. Na verdade, ficara sem graça quando, na hora de ir embora, Arthur disse: "É... hã... um minutinho", remexeu os bolsos do macacão e puxou um punhado de moedas. Ian não achava que merecia aquilo e ficou em dúvida se devia falar, mas aí Arthur disse: "Vejo você no próximo sábado?", com seu sorriso vago e inseguro, e Ian sentiu uma onda de orgulho e gratidão. Arthur não devia tê-lo achado tão inútil, senão não ia pedir que voltasse. Era seu primeiro dia de trabalho — o primeiro trabalho de verdade na vida —, e as moedas no bolso da calça incrustada de lama eram a prova disso. E faria ainda melhor no sábado seguinte. Seria um bom trabalhador. Imaginou Laura dizendo a Arthur? "Como foi ele?", e Arthur pensando um pouco e respondendo: "Bem. É um bom trabalhador." Isso é motivo de orgulho, não importa qual seja o serviço.

Enrolou uma toalha na cintura e foi para o quarto. Estava arrumado, tudo no lugar, a cama feita. A mãe sempre insistira na ordem. Ele tentara se rebelar uma ou duas vezes, mas não valia a pena. Ficou pensando em como seriam os filhos de Laura se sua mãe fosse a mãe deles. Bem, não sua mãe, porque aí não seriam as mesmas crianças, mas se por alguma casualidade ela se tornasse responsável por sua criação. Seriam irreconhecíveis. Até o bebê estaria sentado bem ereto, comendo de garfo e faca, um guardanapo estalando de limpo no pescoço.

Ouviu o barulho dos sapatos da mãe quando ela seguiu pelo corredor até a sala de espera. O som sumiu um instante, depois ela voltou e chamou-o ao pé da escada.

— Jantar, Ian.

— Tá bom.

Ele desceu todo duro, com os músculos protestando. O pai já estava na sala de jantar, de pé ao lado da cadeira.

— Oi — disse Ian. Colocou as moedas que Arthur lhe dera na mesa, ao lado do prato do pai. — Meu primeiro salário — disse, orgulhoso.

O pai olhou para ele. Por um segundo, foi como se não o reconhecesse. Então sorriu de leve e disse:

— Muito bom.

Ian ficou desconcertado. Estudou o pai com mais atenção. Ele estava estranho.

— O senhor está bem? — perguntou Ian.

— É claro que estou — disse o pai.

A mãe entrou e pôs na mesa uma travessa tampada. Os pratos de salada já estavam ali.

— Vamos sentar — disse ela. Também estava estranha. Os olhos estavam vermelhos e ele percebeu que as mãos dela tremiam.

Sentaram-se. Ian olhou um e outro. A mãe começou a servir. O barulho da colher ao tocar a louça parecia ecoar pelas paredes.

— Aconteceu alguma coisa? — perguntou Ian.

— Está bom de carne? — indagou a mãe.

— Mãe? Aconteceu alguma coisa?

Ela pousou o prato. Fitou-o um instante e depois olhou o marido do outro lado da mesa.

— Preciso contar uma coisa — acabou dizendo. — Seu pai e eu temos uma coisa para lhe contar.

Mais tarde, Ian pediu licença para levantar-se, deixando o prato intocado — nenhum deles havia comido nada —, e saiu. A princípio ficou só de pé na varanda, sem saber o que fazer nem para onde ir. Escurecia. Os morcegos voavam de lá para cá sobre as casas do outro lado da rua. Uma das crianças Beckett, da casa ao lado, passou correndo de bicicleta, o corpo curvado como um borrão cinzento no crepúsculo. Ian saiu pela varanda e começou a andar. Nem pensou na direção. Queria andar, e não pensar. Andou depressa, de cabeça baixa.

Fora a mãe quem mais falara. Começara dizendo que ia embora. A princípio, Ian não entendeu — embora pra onde? —, e, quando finalmente entendeu, não acreditou. Achou que ela devia estar zangada com alguma coisa que ele ou o pai havia feito e só dizia isso para castigá-los. Olhou o pai pedindo ajuda, e foi o rosto do pai que lhe disse que ela falava sério.

Ela disse que ela e o pai não se amavam mais, não se amavam havia anos. O pai tentou protestar, mas ela o interrompeu. As ações falam mais alto que as palavras, disse. Ela já o amara e a prova disso é que lhe dera 18 anos de sua vida. Abrira mão de tudo para ir com ele para aquele — ela procurou as palavras certas — aquele lugar esquecido por Deus. Aquele fim de mundo. Ela cedera em tudo.

Depois das primeiras frases, Ian ficou temporariamente surdo; a mãe continuou falando e ele ainda conseguia captar o som da voz dela, mas as palavras nada significavam. Então o pai interrompeu. Ian achou que o pai envelhecera vinte anos desde que tinham se sentado à mesa. O rosto parecia encovado. E disse:

— Beth, pelo amor de Deus.

A Ian, disse:

— Desculpe. Desculpe nós dois. Sua mãe está nervosa, precisa de um tempo, é isso.

A mãe disse — agora ele conseguiu ouvi-la de novo:

— Seu pai ainda está tentando fingir.

Nessa hora, duas linhas visíveis de lágrimas corriam pelo rosto dela. Ian estava tão rígido com o choque que mal conseguia respirar.

O pai disse:

— Beth, por favor. Por favor. — E olhou para Ian: — Não fique muito nervoso. Todos nós esperamos que as coisas logo se ajeitem.

— Já se ajeitaram — falou a mãe, o tremor da voz quebrando as palavras em sílabas ásperas. — Foi assim que se ajeitou.

Ian não conseguia olhar nenhum dos dois; seus olhos focalizavam a trama fina da toalha de mesa a sua frente. Ele nem sequer percebera que os pais eram infelizes. Ou, pelo menos, olhando para trás podia ver que a mãe era infeliz, mas achava que era assim o jeito dela, o seu estado natural. Partira do pressuposto de que os dois se amavam, do mesmo jeito que partira do pressuposto de que os dois o amavam. Agora, de repente, veio-lhe a idéia de que talvez não fosse assim. Com certeza a mãe não faria isso se o amasse.

Estavam falando alguma coisa e novamente ele não escutou. A voz da mãe se elevara e ela quase gritava. Houve um breve silêncio e depois o pai disse "Com licença", levantou-se e saiu da sala.

A mãe de Ian ficou onde estava, as lágrimas brilhando no rosto. Fitava a travessa Dali a um minuto, respirou fundo e falou:

— Isso é bem típico dele. Sair da sala em uma hora dessas é bem típico dele. Mas é bom, porque tenho outras coisas a lhe dizer. Ele sabe de tudo, o seu pai sabe de tudo, mas eu queria conversar em particular, nós dois sozinhos.

E ela passou a contar essas outras coisas. Disse que só percebera inteiramente como tinha pouca coisa na vida quando se apaixonou por um homem que estava apaixonado por ela também. Apaixonado de verdade. Um homem disposto a abandonar tudo por ela. E disse que ela e Robert Patterson estavam apaixonados e iam se casar assim que conseguissem os respectivos divórcios. Enquanto isso, partiriam de Struan o mais cedo possível. Robert já conseguira um emprego de professor em Toronto.

Então ela levantou os olhos. Ian não a olhou, mas pôde sentir que ela o fitava.

— É claro que quero que você venha conosco. Robert ficará feliz, ele o acha um excelente rapaz. Os filhos dele ficarão com a mãe, mas gostaríamos muito que você viesse conosco. Você quer? Você vai conosco para Toronto?

Robert Patterson era professor de geografia do ensino médio. Ian era aluno dele. Era recém-chegado a Struan; viera de algum lugar mais ao sul havia uns três ou quatro anos. Tinha mulher e dois filhos pequenos. Era alto e magro e usava óculos de aro de metal, e tinha modos sarcásticos. Não havia como *ninguém* gostar dele.

A mãe de Ian continuou:

— Desculpe-me por lhe dar tão pouco tempo, mas queríamos arrumar tudo, eu e Robert, antes de falar com você. Sei que no começo vai ser duro, largar os amigos e tudo o mais. Mas podemos lhe dar muito mais do que isso. Você já conhece Toronto.

A incredulidade e a confusão dele eram tão grandes que não conseguia pensar. Lutou para achar alguma ordem dentro de si, alguma idéia coerente. Alguns minutos depois, durante os quais a mãe esperou em silêncio, ocorreu-lhe que havia uma pergunta de cuja resposta precisava imediatamente. Talvez houvesse outras perguntas, mas não tinham importância comparadas àquela. Tentou montá-la na cabeça, pensar em como dizer, mas, quando finalmente conseguiu juntar as palavras para proferi-las em voz alta, descobriu que não conseguia falar. Os maxilares pareciam amarrados de tanta tensão. Acabou conseguindo. Dirigindo as palavras à toalha, porque não agüentava olhar para a mãe, e perguntou:

— Se eu não for, você vai embora do mesmo jeito?

Houve novo silêncio, durante o qual ele tentou respirar normalmente. Quando ela afinal falou, o que disse foi:

— Ian, quero que você venha comigo. Conosco.

O que não era resposta a sua pergunta, e assim ele perguntou de novo. Sopesou bem as palavras, para ter certeza de que ela entenderia, e que ele mesmo entenderia todo o seu significado, agora e para sempre.

— Se eu não for com você, você vai embora do mesmo jeito? Você vai embora sem mim?

Desta vez, lutando com o tremor na voz, ela disse:

— Querido, você não sabe como foram todos esses anos.

Com isso ele finalmente entendeu que não era importante para ela. Não tão importante assim.

Mais tarde ficou impressionado com sua resposta, como ela soara calma. Educada. Ele disse:

— Vou ficar aqui com papai, se for possível. Mas obrigado por me convidar.

Pediu licença e saiu da sala.

* * *

Os cães latiram quando sentiram seu cheiro, mas depois reconheceram-no daquele mesmo dia mais cedo e vieram saudá-lo, balançando o rabo. Ele saiu do caminho quando os cachorros chegaram e foi para a sombra das árvores. Não sabia por que estava ali. A última coisa que queria era que Laura o visse e saísse e começasse a conversar com ele. A idéia de que ela viesse a saber o que acontecera encheu-o de uma vergonha quase insuportável. O que ela pensaria — o que todo mundo pensaria — de um menino que significava tão pouco para a própria mãe que ela ia embora, deixando-o para trás? Em toda sua vida nunca ouvira falar de um caso assim. Ouvira falar de homens que abandonavam a família, mas nunca de mulheres. Nunca de mães.

Ficou inseguro nas sombras alguns instantes e depois, com todo o cuidado, aproximou-se da casa. Deu a volta até os fundos, onde ficava a cozinha. Queria vê-la, apenas isso. Só precisava saber que ela ainda estava lá.

A casa da fazenda parecia maior no escuro do que durante o dia. A casa e o celeiro e os currais eram blocos sólidos de noite contra o azul-negro do céu. A luz da cozinha estava acesa e havia luzes em dois quartos no andar de cima. Laura estava em um dos quartos; ele a viu andando de um lado para o outro, dobrando coisas, guardando-as no armário do canto. Parecia que falava com alguém, embora ele não conseguisse ouvir sua voz nem ver mais ninguém. Provavelmente a menininha. Julie. Devia estar pondo Julie para dormir. O garoto, Carter, estava no outro quarto cuja luz estava acesa — Ian o viu atravessá-lo. O bebê devia dormir em outro lugar.

Arthur e o velho estavam no andar de baixo, na cozinha, Arthur à mesa, o velho aconchegado em uma cadeira perto do fogão. Arthur trabalhava em alguma coisa, mas Ian não estava suficientemente perto a ponto de ver o que era. Poderia aproximar-se mais, mas aí não veria os quartos do andar de cima. De qualquer modo, não lhe importava o que Arthur fazia. Era só Laura que ele queria ver. Os cachorros, que o tinham seguido até os fundos da casa, esperaram curiosos a seu lado por algum tempo e depois se afastaram. Dentro do estábulo, podia ouvir os movimentos pesados e tranqüilos dos cavalos.

Depois de algum tempo, ele não sabia se longo ou curto, a luz do quarto de Julie se apagou. Ian sentiu um apertão súbito de ansiedade, como se um colete salva-vidas lhe escapasse do corpo, mas um minuto depois Laura apareceu na cozinha com o bebê no colo. Conseguia vê-la melhor do que quando estava lá em cima; a linha de visão era mais direta.

Ainda estava com o vestido azul-claro que usava mais cedo e o cabelo ainda estava amarrado para trás, mas mais frouxo, como se ela tivesse permitido que se soltasse no fim do dia. Disse alguma coisa a Arthur e ele olhou-a e fez que sim com a cabeça, e em seguida voltou ao trabalho. Ela foi até uma das grandes poltronas perto do fogo, mergulhou nela com o bebê e então, em silêncio, discretamente, desabotoou o vestido e pôs a criança no seio.

Ian observou. Era mais erótico, e ao mesmo tempo mais doloroso, do que tudo o que já vira antes.

* * *

No dia em que a mãe partiu, ele não conseguiu olhar para ela. Ela se foi depois do café-da-manhã, mas ele não tomou o café-da-manhã. Ficou no quarto. Era domingo, mas ninguém pensou em ir à igreja. Ela subiu até o quarto dele. Ele ouviu seus passos, ouviu-a parar junto à porta fechada. Imaginou-a diante da porta.

Dali a um minuto ela bateu. Ele esperou um pouco e disse:

— O que é? — com voz totalmente desinteressada.

— Posso entrar?

— À vontade.

Ouviu a porta se abrir, ouviu-a atravessar o quarto. Estava na escrivaninha, com os livros espalhados como se estivesse estudando. Não se virou. Ela parou atrás dele. Ele começou a copiar o capítulo de um livro.

Ela disse:

— Ian?

Ele esperou um instante, como se estivesse concentrado e levasse algum tempo para que a interrupção chegasse até ele.

— Hein?

— Você não vai descer e se despedir? — A voz dela tremia.

— Estou cheio de trabalho.

Ela chorava. Ele não podia vê-la e ela não fez nenhum barulho, mas ele sabia. Não importava. Imaginou como seria o dia seguinte, e o dia depois desse, e depois, quando o povo de Struan soubesse da notícia.

Ela disse, lutando para controlar a voz:

— Querido, como posso ir embora se você não me diz adeus?

— Adeus — disse ele.

Quatro

Maior colheita de trigo desde 1932
Produção média de uma vaca

TEMISKAMING SPEAKER, SETEMBRO DE 1938

Durante todo o tempo do ensino médio Arthur não teve namoradas. Havia muitas moças em sua turma e ele apreciava várias delas, mas não sabia se aproximar. O que deveria dizer? Oi, meu nome é Arthur? Elas já sabiam seu nome! Ele deveria ter se aproximado delas antes, quando algumas, as das comunidades menores e mais distantes, ainda eram estranhas. Mas naquela época ele ainda não se interessava por garotas.

Ainda no primeiro ano essa situação mudava quase da noite para o dia. Em um minuto as garotas eram irrelevantes, e no minuto seguinte não conseguia parar de olhá-las. Nos intervalos e na hora do almoço, ele e os amigos ficavam à toa observando as moças passeando em grupinhos tagarelas. Este era um dos problemas: as mulheres não vinham isoladas, vinham em bandos. Era preciso ir até um bando inteiro, o que estava fora de cogitação.

Quando tinha 16 anos (com idade suficiente para sair legalmente da escola, mas é claro que a mãe não deixaria), a maioria dos rapazes que conhecia já tinha dado um jeito e conseguia pelo menos conversar com as garotas, ainda que fosse só isso. Alguns mais ousados e confiantes até afirmavam já estar fartos das mulheres.

— Não vale a pena, dá trabalho demais, Art. Confie em mim, dá trabalho demais.

Arthur adoraria ter oportunidade de descobrir por conta própria, mas não havia como. O amigo Carl insistia.

— Anda, Art, o que você está esperando? Vai lá, fala com ela.

Mas não adiantava. Ele não sabia como agir.

* * *

Jake, por sua vez, nascera sabendo. Como ocorria com os estudos, Jake não tinha nenhum problema com as garotas.

Quando Arthur estava com 17 anos e acabara de passar para a segunda série (depois de passar dois anos na primeira), Jake entrou no ensino médio. Aos 12 anos. Cinco anos mais novo que Arthur, dois anos atrás dele na escola, já à sua frente no quesito garotas. Arthur via-o conversando com elas no pátio da escola, à vontade, como se fossem amigas e não de uma espécie diferente. Na verdade, Jake tinha mais amigas do que amigos. Os outros garotos meio que desconfiavam dele, talvez até o temessem um pouco. Tinha talento para pôr os outros em apuros; todos os que estudaram com ele no ensino fundamental sabiam disso.

Arthur esquecera como era ruim ter Jake na mesma escola. Quando foi para o ensino médio, passou dois anos gloriosos sem ele e agora, olhando para trás, via que não aproveitava o suficiente aquele tempo. Jake afeiçoou-se à nova escola como se ela tivesse sido inventada só para ele — todas aquelas matérias novas para brilhar, todos aqueles professores novos para impressionar! À mesa do jantar, toda noite, falava sobre o que estava aprendendo.

— Eles não ensinam mais aritmética, eles ensinam *matemática*, e tem *três matemáticas* diferentes. Tem álgebra, geometria e trigonometria. Geometria é sobre linhas e coisas assim. E trigonometria é sobre triângulos e como calcular ângulos e coisas assim. E álgebra é quando a gente usa letras em vez de números...

Arthur tinha certeza de que o entusiasmo de Jake era falso e fingido, para impressionar os pais, mas mesmo assim grudava-lhe na garganta e tornava difícil engolir o jantar.

— Sabe, em latim, os nomes têm formas diferentes e finais diferentes, *montes* de finais diferentes, e a gente tem de aprender todos. Aí eu pensei, alguém aí quer me testar depois do jantar?

Jake lançava olhadelas de viés para o pai enquanto dizia tudo isso. A mãe bebia cada palavra, o rosto corado de prazer, mas ele parecia interessado na reação do pai. Mas o pai simplesmente mastigava em silêncio, pondo a comida para dentro.

— Quero sair da escola — disse Arthur.

Ele e o pai examinavam as tábuas da parede norte do celeiro. Algumas começavam a apodrecer e teriam de ser trocadas. E tinha de ser logo. O inverno estava chegando e um celeiro-estábulo cheio de correntes de ar podia fazer o rebanho inteiro pegar pneumonia.

O pai se endireitou e olhou-o.

— É perda de tempo — disse Arthur. — Quero sair.

O pai cutucou a orelha com o dedo sujo.

— É melhor falar com sua mãe — disse, finalmente.

— Já falei.

— É?

— É.

Levara semanas para juntar coragem e abordá-la, e outras semanas mais para escolher as palavras certas, as palavras que a convenceriam. Como poderia explicar-lhe a falta de sentido de continuar? Os anos inúteis que passara sentado em uma carteira. As provas intermináveis, seu fracasso e o fato de que isso não importava. Afinal, todas as razões e todas as palavras em que conseguiu pensar resumiram-se em uma só frase.

— Não estão me ensinando nada do que preciso saber — disse ele à mãe. Estava sem jeito, de pé na cozinha, 1,87m de meias, 100 quilos, um homem, não mais um menino, *doido* para fazer trabalho de homem. Se um dos cavalos do arado morresse, Arthur poderia pôr o grande arreio de couro no próprio pescoço e terminar o serviço sozinho sem nenhum problema. Na escola, mal conseguia espremer o corpo no espaço entre a cadeira e a carteira. Queria dizer: "Olhe pra mim, mãe! Olhe para mim! Eu não devia mais ficar sentado naquelas carteiras." Mas sabia que esse argumento não servia.

A mãe estava picando cebola, enxugando as lágrimas com as costas da mão. A boca era uma linha branca e reta. Ela disse:

— Arthur, você não sabe o que precisará saber no futuro.

Talvez nisso ela estivesse certa, mas ele tinha certeza de que sabia que não ia precisar saber, digamos, latim, química, física, matemática, francês, história, geografia e Charles Dickens. É verdade que na escola havia uma oficina com algumas ferramentas úteis, mas nem lá aprendera nada que o pai já não lhe tivesse ensinado.

— Se pudessem ensinar a gente a prever o tempo — disse ele —, isso seria bom. Mas não ensinam esse tipo de coisa. Coisa *útil. Não ensinam nada útil.*

Ela olhou-o, incerta.

— Não mesmo? — Ela só cursara o ensino fundamental.

— Não.

Ela hesitou um instante e ele prendeu o fôlego. Mas então a boca da mãe se apertou de novo.

— Eles ensinaram você a ler e a escrever — disse. — Naquela época você não achou que seria útil, mas todo mundo precisa saber ler e escrever.

— É, mas eu já sei! — disse Arthur. — Isso eu já sei! E somar e diminuir e multiplicar e aquele outro... dividir. Não preciso de mais nada, mãe. Todo o resto que eu preciso saber papai pode me ensinar. E ele precisa de mim na fazenda. Ele precisa de ajuda. É trabalho demais para fazer sozinho.

Estava exausto. Nunca dissera tantas frases na vida. Com certeza ela veria que ele estava certo.

Mas ela apertou os lábios e fez que não com a cabeça.

— Seu pai conseguiu cuidar de tudo todos esses anos. Pode agüentar mais um pouco. — Ela suspirou e virou-se para encará-lo, segurando de lado a faca de cortar cebola, e ele viu que tinha perdido. — O homem sem educação está em desvantagem, Arthur. Seu pai está em desvantagem. É um bom lavrador, mas está em desvantagem com gente educada. — Sorriu para ele. — Um dia você vai me agradecer. Pode acreditar. Quando terminar o ensino médio, vai me agradecer.

O pai, ainda girando o dedo no ouvido, olhou para ele desamparado.

— O que ela disse? — perguntou.

— Disse que um dia eu vou agradecer a ela. — A voz de Arthur estava tão cheia de sofrimento que mal foi audível, até para ele mesmo.

— Ah — disse o pai. — É, então... — Pegou o prego que vinha usando para testar o apodrecimento e fincou a ponta em outra tábua. Afundou de modo preocupante. — Temos de consertar isso logo — disse. A voz era triste, como se pedisse desculpas. Gostaria de ajudar, mas não podia.

* * *

Novembro. Todos os dias, Arthur e Jake seguiam a pé no escuro até a escola e voltavam de novo no escuro, e uma coisa pela qual Arthur podia agradecer era que agora Jake estava mais velho e não tinham de ir juntos. Quase todo dia Jake chegava cedo para encontrar os amigos e Arthur chegava no último instante possível, empurrando a porta assim que a sineta tocava. Ele e Jake estudavam em salas separadas — mais uma coisa a agradecer — e não se viam durante o dia, a não ser na hora do almoço. Arthur ficava sentado em uma carteira pequena demais para ele, na sala de aula mal-iluminada, e pela janela mirava o céu cinzento, pesado de neve, e agüentava. Todos os amigos já tinham saído da escola e arranjado emprego na serraria ou nas minas de prata ou na fazenda dos pais. Só conseguia se encontrar com eles nas noites de sábado. Ele e Carl Luntz, seu melhor amigo, iam à cidade com os irmãos mais velhos de Carl e encontravam Ted Hatchett e Jude Libovitz e os outros, e iam todos para o bar Ben's. Ainda não tinham idade para entrar, mas a bebida conseguia sair; e toda noite de sábado, sem falta, havia uma briga sobre isso ou aquilo e alguém voltava para casa com o nariz quebrado ou um olho roxo. Em geral, Arthur não participava das brigas. Nunca entendia aquilo, e a única pessoa em quem já tivera vontade de bater era Jake. Mas ficava contente só de estar ali ao lado, assistindo.

Carl e os irmãos também eram mais pacíficos, mas Ted Hatchett e Jude Libovitz eram ambos lutadores entusiasmados. Principalmente Ted; adorava brigar, qualquer desculpa servia. Também adorava beber, e assim, de um jeito ou de outro, em geral Arthur e Carl o levavam para casa, os braços de Ted nos ombros dos dois, até onde ele morava com a mãe na Estrada do Rio do Corvo. Ted trabalhava na mina de prata. O pai morrera em um acidente na serraria quando Ted era pequeno, e a mãe não o deixaria nem chegar perto daquele lugar. Insistira com ele para que trabalhasse na mina, o que envolvia uma caminhada de duas horas pela manhã e à noite. Mas Ted parecia não se importar. Não tinha irmãos nem irmãs, e assim ele e a mãe eram sozinhos, e Arthur tinha a impressão de que eram muito apegados.

— Sou filho único — choramingou Ted certa noite, lamentando, quando Arthur e Carl o arrastavam na escuridão. — Meio órfão, e filho úúúúúúnico. Que tristeza, que tristeza.

— Triste para sua mãe — murmurou Carl, sem fôlego. Ted era ainda maior que Arthur, portanto carga bem pesada. — Se ela só pôde ter um, bem que merecia coisa melhor do que você.

— Isso não é justo. — Ted exalava um cheiro de álcool forte o suficiente para derreter a neve sob os pés. — Acha isso justo, Art?

— Não sei de nada — disse Arthur, sorrindo de si para si no escuro. — Pode ser.

Todas as vezes a mãe de Ted recebia-os à porta de cara feia, examinava o nariz ensangüentado de Ted ou a orelha cortada e dizia:

— Deixem-no lá em cima. Nem sei por que se preocupam com ele. Da próxima vez, deixem-no em uma vala. — Mas ela agradecia a eles quando iam embora.

Se estivesse chovendo ou nevando demais para ir à cidade, Arthur costumava ir até a fazenda dos Luntz e sentar-se na cama de Carl e vê-lo entalhar galhadas de madeira velha. Os pais de Carl, Otto e Gertie Luntz, tinham imigrado da Alemanha e ainda tinham um sotaque engraçado, mas todos os filhos tinham nascido no Canadá. A fazenda deles era maior que a dos Dunn, tão grande que no devido tempo sustentaria os três rapazes com suas famílias, e a casa também era maior, e cada filho tinha um quarto de bom tamanho só para si. Entrar no quarto de Carl era como entrar em uma floresta. Nas paredes havia galhadas de que qualquer veado se orgulharia. Ele catava pedaços de madeira lançados na praia e esculpia-os em forma de chifres; depois, colava-os exatamente no ângulo certo e lixava até que ninguém conseguisse encontrar a emenda nem que fosse para salvar a própria vida. As paredes estavam cobertas de galhadas — de alce, de rena, de veado-do-rabo-branco — e, de vez em quando, ele punha chifres de verdade no meio delas e pedia a Arthur ou a quem passasse pela porta do quarto que os identificasse, e ninguém conseguia.

— Mas porrque ela faz issa, Arthur? — cochichava bem alto o Sr. Luntz, as sobrancelhas arqueadas fingindo perplexidade. — Eu sempre me perrgunta isso. Tantas veados nesse país, tantas chifres, entom porrrque fazer mais? *Você* é amiga dele, entom você sabe?

Carl, sem levantar os olhos do canivete, dizia suavemente:

— Amigo, papai, não amiga. — O Sr. Luntz piscava para Arthur, e Arthur, tímido, sorria de volta.

Ele adorava as noites de sábado. No resto da semana não acontecia absolutamente nada. Os garotos que se sentavam a seu lado na escola, os que tinham continuado a estudar depois dos 16 anos, eram bem legais, mas não combinavam com ele. Eram os inteligentes, a maioria deles criada na cidade, como Steve Williams, cujo pai gerenciava a loja da Hudson Bay Company, ou John Adams, cujo pai era pastor da Igreja Presbiteriana. Todos eram mais novos que Arthur. Cumprimentavam-no quando ele entrava para ocupar seu lugar; era uma peça de mobília, como uma carteira qualquer. Assim que o professor começava a falar, o cérebro de Arthur desligava-se automaticamente; ele não conseguia impedir. Olhava fixamente para fora da janela, para a estrada e os campos além dela, e as árvores escuras e silenciosas depois dos campos, e seu cérebro simplesmente ficava ali, como uma colherada de pudim frio. Certa vez, no meio de uma aula de história — era história canadense, que, incrivelmente, mesmo sendo mais curta, conseguia ser mais chata que a história de todos os outros países da face da Terra —, um lobo da floresta se esgueirou das sombras, a cabeça baixa, o corpo encolhido, os olhos amarelos fixos na escola. Ninguém mais notou. A voz do professor zumbia. Arthur observava o lobo. O cinza-prateado da pelagem contra o cinza-prateado das bétulas atrás. A imobilidade, como se o próprio tempo parasse um instante. Os olhos pálidos e vigilantes. Dava para ver como fazia parte de seu lugar, como fazia sentido que estivesse naquela paisagem. Dava para imaginar que ele e as árvores ensombrecidas lá atrás esperavam que os seres humanos fossem embora ou se extinguissem, para que pudessem recuperar o território. Cuidado com as armadilhas, pensou Arthur, embora o pai não fosse gostar nem um pouco de vê-lo tão perto das fazendas. Como se o escutasse, o lobo deu meia-volta e fundiu-se de novo à floresta.

Assim que a sineta anunciava o fim do dia, Arthur saía, pisando a neve com força, para voltar à fazenda e ajudar o pai no que fosse preciso. E era preciso muita coisa, mesmo no inverno: consertar o que não dera tempo nos meses de verão, manter os prédios, cuidar da criação. Agora o gado estava abrigado no celeiro, os porcos no chiqueiro ao lado, os cavalos no estábulo. Todos precisavam receber comida e água, a sujeira tinha de ser limpa, a palha trocada. Precisavam ter os pés inspecionados e as orelhas examinadas e receber um ou outro tapinha no nariz para encorajá-los durante os longos dias escuros do inverno.

Jake também devia ir direto para casa, para fazer a sua parte, mas parecia que sempre havia alguma coisa que o prendia na escola até tarde. Arthur não se importava, mas o pai, sim.

— Onde você estava?

— Na escola. — O rosto de Jake brilhava de entusiasmo inocente. Tinha agora 13 anos e em certo ponto, no último ano, seus traços deixaram de ser doces para tornar-se belos; todos os planos e ângulos e aquele cabelo cor de trigo.

— Volte para casa direto da escola. Tem muita coisa para você fazer.

— Mas não posso, pai! Estamos ensaiando uma peça, uma peça *de verdade*, de Shakespeare. O nome é *Romeu e Julieta*, e eu sou o Romeu. Ele é o herói. Ele comete suicídio.

Arthur interrompeu a tarefa de limpar a ferida do úbere de uma vaca e pensou na idéia de Jake se matar. Revirou-a na mente algumas vezes, descansando a cabeça na barriga quente da vaca. Jake morto e enterrado. A idéia tinha um certo encanto.

— Vamos apresentar a peça no Natal e temos de ensaiar todas as noites. É muito bom e todo mundo na cidade vai ser convidado, e vamos fazer cartazes e mandar para todas as lojas, e vão colocar nas vitrines para todo mundo saber.

— Volte para casa direto da escola. Tem muita coisa para você fazer.

— Mas, pai...

— Volte para casa direto da escola.

Então, à noite, depois do jantar, quando Jake, no quarto dele, fazia o dever de casa e Arthur, no seu, não fazia dever nenhum, este ouviu a voz da mãe, defendendo Romeu em voz baixa.

— É tão bom que ele goste da escola, Henry, e que esteja indo tão bem. Devem achar que é muito talentoso para darem a ele o papel de herói. Acho que a gente devia deixar. Acho que vai ser bom para ele.

Houve um minuto de silêncio. Então o pai, como se soubesse que ia perder a discussão mas assim mesmo tivesse de marcar posição, disse:

— Eles deviam saber que isso não se faz. Que garotos da roça não podem ficar fazendo coisas depois da escola.

— É só até o Natal, Henry. Acho que seria errado proibir. Depois do Natal ele volta a fazer a parte dele no serviço. Você e Arthur podem dar um jeito até lá, não podem?

Arthur imaginou o rosto grande e pesado do pai. Imaginou-o pensando que dizer que Jake "voltaria" a fazer a parte dele no serviço era dizer que ele fizera essa parte alguma vez. Mas a mãe tivera gripe no mês anterior, ainda não estava inteiramente boa e Arthur sabia que o pai se preocupava com ela e não queria causar nenhum dissabor. De qualquer modo, ele nunca conseguia resistir a ela.

* * *

Arthur não odiava o irmão, pelo menos nem sempre. Em geral, só não o entendia. Como é que podiam ser da mesma família? O que Jake queria? Porque Arthur tinha a impressão de que Jake queria alguma coisa; às vezes dava para ver. Havia um nervosismo, uma frustração — alguma coisa indefinível no fundo de seus olhos.

O Natal veio e se foi. Romeu morreu de amor e foi um sucesso, segundo a mãe. Arthur teve de acreditar nela. Ele e o pai perderam a apresentação. Deviam ter ido, mas estavam na cidade comprando suprimentos no armazém e perderam a hora. Pior ainda, estavam com o caminhão, e Jake e a mãe tiveram de correr pela neve os 3 quilômetros até a escola com a fantasia de Jake embrulhada em um saco de papel. Chegaram apenas cinco minutos antes da hora e encontraram a Sra. Castle, a professora de inglês, transformada em diretora de teatro, quase arrancando as próprias mãos. Quando voltaram para casa, levados por Otto Luntz (toda a família Luntz estava lá, como praticamente todos os moradores de Struan), Jake foi direto para o quarto sem abrir a boca.

— Ele queria tanto que vocês tivessem ido — disse-lhes a mãe de Arthur, os lábios apertados de desaprovação. — Era tão importante para ele e ele queria que vocês assistissem. Principalmente você, Henry. Você mais que todo mundo.

— Desde quando uma peça idiota é tão importante assim? — disse, severo, o pai de Arthur, mordido pela culpa e pela repreensão da esposa. Arthur não conseguiu se lembrar de já tê-la visto repreender o pai. — Cuidar da fazenda é importante. Trabalhar é importante. Já é hora de ele saber o que tem importância e o que não tem.

* * *

Janeiro e fevereiro se passaram e foram mais fáceis de agüentar porque o clima foi tão ruim que a escola ficou mais tempo fechada do que aberta. No início de março houve uma nevasca que durou dez dias inteiros, e fazer as tarefas básicas da fazenda era tão difícil e o frio tão insuportável que Arthur quase, mas só quase, achou que estar na escola seria um bom descanso. A neve se empilhou no lado norte da casa, do celeiro e do estábulo até o telhado, o que pelo menos lhes deu alguma proteção contra o vento uivante e enlouquecido. Enterrou totalmente o chiqueiro, não só uma, mas várias vezes. Toda manhã tinham de cavar para encontrá-lo, como se os porcos tivessem sido vítimas de uma avalanche. Parecia uma avalanche, como se todo o Pólo Norte estivesse escorregando para enterrá-los.

Estavam presos em sua própria casa e os carcereiros eram o vento e a neve. Algumas vezes por dia cavavam uma trincheira para ir da casa até o celeiro e o estábulo, e outra trincheira até a pilha de lenha, e era só até onde ousavam ir. A mãe de Arthur estava preocupada com Gertie Luntz, que tivera o apêndice extraído na mesa da própria cozinha no final de fevereiro, mas era perigoso demais andar até lá para ver se estava tudo bem. Em segundos, a nevasca engoliria qualquer um. Seria possível andar em círculos horas e horas sem nunca perceber.

A família passava os dias na cozinha, amontoada em volta do fogão, consertando tudo o que estava à vista, todos menos Jake, que passava a maior parte do tempo no quarto, fazendo lá o que costumava fazer. Estava gelado lá em cima — Arthur demorava o mais possível para deitar-se —, mas ainda assim era onde Jake preferia ficar. A companhia da família o entediava, isso era claro como o dia. Até a mãe parecia entediá-lo. E é verdade que a conversa deles não era muito estimulante.

— Melhor subir no telhado. — Era o pai, depois de um gemido das vergas. — Traga a pá. Tem peso demais.

— Tá — dizia Arthur.

E era isso durante uma hora.

— Alguém quer chá? — A mãe, alegremente.

— Claro.

Mais uma hora.

Só uma vez Jake pareceu se animar. Foi logo depois do jantar, com uma noite inteira ainda sem nada para fazer. Ele disse, de repente:

— Podíamos jogar cartas! Vou buscar o baralho, tá bom?

— Tenho coisa melhor a fazer com meu tempo do que jogar cartas — disse o pai.

— Tem mesmo? — disse Jake, olhando em volta. Há dias não havia mais nada para consertar.

— É o maior desperdício de tempo que já inventaram — disse, ríspido, o pai, desconfiando de alguma sem-vergonhice. Jake levantou-se e foi para o quarto.

Quase no fim daquela semana, um dos cavalos adoeceu. Tinham quatro cavalos Shire, animais enormes, inteligentes e dóceis, cujos antepassados tinham sido trazidos da Inglaterra por um fazendeiro de New Liskeard, vinte anos antes, e desde então eram criados por ele. Este era um animal castrado, de dois anos, chamado Moisés. Estava com ele havia quase um ano e o animal sempre trabalhara bem. Mas naquela manhã escura, coberta de neve, a temperatura abaixo de zero, quando Arthur e o pai abriram caminho até o estábulo, encontraram-no inquieto, debatendo-se contra as paredes do cercado. Não comera e não conseguia ficar parado. Havia um veterinário em New Liskeard, mas era como se estivesse na lua. O telefone mais próximo ficava em Struan e, mesmo que conseguissem falar com ele, todas as estradas estavam bloqueadas. À tarde, a nevasca ainda uivava pelas paredes do estábulo e o cavalo piorou. À noite estava frenético de dor, jogando-se nas paredes do cercado, os olhos revirados, com espuma a escorrer da boca.

— Cólica — disse o pai de Arthur.

Arthur queria perguntar "Ele vai morrer?", mas não conseguiu dizer as palavras. Não havia nada que pudessem fazer para aliviar o sofrimento; o animal estava tão louco de dor que nem conseguiriam entrar no cercado para acalmá-lo com as mãos. Uma tonelada de cavalo era como um trem de carga descontrolado. Ficaram ao lado do cercado, batendo no chão os pés congelados, aflitos, a lhe fazer companhia, até que finalmente, por volta das oito horas, não agüentaram mais e o pai de Arthur foi até a casa, pegou a espingarda e o matou.

Quando voltaram, Jake estava na cozinha, enrolado numa cadeira ao lado do fogão, lendo um livro. Levantou os olhos e ergueu as sobrancelhas ao ver a espingarda.

— Vocês foram caçar com esse tempo? — perguntou.

O pai parou. Ficou de pé no meio do cômodo, a cabeça baixa, olhando para o chão. Então pendurou a espingarda nos suportes acima da porta e saiu da cozinha.

— Desta vez o que foi que eu disse de errado? — perguntou Jake. De repente estava furioso, quase a ponto de chorar de raiva. — *Desta vez* o que foi que eu disse de errado?

Arthur, lembrando com a imagem do grande corpo imóvel no chão congelado, não conseguiu pensar em nada para dizer.

* * *

Abril. O vento deu meia-volta e soprou do sul, e como mágica a neve amoleceu, desmoronou e derreteu. O ar cheirava a terra molhada e coisas tentando crescer, tentando abrir caminho para fora do chão ainda congelado.

— Aquelas duas ali — disse o pai de Arthur, mostrando com a cabeça duas novilhas do outro lado da cerca. — Disse a Otto que as mandava hoje de manhã. O mais fácil é vocês dois levarem. É só ir andando com elas.

Arthur concordou com a cabeça. Era sábado, o melhor dia da semana. Domingo também seria bom, não fosse o fato de ser seguido pela segunda-feira.

Jake perguntou:

— Quando?

— Agora — respondeu o pai.

— Art não pode ir com elas? — disse Jake. — Tenho de ir à cidade.

O pai estava atrelando os cavalos. Virou-se devagar para Jake. Arthur sentiu uma pontada de apreensão e um pouco de irritação também. Às vezes tinha a sensação de que Jake tentava provocar o pai. No dia anterior esquecera-se de alimentar os porcos. Como é que alguém se esquecia de alimentar os porcos, coisa que tinha de ser feita todo dia, coisa que *sempre* se fizera? Era como se ele quisesse ver até que ponto conseguia irritar o pai antes que este explodisse. Arthur não entendia; era como mexer com um ninho de cascavéis ou cutucar uma colméia; mesmo que a gente não soubesse os detalhes exatos do que aconteceria depois, sabia que não ia ser agradável. Então para que isso? Por que Jake simplesmente não calava a boca e fazia o que lhe mandavam?

O pai fitou Jake em silêncio; Jake deu de ombros e virou-se. Arthur relaxou. Foi até as vacas, pegou-as pelas cordas e entregou uma a Jake. Os dois partiram pela trilha entre os campos, cada um com sua vaca.

Ainda havia neve nos sulcos do arado, riscando os campos de preto e branco como peças gigantescas de fustão. A estrada estava enlameada e escorregadia, com pedaços de gelo escondidos sob o barro, e as novilhas seguiam devagar.

— Não sei por que temos de ir os dois — disse Jake quando ninguém na fazenda conseguiria vê-los nem ouvi-los. — Você não pode cuidar sozinho das duas vacas?

— Não — disse Arthur.

— Por que não? Você é ótimo com as vacas.

— Por causa da ponte.

— O que tem a ponte?

— Elas não gostam. Ficam com medo. Balança muito. Temos de passar com elas uma de cada vez.

— Tá bom, mas depois que a gente chegar do outro lado você as leva? Porque eu tenho de ir à cidade. Vou encontrar alguém.

Arthur deu de ombros.

— Tá.

— Ótimo! — disse Jake. — Não conta nada ao papai, tá bom?

Arthur deu de ombros outra vez. Seguiram em frente devagar, Jake tentando apressar as coisas, ansioso por ir embora, puxando atrás dele a novilha relutante. Ela balançava a cabeça, infeliz.

— Vamos, vamos, vamos! — disse Jake.

— Vá mais devagar — disse Arthur. Sentia como se fosse ele que Jake estivesse puxando.

— Ela sabe andar mais depressa do que isso quando quer — disse Jake.

— Ela não quer.

— Talvez você tenha todo o tempo do mundo — disse Jake. — Mas eu tenho mais o que fazer.

— A ponte fica logo ali.

Mais adiante, na cidade, havia uma ponte de verdade cruzando o rio que separava as fazendas dos Dunn e dos Luntz, mas esta era um atalho e poupava quase 2 quilômetros. Era grosseira, feita de mourões, cordas e tábuas, forte o suficiente, mas os mourões eram compridos e flexíveis demais. Quase 5 metros lá embaixo, o Rio do Corvo fervilhava em seu caminho entre as rochas. Estava verde-claro e gelado, inchado de neve derretida. O pai de Arthur e Otto Luntz mantinham a ponte em bom estado, mas as vacas não sabiam disso e Arthur não podia censurá-las por ficarem nervosas.

— Nossa, está mesmo enfurecido — disse Jake, espiando lá embaixo a água espumosa.

Arthur amarrou sua novilha no parapeito da ponte.

— Vamos levar a sua primeiro — disse.

Era mesmo necessário duas pessoas. Arthur puxava de um lado e Jake empurrava de outro, Arthur dizendo "Isso, menina, isso, muito bem" e Jake dizendo "Anda, anda, sua vaca estúpida!". Levaram-na até o outro lado, amarraram-na no parapeito e voltaram pela ponte. Jake parou no meio e deu um pulo, para experimentar. A ponte respondeu em câmera lenta, elevando-se sob os seus pés. Arthur agarrou o parapeito.

— O que você tá *fazendo*? — disse. Na maior parte do tempo só ignorava o comportamento de Jake, não valia a pena se incomodar, mas nesse dia Jake parecia mesmo doido para se danar.

— Esqueci que isso era tão bom — disse Jake, deixando o movimento se acalmar e depois se inclinando no parapeito. — Ela dança de verdade. — Inclinou-se mais, tentando ver a parte de baixo da ponte. Arthur chegou à outra ponta e soltou a segunda vaca.

— Está vendo aquela viga? — perguntou Jake. — Aquela lá embaixo? Aposto que você não consegue ir pendurado de um lado até o outro. — Arthur não se deu ao trabalho de responder. — Aposto que você não consegue — disse Jake, sorrindo para ele.

— Vamos atravessar a vaca — disse Arthur. — *Você* tem mais o que fazer, como você mesmo disse.

— Mas eu consigo atravessar se você está com medo — disse Jake. — Aposto.

"Aposto." Sua palavra favorita desde o dia em que nasceu. Transformava tudo — *tudo* — em competição. Que coisa mais sem sentido, claro que ele era melhor do que Arthur. Mas tinha de provar isso o tempo todo. "Aposto."

— Tá — disse Arthur. — Aposto que você consegue. Vamos atravessar a vaca. *Eu* tenho de voltar pra fazenda. Achei que era você que estava com pressa.

— Aposto que não demoro nem dois minutos — disse Jake, espiando de novo pelo lado. — Cinco, talvez. Cinco minutos.

Correu até o começo da ponte e desceu até conseguir se agarrar à viga. As laterais das margens eram íngremes; bastava se afastar da beira e caíam em queda livre — não muito alto, mas no fundo havia grandes blocos de granito com água espumando entre eles. Em certos pontos a água era funda, talvez funda o bastante para amortecer a queda, mas em outros as rochas subiam à superfície, faiscantes, rosadas como salmão ao sol.

— Vou ou não? — disse Jake, rindo para Arthur.

Arthur desamarrou a segunda vaca, sem saber se conseguiria atravessá-la sozinho. Ela não estava nada contente. Pôs uma pata na ponte, depois tirou-a de volta e olhou saudosa por cima dos ombros para a fazenda lá atrás.

— Lá vou eu! — disse Jake. A ponte teve um pequeno estremecimento quando ele agarrou a viga com ambas as mãos e pendurou-se. — É fácil — gritou ele debaixo da ponte. — Você é um covarde. Marica. Bobão.

— Vamos — disse Arthur à novilha. — Tá tudo bem. Só balança um pouquinho.

Puxou levemente e ela tentou de novo, primeiro uma pata, depois outra.

— Isso, menina — disse ele. Ela avançou, agora com as quatro patas na ponte, e Arthur continuou a avançar, andando lentamente de costas, encorajando-a. — Viu? Tá tudo bem, né?

— Isso é bárbaro! — disse Jake debaixo deles. A voz se interrompia cada vez que ele movia as mãos. — Já estou... quase... no meio. Eu disse... que conseguiria... É bárbaro!

Arthur e a vaca estavam quase no meio também, mas o balanço aumentava com os movimentos de Jake, que ia de mão ante mão. A vaca titubeou. Em resposta, a ponte balançou com força e ela titubeou de novo. Arthur amaldiçoou o irmão.

— Que se dane! — disse. — Que se dane!

— Art! — disse Jake, a voz diferente de repente. — Não sacode a ponte. Tá escorregando. Tá molhado aqui!

Arthur ignorou-o. Agora a vaca estava mesmo assustada, puxando a corda pra voltar, os olhos revirados.

— Vamos, vamos — disse Arthur, com toda a suavidade possível. — Estamos quase lá. Vamos. — Ela tentou dar outro passo, conseguiu, deu mais um. Agora estavam bem no meio.

Parecia que Jake não se mexia mais. Estavam à frente dele, a ponte balançando ao máximo.

— Art! Pare de andar! Não consigo me segurar!

Ele devia achar que a ingenuidade de Arthur não tinha limites.

— Vamos, menina — disse Arthur. — Vamos.

— Art! — Havia pânico em sua voz. — Estou falando sério! Não consigo me segurar!

Arthur parou. Odiava o irmão. Naquele momento, odiava-o de verdade. Esse amor do outro por se meter em situações que podiam ou não ser perigosas e gritar para Arthur salvá-lo, e Arthur sem nunca saber se acreditava ou não, e finalmente tendo de acreditar pelo bem da mãe, só para descobrir que Jake estava brincando de novo. Jake *adorava* isso. Adorava provar para Arthur e para o mundo como Arthur era estúpido. Tão fácil de enganar. Nunca se cansava.

— Art! — A voz era um guincho. — Vou cair!

— Ótimo — disse Arthur. Uma palavra que o perseguiria pelo resto da vida.

E sentiu Jake cair. Sentiu o peso dele largar da ponte. Bem assim.

Por um instante ficou paralisado. Incrédulo. Nem conseguia respirar. Ficou parado no meio da ponte, fitando a vaca com olhos arregalados. Então a respiração voltou em um segundo; ele agarrou o parapeito e olhou. Por um instante não conseguiu ver Jake, porque achava que tinha sido arrastado pela correnteza, mas na verdade o irmão caíra quase diretamente debaixo da ponte. Estava de cara para cima, enfiado entre duas pedras. A água corria em volta e por cima dele. Por cima de seu rosto.

Depois Arthur não se lembrou de como desceu até o leito do rio. Deve ter escorregado pela margem ou pulado. Avançou pela torrente gelada do rio, sem fôlego de tanto frio. Agarrou Jake por debaixo dos braços e arrastou-o até a margem. Por um momento ridículo perguntou-se se não seria outro truque, se Jake não teria planejado a queda e estava se fingindo de morto ou desmaiado por brincadeira — mais uma última brincadeira. Mas a cabeça de Jake pendeu de lado, e escorria água do nariz e da boca de um jeito que fez Arthur chorar de medo.

Não conseguiu subir a margem do jeito que descera. Era íngreme demais para escalar com as mãos livres e ainda pior carregando um corpo. Seguiu pela beira do rio, às vezes com água pelas coxas, a corrente borbulhando à sua volta, tropeçando nas pedras, pés e pernas dormentes e insensíveis como troncos de árvore, procurando um jeito de subir. Primeiro carregou Jake nos braços e depois, quando encontrou um caminho, pendurou-o no ombro, ofegante de medo. Achava que Jake estava vivo, tinha certeza de senti-lo tossir, mas não podia parar, ali no meio do rio, para se certificar. E quem sabe que ferimentos teria ou que novas lesões ele, Arthur, podia estar lhe causando ao carregá-lo nos ombros? Mas o que mais poderia fazer? Não conseguiria subir a margem com ele nos braços e não podia deixá-lo na água.

No alto, pousou Jake no chão com todo o cuidado para verificar se estava respirando, e estava. Então pegou-o de volta e correu. Em todo o caminho pelos campos, só conseguia ver o rosto da mãe. Como poderia entrar em casa assim, carregando o corpo do irmão? Como encará-la? Era impossível entrar simplesmente sem avisar. Ela poderia morrer com o choque. Rezou para que o pai estivesse no terreiro ou em um dos campos próximos. Por favor, Senhor. Por favor. Soluçando as palavras enquanto cambaleava.

Sua oração foi atendida. O pai o viu chegando — Arthur o viu endireitar-se e parar um instante, perguntando-se o que era aquilo que vinha em sua direção pelo campo, e depois partiu na direção dos dois, devagar e, de repente, correndo.

— Avise mamãe — gritou Arthur quando o pai se aproximou. Estava chorando e achou difícil pronunciar as palavras. — Avise mamãe. Chame o médico.

* * *

Nos anos seguintes, em pesadelos, as cenas daquele dia voltaram para persegui-lo. O rosto de Jake debaixo d'água. Principalmente essa imagem. Mas também Jake deitado na mesa da cozinha, as pernas em ângulos que nenhuma perna conseguiria formar, e a mãe debruçada sobre ele, torcendo literalmente as mãos, os seus piores pesadelos concretizados. Soluçava sem parar: "O que aconteceu? Arthur, o que aconteceu?", e nessa hora ele devia ter-lhe contado — contado tudo — mas não conseguiu, então disse: "Ele escorregou, só escorregou", e ficou dizendo isso, sempre que ela perguntava, tentando fazer com que fosse verdade.

Pouco antes que o pai chegasse com o médico, seguido pelo rabecão que também fazia as vezes de ambulância, Jake abriu os olhos. Arthur conseguiu ver que tentava focalizar o teto. Então, com enorme esforço, virou a cabeça um tiquinho e os olhos se moveram lentamente pela sala, observando a mãe e depois parando em Arthur. Dali a um instante seus lábios se moveram, como se quisesse dizer alguma coisa. Condenar Arthur, sem dúvida. Acusá-lo. Dizer a verdade.

Conte a ela, pensou Arthur, desejando de repente que ele contasse. Diga-lhe o que aconteceu. Ele merecia, só queria que tudo aquilo acabasse.

Mas Jake nada disse. Talvez não conseguisse pronunciar as palavras. Fechou os olhos de novo e pouco depois disso o Dr. Christopherson chegou e examinou-o rapidamente — o pai de Arthur colado à parede, como se estivesse pregado ali com o choque —, e então, com a ajuda do Sr. Leroy, o coveiro, colocou Jake cuidadosamente em uma maca e levou-o embora.

Arthur ainda estava em pé no meio da cozinha, remoendo aqueles segundos finais na ponte, tentando mudá-los; tentando substituir o que acontecera pelo que deveria ter acontecido, pelo que ele deveria ter feito. Pior ainda, remoendo o que tinha dito, aquela única palavra insuportável e imperdoável. Tentando desdizê-la. Desesperado para encontrar um jeito de fugir ao fato inalterável de que, depois que se diz alguma coisa, ela *foi* dita. Depois que partiu dos lábios, não se pode pegá-la de volta.

Cinco

Blecaute na cidade: proibidas espingardas de ar comprimido
50 anos de produção de prata

TEMISKAMING SPEAKER, MAIO DE 1957

Além de esposa, a Sra. Christopherson era enfermeira do Dr. Christopherson, e quando ela partiu o pai de Ian ficou em maus lençóis. Depois de uma ou duas semanas de caos, percebeu que teria de fazer alguma coisa, ainda que fosse por pouco tempo (foi o que disse a Ian). Naquela época, ficou claro para Ian que o pai ainda acreditava que a esposa voltaria.

Então o médico publicou um anúncio na *Revista Médica Canadense*. "Precisa-se de enfermeira", escreveu, "para pequena cidade no Norte." Devia ter excluído "Norte", talvez "pequena" também. Houve apenas duas respostas e uma desistiu quando soube que Struan ficava tão para o norte assim. A outra, Jessie Armitage, veio por ignorância.

Na época era verão e o lago estava em seu estado mais exuberante. O sol brilhava todo dia. A primavera fora seca e havia pouquíssimos mosquitos. A enfermeira — 22 anos, nascida e criada em Toronto — ficou encantada.

— Aqui é tão bonito — dizia aos pacientes enquanto trocava um curativo ou dava uma injeção ou tirava uma ervilha da orelha de alguma criança. — Eu nem sabia que havia lugares tão lindos no meu próprio país!

Mas aí chegou o outono e começaram as violentas ventanias da estação, despindo as árvores de suas folhas como se as execrassem. O lago ficou cinzento e tristonho, e as ondas não eram mais suaves: subiam sinistras, e pedaços esfarrapados de espuma sopravam de cima delas. O vento descia veloz do norte, empurrando à sua frente as nuvens escuras como ardósia. Cortinas pálidas de chuva varriam o lago. Alguém na cidade disse a Jessie Armitage:

— Isso não é nada. Espere até a neve chegar, em vez da chuva. Aí é que você vai ver. Aí é que você vai saber o que é frio.

Jessie Armitage voltou para Toronto.

Certa noite Ian encontrou o pai junto ao lago, observando as ondas se arremessarem na margem. Uma grande tempestade se armava.

— Não sei como alguém consegue não amar isso aqui — disse o Dr. Christopherson. Sua voz era quase apologética, como se estivesse se confessando. Então continuou, e, de certo modo, Ian viu que era mesmo uma confissão: — Sua mãe odiava. O Norte, quero dizer. Achei que com o tempo ela passaria a sentir o mesmo que eu. Mas não passou.

Ian nada disse. O pai vivia arranjando desculpas para a mãe naqueles primeiros dias, como se tentasse convencer Ian de que ela tinha razão em deixá-los. Na noite seguinte à partida dela, ele disse, com uma tristeza que fez com que Ian quase o desprezasse, esse homem a quem sempre admirara acima de tudo:

— Você não deve culpá-la. A culpa é minha mesmo. Aqui ela ficava chateada. Não foi justo trazê-la para cá.

Ian fitara-o, cheio de revolta. Que desculpa era essa para abandonar a família e fugir com outro homem? Que ela estava *chateada*? Pensou em Laura, que nunca parava de trabalhar desde a hora em que acordava de manhã e cujo companheiro de vida era o homem mais chato do planeta. Ninguém a ouvia se queixar disso. E se alguém lhe perguntasse, ela diria — Ian estava convencido —, ela diria que o lugar dela era ao lado do marido e dos filhos, e que isso bastava.

Na primavera, o Dr. Christopherson publicou outro anúncio na revista médica e não recebeu nenhuma resposta.

— O que acha de virar enfermeiro? — perguntou a Ian, que respondeu:

— Engraçado. — Embora soubesse que aquilo não era apenas uma brincadeira. Que opção teria, afinal? Se ele precisava mesmo de ajuda, quem mais poderia ajudá-lo? A Sra. Tuttle desmaiaria se lhe pedissem para colocar um band-aid.

Um professor novo, Stanley Bannister, veio ocupar a vaga do professor de geografia com quem a mãe de Ian fugira e trouxe com ele a esposa, Margie, que por acaso era enfermeira, e Ian achou que estava salvo. Mas depois de uns seis meses os Bannister construíram uma casa na Estrada do Rio do Corvo, longe demais para que Margie pudesse ajudar em casos de emergência fora do horário normal. E uma quantidade surpreendente de gente tinha casos de emergência fora do horário normal.

Ian não gostava de ser chamado para ajudar. Sabia que o pai não tinha opção, mas mesmo assim não gostava. Não era o trabalho em si que o incomodava; a visão de sangue não era nada de mais para ele e Ian tinha bastante talento para acalmar crianças, talvez mais até que o pai. Assim, não é que lhe desagradassem especialmente as coisas que lhe pediam que fizesse. O que o incomodava era ter de fazê-las. A razão que havia por trás.

— Já pegando prática, hein? — diziam os pacientes. Ou então: — Já vai ter bastante experiência quando for para a faculdade de medicina! — Ian, ajudando a segurar uma criança que se debatia ou preparando a máscara de clorofórmio, fazia que sim com a cabeça e nada dizia, porque não adiantava negar.

Mas com o passar do tempo os pacientes se acostumaram a vê-lo no lugar de Margie fora do horário de trabalho e não comentavam mais nada, e Ian também se acostumou. Ainda não gostava quando pensava nisso, mas já quase não pensava.

A véspera do décimo sétimo aniversário de Ian caiu em um sábado, e Laura fez um bolo para ele. Estava no lugar de honra, na mesa da cozinha, quando ele e Arthur voltaram do campo na hora do almoço.

— Não é um bolo de aniversário de verdade — disse Laura — porque dá azar comemorar a data antes da hora. É por isso que não tem velas. É só um bolo.

Era imenso e redondo e coberto de calda grudenta de chocolate — um bolo de criança, mas parecia ótimo. Comeram um pouco de sobremesa, e depois à tarde, quando Ian e Arthur fizeram a pausa para o lanche, havia mais bolo para comer com o chá. Sentaram-se em velhos sacos de batata de aniagem, que Arthur jogou no capim alto na borda do campo. Robert e Edward estavam atrás deles, ainda com os arreios mas soltos do arado, pastando com um som que lembrava alguém rasgando lençóis. Fazia calor e o cheiro do capim era doce e novo, e as abelhas zumbiam por ali como se fosse alto verão, embora ainda estivessem em maio.

O chá estava na garrafa térmica, mas ainda quente o bastante para escaldar o céu da boca. O bolo — duas grandes fatias — estava cuidadosamente embrulhado em papel-manteiga.

— E o que você vai fazer no seu aniversário? — perguntou Arthur. A voz, ao romper o silêncio, fez Ian se assustar. Os dias passados com Arthur consistiam em imensas planícies onduladas de silêncio com rara meia dúzia de palavras ali largadas como pedras, e as pedras sempre o surpreendiam.

— Ainda não pensei nisso direito — disse ele.

Arthur tentava devolver a cobertura a uma das fatias de bolo — ela grudara no papel-manteiga. Sacudiu-a com violência; o meio dela soltou-se e depois caiu no bolo com um ruído quase audível.

— Tome — disse Arthur, passando-lhe uma fatia.

— Obrigado — agradeceu Ian. — Que delícia de bolo. — Estavam praticamente conversando. Quando começara a trabalhar com Arthur, o silêncio lhe parecera espectral. Dias inteiros sem nenhuma palavra. Não se incomodara; na verdade, na época sentira-se aliviado por não ter de conversar. Podia confiar totalmente em que Arthur não perguntaria como ele e o pai estavam se virando.

De qualquer modo, não havia mesmo silêncio. Os sons eram muitos, principalmente dos cavalos: o bater pesado e regular das patas, o ruído áspero e forte da respiração, o clangor e ranger dos arreios. E havia passarinhos e cigarras, e o zumbido dos insetos e o latido dos cães, e um ou outro pica-pau martelando a distância.

Tentara obter silêncio em casa uma ou duas vezes. Há anos ligava automaticamente o rádio ao entrar no quarto, mas depois de trabalhar algum tempo com Arthur tentou mantê-lo desligado. Em casa, contudo, o tipo de silêncio era diferente. Parecia deixar mais visível a ausência da mãe. E os barulhos que o rompiam eram tudo menos sossegados: bebês urrando na sala de espera, às vezes gritos no consultório do pai, o telefone tocando, a Sra. Tuttle atendendo e resmungando ansiosa enquanto ia pelo corredor até o consultório. Detestava atender ao telefone; e se a pessoa durante a ligação morresse? E se alguém tivesse um ataque cardíaco e soprasse suas últimas palavras pela linha telefônica? À noite, caso o pai não fosse chamado e o genuíno silêncio se instalasse na casa, seria um silêncio pesado, como se estivesse sobrecarregado pela depressão do pai. Assim, Ian voltou a ligar o rádio e deixou que Elvis e Chuck Berry e Buddy Holly preenchessem o silêncio por ele.

Agora, sentado ao lado de Arthur, ouvia as abelhas e o som de lençóis rasgados e Arthur bebendo o chá em uma caneca de esmalte descascado. Houve meia dúzia de pisadas fortes atrás deles e o focinho gigantesco de Edward apareceu por cima do ombro de Arthur. O bolo o deixara curioso.

— Sai daí — disse Arthur, batendo-lhe com um movimento da mão para trás. Edward balançou a cabeça e recuou; então parou e Ian sentiu o olhar dele. O rapaz curvou os ombros e debruçou o corpo sobre o bolo.

— Sai! — disse Arthur outra vez, ameaçador. Edward desistiu e foi batendo as patas até Robert, e soprou-lhe, petulante, nas orelhas. Robert balançou a cabeça com violência. Edward era o mais novo dos dois e Robert não tinha paciência com ele.

— Não vai dar uma festa? Convidar uns amigos? — perguntou Arthur, quebrando todos os recordes do placar de conversas.

— Acho que não. Tenho prova segunda-feira. Amanhã preciso estudar.

Arthur concordou com simpatia e tomou o chá, e Ian foi inundado por uma onda de vergonha. Porque Arthur, apesar das limitações, era gente muito boa e ainda não percebera que Ian só estava ali porque se apaixonara por sua mulher. E não percebera sequer que às vezes, depois de escurecer, Ian voltava à fazenda. Voltava e ficava em pé, silencioso, entre as formas negras das árvores à beira do terreiro, como um fantasma escuro a persegui-la.

* * *

— Tem namorada, Ian? — perguntara Laura alguns meses antes, e por um momento ele ficou cheio de pânico. Por que perguntava? Será que notara como ele a observava? Será que sabia o que ele sentia por ela? Talvez conseguisse ver através dele, talvez soubesse desde o primeiro dia em que fora à fazenda pedir emprego. Mas parecia apenas interessada, sem zombar nem implicar com ele. E assim, murmurou que sim, mais ou menos, tinha sim.

Não tinha muita certeza de como conseguira, mas tinha mesmo uma namorada. Havia cerca de um ano, desde quando um grande grupo de sua classe foi até a Ponta Baixa, na noite da última prova, para uma pequena comemoração de fim de ano. Fizeram uma fogueira na praia e assaram salsichas e marshmallows, e alguns rapazes tinham levado uísque, e todos se embebedaram. Foram nadar no escuro. Alguns mais previdentes estavam de maiô debaixo da roupa, e outros, como Ian, nadaram com a roupa de baixo. Alguns rapazes, aqueles que viviam se exibindo, e algumas garotas, aquelas que todo mundo já conhecia, nadaram nus. Houve muita água espalhada, muitos gritos e quedas, mas espantosamente ninguém se afogou nem caiu na fogueira nem rachou a cabeça mergulhando das pedras. A água ainda estava muito fria e quando saíram do lago os dentes batiam tanto que ninguém conseguia falar. Jogaram mais lenha no fogo e todos se encolheram em volta, o mais perto que podiam sem chamuscar as sobrancelhas, e passaram outra rodada de uísque, e uivaram "Você não passa de um cachorro" para as estrelas frias e distantes. De vez em quando alguém jogava mais lenha na fogueira e as fagulhas subiam rodopiando e sumiam na noite.

Pete estava lá no começo, mas ficou meio de lado, como tendia a fazer nos grupos. Afastou-se assim que saíram da água. Ian viu-se sentado ao lado de Cathy Barrett, cujo pai trabalhava na hidrelétrica. Era bonita, legal e estava com muito frio, e ele bêbado, então começou a esfregar as costas dela para aquecê-la. Uma coisa leva a outra e, pela manhã, descobriram que estavam namorando firme.

Ele até ficou contente. Nunca tivera uma namorada e não tinha certeza de que esta opção fosse inteiramente sua; desde que a mãe partira, convencera-se de que, no quesito mulheres, ele fora marcado pela desgraça. E o fato de Cathy escolhê-lo — fora ela que se sentara ao lado dele, não o contrário — era tranqüilizador. Além disso, ele gostava da aparência dela, do cheiro dela, do modo como ela se encostava nele e deixava que pusesse o braço em torno dela.

Comparada a Laura, claro que ela não era nada especial. Sabia que não devia comparar as duas, mas não conseguia evitar. Cathy era pequena e roliça, de pele clara e pálida e cabelo escuro e brilhante, enquanto Laura era alta, esbelta, dourada, outro departamento em questão de beleza. E Cathy era só uma garota, enquanto Laura era uma mulher.

Não foram muito além dos beijos naquela primeira noite. Ian gostaria de ir mais longe, gostaria de ir até o fim, aliás. Quem não gostaria? Mas havia dois tipos de garotas, as "legais" e as "fáceis", e Cathy definitivamente era da primeira categoria. No entanto, mesmo que ela fosse "fácil", provavelmente ele não iria até o fim. Não estava tão bêbado assim. Ele sabia que muitos garotos da sua idade iriam, mas a idéia do sexo fora do casamento lembrava-lhe a mãe. Além disso, nunca conseguia afastar da mente as possíveis conseqüências. Às vezes achava que as conseqüências de uma relação íntima demais destruiriam sua juventude — embora outras vezes achasse que isso era só desculpa e que no fundo era um covarde. Todos acham que jovens fazem coisas malucas, mas ele nunca conseguiu. Como andar no gelo cedo demais, logo depois de endurecido, por exemplo. A garotada fazia isso o tempo todo, mas não tinha visto o corpo dos meninos que caíam quando o gelo rompia, como ele vira. Isso acontecia praticamente todos os invernos e deixava o pai sem fala de tanta raiva.

Era o mesmo problema na hora de ir até o fim com as garotas. Sabia, com total certeza, que se "fizesse" com uma garota uma vez, uma vez só!, ela engravidaria. Mesmo que conseguisse uma camisinha — e como conseguiria isso em uma cidade onde o pai e o farmacêutico se conheciam desde crianças? —, mesmo que conseguisse, digamos, com um amigo, ela estaria furada.

Ainda assim, quando estava sozinho com Cathy sempre forçava as coisas o mais que podia. Nos últimos meses conseguira convencê-la a deixar que tocasse a parte de cima de seu corpo e continuava tentando abrir caminho mais para o sul. Mas era um processo longo e lento. Parecia haver vários estágios que era preciso superar. A princípio, ela deixou-o apalpar os seios, mas não o deixava vê-los, o que era estranho e frustrante, embora melhor do que o contrário. A maciez dos seios dela o espantou. O jeito como os mamilos endureciam ao toque. Eram incríveis. Milagrosos. Ele nunca se cansava. Mas às vezes, bem no meio das carícias (essas sessões aconteciam na casa dos Jessop, amigos dos pais de Cathy e de cujo filhinho de 2 anos ela cuidava quase toda quinta-feira à noite), ele se via imaginando como seriam os seios de Laura. A idéia deixava-o sem fôlego, tonto de desejo. Levava-o a tentar deslizar a mão até a pele quente e sedosa do interior das coxas de Cathy e forçá-la a deitar-se no sofá dos Jessop, a ereção sufocada pela calça jeans. Cathy afastava-o, sussurrando: "Ian, pare! Pare!" Mas, apesar da ordem firme, Ian tinha bastante certeza de que ela gostava quando ele ficava entusiasmado assim. Ela não tinha como saber que não era a única causa. Isso o deixava meio envergonhado, embora não o suficiente para fazê-lo parar.

* * *

A mãe mandou um presente de aniversário para ele — um pacote grande, cuidadosamente embrulhado em papel pardo, que chegou vários dias antes da data. Ele o abriu imediatamente para acabar logo com a história. "Espero que goste, querido", dizia o bilhete da mãe. "Vou pensar em você o dia todo." Era um casaco à prova d'água, forrado com um material leve e quente como plumas de ganso. Nunca o vestiria.

O pai lhe deu uma canoa. Já tinham uma canoa que pertencera ao avô de Ian, mas era larga e ampla e movia-se na água feito um porco, enquanto a nova era comprida e estreita; dava para ver que na água deslizaria como uma faca. Era feita de tiras de cedro e fora envernizada, por dentro e por fora, até brilhar como mel quente.

— Onde é que o senhor a encontrou? — perguntou ao pai. Nunca vira nada tão bonito. Estava atracada ao ancoradouro, descansando tão suavemente sobre a água que parecia não pesar mais que uma folha. O ancoradouro era deles. O avô de Ian comprara o lote entre a casa e o lago e abrira uma senda entre as árvores para que tivessem acesso à água. No ancoradouro estava pendurado, em um mastro, um sino grande de latão, que podia ser tocado para chamar o médico caso estivesse pescando quando precisassem de seus serviços. O avô de Ian fora um ótimo pescador, assim como o pai de Ian, embora hoje em dia raramente tivesse tempo pra isso. Tinham sua própria enseada, com uma pequena meia-lua de praia abrigada entre duas pontas compridas de pedra. Em um pedaço de terra agreste antes da praia, construíram um abrigo onde guardavam a velha canoa e o bote a remo. As portas do abrigo estavam abertas e Ian viu que havia outra estrutura para guardar sua canoa.

— Em Temagami — disse o pai. — Pedi a John Raven que ficasse de olho para mim. Ele a viu quando foi até lá faz algum tempo. Ficou no abrigo perto do ancoradouro durante todo o mês passado. Pete a trouxe para cá ontem à noite.

— É linda — disse Ian. O pai olhou-o e sorriu, e Ian teve de desviar os olhos. O pai queria tanto que ele fosse feliz que isso o deixava triste. Estou bem, era o que Ian queria dizer, o que era verdade na maior parte do tempo. O senhor é que não está. O senhor devia se preocupar consigo mesmo.

— Acho que vou experimentar — disse ele, agachando-se para desatar os sapatos. — Quer vir?

O pai fez que não com a cabeça.

— Outro dia. Não se atrase para a igreja.

Ian soltou o cabo do ancoradouro e, descalço, embarcou delicadamente na canoa. Ela tremeu de leve sob seu peso, mas ele só levou alguns segundos para se equilibrar. As pranchas do fundo eram quentes e macias sob os pés.

— Obrigado, aliás — disse ele, levantando os olhos para o pai. O Dr. Christopherson assentiu. Era de manhã cedinho, nem 8h ainda, mas o sol já estava forte. Caía direto sobre eles, o pai de pé no ancoradouro, ele no barco. Uma faixa estreita de ondinhas surgiu não se sabe de onde e deu tapinhas nos lados da canoa.

Ele remou pela margem, ouvindo a água deslizar sob o casco, imaginando os possíveis motivos do pai para lhe dar aquele presente. Pra começar, devia ter custado um dinheirão, e eles não eram ricos. (O pai não tinha jeito — palavras da mãe de Ian, e ele odiava concordar, mas era verdade — de cobrar o pagamento dos pacientes. "No devido tempo", dizia pouco à vontade. "Quando o senhor puder." Toda essa coisa de dinheiro o deixava sem graça.)

Mas sem falar no custo, pensando bem, a canoa era um presente estranho para quem ia sair de casa dali a pouco mais de um ano. Não era coisa que se pudesse levar na mala. Será que fora intencional? Não, isso era forçar demais, intencional não. Mas, inconscientemente, será que o pai tentara lhe dar algo que ele adoraria, mas que teria de voltar a Struan para usar? Será que tentava plantar na cabeça de Ian a semente da saudade do Norte, para que crescesse nele enquanto estivesse longe e finalmente o trouxesse de volta? O pai partia do princípio — Ian sabia disso — de que ele cursaria a faculdade, e na verdade tentaria obrigá-lo caso ele não quisesse ir. Mas também sabia que o pai queria que ele voltasse. Nunca dissera nada, nem era preciso. Ian sabia por dentro. Lá no fundo, o pai tinha esperanças de que ele estudasse medicina e se unisse a ele no consultório. Se alguém lhe perguntasse, ficaria espantado e negaria tudo. Afirmaria que nem era preciso dizer que Ian escolheria o que quisesse fazer na vida. Mas também não era preciso dizer que esperava que Ian escolhesse medicina e Struan.

Já seria bastante ruim desapontá-lo, ir embora sem intenção de voltar a não ser para as férias, de vez em quando, se tudo corresse normalmente. Mas naquelas circunstâncias? Deixar o pai sozinho, sabendo como se entristeceria? Às vezes Ian se assustava com a profundidade da depressão do pai. Sempre achara que o pai era invulnerável, embora não tivesse resposta para tudo. Era a impressão que dava, não só aos pacientes como também a Ian. Parecia feito de pedra. Inabalável. Mas não era.

Na maior parte do tempo parecia estar bem, enquanto trabalhava. Cumpria o horário normal de trabalho com Margie Bannister, a enfermeira, e fazia visitas e escutava os pacientes e suas queixas, como sempre. E em geral estava bem de manhã, no café, quando os dois se sentavam na cozinha e liam o jornal. Ambos gostavam de acordar cedo, e mesmo durante as aulas o desjejum era uma ocasião bastante tranqüila.

Era à noite que ele afundava. Lutava contra isso, Ian podia observar. Tentava, e na verdade a tentativa era a coisa mais dolorosa de se ver. A hora do jantar, quando o pai não estava bem, era uma prova de resistência, agravada porque o pai achava que tinham de comer "direito", sentados à grande mesa polida da sala de jantar, como faziam quando a mãe de Ian estava lá. Ian não gostava da sala. Ainda lembrava a presença da mãe. A sala de jantar e a de estar estavam cheias de toquezinhos dela: o caminho de renda no bufê, os vasos de vidro lapidado (que nunca tinham flores porque, segundo a mãe, não havia nada além de ervas daninhas em um raio de 600 quilômetros de Struan), os abajures nas mesinhas laterais. ("Não são um encanto?", ele se lembrava de ouvi-la dizer quando os abajures chegaram. "Está vendo como formam pocinhas de luz? Tão simples. Tão elegantes. Não acha?" Ela movera um dos abajures um tiquinho para a direita. Era uma das poucas ocasiões em que se lembrava dela alegre, o que tornava a recordação ainda mais dolorosa.)

É claro que ela não comprara os abajures em Struan. Havia lampiões à venda na loja de ferragens para prevenir a possibilidade (ou melhor, a certeza) de cortes de luz nas tempestades de inverno, mas eram funcionais. Struan ainda não chegara à idéia de casa "encantadora". Struan nunca ouvira a palavra "decoração". O catálogo da Eaton ("a outra Bíblia", como dizia o pai de Ian, porque em muitas casas que visitava esses eram os únicos materiais de leitura) também nunca ouvira falar disso, mas pelo menos tinha abajures de verdade e, com um pouquinho de imaginação, dizia melancólica a mãe de Ian, era possível criar o tipo de aparência que transformava casas em lares.

Na opinião de Ian, teriam jogado tudo fora no dia em que ela partiu, limpado a casa dos enfeites e quinquilharias, dos candelabros e porta-retratos, mas não jogaram, e ainda estavam todos ali, cobertos de poeira (tirar o pó não era o forte da Sra. Tuttle), aguardando para emboscar a memória. Por que não podiam comer na cozinha, que sempre fora o domínio da Sra. Tuttle? Por que não podiam sentar-se ali à noite, como faziam de manhã?

Mas a verdade é que ele sabia por quê. Sabia que o pai sentia que precisavam manter a aparência de vida familiar "normal". Assim, nada dizia e eles sentavam-se na sala de jantar noite após noite. A Sra. Tuttle preparava o jantar (na sexta-feira, fazia pratos que pudessem esquentar no fim de semana) e punha a mesa antes de sair, e comiam ali, formalmente, e mantinham uma conversa educada, mesmo quando não havia nada a dizer.

— Cheio de gordura — anunciava o pai, a voz tensa no esforço de mostrar alegria, servindo-se de um pedaço do frango frito da Sra. Tuttle. — Gordura que se coagula no organismo e entope as artérias. Vamos morrer antes do fim do ano.

— Mas vale a pena — dizia Ian, acompanhando, representando seu papel.

O pai concordava com a cabeça.

— Claro. Um jeito ótimo de morrer.

Ou então discutiam os dias.

— Joyce Ingrams esteve aqui de novo.

— É, eu a vi lá sentada. A gente devia pintar o nome dela na cadeira. Qual foi o problema dessa vez?

— Nada.

— O senhor não pode dizer "A senhora está imaginando coisas, volte para casa"?

O pai fez que não com a cabeça.

— Ela precisa se tranqüilizar. Hipocondria também é uma doença, de certa forma.

Como a depressão?, pensou Ian. Se assim era, coitada.

— Talvez ela precise é de ficar doente de verdade — disse. Sentia que ajudava o pai quando conseguia envolvê-lo na conversa, como se o cérebro dele ficasse menos vulnerável quando se concentrava. Mas era difícil, como dar corda em um gramofone velho quebrado há muito tempo. — Aí vai ver a diferença. Ela já teve algum problema de saúde real?

— Não que eu me lembre. Uma gripe há alguns anos. Coisa leve, sem perigo.

— Ela vai é ficar contente quando morrer — disse Ian. — Vai mandar gravar "Eu não disse?" na lápide.

O pai sorriu. Era um pequeno triunfo fazê-lo sorrir. À noite, rir estava além de suas forças.

Ian achou que os momentos ruins estavam um pouco mais espaçados do que no início, mas ainda havia épocas em que a gravidade parecia dobrar sua força sobre o pai A pele do rosto dele afrouxava, sua grande compleição parecia encurvada. Ficava com a aparência exausta. Será que algum dia se recuperaria? Caso contrário, como Ian poderia deixá-lo? Era só pensar nisso e a culpa o inundava e o deixava zangado. Ninguém devia se sentir culpado de viver a própria vida. Ninguém devia ser responsável pela felicidade dos pais. Não era justo.

O dia esquentava e a névoa da manhã elevava-se devagar da superfície da água. Deslizou por ela, com a canoa fazendo tanto barulho quanto a névoa. Era uma linda embarcação, e ali estava ele, deslizando nela, remoendo uma coisa que ainda estava a mais de um ano de distância. Já não se agüentava mais, não agüentava mais o modo como se preocupava com tudo — isso o deixava louco. Devia estar aproveitando a canoa. Era um presente de aniversário maravilhoso e era bem provável que o pai a tivesse comprado só porque sabia que ele ia adorar. Só isso, nem mais nem menos.

Na esteira da névoa soprava uma brisa leve e o cheiro ácido e limpo das árvores chegou pela água. Ele entrou na Baía Blake, mas não havia sinal de Pete, então foi até a enseada Desesperança e encontrou-o ancorado no trecho pantanoso onde os lúcios gostavam de se esconder, debruçado sobre a linha de pesca como um gigante antigo.

— Ora, ora. Um branco na canoa — disse Pete quando ele chegou. — Quem diria.

— Nada mau, hein? — disse Ian.

— Vou lhe contar uma coisa — disse Pete, esticando uma perna e dobrando-a novamente, depois a outra. Os bancos do *Queen Mary* eram baixíssimos e as pernas de Pete compridíssimas, de modo que os joelhos dobrados sempre ficavam na altura das orelhas. Os joelhos das calças jeans tinham desistido da luta havia muito tempo e estavam rasgados de costura a costura. — Quando vocês, brancos, evoluírem um pouco mais, daqui a um bilhão de anos, mais ou menos, vão descobrir o motor de popa e nunca mais hão de querer outra coisa.

Ian sorriu. Mas ultimamente parecia haver segundas intenções nas piadas de Pete, que às vezes o deixavam pouco à vontade.

— Mas é uma ótima canoa — disse, tentando de novo. — Você tem de admitir.

— É boa — disse Pete. — Mas quero ver você puxar um lúcio para dentro dela. Homem ao mar!

Neste exato momento o anzol foi agarrado por alguma coisa tão grande que Pete foi jogado para o lado do *Queen Mary*. O caniço voou-lhe das mãos e por milímetros ele mesmo não foi puxado do barco.

— Que merda! — disse, quando se recuperou. — O que foi isso?

Ian ria demais para responder. Pete pegou o remo no fundo do barco, levou o *Queen Mary* até a canoa, estendeu a mão e, antes que Ian pudesse impedir, deu um puxãozinho no lado da canoa e ela virou.

A água estava tão fria que o coração de Ian quase parou. Subiu à superfície ofegante com o choque e lá estava Pete, olhando de cima para ele, rindo-se como um gato.

— Agora está batizada — disse Pete. — Dá boa sorte virar a canoa da primeira vez. Você vai ter muita sorte. — E estava certo, porque Ian elevou-se da água, agarrou com força o braço de Pete e por pura sorte conseguiu segurá-lo, lançar-se para trás e fazer Pete cair na água também. Como nos velhos tempos.

* * *

Na igreja, Ian e o pai sentaram-se no banco de sempre. A igreja estava cheia. O clima quase de verão alegrara a todos e deixara-os mais dispostos a agüentar o sermão em troca do prazer de reunir-se depois nos degraus da igreja para fazer fofocas. As mulheres usavam vestidos de verão e chapéus com flores artificiais. Todos pareciam mais alegres e vivos do que um mês antes, quando ainda havia neve no chão. Até as crianças pareciam menos incontroláveis do que de costume. O reverendo Thomas era o único fora de tom. Seu sermão foi sobre o tema da dor — aceitar que a vida está cheia dela, suportá-la alegremente, receber bem a proximidade de Deus que o sofrimento traz. Ian, mais acordado do que de costume devido ao mergulho de manhã cedo, ouviu o pai engolir um resmungo de desdém. Já vira mais dor do que o reverendo Thomas.

Arthur e Laura Dunn e os filhos estavam sentados três filas à frente, como sempre. Ian fixou os olhos em Laura, como fazia há tanto tempo que parecia a vida inteira. Se Cathy estivesse ali, teria se sentido culpado, mas a família dela freqüentava a igreja batista do outro lado da cidade. No fundo, Ian ficou contente; isso o deixava livre para concentrar-se em Laura. Ainda sentia a mesma confusão de emoções quando estava na presença dela. Era como um gole de água fresca no deserto e como ser comido vivo por formigas carnívoras, tudo ao mesmo tempo.

Depois do culto, enquanto Arthur ia para o caminhão para não ter de conversar com ninguém, ela veio falar com ele.

— Feliz aniversário — disse. Carter seguira o pai, mas Julie e March vieram com a mãe. Julie sorriu timidamente para Ian. Estava novamente com vergonha dele, porque vira-o muito pouco durante o inverno. March, o bebê que não era mais bebê, parou de cavar com a ponta do sapato uma trincheira na areia em torno dos pés da mãe e olhou curioso para Ian. Laura lhes disse:

— Não vão desejar feliz aniversário a Ian?

— Feliz aniversário — disse Julie.

— Obrigado — disse Ian.

March disse:

— Ganhei um caminhão.

— É mesmo? — disse Ian. — Onde está?

— Em casa — respondeu Laura —, ou ele ia correr para cima e para baixo na igreja com ele.

— De que cor é? — perguntou Ian a March. Devia estar com quase 3 anos. Nos últimos dois anos parecia ter crescido consideravelmente. Julie também. Ian não estava mais prestando atenção a nenhum dos dois.

— Azul — disse March, sem muita certeza, olhando para a mãe atrás de confirmação. Ela fez que sim com a cabeça.

— Igual ao do seu pai — disse Ian, e March virou a cabeça para ver o caminhão do pai, estacionado debaixo de uma árvore. Balançou a cabeça, dizendo que não.

— É menor — disse, desconsolado.

— Talvez ainda cresça — disse Ian, e March franziu as sobrancelhas sob o tufo de cabelo louro.

— Ian está brincando — disse Laura, e tocou a bochecha de March com as costas da mão, fazendo Ian se remoer de desejo.

Ele a observou andando devagar até o caminhão, Julie e March a segui-la como barquinhos atrás de um navio. Carter e Arthur estavam de pé ao lado do caminhão. Carter perguntou alguma coisa ao pai; Arthur negou com a cabeça e Carter deu meia-volta, os ombros caídos. Postura típica de Carter.

Mas Ian achava que no fundo ele não era um mau menino. Não era insolente com os pais nem se recusava a fazer o que lhe pediam, nem jogava pedras na janela dos outros. É que ele sempre parecia tão mal-humorado... Ian o via no pátio da escola na hora do almoço e no recreio, observando os outros meninos da turma jogarem bola. Não era bom nos esportes. Pelo menos não nos esportes de equipe. A única coisa em que era bom mesmo, até onde Ian sabia, era na corrida; no dia desportivo, no fim do ano, costumava vencer todas as corridas em que se inscrevia. Vinha voando, o rosto chamejante de êxtase, 20 metros na frente dos outros. Talvez seu talento fosse a velocidade; também era rápido na bicicleta. Às vezes, à noite, Ian o via disparar pela estrada, debruçado sobre o guidom, a cabeça abaixada, uma nuvem longa e baixa de poeira se formando atrás dele.

No entanto, em casa, era uma negação. Taciturno e pouco comunicativo. Talvez, pensou Ian, Arthur fosse assim quando criança, mas parecia improvável. O silêncio de Arthur era solidário, e não carrancudo. Acontecia o mesmo com Pete; ninguém descreveria Pete como loquaz, mas seu silêncio era pensativo. O silêncio de Carter era ressentido.

Talvez melhorasse com a idade. Ian achava difícil acreditar que Carter era apenas três anos mais novo que ele. Parecia tão criança.

É estranho, pensou mais tarde, como às vezes, quando a gente começa a pensar em alguém, parece trazê-lo para o primeiro plano da vida. Às 23h houve um martelar na porta e, quando Ian atendeu, o sargento Moynihan estava na varanda segurando com firmeza o braço de um garoto. O garoto era Carter. Tinha um corte sangrando na testa, o rosto branco e assustado.

— Pegou o caminhão do pai — disse o policial sem preâmbulos, empurrando Carter para o vestíbulo. — Foi dar um passeio sozinho. Saiu da estrada, bateu em uma pedra e acabou na vala. Ainda bem que não bateu numa árvore. Onde está seu pai?

— Chamaram-no — disse Ian, levando-os para o consultório. — Não vai demorar.

— Faça um curativo, então — disse o sargento. — Vou ligar para os pais dele. — Cutucou o ombro de Carter com o indicador. — Qual é seu telefone?

Carter resmungou o número. Segurava um lenço ensangüentado na testa e parecia meio tonto.

O policial seguiu para o corredor. Por cima do ombro, disse a Ian:

— Ouvi dizer que você anda praticando muito. Costure-o você mesmo, por que não?, poupe esse trabalho a seu pai.

— Não, obrigado — disse Ian, azedo. Levou Carter até o consultório e mandou-o sentar em uma cadeira. O menino ainda estava muito pálido e Ian achou que talvez desmaiasse. Manteve a mão em seu ombro por alguns minutos, até que o garoto ficasse mais firme. Então foi até o armário e pegou na gaveta um pacote de curativos.

— Só vou fazer um curativo — disse ele. — Vai resolver até meu pai chegar.

Com todo o cuidado, removeu o lenço ensangüentado e fez o curativo. Carter encolheu-se, mas não protestou.

— Agüente aí — disse Ian. — Vou colocar uma bandagem para segurar isso na cabeça. Não foi muito grave. Já quase parou de sangrar.

Podiam ouvir o sargento Moynihan ao telefone, lá no corredor.

— Vou ver — ouviram-no dizer antes de entrar no consultório.

— É claro que sua mãe está preocupada — disse ele a Carter. — E não podem vir buscá-lo, né, porque você furtou o caminhão.

Virou-se para Ian:

— Ela quer saber se é grave. Ele vai ter de ir para o hospital?

— Acho que não — disse Ian. Estava enrolando a bandagem bem firme em volta da cabeça de Carter. — Mas meu pai vai ter de ver se ele não sofreu uma concussão. E talvez precise dar uns pontos. Diga a ela que o levaremos para casa.

O sargento Moynihan concordou e voltou ao telefone.

— Posso ir para casa andando — disse Carter, a voz trêmula.

— Tenho certeza de que meu pai vai proibir isso. — Ian prendeu a ponta da bandagem com um alfinete de segurança. Estava doido para saber qual era a história.

O sargento Moynihan voltou.

— Tudo bem — disse. — Vou embora, para ajudar a levar o caminhão de volta à estrada. — Virou-se para Carter: — O que aconteceu, hein? Você ainda é menor de idade, não é? — Esperou um instante e cutucou o ombro de Carter. — Que idade você tem? — Nenhuma resposta. Cutucou de novo. — Anda, quantos anos?

— Quase 14! — disse Carter, voltando à vida de repente, afastando-se zangado do dedo que o cutucava. Mas não parecia intimidado. Ian impressionou-se contra a vontade.

— Quer dizer, 13. Três anos menos que a idade mínima. Você podia ter matado alguém. Podia ter morrido. Não foi muito esperto, né?

Carter não respondeu.

O sargento deu um suspiro.

— Crianças — disse. Içou as calças; tinha uma pança de bom tamanho e as calças travavam uma batalha perdida para ficar por cima dela.

— Então vou embora. Pode ser que o pai venha buscá-lo quando tirarmos o caminhão de lá. Se ainda estiver funcionando. Parece que o dano não foi grave.

A Carter, disse:

— E você vai ter sorte se ele não lhe tirar o couro.

O sargento saiu e ouviram o carro da polícia se afastar. Ian sentou-se na cadeira do pai e observou Carter, que olhava o chão.

— Então você só quis dar um passeio? — disse Ian. Ele lembrava-se de importunar o pai para deixá-lo dirigir na estrada do lago, onde não se via carro nenhum passar durante horas. Tinha no máximo 14 anos naquela época.

— É.

— Por que não pediu ao seu pai? Ele teria levado você, não é? — A maioria dos garotos do campo que ele conhecia já dirigiam o trator do pai com a idade de Carter. Mas é claro que os Dunn não tinham trator.

Carter levantou os olhos. Debaixo da bandagem o rosto ainda era muito pálido, mas os olhos estavam febris e zangados. Havia marcas de sangue seco no queixo; se fosse outra pessoa, Ian teria limpado seu rosto, mas suspeitava de que Carter não gostaria nada disso.

— Pedi a ele.

— O que ele disse?

— O mesmo de sempre: Ainda não. Tudo é ainda não. Ele não me deixa fazer nada.

— O que quer dizer? — perguntou Ian, curioso. — Como o quê?

Carter deu de ombros e olhou para o outro lado, a boca apertada em uma linha amarga.

Por um instante Ian teve pena dele. É verdade que Arthur não parecia lhe dar muita atenção. Até as tarefas de que o incumbiam mantinham-no perto de casa, sob a supervisão da mãe.

— E sua mãe? Ela não lhe ensinaria a dirigir?

— Ela anda muito ocupada — disse Carter, a voz monocórdia.

— Bem, então quando ela não estiver. — E imaginou Laura no banco do carona do caminhão velho e surrado, instruindo o filho com calma e paciência. Bem, talvez não com calma, e ele pensou no jeito apressado com que ela ia de um lado para o outro; não dava para descrevê-la como uma pessoa calma. E agora que pensara nisso, nem sempre ela era assim tão paciente com os filhos, principalmente com

Carter. Mas ainda era uma excelente mãe. Carter não fazia idéia da sorte que tinha.

— Ela está sempre ocupada demais — disse Carter, o tom amargo ainda na voz —, sempre ocupada, *o tempo todinho.*

— Talvez você só tenha falado com ela na hora errada — disse Ian. — Devia pedir de novo.

A cabeça de Carter levantou-se.

— O que você sabe sobre ela? — disse, irritado. — *Você* não mora lá! Ela não é *sua* mãe!

O que deu a Ian vontade de levá-lo para os fundos da casa e dar-lhe uma surra.

Ian foi à fazenda na noite seguinte. Era tarde, quase 22 horas, e ficou com medo de que os Dunn já tivessem ido dormir, mas teve sorte e a luz da cozinha ainda estava acesa. Arthur era o único ali, sentado na cadeira de sempre; ele e Laura sempre subiam juntos, então Ian imaginou que Laura estivesse ajudando o pai a deitar-se. O velho dormia em um quartinho junto à sala, para não ter de enfrentar a escada.

Ian ficou debaixo das árvores na beira do terreiro, fora do alcance das faixas de luz lançadas pelas janelas. Lá em cima, a luz estava acesa no quarto de Carter. O caminhão estava estacionado junto ao celeiro; Ian foi até lá e deu uma olhada. Pelo que pôde ver no escuro, não parecia pior do que antes.

Voltou a seu posto de observação e esperou que Laura aparecesse. O ar noturno ainda estava frio; afinal, ainda estavam em maio. Encolheu os ombros e enfiou as mãos nos bolsos. Era um alívio não haver mais neve, pois não precisava se preocupar com pegadas. Durante cinco ou seis meses do ano, era perigoso demais ir até ali. Agora só precisava ter cuidado com Arthur, que às vezes saía para urinar junto a alguma árvore em vez de subir até o banheiro. Ou Carter. A idéia de Carter descobri-lo arrepiou-lhe o cabelo.

Sabia o que todos pensariam se fosse pego. Haveria escândalo. Seria tachado de voyeur. Pervertido. Mas não era. Claro que fantasiava sobre Laura, mas nunca a vira nua e só quando estava amamentando March pudera ver seus seios. Se fosse esse o objetivo das visitas, teria desistido muito tempo antes. Mas não era por isso que vinha. Não tinha certeza exata do porquê, mas não era por isso. Tranqüilizava-o saber que ela estava lá, era isso. Vinha verificar se tudo estava como devia estar.

Um dos cachorros farejou-lhe a perna e ele abaixou-se para acariciá-lo. Quando olhou para cima, Laura estava entrando na cozinha. Ela parou na porta e puxou o cabelo para trás do rosto, em um gesto de fadiga, e Arthur, que levantara os olhos quando ela entrara, ficou de pé, bem depressa, para ele, atravessou a cozinha, pôs os braços em volta dela e puxou-a para si. Laura descansou a cabeça em seu peito, os olhos fechados. Ela acariciava as costas dele bem de leve com as mãos.

Ian ficou eletrizado. Depois de alguns segundos separaram-se e começaram a desligar as luzes para irem dormir. Mas Ian continuou ali muito depois que a escuridão se fechou à sua volta, mantendo na mente a imagem dos dois.

Seis

Vaca morta na Estrada do Norte
Canadá dá as mais sinceras boas-vindas a Suas Graciosas Majestades

TEMISKAMING SPEAKER, ABRIL/MAIO DE 1939

Quanto tempo levaria para a culpa passar? Arthur, observando a repercussão do acidente de Jake espalhar-se em ondas pela vida de todos, viu que duraria para sempre.

Jake passou três meses no hospital. A princípio, até melhorar o bastante para ser removido, ficou no hospital de New Liskeard; depois foi transferido para Sudbury, bem mais ao sul. A transferência foi feita em uma ambulância de verdade e não no carro fúnebre; isso, mais a conta do hospital, mais as quatro operações para recolocar os ossos de Jake no lugar, mais as poucas viagens da mãe a Sudbury para visitar o filho custaram uma quantia de que não dispunham. O pai de Arthur, que nos meses passados desde o acidente criara sulcos profundos nos lados do rosto, teve de pedir dinheiro emprestado ao banco. Dívidas. Tinham dívidas. Bastava a palavra para as entranhas de Arthur se revirarem de ansiedade.

Até essa época, nunca pensara muito em dinheiro. Eles nunca tinham muito, nem as pessoas que Arthur conhecia. Dinheiro era coisa que quem tinha eram os moradores das vilas e cidades — o Sr. Taggert, gerente do banco de Struan, ou o Sr. Fitzpatrick, dono da serraria, esses tinham dinheiro. A maioria dos fazendeiros da região não via mais do que 20 dólares de um ano a outro. Mas não se consideravam pobres. Com exceção de sal, açúcar e chá, plantavam e criavam quase tudo o que comiam, e as outras coisas de que precisavam — ferramentas, pregos, sapatos, gasolina para o caminhão, uma ou outra peça para as máquinas da fazenda, quando já não dava mais para consertar as peças velhas — eram pagas em gêneros, na falta de dinheiro. Até o médico e o veterinário gostavam de ser pagos com galinhas, presunto ou um alqueire de milho.

Mas agora todo mundo ouvia falar em dívidas. Mesmo quem não sabia contar até dez ouvira falar em dívidas. Os homens — os vagabundos — que perambulavam pela estrada poeirenta até Struan atrás de emprego traziam histórias de horror do país inteiro. Secas terríveis nas grandes fazendas das pradarias, gente passando fome nos becos das cidades, até crianças vendidas pelos pais na esperança de que o novo "dono" as alimentasse direito e não as fizesse trabalhar até morrer. Histórias de arrepiar os cabelos que deixavam todos gratos por Struan ficar onde ficava, embora mesmo ali tudo andasse difícil. Ao lado de "dívida", havia outras palavras que passaram a ter assustadora realidade, tanto ali no norte quanto no restante do mundo. "Miséria", por exemplo. "Fome".

As fazendinhas em torno de Struan tinham sorte se comparadas a tantas outras. A seca não as atingira com tanta força e os campos eram pequenos e cercados de florestas. Assim, mesmo nos períodos mais secos, o vento não podia levar a terra embora. É claro que não estavam totalmente isolados do que acontecia no mundo — o preço do trigo os afetava, assim como a demanda por leite —, mas em sua maioria as fazendas, como a dos Dunn, eram mistas e pequenas; se não conseguiam vender uma coisa podiam vender outra, e se não conseguiam vender nada podiam comer e esperar com calma tempos melhores.

Mas o hospital não aceitaria uma vaca como pagamento. O hospital queria dinheiro. Muito dinheiro. Arthur ouviu um barulho no andar de baixo, certa noite, por volta das 3h da madrugada. Saiu da cama, se esgueirou até o alto da escada e viu o pai curvado na cadeira junto ao fogão como se fosse um velho, simplesmente parado ali, olhando o nada.

Certa tarde, voltou à ponte. Tentara se confortar com a idéia de que não poderia ter salvado Jake, mas precisava saber com certeza. De pé na ponte, olhando a água agitada abaixo, teve um rápido instante de esperança, porque, embora tivesse chegado até Jake bem depressa depois que ele caiu, dava para ver que não teria conseguido chegar lá a tempo de pegá-lo, mesmo que isso fosse possível. Mas devia haver outro jeito, um jeito bem mais simples. Saiu da ponte e andou pela margem, estudando a lateral de sua estrutura, e sentiu as entranhas se contraírem. Voltou e caminhou até o meio, onde ele e a vaca ficaram, deitou-se de barriga para baixo, pendurou-se na lateral e esticou o braço, tentando pegar a trave onde Jake se pendurara. Sentiu os dedos tocarem-na, a superfície fria e escorregadia. Poderia ter alcançado a mão de Jake, se tivesse tentado. Poderia tê-lo puxado em segurança. Mas não tentara. Nada fizera. Dissera "Ótimo".

Aquela palavra. Tentou afirmar a si mesmo que Jake não deve ter conseguido ouvi-la com o barulho da água. Agarrou-se a essa esperança.

Será que sabia que daquela vez Jake não estava fingindo? Às vezes achava que, bem lá no fundo, sabia, sim. Jake o incomodara tanto naquele dia, que Arthur talvez até quisesse que ele caísse. Talvez, só por um momento, bem lá no fundo, quisesse que Jake morresse.

Desejou que alguém o punisse, o mandasse para a cadeia ou algo assim, embora soubesse que não havia punição pior que assistir ao que os pais estavam passando. Queria confessar, mas não conseguia. Devia ter confessado na hora. Lembrava-se da mãe, debruçada sobre o corpo retorcido de Jake, gritando: "O que aconteceu, o que aconteceu?" Lembrava-se de dizer que Jake escorregara. Devia ter contado a verdade bem naquela hora. Devia ter dito: "Eu poderia tê-lo salvado, mãe. Mas não acreditei nele." Deveria ter feito isso naquela hora, porque a cada dia que passava ficava mais difícil. E pior, muito pior, algum dia, em breve, o próprio Jake contaria à mãe, e ela contaria ao pai, e os dois o desprezariam de verdade. Depois das viagens da mãe a Sudbury, Arthur examinava-lhe o rosto para ver se ela sabia. Mas toda vez o olhar dela era como sempre fora. O que Jake aguardava? Por que não contara? Houve momentos em que Arthur gostaria que ele contasse.

E então, certa tarde, uns dois meses depois do acidente, ele e o pai estavam na floresta, cortando galhos de choupo para fazer uma cerca e, de repente, do nada, o pai indagou:

— Como foi que ele caiu?

Não estavam conversando sobre Jake. Nem estavam conversando. Era um dia quente e parado, o céu pesado, ameaçando chuva, e as moscas e mosquitos enlouqueciam-nos. Tentavam apenas terminar logo o serviço para ir embora da floresta.

Arthur endireitou-se e limpou a boca com as costas da mão. Devia estar contente porque agora, finalmente, podia se livrar daquilo, mas suas entranhas tinham virado geléia.

— Ele... escorregou — disse, finalmente. Aquela mentira outra vez. Ele não olhou o pai. Perder a consideração dele... De repente isso ficou insuportável, pior que conviver com a culpa.

— Tem parapeito — disse o pai, também sem olhar para ele. Empurrou o tronco flexível de um choupo com uma das mãos, curvando-o, pronto para o golpe.

— É. Mas ele escorregou... por baixo.

— Escorregou por baixo do parapeito? É isso que você está me dizendo?

— É.

— Ele estava de vadiagem — disse o pai de Arthur, rachando o tronco do choupo com um golpe feroz. — Como eu pensei. De vadiagem, como sempre.

— É, mas... — disse Arthur. Nessa possibilidade ele não tinha pensado: que o pai poria a culpa em Jake.

— Mas nada! — disse o pai, com fúria na voz. — Mas nada! Vadiando, sempre vadiando. E agora, pronto! Olhe só o que aconteceu!

Ele pegou o choupo caído, cortou furiosamente a copa e jogou o tronco na pilha de mourões.

— E agora, como é que vamos pagar, hein? Vamos, diga. Sabe o que acontece quando a gente não consegue pagar? Sabe o que acontece? O banco toma a fazenda da gente. É isso o que acontece.

O coração de Arthur batia com força. Sentia as palavras rolarem como seixos em sua boca, tantas que quase sufocou, todas querendo sair ao mesmo tempo. *Foi culpa minha, pai. Eu o deixei cair. Poderia tê-lo salvado. Poderia ter alcançado a mão dele, mas nem tentei. Pensei que estava fingindo de novo, mas acho que sabia que não estava. Acho que eu sabia. Sabe o que eu disse quando ele falou que estava escorregando? Eu disse "ótimo", pai. Eu disse "ótimo".*

Tentou falar, chegou a abrir a boca, mas o pai virou-se para ele e apontou-lhe a cabeça do machado.

— E não me venha arranjar desculpas para ele! Não me venha fazer isso de novo! Você e sua mãe! — Sacudiu o machado para Arthur. Estava tão zangado que o cuspe lhe voava da boca. — Com malditos 13 anos! Nunca assumiu a responsabilidade por nada que já fez na vida! Um bebezinho, é isso o que ele é! Um bebê chato, enorme e inútil. E agora, pronto! — O ar parado ecoava sua raiva.

* * *

Durante todo o verão, enquanto o sol caía forte sobre a plantação que crescia, fazendo-a passar de verde a um dourado seco, Arthur descarregou sua culpa na roça. De sol a sol lá estava ele. No trabalho havia consolo, mas não absolvição.

Jake voltou para casa no fim de julho. A ambulância o trouxe de Sudbury. Mais dívidas, embora quando se olhasse pra ele parecesse de mau gosto pensar em dinheiro. Estava engessado da cabeça aos pés: as duas pernas no gesso, dos pés ao quadril, com mais gesso do quadril até as axilas. O rosto, que praticamente era tudo o que se conseguia ver, estava tão magro que os ossos pareciam prestes a furar a pele.

Os homens da ambulância o levaram para a cozinha em uma maca e colocaram-no na cama que a mãe de Arthur preparara. Quando se foram e a mãe, quase dilacerada pela mistura de ansiedade e alegria, subiu para pegar mais alguma coisa para maior conforto de Jake e quando o pai, que não dissera palavra desde que a ambulância chegara, saiu de novo, Arthur foi até a cama do irmão. A boca estava tão seca que mal conseguia falar.

— Como você está? — conseguiu perguntar, finalmente.

— Bem — disse Jake.

Os dois se entreolharam. Como sempre, Arthur não conseguia ler direito a expressão do rosto do irmão, mas sabia que tinha de dizer agora o que era preciso dizer, antes que mais um segundo se passasse. Umedeceu os lábios.

— Sobre o que aconteceu... — começou. Jake olhou-o. — Eu sinto muito — Arthur tentou dizer, mas a voz falhou. Engoliu e tentou de novo. — Eu sinto muito.

Parecia tão estúpido que quase esperava que Jake risse. A gente aleija o irmão para o resto da vida e só consegue dizer "Eu sinto muito"? Mas, se havia outras palavras, ele não sabia quais eram.

Jake virou a cabeça para o lado por um minuto, fitando a porta por onde o pai saíra. Parecia ter uns 6 anos, ali deitado, e ao mesmo tempo uns 60. Um minuto depois, voltou a olhar Arthur e disse:

— Estava falando sério, Art? Quando a gente estava na ponte? Você queria que eu caísse?

O ar saiu de Arthur de uma vez só, como se levasse um soco no estômago. Tinha se preparado para gritos de acusação ou sussurros ameaçadores e selvagens de vingança, ou para ouvir que Jake o odiaria pelo resto da vida, mas não para essa pergunta direta, simples, insuportável. Quando finalmente conseguiu falar, tudo o que disse foi:

— Céus, não, Jake. Não, céus, não. — As palavras saindo entre um gemido e um soluço.

Jake o estudou por algum tempo. E disse:

— Como papai está?

— O quê? — disse Arthur, limpando o nariz com as costas da mão. Podia ouvir a mãe andando no andar de cima. Se ela os ouvisse, isso a mataria.

— Papai ficou muito nervoso?

— Céus, Jake! Do que você está falando?

Jake olhou-o com firmeza.

— Ele ficou nervoso?

— Céus! — disse Arthur, cheio de agonia outra vez. — Claro que ficou! — Era a simplicidade das perguntas que ele não conseguia agüentar, e saber que Jake, no leito do hospital, incapaz de se mover, devia ter feito essas perguntas a si mesmo durante três meses inteiros.

— Ele não foi me visitar — disse Jake. — Nem uma vez.

— A mamãe queria ir! — disse Arthur, angustiado. — É caro demais ir até lá. Não dava para irem os dois.

Jake olhou para o outro lado. Finalmente, sem voltar os olhos para Arthur, disse:

— Deixe pra lá, acho que não tem importância. — Parecia prestes a dizer mais alguma coisa, mas ouviram os passos da mãe na escada.

Como é que se compensa uma coisa dessas? Nem uma vida inteira seria suficiente.

* * *

Naquele verão, Arthur achou que sua vida tinha mudado para sempre, era inconcebível que tudo voltasse a ser como antes. Mas voltou. Veio o Dia do Trabalho, o final das férias de verão e a mãe o obrigou a retornar à escola. Era inacreditável. Lá estava ele, com 18 anos e do tamanho de um caminhão, todos os vestígios da infância arrancados por cinco meses de angústia, sentado em uma carteira como um menininho, de volta ao segundo ano do ensino médio pela segunda vez.

Os amigos, quando os via — Carl, Ted e os outros —, também não conseguiam acreditar. Nada diziam, mas Arthur sabia que achavam a idéia totalmente vergonhosa. Nenhum deles era do tipo de dar conselhos sem ninguém pedir, mas certa vez Carl disse baixinho, falando pelo canto da boca e olhando a floresta:

— Por que não pára de ir lá, Art? Ela não pode fazer nada. Você é maior do que ela.

Arthur pensou nisso. Imaginou-se de pé na cozinha, dizendo:

— Não vou mais, mãe. É isso aí. Não vou mais.

Mas nunca conseguiu concretizar o plano. Nunca a enfrentara e achava que nunca a enfrentaria.

O ridículo era que Jake, que queria voltar à escola, ainda não estava suficientemente forte e era provável que perdesse o ano todo. No final de agosto, o Dr. Christopherson veio à fazenda retirar o gesso, ajudou-o a ficar em pé e segurou-o enquanto dava os primeiros passos. Depois explicou que, embora Jake estivesse se recuperando bem, agora uma perna era mais curta que a outra e ele mancaria pelo resto da vida.

A notícia foi muito pior para Arthur do que para Jake. Jake parecia achar que mancar seria interessante. Já Arthur, por outro lado, sabia que, mesmo se os dois vivessem 100 anos, toda vez que olhasse para Jake lembraria daquilo.

Ainda assim, quase esqueceu tudo com a agonia de voltar à escola. Os primeiros dias se passaram em uma névoa de incredulidade. Ficou sentado na carteira como um saco de cimento, sem ver nem ouvir nada. Então, na manhã da segunda-feira da segunda semana, foram todos levados para uma reunião no ginásio, todas as turmas juntas, e o Sr. Wheeler, o diretor, veio e subiu no tablado que havia em um dos lados e disse que daria um aviso importante — mais que importante, grandioso.

Arthur parou de ouvir. O ginásio tinha janelas altas por onde não se podia olhar, como as de uma prisão; então, baixou a cabeça e pensou que preferia estar morto a ficar ali. No entanto, dali a um ou dois minutos, percebeu movimento no ginásio; os garotos entreolhavam-se, alguns sorriam e pareciam entusiasmados — e então escutou algumas palavras do que o Sr. Wheeler dizia. "Dever" foi uma delas, "patriotismo," outra. Aquele aviso grandioso era grandioso mesmo. O Canadá estava em guerra.

Boatos corriam havia algum tempo sobre uma guerra que estava para acontecer. Na verdade, saíra alguma coisa sobre a Inglaterra em guerra com a Alemanha no *Temiskaming Speaker* na semana anterior, mas não significou muita coisa para Arthur, e não significaria mesmo que ele não estivesse preocupado com a culpa. A piada comum era que a única notícia que tinha importância no norte era o clima, mas ele não conseguia ver o que havia de engraçado nisso. Era verdade. O pai diria o mesmo. A mãe era a única pessoa da família interessada no que acontecia no mundo. Ela lia o jornal e gostaria de ter um rádio também — o *Arauto* só saía uma vez por semana, e as notícias estavam sempre ultrapassadas quando as recebiam. Mas quando Arthur e o pai voltavam do campo à noite, estavam tão cansados que não dariam a mínima caso metade do mundo tivesse sido varrida do mapa.

E agora o mundo parecia chegar a Struan. O Sr. Wheeler, de pé em um tablado bambo, na frente da quadra, lia para eles o discurso que o primeiro-ministro, Sr. Mackenzie King, transmitira pessoalmente à nação.

— As forças do mal estão soltas no mundo — leu o Sr. Wheeler. Olhou a platéia, uma quadra cheia de alunos, arrumados por idade e tamanho, os mais novos sentados no chão a sua frente, os mais velhos de pé no fundo. Seu rosto estava sério.

— As forças do mal — repetiu. Parece que gostou do som, porque repetiu de novo, com mais ênfase desta vez: — AS FORÇAS DO MAL! — Deixou as palavras ecoarem pelo ginásio. — E todos os homens em boas condições físicas — baixou a voz e olhou lentamente a platéia, agora sem ler, fazendo seu próprio discurso —, todo homem em boas condições físicas ficará ansioso por defender nossa pátria. Aqueles de vocês que ainda não tiverem idade, não se desesperem. — Olhou bem sério as crianças menores sentadas no chão a seus pés. — Sua hora chegará. Os que *têm* idade — levantou a cabeça e sorriu para os rapazes mais velhos — vão se orgulhar, eu sei, de servir ao país, e o farão *com valentia*.

As aulas foram canceladas pelo resto do dia. Arthur começou a voltar para casa, mas mudou de idéia e retornou a Struan. Achou que quando os outros soubessem da notícia provavelmente iriam à cidade. As ruas já estavam cheias de gente — Arthur nunca vira tanta gente junta. Estavam reunidos em pequenos grupos diante da agência dos correios e nos degraus do banco. Os mais velhos, em sua maioria, pareciam sérios e preocupados, os mais novos, entusiasmados. Meia dúzia de meninos ria e gritava e se empurrava nos degraus da farmácia; enquanto Arthur observava, o farmacêutico, Sr. Phillips, saiu e lhes disse que não era dia de se comportarem assim.

Arthur se aproximou de um grupo de homens perto do correio. Diziam que tudo acabaria em questão de semanas, que esse tal de Hitler não podia ser levado a sério. Arthur ficou ouvindo, de cabeça baixa, mas de olhos atentos para ver se Carl ou algum dos outros chegava. Finalmente, avistou Carl e Ted descendo a estrada e foi encontrá-los.

— Oi — gritou Ted. — Já soube, hein?

— É.

— O que você acha? — disse Carl. — Vai se alistar?

— É — disse Arthur outra vez. Viu que esta seria a resposta para tudo. Alistar-se e ir para a guerra, e mesmo que só durasse algumas semanas a mãe não poderia mais mandá-lo de volta para a escola. Ninguém, nem mesmo a mãe, mandaria de volta para a escola quem já tivesse vestido uma farda. Lutaria por seu país. Seria uma coisa boa, que poderia compensar os fatos terríveis do verão.

Não discutiu o caso com os pais. Eles já tinham ouvido a notícia quando chegou em casa, mas se acharam que ele se alistaria nada disseram. Adivinhou que esperavam que a idéia não tivesse lhe ocorrido. A mãe tentaria impedi-lo, talvez o pai também. O pai não aprovava a guerra. Estivera na última, e isso o fizera detestar as guerras para sempre. Arthur não se sentia bem em enganá-los, mas não sabia o que mais poderia fazer.

Encontrou-se com Carl e Ted e mais alguns naquela noite, depois do jantar. Carl soubera que havia equipes viajando pelo norte para alistar todo mundo, mas decidiram não esperar por elas. E se nunca tivessem ouvido falar de Struan? A cidade era pequena e talvez nem estivesse no mapa. Seria mais seguro ir até North Bay, era para lá que a maioria dos homens iria. Concordaram em esperar alguns dias, caso o *Arauto* tivesse se enganado e no fim das contas nem houvesse guerra, mas no dia seguinte ficou claro que aquilo estava mesmo acontecendo.

Pela manhã, o grupo todo, Arthur, Ted, Jude Libovitz, Carl e os dois irmãos mais velhos de Carl, além de alguns rapazes da serraria e dois índios da reserva, partiram juntos. Arthur saiu de casa na hora de sempre, como se fosse para a escola. Suava frio ao pensar no que diriam os pais quando descobrissem, mas aí já estaria feito. Depois de alistado, não tinha mais jeito.

Se preocupara tanto com a reação dos pais que só quando estava na carroceria do caminhão — tinham tomado emprestado o velho caminhão do pai de Carl —começou a pensar no que isso significaria para o pai em termos práticos. Sentiu-se tão mal que quase saltou do caminhão. Como podia partir e deixar o pai cuidando sozinho da fazenda, afogado em dívidas? Mas então lembrou que ainda havia homens percorrendo o país atrás de emprego e que, embora o pai não pudesse pagar, muitos estavam tão desesperados que se disporiam a trabalhar por três refeições ao dia e uma cama no celeiro. Seja como for, a guerra acabaria em poucas semanas, e ele poderia trabalhar com o pai todos os dias pelo resto da vida; tudo acabaria dando certo para todos.

Era um dia bom para viajar, quente e ensolarado. Todos jogaram os casacos sobre a carroceria do caminhão e sentaram em cima, observando as árvores e pedras e campos ao longo do caminho. Chegaram a New Liskeard e seguiram para o sul, por Temagami. Arthur nunca estivera tão longe de casa antes. Carl trouxera um grande saco de maçãs e todos ficaram ali sentados, mastigando-as, conversando sobre o que aconteceria. Decidiram que iriam todos entrar para o Exército. Ted disse que não gostava da idéia da Marinha — o que aconteceria se o navio afundasse? —; e quanto à Força Aérea, nem pensar. Nenhum deles tinha fé naqueles pára-quedas; todos já tinham caçado e viam como os pássaros caíam direto no chão quando eram atingidos.

— E são quase só penas — disse Carl. — Não pesam quase nada. Pense só em como a gente cairia depressa. Abriríamos um buraco tão grande no chão que nem precisaria de cova para enterrar.

Conversaram um pouco sobre a guerra, mas ninguém fazia idéia de qual era o motivo. Havia aquele alemão, o tal de Hitler, que tentava dominar o mundo; isso era tudo o que sabiam. Então houve um silêncio estranho, porque logo todos se deram conta de que os pais dos irmãos Luntz eram alemães. Mas aí Gunter, o mais velho, deve ter percebido a razão do silêncio, porque de repente se irritou e disse que eram tão canadenses quanto todos os outros no caminhão, tão canadenses quanto todo mundo no país inteiro; tinham nascido ali e os pais tinham lhes dado a bênção para lutarem pelo Canadá — não pela Inglaterra, vejam bem, não estavam lutando pela Inglaterra, mas pelo Canadá — e tinham dito que levassem o caminhão para se alistar, e que prova a mais vocês queriam? E isso fez todos se envergonharem.

Depois, ficaram algum tempo quietos. A região ainda era bastante selvagem. Arthur perguntou-se como seria a Alemanha, ou onde quer que fossem parar. Não tão bonita quanto o Canadá, com certeza. Sentiu uma dor no meio do peito ao pensar nisso. Já com saudades, e só estava a 80 quilômetros de casa.

E de repente estavam em North Bay. Era uma cidade grande, muito maior que Struan, prédios por toda parte, as ruas cheias de carros e caminhões e veículos do Exército. O lugar estava apinhado de homens e rapazes, centenas deles, assim pareceu a Arthur, e todos querendo se alistar. Alguns pareciam recém-saídos da floresta, homens de aparência rija com barba até a barriga e roupas que pareciam já ter passado por algumas guerras. Deviam ser caçadores ou lenhadores; a maioria deles carregava uma espingarda, como se achasse que o Exército esperava que cada um levasse a sua. Era um mistério para Arthur como tinham sabido tão depressa da notícia, mas lá estavam eles. Achou que não se incomodaria de servir na mesma unidade que eles — com eles e com os índios. Pareciam saber cuidar muito bem de si mesmos e dava para adivinhar que eram ótimos atiradores.

Só quando pensou nisso é que percebeu que a guerra era para matar gente. Ele mesmo poderia morrer. A idéia lhe pareceu engraçada. Poucos dias antes estava no ginásio da escola pensando que preferia estar morto a ficar ali, e agora parecia que Deus lhe concederia esse desejo. Mas não acreditou. Não conseguia se imaginar morto. Também não podia se imaginar matando gente, apontando uma arma para ninguém, muito menos puxando o gatilho. Mas talvez desse para atirar para o lado, com esperanças de que fizessem o mesmo com a gente.

Já tinham estacionado o caminhão e entrado na fila de homens, e enquanto Arthur pensava essas coisas todos eram arrebanhados feito gado, por gente fazendo perguntas e preenchendo formulários. Finalmente Arthur viu-se de pé em uma barraca grande, totalmente nu, examinado por um velho médico fardado. Ele lhe fez perguntas sobre doenças que já tivera e coisas assim, e a maioria das respostas Arthur não sabia. Com isso e com a vergonha de estar ali despido, não conseguiu se concentrar no que o médico dizia e levou algum tempo para perceber que fora rejeitado.

— Por quê? — perguntou, perplexo, quando finalmente entendeu. — O que há de errado comigo?

— Pés chatos — disse o médico, fazendo anotações em um formulário. — Chatos como panquecas. Nunca vi pés mais chatos em minha vida. — Levantou os olhos para Arthur. — Sabe quando dizem que um exército marcha com o estômago? É mentira, meu filho. Um exército marcha com os pés, e seus pés não estão à altura do serviço. — Encostou-se na cadeira e gargalhou como se tivesse contado uma piada ótima, depois voltou às suas anotações.

Arthur olhou para baixo, segurando as partes íntimas com uma das mãos para poder ver melhor. Os pés eram chatos, é verdade, mas e daí? Funcionavam. Todos os milhares de quilômetros que já percorrera nos campos, carregando sacos de batata, fardos de feno, alqueires de trigo, e o Exército achava que não seria capaz de atravessar algum campo da Europa carregando um fuzil e uma mochilinha?

— Eles não doem — disse ao médico. — Nunca doeram. A não ser quando meu irmão jogou uma faca em um deles.

— Volte para casa, meu filho — disse o médico, sem olhá-lo. — Próximo!

Deram-lhe um broche para usar na lapela, para mostrar que era clinicamente incapaz e não um covarde. Mas ninguém saberia o que era aquilo. Ninguém ia se aproximar para ler o que estava escrito em um broche antes de formar opinião a seu respeito.

A mãe o perdoou. Quando soube que ele tinha sido rejeitado seu alívio foi tão grande que perdoou-o por tentar se alistar. O pai ficou lá sentado, balançando a cabeça; Arthur percebeu que as mãos dele tremiam, mas deixara de se preocupar. Jake também estava à mesa. Agora já conseguia andar, mancando pela cozinha. Arthur imaginou que estava pensando que ser rejeitado por causa de pés chatos era bem engraçado, considerando seus próprios ferimentos, mas pelo menos não sorrira. Estava apenas ouvindo, sem dizer nada.

— Você tentou, Arthur — disse a mãe, consoladora, a voz cheia de solidariedade agora que ele estava em casa, em segurança. — Você tentou ao máximo servir a seu país. Ninguém pode fazer mais que isso.

A voz dela o incomodou. Teve vontade de gritar, coisa que nunca fizera. Manteve a cabeça baixa e comeu o jantar. Pés chatos. Estava tonto de humilhação e desapontamento. Claro que todos os amigos iam. Foi uma repetição de quando estava com 16 anos e todos saíram da escola, menos ele. Era como um pobre boi desgraçado, com a cabeça permanentemente presa na cerca, vendo o resto do rebanho seguir para pastos mais verdes.

— Você tentou — disse a mãe de novo. — Ninguém tem culpa de ter pé chato, Arthur. Você não pode fazer nada.

— Claro que pode — disse o pai. Parecia que ele se recuperara do choque e em sua voz havia algo, um sopro, um mergulho, como um homem que se prepara para a batalha, que fez Arthur parar com o garfo a meio caminho da boca.

— O que quer dizer, Henry? Eles o rejeitaram.

— Todos esses rapazes — disse o pai. — Todos esses rapazes. Otto Luntz? Os três filhos vão. Como ele vai cuidar da fazenda? Jim Collins? Os dois filhos vão. Frank Libovitz? A mesma coisa. Vão precisar de homens para trabalhar no campo. O país tem de comer. O Exército tem de comer.

— O que está dizendo, Henry? Arthur tentou. Ofereceu-se e eles o rejeitaram. Não podem pedir mais do que isso. Está livre para continuar sua educação.

O pai de Arthur pousou o garfo e limpou as mãos na camisa algumas vezes; depois, olhou firme para a esposa do outro lado da mesa.

— Arthur não vai ficar sentado na escola enquanto os outros rapazes lutam pelo país. É isso que estou dizendo. Se não pode lutar, tem de trabalhar.

A mãe disse:

— Henry, não dá para...

Mas o pai levantou a mão e interrompeu-a.

— Está decidido — disse. — Estou lhe dizendo, Mary. É isso e pronto. — Retomou o garfo e continuou a jantar.

E foi isso e pronto.

Liberdade. Dezenove anos, pés chatos e cheio de culpa, mas finalmente livre.

Sete

Estação da truta pintada começa no sábado
Compare três maneiras de alimentar vacas

TEMISKAMING SPEAKER, ABRIL/MAIO DE 1960

Quando era mais novo, Ian supunha que, ao crescer, tudo se esclareceria. Os adultos pareciam tão seguros, tão bem informados, não só sobre fatos e números como sobre os grandes problemas — a diferença entre o certo e o errado, o que era verdade e o que não era, o que era a vida. Supunha que todos iam para a escola porque precisavam aprender, começando pelo mais fácil e avançando para as coisas mais complicadas, e depois que aprendessem, pronto, abria-se o caminho e a partir daí a vida seria simples e tranqüila.

Que piada. Quanto mais velho ficava, mais complicado e obscuro tudo se tornava. Não entendia mais nada — nada nem ninguém, inclusive ele mesmo.

Cathy terminara com ele em abril. Disse que o relacionamento deles não tinha futuro. Ele não percebera que tinha de ter um futuro. O que ela queria que fosse? Quando ele perguntou, ela rompeu em prantos. Agora evitava-o, dava-lhe as costas, afastava-se quando ele tentava falar com ela. Ele sentia-se mal com isso. Ainda gostava dela e preferiria que continuassem amigos.

Havia também a questão igualmente complicada do que fazer com sua vida, em termos de carreira. Alguns meses antes, o Sr. Hardy, professor de História, pedira-lhe que ficasse depois da aula para uma "conversa". Havia nove alunos fazendo a terceira série, seis meninos e três meninas, e o Sr. Hardy vinha conversando com um de cada vez, e Ian sabia que a sua ia chegar.

— E então? — dissera o Sr. Hardy, fechando a porta atrás de Ian e indicando uma cadeira. — O que vai ser?

Estavam na sala de História. Um mapa-múndi pendia da parede atrás dele, com o Império Britânico pintado de cor-de-rosa. Havia uma charge pendurada ao lado do mapa: soldados canadenses gigantescos elevando-se sobre um Hitler pequeno e apavorado; ao lado da charge, uma manchete de jornal, amarelada pelos anos, que dizia *Sucesso da operação abala nazistas*. Tanto a charge quanto a manchete referiam-se à batalha de Dieppe, na Segunda Guerra Mundial, e o Sr. Hardy, que lá recebera um tiro na perna, colocara, com letras pretas e legíveis, uma legenda na charge: "Na guerra, a primeira baixa é a verdade." Seus alunos sabiam mais sobre a batalha de Dieppe do que sobre todas as outras batalhas da História juntas.

O Sr. Hardy sentou-se à sua escrivaninha e ergueu as sobrancelhas para Ian.

— Estou certo em supor que falo com o próximo Dr. Christopherson?

Sorriu, e Ian sentiu a irritação subir dentro dele como uma onda.

— Decidi que gostaria de estudar agricultura — disse.

Não tinha idéia de que ia falar tal coisa até que as palavras lhe saíram da boca, mas foi ótimo ver a reação do professor.

— Agricultura — disse lentamente o Sr. Hardy, como se nunca tivesse ouvido a palavra e não soubesse direito o que significava.

— É — disse Ian. — Quero ser fazendeiro.

O Sr. Hardy pegou um lápis e rabiscou um quadradinho no bloco de papel na escrivaninha. Pensativo, assentiu com a cabeça. Depois olhou Ian diretamente.

— Você pensou bem nisso, não é, Ian?

— É — disse Ian.

— Conversou com seu pai?

— Conversei.

Era mentira. Não conversara com ninguém, porque não tinha a mínima intenção de ser fazendeiro. Passara tempo bastante com Arthur para saber que agricultura não era uma escolha fácil. Mas é que ficara alérgico àquela pergunta. Parecia que todo mundo fazia a mesma pergunta duas vezes por dia desde que nascera. Mas talvez não fosse assim. Talvez fosse ele que não parasse de perguntar a si mesmo.

— Bom — disse o Sr. Hardy, depois de outra pausa. — Há uma escola excelente de agronomia em Guelph. Quer se candidatar?

O coração de Ian começou a bater forte. Então era isso? Tinha decidido seu futuro em um espasmo único de irritação?

— Onde... onde mesmo fica Guelph? — perguntou, como se isso tivesse alguma coisa a ver.

— Ao sul de Ontário. Não muito longe de Toronto.

Houve um longo silêncio. O professor rabiscou outro quadrado. Ian forçou a mente atrás de um jeito de escapar. Finalmente, perguntou:

— Posso pensar melhor?

O Sr. Hardy fez que sim com a cabeça.

— Acho que seria uma boa idéia.

Levantou os olhos e sorriu de novo, insinuando que sabia que Ian estava blefando, o que irritou tanto o rapaz que ele decidiu ser fazendeiro de qualquer jeito, só de birra.

Mas lá estava ele, meses depois, ainda pensando no assunto, ou, para ser exato, ainda evitando pensar, e já estava na época das provas finais. Todo ano os professores insinuavam que estas eram as provas mais importantes da vida, e todo ano, assim que acabavam, as próximas assomavam no horizonte. Era como escalar uma montanha: só quando se chega ao topo é que se percebe que não era o topo, era apenas o contraforte de outra montanha maior. Para piorar, por alguma razão inexplicável Ian começara, no ano anterior, a criar obstáculos para si mesmo, minipicos dentro desta cadeia de montanhas. Ficava chateado consigo mesmo se não tirava a nota máxima. Não fazia idéia do porquê. Invejava Pete, que parecia menos preocupado com o futuro a cada dia que passava.

Era matemática que estava estudando quando o pai o chamou. Matemática era a matéria com que nunca se preocupava. Sempre achara que ou se entendia matemática ou não, logo não havia por que estudá-la, e continuara acreditando nisso até que abriu o livro no início da noite e leu o capítulo sobre equações diferenciais e integrais. Entendera tudo quando estudaram o assunto em sala de aula, mas agora parecia grego — certas partes eram grego mesmo — e a prova seria no dia seguinte.

Já fazia algumas horas que estava estudando quando houve uma comoção no vestíbulo, no andar de baixo. Vozes altas e movimento. Um instante depois o pai o chamou do pé da escada, na voz calma mas muito clara que usava quando precisava de ajuda naquele instante. Ian levantou-se da escrivaninha e desceu depressa.

Havia um rastro de sangue que ia da porta lateral até o consultório e, quando entrou, havia uma poça no chão. A sala estava cheia de gente. O pai e o sargento Moynihan tentavam colocar na mesa de exames um homem que se debatia, e havia outro homem de pé encostado na parede. A maior parte do sangue vinha de uma ferida na coxa do primeiro. Ian entrou, agarrou uma perna que se agitava e ajudou a içá-lo para a mesa. Não o conhecia, mas adivinhou pelo sotaque — francês, não, mas meio europeu — e pelo fedor de álcool que era lenhador. Praguejava em mau inglês e o sargento Moynihan praguejava de volta.

— Cale a boca, pelo amor de Deus — dizia. — Você já causou problemas demais por hoje, cale a boca.

— Canalha, safado — dizia o homem, tentando se jogar sobre o homem encostado na parede. — Canalha, safado, moleque.

Era jovem, 20 e poucos anos no máximo, e bem forte, e o sargento Moynihan teve de segurar seus ombros com força enquanto Ian se deitava sobre as pernas. Assim que o puseram na mesa o pai de Ian enfiou a mão na virilha do homem para deter o sangramento. O sangue claro e vermelho jorrava. Ian sabia que aquele jorro bombeado e o sangue claro eram más notícias. O pai bateu com força no peito do homem com a mão livre e disse:

— Agora, ouça! Esse corte aqui está feio. Se você não deixar a gente dar uma olhada, o caso vai ficar sério. Entendeu?

— Canalha — disse o homem, mas parou de se debater. O rosto estava muito pálido e a testa coberta de gotas de suor. Havia um cinto bem apertado na coxa, uns 5 centímetros acima da ferida. O cinto era dele, claro, as calças estavam caindo. Debaixo do cinto, a perna da calça estava empapada de sangue. Um trapo fora amarrado na ferida, mas escorregara.

— Preciso de você, Ian — disse o pai.

Ian soltou os pés do homem, que agora estava quieto, e foi para o lado do pai. O Dr. Christopherson pegou sua mão e enfiou-a com força na virilha.

— Segure aí — disse. Para o policial, perguntou: — Quanto tempo faz que você o pegou, Gerry?

— Uns 15 minutos, talvez. Tive de pôr os dois no carro.

— E quanto sangue havia quando você chegou?

— Uma poça bem grande. Todos eles estavam amontoados fora do Ben's, ninguém fez nada para parar com isso.

O Dr. Christopherson cortava a calça do homem com a tesoura, do torniquete para cima.

— O que você tá *fazendo*? — disse o homem, levantando a cabeça e tentando ver. De repente, parecia apavorado. — O que você tá *fazendo*, seu canalha?

— Está tudo bem — disse calmamente o Dr. Christopherson. — Não se preocupe. Qual é o seu nome?

Trabalhava depressa; Ian conseguia sentir a urgência dos movimentos do pai. Cortou a calça do homem até a cintura e depois cortou também a cueca.

— Ótimo — disse a Ian. Sua voz era calma e tranqüila; quem não o conhecesse não perceberia que havia motivo para preocupação.

— Agora podemos ver o que estamos fazendo. A sua tarefa é fechar a artéria femoral. Vou lhe mostrar já, já, onde fica. Mas não diminua a pressão da mão ainda.

Ian concordou com a cabeça. Seu coração batia com muita força. Já vira muito sangue antes, mas nunca tanto assim. Estava de pé no meio do sangue, uma poça grossa que se espalhava debaixo da mesa. O pai abriu as calças do homem o mais que pôde até onde a mão de Ian permitia, expondo a virilha. Os genitais do homem surgiram e o médico enfiou-os de volta nas calças rasgadas. O homem nem notou. Tinha parado totalmente de resistir.

— Qual é o seu nome? — perguntou de novo o Dr. Christopherson, parando um segundo para olhar o rosto do homem, mas ele não respondeu. Era assustadora a rapidez com que fora da luta à apatia. Agora estava deitado, quieto, fitando vagamente o teto. A boca estava aberta e ele ofegava, com inspirações curtas.

— Ótimo — disse o Dr. Christopherson a Ian. — Agora quero que você aperte bem aqui. Use os dois polegares. Aperte com força.

Ian apertou, tentando identificar a artéria com os polegares. Encontrou-a, sentiu o pulso do homem latejando, e apertou com força contra o osso embaixo. Os genitais do homem saíram de novo e ele não conseguiu deixar de tocá-los com a beira da mão. Pediu desculpas, mas o homem não ligou.

O pai observou para ver se o sangramento parava.

— Bom — disse. — Você conseguiu. Fique assim. — Puxou o cinto para desfazer o torniquete e o homem deu um grito alto e agudo e arqueou as costas. Ian lutou para manter os polegares no lugar.

— Tudo bem — disse o pai, tranqüilo. — Só vai levar um minuto. Agüente aí. — Removeu o cinto e começou a cortar as bandagens na perna do homem.

— Alguma idéia do que fez o corte? — perguntou ao sargento Moynihan. — Faca? Caco de vidro?

— Faca. Os dois tinham facas.

Ian deu uma espiadela no homem encostado na parede. Não o tinha olhado antes, mas agora via que era Jim Pés-Leves, que morava perto de Pete na reserva e que estava um ano na frente deles, na escola, quando saiu para trabalhar na serraria. Um corte no lado do rosto, da testa ao queixo, sangrava. Movia a cabeça de um jeito estranho, levantando o ombro para limpar o sangue em vez de usar as mãos, e Ian percebeu, chocado, que as mãos dele estavam amarradas nas costas. Jim sentiu o olhar e fitou-o, e Ian dirigiu-lhe um cumprimento de cabeça leve e envergonhado. Jim olhou para o outro lado.

O Dr. Christopherson espiava a ferida na perna do outro homem.

— Talvez tenhamos sorte — disse. — O corte não foi muito grande. Acho que podemos cuidar disso. Você vai ter de servir de anestesista, Gerry, mas primeiro temos de devolver-lhe um pouco de sangue.

Deu uma olhada em Jim Pés-Leves.

— Sabe seu grupo sangüíneo, Jim?

Jim olhou-o e não respondeu. O Dr. Christopherson foi à escrivaninha e abriu um dos arquivos onde guardava as fichas dos pacientes, que incluíam o tipo sangüíneo de cada morador de Struan e das áreas próximas, mais uma lista dos que serviriam de doadores em uma emergência. Folheou-o até achar a ficha de Jim, olhou e balançou a cabeça.

— Grupo B — disse. — Vai ter de ser você, Gerry.

Pegou dois cavaletes que estavam encostados na parede e colocou-os ao lado da mesa de exames.

— Droga — disse o sargento. — Sempre eu! Por que não Ian desta vez?

— Ian também é grupo B e não sabemos o grupo desse homem, e você é Grupo O, que é o que serve para todos, por isso é melhor. Já passamos por isso antes. Me ajude a arrumar a mesa, por favor.

— E os seus voluntários? — perguntou Gerry. — Use um deles pra variar.

— Não há tempo — disse o Dr. Christopherson. — Me ajude aqui, vamos.

— Detesto essas drogas de agulhas! Já doei sangue para quantos safados em todos esses anos?

— Gerry, estamos com pressa.

Ainda resmungando, o policial ajudou-o a colocar a porta velha que usavam como mesa de transfusão em cima dos cavaletes.

— Arregace a manga e deite-se, por favor. — O pai de Ian já estava de volta ao armário, tirando coisas da gaveta, movendo-se depressa.

Ian sentiu o homem ter um tipo de arrepio, depois puxar o ar e soltá-lo em uma expiração longa e lenta. Ainda fitava o teto. Ian esperou que respirasse de novo. O pai preparava os tubos de transfusão e estava de costas. O sargento Moynihan arregaçava a manga. Ian observava o rosto do homem. Respire, pensava. O homem fitava o teto sem piscar. Ian disse:

— Pai!

De repente, seu próprio coração batia com tanta força que até ele mal conseguia respirar.

O pai virou-se. Largou os tubos, aproximou-se, pôs a mão do lado do pescoço do homem. Balançou a cabeça, levantou a mão, de punho fechado, e bateu com força no peito do homem, sobre o coração, com tanta força que Ian pulou.

— Mantenha a pressão. — Verificou o pulso outra vez. — Não solte. Vamos tentar de novo.

Bateu no homem novamente, desta vez com mais força. Ian sentiu o choque passar pelo corpo. Suas próprias mãos, ombros e pescoço estavam quase tendo um ataque com a tensão de manter a mesma posição, mas ele mal notou. Toda a sua concentração estava tomada pelo desejo de que o homem respirasse. Respirar era tão simples, com certeza ele conseguiria se tentasse. Ian viu-se respirando fundo, para demonstrar como era fácil.

O pai verificou o pulso mais uma vez. Balançou a cabeça.

— Última vez — disse. Bateu no homem de novo. Verificou o pulso. — Pobre rapaz — disse. — Pobre rapaz.

Ian fitou o pai. Não conseguia acreditar. Não podia acabar tão depressa, tão simples assim.

Gerry Moynihan perguntou:

— Acabou?

— É. — O médico suspirou e deu um passo atrás. — Pode soltar, Ian. Não adianta mais.

Ian olhou o homem, que ainda fitava o teto. Com certeza ia piscar logo, logo, e finalmente respirar.

— Pode soltar — disse o pai de novo. — Ele se foi.

O pai andou até o armário ao lado da janela, pegou um lençol, levou-o de volta à mesa e começou a desdobrá-lo. Disse, suavemente:

— Solte, Ian.

Ian olhou as próprias mãos, os polegares ainda apertando a virilha do homem.

— Pode soltar, Ian — disse o pai.

Ian obrigou-se a tirar as mãos. Um filete de sangue correu da ferida. Ele se afastou da mesa, enfiando as mãos doloridas nas axilas, e observou o pai fechar os olhos do rapaz e cobri-lo com o lençol. O sargento Moynihan assobiava entre os dentes, olhando para Jim Pés-Leves. O pai de Ian foi até a pia e lavou as mãos, esfregando-as com força, o rosto fechado. Puxou uma cadeira e colocou-a de frente para a luz.

— Venha e sente-se, Jim — disse. — Vamos dar uma olhada em você. Tire as algemas dele, Gerry.

O sargento Moynihan fez que não com a cabeça.

— Agora esse rapaz vai ter de responder por assassinato.

— O rapaz está ferido. Tire as algemas, por favor, para que eu possa cuidar dele.

— Você pode cuidar dele assim mesmo. É suspeito de assassinato e não vou correr riscos.

— Não vou discutir com você, Gerry. Não trato pacientes com as mãos presas nas costas.

Ian ainda não conseguia entender. Tudo acontecera tão depressa, entre deixar o ar sair e fazer o ar entrar. Não compreendia. Observava o impasse entre o pai e Gerry Moynihan, que não tinha interesse nenhum para ele. O pai ia vencer de qualquer jeito. Perguntou-se se os dois haviam sido colegas de escola. Tinham mais ou menos a mesma idade. Devia haver dúzias de pessoas em Struan que tinham estudado a vida inteira com o garoto que agora era seu médico. Num dia a gente furava o olho um do outro no pátio da escola, e no outro estava obediente, dizendo "Aahhh" para que o colega pudesse examinar as amígdalas ou baixando as calças para que nos enfiasse uma agulha na bunda.

Gerry Moynihan escarafunchou o bolso de trás da calça e puxou um molho de chaves.

— A culpa é sua se ele fugir — disse com firmeza.

— Assumo a responsabilidade — respondeu o pai de Ian. — Venha cá, Jim.

A cadeira estava bem perto da mesa onde jazia o morto. Será que Jim percebia que tirara a vida de alguém? A expressão agora tinha um significado que não possuía antes. Tirar a vida. Ian observou o pai limpar a longa ferida em ziguezague e começar a costurá-la. Jim agarrou a borda da cadeira.

— Não vai demorar — disse o Dr. Christopherson. Os pontos eram pequenos, exatos, perfeitamente posicionados. O pai tinha orgulho disso. Ian sabia. Sua única vaidade. As cicatrizes dos pacientes eram linhas finas e leves que desapareciam em questão de semanas. Com os lenhadores na floresta e a serraria mais abaixo na estrada, tinha muita prática.

— Pode ligar para o reverendo Thomas para mim, Ian? — pediu. — Diga-lhe que temos um homem morto aqui.

Ian fez que sim. Foi até o corredor e telefonou. Depois voltou ao consultório. O pai ainda costurava e levantou os olhos.

— Pode ir, se quiser — disse.

Na saída, Ian notou que levara sangue pelo corredor. Suas pegadas se fundiam com o rastro de sangue que o homem deixara ao entrar. Uma vida escorrida pelo chão. Tirou os sapatos e deixou-os junto à parede, arrumadinhos, um ao lado do outro, e subiu para o quarto. Os livros de matemática ainda estavam abertos na escrivaninha. Sentou-se e fitou-os por algum tempo. Eram de uma desimportância monumental. Por volta das 23 horas, ouviu um carro frear e vozes no corredor. Iam levar o corpo para o velório na igreja.

Pouco depois que o carro partiu, o pai subiu e enfiou a cabeça pela porta.

— Você está bem? — perguntou.

— Estou — respondeu Ian, dando meia-volta na cadeira.

— Não fique acordado até tarde.

— Está bem.

O pai hesitou.

— Você trabalhou bem hoje.

— Obrigado — disse Ian.

— Às vezes não podemos fazer nada.

— É.

O pai desceu e Ian ouviu-o andando de um lado para o outro. Por volta da meia-noite, o pai foi dormir.

Ian ficou sentado na escrivaninha, pensando sobre o fato frio e concreto da morte. "Ele se foi", dissera o pai. Num instante havia um homem deitado na mesa, no instante seguinte apenas um corpo. Nem sequer sabiam o nome dele. Não sabiam quem era nem de onde era. Os lenhadores iam e vinham; muitos eram imigrantes recentes e quase não falavam inglês. Quando todas as árvores de um lugar eram derrubadas, o acampamento se mudava e tudo começava de novo. Esses homens tinham pouca ligação com a cidade, a não ser nos fins de semana, quando vinham se embebedar. O povo da cidade considerava-os bocas-sujas, desordeiros. Seu trabalho era perigoso, muito mais do que trabalhar na serraria; pelo menos na serraria as serras ficavam presas e não era preciso trabalhar em uma altura apavorante. Não havia cabos de aço chicoteando para todo lado nem galhos secos caindo em cima das pessoas, nem mudanças súbitas do vento derrubando as árvores na direção errada. Os troncos flutuantes não rolavam nem prendiam ninguém embaixo deles.

Os lenhadores sabiam como a morte podia chegar de repente? Que podia cair do nada em cima de alguém? Talvez soubessem. Mas a Ian isso dava a impressão de tornar a vida sem sentido. Para que fazer planos, lutar pelas coisas, se tudo podia acabar assim, num instante? Parecia traição. Como uma piada monstruosa da parte de Deus.

* * *

O estranho foi que, quando acordou de manhã, nada tinha mudado. A primeira coisa em que pensou não foi o lenhador morto, nem mesmo na morte em geral, mas na prova de matemática. Parecia vergonhoso, quase indecente. Tentou dizer a si mesmo que a prova não tinha importância, já que podia morrer antes do almoço, mas na verdade era improvável que isso acontecesse e a prova tinha muita importância, sim. Desceu com o livro, para dar mais uma olhada durante o café-da-manhã.

O pai estava sentado na mesa da cozinha, comendo torradas e lendo o *Globe and Mail* do sábado anterior — levava alguns dias para chegar a Struan. Levantou os olhos e sorriu de leve quando Ian entrou. O rapaz serviu-se de cereal e sentou-se diante dele.

— Matemática, é? — perguntou o pai, por trás do jornal. Catava com o dedo as migalhas de torrada, lambia-as e catava de novo. Pouco tempo atrás, começara a enfiar primeiro o dedo na manteiga e usar a manteiga para catar as migalhas. No início Ian sentira nojo, mas experimentara e ficara viciado; agora os dois faziam a mesma coisa.

— É.

— Ou a gente entende matemática ou não. — Sua voz era ausente e tranqüilizadora.

— É — disse Ian. — A questão é saber se a gente entende ou não.

O pai baixou o jornal e sorriu.

Não mostrou o mínimo sinal de querer conversar sobre os acontecimentos da véspera. Não havia vestígio de bagunça no corredor, a não ser por uma leve marca de umidade no chão de madeira escura. Os sapatos de Ian, cuidadosamente limpos, estavam em pé junto à porta da frente. Tudo parecia normal. O fato — Ian percebeu de repente — é que tudo *era* normal. O pai estava tão acostumado com a morte que ela não merecia conversa. Não era uma ocorrência chocante nem rara, era lugar-comum. E era isso o que mais chocava.

— Tô indo — disse Ian, quando terminou de comer.

— Boa sorte.

Boa sorte. Talvez fosse só isso. Talvez a vida toda não dependesse de tentar o máximo, de ser determinado, de ser sensato ou inteligente; talvez a coisa toda só dependesse de sorte.

Havia sete alunos fazendo a prova. Cathy largara a matemática no fim do ano anterior; dizia que lhe dava dor de estômago. Assim, pelo menos Ian não teria de enfrentar suas costas amargas viradas para ele. Cinco colegas estavam em pé no corredor, fora da sala, esperando o Sr. Turner, quando Ian chegou. Todos pareciam tensos. Fats Fitzpatrick estava encostado na parede, mascando o chiclete tão depressa que as bochechas ondulavam. Ian olhou em volta procurando Pete, mas ele ainda não chegara.

— Como vai, Fats? — perguntou Ian. Fats fez um sinal de cabeça e continuou mastigando. Havia algo nele que sempre alegrava Ian. Talvez fosse o fato de que sempre se dava mal e fazia os outros se sentirem melhor com a comparação. Seu pai era dono da serraria e do Hotel Fitzpatrick e das cabanas de veraneio perto do lago, o que fazia dele o homem mais rico da cidade. A preocupação com todo aquele dinheiro deixava-o mal-humorado e cruel, principalmente com os filhos. Dava para ver, só de olhar para Fats, que o pai lhe dissera que o esfolaria vivo caso não passasse.

Ron Atkinson e Susan Jankowitz estavam sentados em uma mesa ao lado da porta. Apertaram-se para dar espaço a Ian.

— Tomara que acabe logo — disse Ron Atkinson. — Essa é a pior prova.

Ian aquiesceu.

Susan Jankowitz disse:

— Para vocês, garotos, tá tudo bem. Vocês dois são geninhos.

Estava com os braços apertados em torno do corpo de tão nervosa. Era uma garota de busto grande e o abraço fazia coisas espantosas com seus seios. "Mamas", como dizia Pete: "Cara, já viu aquelas mamas?"

Estavam agora amontoadas, tremendo como quatis em um saco; Ian achou quase impossível desviar os olhos dali.

— Não consegui dormir esta noite — disse ela. — Sei que vou levar pau.

— Vai dar tudo certo — disse Ian, embora não fosse dar certo para ela. Percebeu um eco desconcertante do pai em sua própria voz, ausente e tranqüilizadora.

— Alguém viu Pete? — Inclinou-se para a frente, na direção das "mamas" de Susan, para espiar o corredor.

Ron perguntou, curioso:

— Por que ele está fazendo a prova?

— Por que você está fazendo a prova? — perguntou Ian, mas a pergunta saiu mais grosseira do que pretendia, e acrescentou: — Por que todos nós estamos fazendo a prova?

Ron continuou:

— Será que ele quer fazer faculdade?

— Por que não? — disse Ian. No ensino fundamental, ele e Pete tinham pulado um ano, enquanto Ron repetira; Ron era dois anos mais velho do que eles, mas estava na mesma classe. Devia saber como Pete era inteligente, mas ainda assim *não* se dera conta. Era incrível o jeito como todos conseguiam se agarrar aos preconceitos, mesmo quando as evidências de que estavam errados fitavam-nos ali, bem na cara.

— Ele anda pensando em sair da reserva? Seguir carreira?

— Por que não?

Ron deu de ombros.

— Aí vem o Sr. Turner — disse Susan. Ainda não havia sinal de Pete.

O Sr. Turner veio a passos largos, um maço de folhas de prova agarrado junto ao peito.

— Ora, ora, hoje parecemos todos espertos e ansiosos — disse. — Todos candidatos a Einstein. Entrem, entrem.

Abriu a porta da sala e todos entraram atrás dele.

— Se quiserem apontar o lápis, apontem agora. Ir ao banheiro, vão agora. Rezar, rezem agora. O fim está próximo. Chegou o Juízo Final.

Dei uma olhada na prova e todos vocês vão levar pau. — Era de uma alegria grotesca.

Ocuparam-se por algum tempo, foram ao banheiro, voltaram. Acomodaram-se relutantes em seus lugares. O Sr. Turner marcava a presença na chamada.

— Corbiere não está aqui — disse. — Alguém viu Corbiere? — Olhou Ian e ergueu as sobrancelhas. Ian balançou a cabeça.

— Vou esperar dois minutos — disse Turner. — O tempo, as marés e as provas não esperam ninguém. Fitzpatrick, você está mascando chiclete? Jogue isso fora.

Ian girou o lápis entre os dedos. Vamos, vamos, disse a Pete dentro da cabeça. Admirava o jeito despreocupado de Pete, mas agora ele estava exagerando. Só fazia aumentar o estresse, e ele já estava bem nervoso.

— Sem Corbiere — disse o Sr. Turner olhando o relógio. — O tempo acabou.

Foi fechar a porta. Pete chegou cambaleando.

— Está atrasado, Corbiere. Mais um pouco e eu fechava a porta no seu nariz. Vá se sentar.

Pete cumprimentou Ian com a cabeça e sentou-se em sua carteira. Ian sentiu uma onda de alívio misturada com irritação.

— Lembrem-se — disse o Sr. Turner. — Mostrem seu raciocínio. Vou dizer de novo: mostrem seu raciocínio. O raciocínio vale pontos. Todo mundo pronto? Virem a folha de prova... agora!

Ian virou a folha e olhou a primeira questão. Era barbada. Ou a gente entende matemática ou não.

— Por que você se atrasou? — perguntou a Pete mais tarde.

— Eu não me atrasei.

— Ele podia ter expulsado você. Você sabe como ele é.

— Mas não expulsou, não é? — disse Pete. Estavam no bicicletário, nos fundos da escola. Pete virara a bicicleta de cabeça para baixo para ajeitar a corrente e girava o pedal com a mão. A roda cantava, girando no ar do fim da manhã.

— Se você perdesse a prova, foi o que eu disse — retorquiu Ian, a irritação aumentando. A atitude de Pete começava a incomodá-lo.

— Você se preocupa demais, cara.

Com esforço, Ian engoliu a resposta. De repente lhe ocorreu que o comportamento de Pete podia ter algo a ver com os acontecimentos da noite anterior, com Jim Pés-Leves e o lenhador. Viu o pai estendendo o lençol sobre a figura silenciosa. Gerry Moynihan assobiando entre os dentes. Jim teria passado a noite — a primeira de muitas noites — em uma cela e haveria gente zangada na reserva.

— Tem algo a ver com o que aconteceu ontem? — perguntou. Em todos os anos de amizade, todos os milhares de horas de pescaria, juntos no barco velho e surrado de Pete, nunca tinham falado sobre as tensões entre as duas comunidades. Quanto mais velhos ficavam e mais coisas entendiam, menos sentido havia em falar nisso. Mas agora queria saber o que se passava na cabeça de Pete. Parecia-lhe que, de todos os garotos da classe, Pete era o que mais tinha a ganhar se deixasse Struan para trás, e as provas eram seu passaporte.

— Tem alguma coisa a ver com o quê? — perguntou Pete.

— Tá fugindo da pergunta? — disse Ian, cortante. — O fato de você quase ter perdido a prova final está ligado ao fato de Jim Pés-Leves ter brigado ontem à noite e um homem ter morrido e Jim estar na cadeia? É isso o que estou perguntando.

— Ah, isso — disse Pete. Levantou a cabeça para o sol e fechou os olhos, ainda girando o pedal da bicicleta com a mão. — Não precisa se preocupar com isso, cara. É só mais um índio na cadeia, acusado de uma coisa que não fez. Nada de novo. Acontece o tempo todo.

Ian mal conseguiu deixar de gritar com ele, não dizer "Por que se comporta assim comigo? Eu não fiz nada!". Engoliu as palavras e, em silêncio, examinou o perfil de Pete.

— O que aconteceu ontem à noite não tem nada a ver com você — disse, finalmente.

— Ah, tá — disse Pete.

— Caramba, não tem mesmo! — disse Ian, subitamente enraivecido com o tom de voz do outro. — Você pode escolher se quer ou não se envolver nesse lixo todo! Isso é passado! Tem gente que fica presa nele, mas *você* pode escolher!

Pete disse, os olhos ainda fechados, o rosto virado para o sol:

— Sabe o que eu gosto em você, cara? Você vê a vida de um jeito extremamente simples.

Ian pedalou para casa, a raiva e a frustração a devorá-lo por dentro. Queria sumir, ir embora, morar em uma caverna. Não conseguia imaginar como a humanidade fora capaz de criar tanta confusão. Jogou a bicicleta na varanda, subiu os degraus, abriu a porta com força e viu-se olhando um rastro de sangue no chão. O coração pulou, mas aí viu que, em relação à noite passada, não era muito — só manchas e respingos em intervalos regulares, levando da porta lateral à sala de espera. Espiou lá dentro. O horário da manhã havia terminado e Margie, a enfermeira, fora almoçar em casa. Não havia ninguém ali a não ser Fats Fitzpatrick, sentado em uma das cadeiras. O pé, enrolado em uma coisa estranha — talvez uma camisa, parecia haver mangas saindo da trouxa —, descansava em uma pequena poça de sangue.

— Você está sangrando no meu assoalho — disse Ian. Podia sentir que a tensão dentro dele já se aliviava. Qualquer distração seria boa naquela hora, mas Fats na sala de espera era excelente.

— Desculpe — disse Fats. — Não posso evitar. — O rosto largo e redondo parecia ainda mais pálido e tristonho do que de costume, mas já estava assim quando saiu da prova.

— Se você queria se suicidar — disse Ian —, é o pulso que a gente corta, não o pé.

— Cortei numa lata — disse Fats.

— Sério? — disse Ian. — Como conseguiu? — Puxou outra cadeira, colocou-a diante de Fats, pegou meia dúzia de *National Geogra-*

phics e catálogos da Eaton da pilha na mesinha, pôs tudo sobre a cadeira, abaixou-se e levantou o pé de Fats até o alto da pilha.

— Não quero falar sobre isso — disse Fats. — Foi o pior de todos os malditos dias da minha vida.

— E você não perdeu tempo mesmo — disse Ian. — Não faz nem uma hora que a prova acabou. — Estava examinando o pé. O sangue ainda escorria, embora mais devagar. Agora estava estragando as revistas. Olhou a porta do consultório do pai. — Você conferiu se tem alguém lá com ele? — perguntou.

Fats fez que sim.

— O que ele vai fazer? Quer dizer, o que vocês fazem com um corte?

— Nem queira saber — disse Ian. — Tô falando sério.

— Você não presta, Christopherson, sabia?

Ian concordou.

— Meu pai também não. É mal de família. — Ainda havia sangue. Poderia pressionar, fazer pressão firme e direta na ferida, mas Fats gritaria e talvez batesse nele; jogava no time de futebol americano e tinha a mão pesada. Pegou mais revistas e aumentou a pilha. Pelo menos estava apenas escorrendo e não jorrando. Não ia gostar de enfiar a mão na virilha carnuda de Fats.

— Ele vai dar pontos? Quer dizer, normalmente ele não faz isso, né? Ele não dá pontos em qualquer cortezinho que aparece.

— Acho que não é um cortezinho — disse Ian.

Foi até a porta do consultório do pai e bateu. O pai disse "Entre". Ian abriu a porta e enfiou a cabeça. A Sra. Jenner estava sentada junto à escrivaninha do pai, com a manga arregaçada, mostrando o cotovelo monstruosamente inchado.

— Olá, querido — disse ela. — Como vai?

— Olá, Sra. Jenner. Estou bem, obrigado.

Olhou o pai e disse:

— É meio urgente — com voz baixa, na esperança de que Fats não ouvisse. O pai concordou com a cabeça.

— Tudo bem. Vou até aí num instantinho.

Ian voltou e sentou-se ao lado de Fats.

— Então me diga, como conseguiu cortar o pé numa lata? — perguntou. — Na hora a lata estava na mesa? Era atum, feijão, pêssego, ou o quê?

— Vá se danar — disse Fats.

— Faz diferença no tratamento — disse Ian. — Se era atum, ele vai fazer uma coisa, porque é peixe, e se era feijão ou pêssego vai fazer outra. Para o seu bem, espero que tenha sido feijão ou pêssego. — Pensou um instante. — O pior é carne enlatada, sabe. É um verdadeiro pesadelo. Era carne enlatada?

— Vá se danar.

Ian deixou Fats com o pai e saiu na canoa. O vento leste soprava havia dias, o que normalmente queria dizer chuva, que ainda não caíra. O lago estava agitado, pequenas pancadas de vento correndo por ele, e teve de se esforçar para manter a canoa equilibrada. O céu era cinza sobre cinza — nuvens baixas e escuras penduradas sob outras mais pálidas, o conjunto todo movendo-se lentamente pelo céu.

Sem pensar, dirigiu-se automaticamente para oeste, rumo à enseada Desesperança. Ali Pete quase fora puxado do barco um ano antes, e desde então sua missão na vida passou a ser ajustar as contas com a coisa, fosse o que fosse, que agarrara a linha. Normalmente, Ian se juntaria a ele, mas o comentário de Pete ainda doía. Parece que tinham chegado a um impasse e ele não sabia por quê nem o que fazer a respeito.

Virou a canoa para o vento e remou com força. O ar frio batendo no rosto era agradável; imaginou-o enchendo-lhe os pulmões, fluindo por todo o corpo. Mas era difícil avançar. O vento soprava contra a canoa, fazendo a proa balançar. Quando chegou à embocadura do Rio Lento, virou-se de novo para descansar. Ali, dos dois lados, corcovas arredondadas de granito cor-de-rosa se elevavam da água, formando escudos contra o vento, e entre elas o rio corria suave como melado. Ian remou devagar, tentando não perturbar a paz, tentando, isso sim, absorvê-la. Precisava limpar a cabeça da confusão emaranhada que parecia ocupá-la esses dias: provas, morte, o futuro, o passado, o pai, mulheres, o amigo. Tinha fome de paz, equivalente mental do curso de um rio.

Concentrou-se no movimento da água, os pequenos redemoinhos que o remo deixava, a curva suave da água por cima das rochas sob a superfície, o V estreito que se abria a partir da proa da canoa, mas os pensamentos continuavam a se esgueirar. Fez a canoa deslizar ao longo da margem baixa de pedra e desembarcou. Assim que ficou de pé, voltou a ser surrado pelo vento; sentou-se, então, em uma laje de pedra, bem perto da água, e ficou observando o rio, e entregou-se à preocupação.

Estava ficando bom nisso, com toda certeza. Se houvesse prova de preocupação, seria o primeiro da classe. Antes, naquela tarde, andara examinando seu quarto, imaginando o que levaria para a universidade: alguns livros — *Moby Dick*, *O último dos moicanos*, *O apanhador no campo de centeio* —, o rádio, a câmera fotográfica, uma foto sua e de Pete segurando um lúcio de mais de 9,5 quilos, 85 centímetros de comprimento, o maior que já tinham pescado. Isso começou a deixá-lo preocupado com Pete outra vez e também o fez perceber que não tinha uma foto do pai sozinho, sem a mãe, o que o levou a pensar nela. Não queria recordações dela enchendo sua nova vida.

Gostaria de impedir a mãe de conseguir seu endereço, onde quer que fosse morar, mas sabia que o pai o daria. Ela ainda escrevia toda semana e em três anos ele nunca abrira uma única carta; iam direto para a cesta de lixo, com os envelopes intactos. Ainda assim, pelos próprios envelopes, sabia mais do que gostaria sobre a vida dela. O sobrenome dela não era mais Christopherson, por exemplo; ela se casara com o professor de geografia. E tinham se mudado para Vancouver havia um ano. Ela telefonava para ele no aniversário e no Natal e por causa do pai ele não desligava na cara dela, mas assim que saísse de casa achou que conseguiria cortar também esse contato.

A dor do que ela fizera não mais o incomodava totalmente, mas o que restara era uma brasa candente e brilhante de amargura que se acendia sempre que pensava nela. Queria também se livrar disso. Queria ficar — queria ter ficado — ileso à traição, como se ela não fosse nada para ele e nunca tivesse sido. Apenas uma visita ocasional que tinha ficado por algum tempo e depois tinha ido embora. Fantasiava que, dali a alguns anos, iam se cruzar em uma rua qualquer e não se reconheceriam. Isso seria bom. Era isso o que buscava.

Havia alguma coisa na água: o movimento chamou a atenção dele. Ia diretamente para ele. Só quando estava a uns 3 metros de distância conseguiu distinguir o que era: uma cobra-d'água, com uma rã na boca. Continuava indo em sua direção, talvez pensasse que ele fazia parte da pedra. Quando chegou a seus pés, deslizou o primeiro meio metro do corpo para fora d'água, desenhando um S liso e faiscante na pedra pálida; então, para consternação de Ian, descansou a cabeça escura e lustrosa, mais a rã, em cima de seu sapato. Deu um imenso bocejo e começou a comer.

Ian, mantendo-se rigidamente imóvel, observou a cobra com fascínio e nojo. A rã estava com a cabeça na boca da cobra, mas ainda estava bem viva. Tinha pelo menos duas vezes o diâmetro da cabeça da cobra e lutava muito, chutando as pernas, os dedos arranhando para soltar-se, puxando-se para fora com toda a força. Ian podia sentir a luta através do couro do sapato. Seu impulso foi salvar a rã, mas acabou achando um absurdo. Afinal de contas, a rã era o jantar da cobra. E ele mesmo comera carne na noite anterior.

A cobra, depois de mover os maxilares até deixar a rã bem alinhada, começou a engolir, lentamente. A falta de pressa era o mais desconcertante. Ondas de contração se moviam pelo seu corpo, sugando a rã para dentro. A rã lutava furiosamente. Conseguiu prender os dedos da pata traseira esquerda na borda rígida do maxilar inferior da cobra e pôr a pata traseira direita na lateral do sapato de Ian e puxar o mais que pôde, os músculos se inchando e tensionando com o esforço. E a luta prosseguia. Às vezes parecia que a rã ia conquistar a liberdade, mas agora o sangue já deixava uma mancha vermelha em suas costas e não havia dúvida sobre o resultado. É assim que são as coisas, pensou Ian. Quer a gente goste ou não, é assim que as coisas são.

Já era quase crepúsculo quando voltou. O vento aumentava e as ondas cresciam. Ainda não eram grandes, mas a água estava agitada e a canoa balançava como uma casca de ovo. Quando se aproximou do ancoradouro, Ian viu que havia alguém ali sentado, uma figura escura, com os joelhos levantados, os braços cruzados em volta dos joelhos. Cathy.

Ela observou em silêncio enquanto ele manobrava a canoa. Baixou o remo e agarrou o ancoradouro para que a canoa não se chocasse.

— Oi — disse, com cautela.

— Oi.

Ele saiu da canoa, içou-a e virou-a de borco, para o caso de chover.

— Está aqui há muito tempo?

— Um pouco.

A voz dela estava abafada pelos braços, que ainda envolviam os joelhos. Usava um casaco leve, que fazia um barulho farfalhante com o vento. Quando se sentou a seu lado, Ian notou que ela estivera chorando e seu coração se apertou.

— Você está bem? — perguntou. Ela descansou a cabeça nos braços e começou a chorar. — Ei — disse ele, o coração ainda mais apertado. Envolveu-a com o braço. — Ei, Cath, o que é? O que houve? Aconteceu alguma coisa?

Puxou-a mais para perto, procurando, culpado, na memória alguma coisa que pudesse ter feito para deixá-la ainda mais nervosa, além de não sentir muito sua falta, coisa que ela não tinha como saber. Ela agora se encostara em seu ombro e ele sentiu a camisa molhar.

— Ei — disse, baixinho. — Vamos. Conte o que aconteceu.

Ela finalmente levantou a cabeça e olhou-o. Ficava muito bonita quando chorava. Os olhos se transformavam em poças luminosas e, quando as poças transbordavam, as lágrimas desenhavam linhas nítidas e prateadas por sua face. Ele ficou imaginando se, quando chorasse mais, as lágrimas a tornariam feia, se o nariz ficaria vermelho e intumescido e os olhos inchados.

— Não aconteceu nada — disse ela. — Nada mesmo. É que descobri... como eu gosto de você. Eu só queria... *morrer*, Ian. Nessas últimas semanas, eu só queria morrer. Não... me preocupo... com mais nada. Com as provas, com mais nada. Vou levar pau e não me incomodo. Eu só preciso ficar com você. Acabei de perceber que é a única coisa importante.

Meu Deus, pensou ele. Olhou o lago. Começavam a aparecer cristas brancas; uma última gaivota solitária bordejava-as, graciosa como um patinador. Sentiu-se curvado sob o peso do amor de Cathy. Queria dizer: olha, me desculpe, mas estou cansado demais para pensar nisso agora, pode voltar na semana que vem? Mas nunca diria isso e, fosse como fosse, na semana seguinte ainda não saberia o que responder.

E então, para complicar ainda mais as coisas, enfiou-se em sua cabeça a idéia de que, dado o sentimento de Cathy, era quase certo que conseguisse convencê-la a fazer amor com ele, naquele momento, bem ali no ancoradouro. Tinha certeza. Começou a ter uma ereção só de pensar nisso. Mudou de posição, puxou-a para mais perto e, com a mão livre, abriu-lhe o casaco. Ela usava um suéter sobre a blusa; ele deslizou a mão por baixo, segurou-lhe o seio alguns instantes e começou a desabotoar. Cathy virou o rosto para ele e levantou os lábios em direção aos dele, oferecendo-se, confiante, e ele soube que ela deixaria e, ao mesmo tempo, com uma sensação quase de desespero, soube que não conseguiria. Não devido a seus princípios, não porque estaria se aproveitando dela, mas porque, pensando bem, era um covarde. Tinha medo demais das conseqüências para correr o risco.

Cathy ainda o olhava, agora com olhos cheios de perguntas. Tinha de dizer alguma coisa. E sussurrou:

— Respeito você demais, Cath. Temos de esperar.

Soou tão falso, tão inacreditavelmente antiquado, que se ele fosse ela teria se levantado e ido embora e nunca mais falaria com ele. Mas Cathy sorriu e se aconchegou a ele e sussurrou em resposta:

— Tenho tanta sorte de ter encontrado alguém como você. Nem acredito que tenha tanta sorte.

* * *

Foi um alívio quando o sábado chegou. Havia uma simplicidade no trabalho da fazenda que parecia ser o antídoto perfeito para todo o resto. Invejava o padrão constante dos dias de Arthur. Claro que ele tinha preocupações, mas sob vários aspectos não podia haver vida mais perfeita do que arar o campo de um lado para o outro o dia inteiro, sob o céu puro e descomplicado.

Naquela manhã, começou a arar o terreno que ficava na parte mais ao norte da fazenda. A fronteira da fazenda Dunn era marcada pelo Rio do Corvo. Quem trabalhava naquele campo ouvia seu barulho ao fundo o dia todo, o ruído frio e homogêneo do rio a preencher as lacunas entre o retinir dos arreios e as disputas dos corvos. Era seu campo predileto. Mais que nos outros, tão bem cuidados, tão domesticados, neste campo dava para ver a história da fazenda.

Nem é preciso dizer que não foi Arthur quem lhe contou a história; foi Laura. Os detalhes surgiam de vez em quando, geralmente no jantar.

— Era só mato, não era, Arthur? Só uma clareira pequena, aberta no mato. Foi seu avô?

Um gesto de cabeça de Arthur.

— É.

— A maioria das fazendas daqui começaram assim, Ian. Às vezes nem se davam ao trabalho de derrubar as árvores, plantavam nabos e batatas no meio delas para agüentar o primeiro inverno. E quando cortavam as árvores, tinham de esperar anos até que os tocos apodrecessem e pudessem ser arrancados. Quanto tempo leva, Arthur? Cinco anos? Ou mais do que isso?

— Depende da árvore.

— E as pedras... Tinham de tirar as pedras. Você já viu o tamanho de algumas delas, Ian. Já imaginou a trabalheira?

Lá na plantação, ele conseguia imaginar. A poucos metros dali, do outro lado do rio, ainda havia mata virgem.

Gostava de arar. Estava ficando bom nisso também. Quando começara, era espantosamente ruim. Achara que seria muito fácil, que bastava alinhar os cavalos e forçar o arado e seguir em frente; com Arthur parecia ser fácil assim. Seus sulcos eram tão retos que pareciam feitos com régua. E os cavalos também eram excelentes, nem era preciso dizer nada a eles. Alinhavam-se, lado a lado, um no último sulco, outro na terra ainda não arada, e partiam, o que estava no sulco colocando cada pata imensa, do tamanho de um prato raso, exatamente na frente da outra. Quando chegavam ao fim, viravam, andando de lado, exatamente ao mesmo tempo, grandes como ônibus, delicados como dançarinos, emparelhando-se até se alinhar de novo, de frente para o lado contrário. Um trator não faria volta tão fechada nem em um milhão de anos. Ian nunca se cansava de observá-los.

Seu primeiro sulco parecia o rastro de um bêbado na noite de sábado. Arthur o deixara com Robert e Edward, porque eram a parelha mais experiente, e Ian achou que estava tudo bem até chegar ao fim do campo e dar meia-volta. Os cavalos praticamente recuaram com o choque; com certeza os dois deram um passo atrás. Robert olhara-o por sobre as ilhargas, como se dissesse: "Que *droga* é essa?" Ian levou meses para aprender. Mas agora se orgulhava dos campos que arava. Não dava para comparar com o trabalho de Arthur, mas não era mais uma desgraça total.

Carter discutiu com a mãe durante o jantar.

— Eu lhe disse que ia! — Estava com o rosto vermelho e a voz era aguda. — Eu lhe disse que o Lucas disse para eu ir lá sábado à tarde e você concordou!

— Carter, não acredito que eu disse que você podia ficar a tarde de sábado inteira fora de casa. Preciso de você para preparar a horta. Não tive tempo pra isso durante a semana toda.

— Você disse! — Carter estava tão ofendido que Ian achou que dizia a verdade. — Eu contei que ele ganhou aquele guidom alto, e que não gostou, e que a gente podia trocar e que eu podia ir na casa dele hoje! Eu disse a você!

— Por que vocês não podem levar as bicicletas para a escola? — perguntou Laura, jogando um montão de purê de batata em seu prato, respingando metade na mesa de tanta exasperação. — Por que não podem fazer a troca lá?

— Ele não pode ir pra escola de bicicleta! — disse Carter. — Ele mora a quilômetros de distância, ele vai de ônibus! É por isso que tenho de ir hoje, porque vou levar horas para chegar lá! Eu lhe *disse*, mãe! Eu lhe contei na segunda-feira! Você *nunca me escuta*! — Ele empurrou a cadeira para longe da mesa e saiu batendo a porta. Um segundo depois, ouviram o barulho das rodas da bicicleta no caminho.

— Eu me lembro de alguma coisa assim — disse Laura, cansada. — Mas não é possível que o tenha deixado sair hoje.

A verdade, admitiu Ian consigo mesmo, é que ela não escutava. Às vezes era como se ela estivesse em um mundo só seu. Um mundo mais calmo, presumia-se. Em que não houvesse aquela demanda incessante por sua atenção. Ele tentou imaginá-la sentada no sofá com os pés para cima, mas isso imediatamente o fez lembrar de sua mãe, e então afastou a idéia de sua mente.

— O problema — dizia ela — é que Betty Hart está doente. Seu pai disse que ela vai para o hospital se não ficar de cama, Ian, então estou cuidando do filhinho dela durante a semana. Vou pegá-lo de novo esta tarde. É uma criança boa, mas grudenta, não dá para botá-lo no chão, e a horta está péssima.

— Quer que eu ajude? — perguntou Ian. A horta ficava ao lado da casa. Olhou para Arthur. — Ou você prefere que eu continue no arado?

Arthur mastigou, pensativo.

— Acho que é melhor você cuidar da horta.

— Isso seria maravilhoso — disse Laura. — Maravilhoso mesmo.

O que foi ótimo. A horta seria ajeitada e talvez Laura não descontasse em Carter quando voltasse, e ele, Ian, ficaria a menos de 100 metros dela durante a tarde toda.

Julie e March foram com ele quando saiu para cuidar da horta. Anunciaram que iam ajudar.

— Eu estava achando que vocês viriam — disse Ian, resignado. — Vocês ajudam sua mãe quando ela cuida da horta?

— Não — disse Julie. — Ela não precisa de ajuda.

— Sei — disse Ian. Vasculhou o galpão de ferramentas e achou um forcado pequeno. — Tome. Sabe quais são as ervas daninhas?

— As verdes — disse March.

— Sim e não — disse Ian. — As verdes e grandes são hortaliças. Está vendo isso aqui? — Apontou para as folhas de uma cenoura. — Isso é uma cenoura. Não está na hora de arrancá-la, ainda tem de crescer mais.

March olhou-o desconfiado.

— Isso não é uma cenoura — disse.

— É, sim. — Ian afastou um pouco a terra da cenoura, o bastante para mostrar a raiz. — Viu?

March ficou perplexo.

— É uma cenoura! — disse.

O bom das crianças, pensou Ian, uma das poucas compensações por serem tão irritantes, é que se espantam com coisas que achamos totalmente óbvias.

— Ele nem sabia! — disse Julie, morrendo de rir.

— E você, vá arrancar ervas daninhas — disse Ian. — Está perdendo tempo implicando com seu irmão. Essas coisinhas verdes são ervas daninhas, March, e não as puxamos, cavamos e arrancamos. Todo mundo entendeu?

March cavou furiosamente um minuto e meio e depois se afastou, de volta a casa. Julie continuou por mais algum tempo, arrancando com cuidado cada matinho e colocando-o bem-arrumado na grama da borda do canteiro, todas as pequenas raízes esfiapadas apontando na mesma direção. Dali a pouco cansou-se e ficou só riscando o chão com um graveto. Cansou-se disso também e sentou-se para observar Ian.

— *Já* no descanso? — disse ele.

Ela fez que sim com a cabeça. Ela estava bem parecida com a mãe, pensou Ian. Algum dia seria quase tão bonita quanto ela.

Da casa veio um chamado, a voz de Laura, chamando Julie. Ela apertou os olhos, perguntando-se se escutava ou não.

— Sua mãe está chamando — disse Ian com firmeza. — Vá ver o que ela quer.

A menina saiu correndo e sumiu pelo lado da casa. Dali a instantes March apareceu, carregando um prato de biscoitos. Andava com todo o cuidado, segurando o prato com as duas mãos, muito concentrado.

— Que gentileza a sua — disse Ian quando March chegou. Baixou a enxada e pegou o prato, que oscilava perigosamente. — São todos para mim?

— Não — disse March.

— Ah. Ótimo. Algum deles é para mim?

— Eu posso comer *um* — disse March, o tom de voz demonstrando o que pensava disso.

— Então é melhor você escolher primeiro o que quer. — Ian se agachou e segurou o prato, para que March pudesse ver as opções. March pegou um biscoito, hesitou, devolveu. Pegou outro, devolveu. E mais outro.

— Exatamente o quê você está procurando? — perguntou Ian quando viu que não iam chegar a lugar algum. — O maior ou o que tem mais gotas de chocolate?

March enrolou nas mãos a ponta da camiseta e passou-as de cima para baixo na barriga lisa e redonda.

— Ah, entendi — disse Ian. — Você quer o maior *e* o que tem mais gotas de chocolate. É difícil.

Um movimento no limite de seu campo de visão o fez levantar os olhos. Julie apareceu pelo canto da casa, trazendo uma bandeja com copos. Atrás dela vinha Laura, com o bebê da Sra. Hart no colo. Ian sentiu um jorro de prazer.

— Aí vem sua mãe — disse. March enfiou rapidamente um biscoito na boca e mastigou depressa.

Laura franziu o cenho para ele ao chegar.

— Quantos eu disse? — perguntou. O bebê estava coberto de chocolate de orelha a orelha.

Julie estendeu para Ian a bandeja com copos.

— É limonada — disse.

— Obrigado — respondeu Ian, pegando um deles e descansando na grama o prato de biscoitos. Ah, se as crianças fossem embora e levassem o bebê e deixassem Laura e ele sozinhos, só dois minutinhos... Só dois minutinhos de sua presença ininterrupta, nessa tarde linda e quente.

Ouviu-se o barulho de um carro e todos levantaram os olhos. Vinha pela trilha que chegava da estrada principal, deixando atrás de si uma nuvem de pó. Ian não o reconheceu; não era de ninguém da região. Quando se aproximou, viu que era um Cadillac bicolor, creme e vermelho, com grandes asas atrás e acessórios cromados e brilhantes. Ian observou admirado; nunca vira coisa igual.

— Quem será? — disse Laura, passando o bebê para o outro lado do quadril. — Alguém deve ter-se perdido.

O carro freou no terreiro e todos começaram a andar em sua direção. March corria na frente, Julie agarrou-se à mãe e Ian seguiu atrás, curioso. O carro parou e a poeira o alcançou e desceu. A porta abriu-se e um homem surgiu. Laura parou tão de repente que Ian esbarrou nela.

— Desculpe — disse.

Ela não respondeu. Ficou ali, imóvel. Do outro lado do terreiro, o estranho encostou-se confortavelmente no carro, cruzou os braços e sorriu.

Mais tarde, recordando esse primeiro encontro, tentando recordar qual fora sua reação inicial, vasculhando a memória atrás de alguma pista, por menor que fosse, do que estava por vir, tudo de que Ian conseguiu se lembrar foi o sorriso.

Oito

Só um quinto da semeadura termina antes das chuvas
Primeiro-ministro King descreve no Parlamento programa de guerra

TEMISKAMING SPEAKER, MAIO DE 1940

— Ouça, Arthur — disse Otto Luntz. — Sente, ouça, eu leio parra focê.

Procurou os óculos no bolso da camisa e, muito sério, pendurou-os no nariz. "Ainda está chovendo", leu. Fazia uma voz grave e lenta, como a voz de Gunter, pois a carta era dele. Toda quinzena Arthur ia à fazenda dos Luntz depois do jantar ver se havia alguma carta dos rapazes; nenhum deles era o que se poderia chamar de missivista nato, mas costumava vir alguma coisa de um ou de outro umas duas vezes por mês.

Otto Luntz levantou os olhos.

— Ainda estom no Inglaterra. Ainda! Fazendo nada! Parrados o dia todo, só engorrda!

— Leia o carrta, Otto! — disse a Sra. Luntz, colocando uma xícara de chá e um prato de biscoitos diante de Arthur.

Ele sempre sabia se chegara carta no instante em que ela abria a porta. Era uma mulher grande e pesada, um tanto rígida, intocada pelo bom humor que o marido possuía com tamanha abundância, mas quando chegavam notícias dos meninos Arthur achava que todo o corpo dela ficava mais leve; sem dúvida nenhuma, ela flutuava naquela cozinha.

Nos primeiros dias, sentira-se envergonhado e sem graça por estar ali sem a presença dos filhos deles, mas o Sr. e a Sra. Luntz pareciam tão genuinamente contentes em vê-lo que parara de se preocupar com isso. Viu que, além de outras razões, isso lhes dava uma desculpa para ler as cartas mais uma vez, ouvir a voz dos filhos nas palavras que escreviam. As cartas ficavam quase em farrapos por serem dobradas e desdobradas com tanta freqüência.

— "A gente nunca viu tanta chuva" — continuou o Sr. Luntz. — "Está chovendo há semanas, está tudo encharrcado. Até agorra, nada de ação e parrece que ninguém sabe quando vai começar. Fizemos um curso de treinamento muito bom, só que já sabíamos tudo. Eric e Carl vão bem e mandam lembranças. Não há mais notícias. Espero que papai e mamãe estejam bem." — Baixou a carta e olhou para Arthur com falsa severidade. — Que carrrta é esse, hein? "Está chovendo." E daí? Aqui está chovenda! Sabe, Arthur, Gertie e eu vai darr fazenda prra focê, tá bom? Na nossa testamento, deixarr tudo prra focê. Nossos filhas nom merrece.

Mas o alívio era visível em seu rosto. Nenhuma notícia, boa notícia.

Mês a mês as cartas continuavam chegando da Inglaterra. Praticamente todo o exército canadense parecia estar retido ali, sentado, à toa. "Semana passada fui a Londres de licença", escreveu Carl. (Na opinião de Arthur, as melhores cartas eram as de Carl.) "Nunca vi uma cidade assim, levaria dias só para atravessá-la. Economizei o soldo e fui ver um espetáculo — você não ia gostar das mulheres, mãe. Rameiras na rua também, vestidas como não sei o quê. Se virem Art, digam-lhe que está perdendo a verdadeira educação."

"Mas todo mundo já está cheio de não fazer nada. Puseram-nos nessas barraquinhas estúpidas, é só o vento soprar e elas caem. Ficam nos mandando para cursos de treinamento; devemos ser o exército mais bem treinado de toda essa maldita guerra. Só queremos uma chance de mostrar o que sabemos fazer."

1940 veio e se foi, e nenhum dos rapazes da região de Struan tivera um único minuto de ação. Arthur parou de se sentir tão culpado por estar em casa. Ninguém o chamara de covarde nem atravessara a rua para evitar falar com ele; todos sabiam que ele tentara se alistar. Parecia estar fazendo mais que os amigos para ajudar o esforço de guerra. Pelo menos, produzia comida. Na verdade, provavelmente os alimentava. Bem, agora, talvez, Carl e os outros estivessem comendo um sanduíche de presunto; presunto, pão e manteiga, tudo graças a ele. Imaginou o grupo todo, Carl, Eric, Gunter, Ted, Jude e o resto, de cócoras nas barraquinhas inúteis enquanto comiam sanduíches. Sentia falta deles, de todos, e mais ainda de Carl. O campo parecia vazio sem eles.

O povo em casa, principalmente os fazendeiros, enfrentavam mais dificuldades do que os soldados. Os Dunn não iam mal; com Arthur ainda em casa, não estavam em situação pior do que antes da guerra. Muitos, porém, passavam por dificuldades. Otto e Gertie, por exemplo. Quando deram aos filhos a bênção para partirem para a guerra, a região estava apinhada de desempregados procurando trabalho nas fazendas. Mas aí, quase da noite para o dia, os homens sumiram. Tinham-se alistado também ou arranjado empregos ligados à guerra, que pagavam mais.

Otto tinha um trator, o que lhe permitia cuidar de uma boa extensão de terra, mas a fazenda dos Luntz era maior que a dos Dunn, mais do que um homem podia arar sozinho, mesmo que tivesse uma frota inteira de tratores. Gertie não podia ajudar; tinha uma horta grande e galinhas e porcos e algumas vacas para ordenhar. Já não havia mais horas sobrando em seu dia. Assim, Otto ficava sozinho no campo. Toda manhã, se o vento soprava na direção certa, Arthur conseguia ouvir o trator, e o som parecia solitário.

Ele e o pai ajudavam no que podiam, mas nem os três trabalhando juntos, fazendo medas até as 10h da noite, os feixes lançando enormes sombras fantasmagóricas no facho estreito dos faróis do trator, conseguiram colher tudo. Desperdício. Foi frustrante. Nos últimos anos não houvera mercado para nada e a mão-de-obra era baratíssima; agora, de repente, havia mercado para tudo, mas não sobrava ninguém para colher. E o governo continuava insistindo em que tinham de aumentar a produção. Plantar mais alimentos! A Inglaterra precisava de comida! Precisava de presunto e queijo, milhões de quilos, e ovos (em pó) e leite (condensado) e trigo e farinha, e tudo em que se conseguisse pensar.

Certa noite, na primavera de 1941, Otto surgiu com uma proposta. Os rapazes ainda estavam na Inglaterra, enlouquecidos de tédio, e Otto passara o inverno pensando. Parecia que a guerra ia se arrastar por algum tempo, e mesmo com a ajuda de Arthur e do pai era simplesmente impossível arar e semear todos os campos. Não queria deixar que se arruinassem. Queria que a fazenda estivesse em boas condições quando os rapazes voltassem.

— Pensei: serrá que focê fica com parrte do terreno? — disse.

Estava sentado à mesa da cozinha. A mãe de Arthur lhe dera uma caneca de chá e ele envolveu-a com as grandes mãos vermelhas, as unhas tão rachadas e enegrecidas que pareciam lascas de madeira. Ele perguntou se gostariam de usar parte de sua terra e transformá-la em pasto, para aumentar o rebanho leiteiro. Ele se concentraria nos porcos. Manteria metade da fazenda para plantar cevada para os porcos; conseguiria cuidar de metade da terra. Os Dunn poderiam usar o restante e assim manter tudo em boas condições, e talvez pagar pelo arrendamento se pudessem. Então, quando a guerra acabasse e os rapazes retornassem, tudo poderia voltar ao normal. Se Arthur e o pai achassem então que tinham vacas demais, poderiam vender algumas e ganhar um bom dinheiro, ou quem sabe até comprar mais terra. O que achavam?

Arthur e o pai se entreolharam. Vinham pensando em comprar mais novilhas. Dois anos antes, isso estaria fora de questão, mas graças à guerra agora tinham algum dinheiro. Não muito, é claro; o governo dava com uma das mãos e tomava de volta com a outra, na forma de impostos, mas ainda assim, pela primeira vez na vida, tinham um pouco de dinheiro de verdade. Dinheiro que se podia segurar e contar, e usar para pagar a dívida das contas de hospital de Jake, que já estavam quase todas pagas. Se a guerra durasse, e não havia sinal de que terminaria logo, conseguiriam vender qualquer volume de leite que produzissem. Haveria dinheiro bastante para arrendar parte da terra de Otto e comprar algumas novilhas. Talvez até seu próprio touro. E quando a guerra acabasse, ora, aí veriam o que fazer.

Otto passava os olhos de um para outro. Arthur não pôde deixar de notar, não pôde evitar a pequena onda de orgulho que sentia porque o Sr. Luntz admitia que agora ele fazia parte do grupo. A mãe estava sentada na cadeira ao lado do fogão tricotando meias para os soldados no exterior, ouvindo tudo, mas fora da conversa. Pouco tempo atrás ela estaria à mesa, mas agora parecia feliz em deixar tudo por conta dos dois. Jake entrara na sala em algum momento — Arthur o notou, encostado na parede, observando —, mas não ficou por muito tempo. Nem é preciso dizer que não fazia parte do grupo. Mas, raciocinou Arthur, tentando sufocar o sentimento de culpa que a mera visão de Jake sempre lhe provocava, ele nunca quisera fazer parte.

— Querr pensarr melhorr? — disse, ansioso, o Sr. Luntz.

— Acho que já acabamos de pensar — disse o pai de Arthur, e Arthur concordou com a cabeça, e Otto sorriu, e os três terminaram o chá, calçaram as botas e foram ver a terra de Otto, pálida e tranqüila à luz da lua.

Agosto de 1942. Otto e Gertie Luntz receberam dois telegramas no mesmo dia.

A mãe de Arthur estava transtornada.

— Como vou olhar para Gertie? — dizia, enxugando ferozmente as lágrimas que sentia não ter direito de derramar. — O que posso lhe dizer? O que é que posso lhe dizer?

O estômago de Arthur congelara quando soube da notícia e envergonhou-se do alívio que sentiu ao saber que Carl estava bem, que Eric e Gunter é que tinham morrido. Lutando pelo Canadá, pátria onde nasceram. Tinham finalmente partido da Inglaterra, todos os rapazes de Struan juntos, como parte da tropa de assalto do Real Regimento do Canadá. Desembarcaram na praia do porto de Dieppe, controlado pelos alemães, e Gunter e Eric foram mortos assim que puseram os pés em terra firme. Não foram as únicas baixas, de modo algum. Quase metade dos lares de Struan recebeu telegramas naquele dia, e muitos outros em todo o país. Os jornais estavam cheios de manchetes: "Coragem sob o fogo! Lições valiosas aprendidas. Nossos rapazes gloriosos!"

No dia seguinte, os Luntz receberam outro telegrama, informando que Carl estava desaparecido. E no outro dia chegou o quarto, dizendo que estava morto.

A mãe de Arthur, que já não tinha mais lágrimas, foi à fazenda outra vez. Havia fumaça saindo de trás do celeiro, então ela foi ver o que estava acontecendo antes de entrar na casa. Otto estava lá. Fizera uma pilha enorme de gravetos e pusera fogo neles. Ele não se virou quando ela se aproximou. Ela chamou "Otto?" e percebeu que os gravetos não eram simples gravetos, mas sim os chifres que Carl esculpira durante toda a infância. Seu horror foi tão grande que não conseguiu falar. Deu meia-volta e foi para casa, para o campo, e encontrou o marido e arrastou-o até a fazenda dos Luntz, para ficar ao lado de Otto e ajudá-lo a observar a queima das galhadas. Depois entrou na casa para cuidar de Gertie. Encontrou-a sentada na cozinha cheia de fumaça: uma torta de nabos queimava no forno; devia tê-la colocado ali pouco antes de chegar o último telegrama. A mãe de Arthur tirou do forno a torta enegrecida, deixou-a do lado de fora da porta dos fundos e sentou-se ao lado de Gertie, que olhou-a sem reconhecê-la, e disse:

— Diga a eles.

— Dizer o que a eles, Gertie? — respondeu, temerosa, a voz um sussurro.

— Diga a eles: sem telegrramos. Não querrer mais telegrramos.

— Tudo bem — disse a mãe de Arthur. Tudo bem, Gertie. Não haverá mais telegramas.

Havia idéias que não deixavam Arthur em paz. Acordava à noite imaginando se Carl soubera, antes de morrer, que Eric e Gunter estavam mortos. Será que os vira cair? Ou estivera à frente deles, talvez, e olhara para trás, e vira que não estavam mais lá? Voltou correndo atrás deles. Tentou deixá-los em segurança. Então Arthur passava a se perguntar como Carl morrera. Se havia alguém a seu lado, algum dos outros rapazes de Struan, ou algum amigo que fizera no Exército. Ou se morrera sozinho, deitado na praia ou nalgum campo pisoteado até virar um pântano de lama e corpos, como nas fotografias da Grande Guerra. Morreu à noite, talvez, em agonia, sem ninguém por perto. Idéias estúpidas e sem sentido, que nada ajudavam, mas não conseguia tirá-las da cabeça.

Outras vezes — e quase era pior —, ele esquecia. Estava no campo, trabalhando, e pensava: "É sexta-feira, vai ser bom ir à cidade amanhã à noite com Carl, encontrar todo mundo."

* * *

O reverendo Gordon, pastor presbiteriano, partiu para ficar com os soldados. Tinha uma família jovem e precisava pensar em seu rebanho de Struan, com muitos pais e filhos de luto, mas, com tamanha carnificina no exterior, a consciência não lhe permitia mais ficar em casa. No país inteiro as igrejas pediam aos pastores mais antigos que abandonassem a aposentadoria e ocupassem as vagas, mas nesse meio-tempo as pessoas mais velhas faziam o possível, redigindo laboriosamente o sermão à noite para lê-lo no culto de domingo.

O governo decretou que os alunos mais velhos das escolas do ensino médio do interior fossem liberados dos estudos para trabalhar nas fazendas, principalmente durante a colheita. (Finalmente, na opinião de Arthur, adotavam a prioridade certa.) O problema é que a maioria deles eram garotos da cidade que não sabiam distinguir o rabo de uma vaca dos seus chifres; além disso, não eram em número suficiente.

Arthur e o pai uniram-se a Otto, como tinham combinado. O objetivo que levara ao acordo — manter a fazenda dos Luntz em bom estado para os rapazes — morrera com Carl e os irmãos, mas era contra a natureza abandonar uma fazenda. Otto trabalhava como um autômato, como se alguém lhe desse corda e o pusesse a funcionar. Arthur e o pai temiam por ele. Temiam que se matasse de trabalhar. Temiam que fosse essa a sua meta. Mas ainda havia muito que precisava ser feito e que não se conseguia fazer.

É claro que Jake não ajudava. Jake foi dispensado do trabalho na fazenda. De todo tipo de trabalho, na verdade. Ser coxo isentava-o de tudo. Havia mil serviços que poderia prestar com facilidade, mas nem se pensava nele para fazê-los. Jake mudara depois do acidente. Ou talvez fosse o resto deles, Arthur e o pai, e até a mãe; talvez tenham sido eles que mudaram. Não importava: todos entendiam que Jake não devia mais nada a ninguém. Seus ossos quebrados tinham pagado todos os seus pecados, passados, presentes e futuros, e a partir daí ele estava livre.

De certa maneira, isso facilitava as coisas. Como não esperavam que Jake fizesse nada, não havia atrito com o pai quando ele nada fazia. Jake parecia mais alegre do que antes, embora nem por isso passasse mais tempo em casa. "Como estão todos?", perguntava quando sentavam-se para jantar. "Todo mundo teve um dia bom?" Ficava claro que não esperava resposta e não dava importância a qual seria, mas pelo menos perguntava. Arthur fazia que sim com a cabeça e a mãe começava a tagarelar sobre as fofocas locais, e o pai, embora não respondesse, pelo menos não o olhava de cara feia. Era como se Jake fosse um hóspede, alguém que não pretendia ficar muito tempo, mas se dispunha a ser bem-educado enquanto estivesse ali. Era só não interferir em sua vida e pronto. Para Arthur, era visível que a mãe ainda não entendera isso direito.

— Jake, querido, recebi uma carta do Sr. Wheeler.

Arthur, sentado do lado de fora, na soleira da porta dos fundos, vasculhando um vidro de porcas e parafusos, ouviu a ansiedade em sua voz. O Sr. Wheeler era o diretor da escola.

— Ele quer que eu vá conversar com ele. Você sabe por quê? Está tudo bem na escola?

Silêncio. Provavelmente, Jake dera de ombros.

— Mas o que poderia ser, Jakey?

— Sei lá. Wheeler é um velho bobo. Nem precisa se dar ao trabalho de ir.

— Mas, Jake... — a voz dela tentando mostrar uma firmeza que parecia não ter mais.

— Tenho de ir, mãe. Até.

Acontece que Jake colara na prova. Como podia fazer coisas assim? Por que faria coisas assim, se era tão inteligente que nem precisava? Era isso que ela não conseguia entender. O Sr. Wheeler disse, muito sério, que devido ao acidente Jake seria perdoado dessa vez, mas se acontecesse de novo ele seria expulso.

É claro que Jake negou. Disse que um colega de classe inventara tudo, alguém que não gostava dele.

Estava com quase 16 anos. Era quase da altura de Arthur, mas magro como um ancinho e mais bonito do que nunca. Arthur sabia muito bem que o fato de Jake ser coxo não o atrapalhava em nada com as garotas. Não atrapalhava mesmo. Não importava quem eram, a idade que tinham ou de onde vinham; Jake sabia acendê-las como velas. Certo domingo, Arthur o viu depois do culto conversando com as mocinhas Miller e a mãe. O Sr. Miller era gerente da loja da Hudson Bay Company e ele e a esposa, loura, roliça e ainda bonita, embora devesse ter quase 40 anos, tinham três filhas, cujas idades Arthur calculava que variavam de 10 a 18 anos. Jake estava de pé junto delas nos degraus da igreja, conversando, fazendo gestos amplos com os braços. Arthur ouviu-o dizer:

— ... e se eu batesse nele, ia cair e se espalhar no capim, e teria aquele vuuuum enorme de fogo...

E a Sra. Miller e as três garotas começaram a rir, os olhos extasiados e fixos no rosto de Jake. Este só se interessava pela garota mais velha, mas encantava a todas, só porque podia.

E não só as encantava. Em um fim de tarde, Arthur foi ao celeiro, ouviu um barulho e parou, tentando identificá-lo. A luz quente e empoeirada esgueirava-se inclinada pelas rachaduras das tábuas e o ar pesava com o cheiro do gado. Ouviu o barulho de novo — a voz de Jake, bem baixinho. Estava no jirau e as palavras caíam junto com os raios de sol. Embora sussurradas, Arthur conseguia ouvi-las claras como o dia.

— Ponha a mão aqui. — Dava até para ouvir o sorriso na voz. — Aqui. Isso mesmo. — A voz ficou grossa como pó.

Arthur ficou preso ao chão do celeiro. Não conseguia entender o que estava ouvindo. Quer dizer, entendia perfeitamente, mas não podia acreditar que era Jake. Que Jake conseguisse dizer essas coisas a uma moça. De repente ficou enjoado de luxúria e desejo. Tinha 21 anos e nunca tocara uma moça na vida.

Às vezes, Jake ainda sentia dor. Em geral, à noite. Arthur sabia pelo jeito como ficava trocando de posição, tentando achar um lugar confortável. Levantava-se, andava um pouco, sentava-se de novo. Movia os ombros sem parar. Mas nunca se queixava. Arthur quase preferia que se queixasse. O estoicismo de Jake fazia com que se sentisse pior.

Não esperava mais, hora após hora, que Jake contasse aos pais o que acontecera na ponte. Não sabia por que a casa não caíra, mas não caíra e a queda não parecia iminente. Talvez Jake esperasse a oportunidade certa. Talvez guardasse a revelação como dinheiro no banco. Ou talvez não pretendesse contar diretamente, talvez tivesse decidido que era mais valioso manter alguma coisa para ameaçar Arthur. Uma dívida que poderia cobrar quando chegasse a hora.

* * *

— O filho dos Jackson está em casa — disse a mãe de Arthur, empilhando batatas no prato do marido. — Mas perdeu o braço, segundo Annie. E o filho de Stan e Helen Wallace ainda não está em condições de viajar.

Ela fez uma enorme pilha de feijão e cenoura. Uma das coisas boas de morar em uma fazenda era que o racionamento de comida não os afetava. Mas os lábios da mãe estavam franzidos. Arthur notou as linhazinhas que se irradiavam em volta deles, como se ultimamente os franzisse com muita freqüência, com tantas más notícias.

— O caso é que a gente se acostuma. Estamos todos nos acostumando... Já está bom, Henry? — O pai de Arthur concordou com a cabeça. — ...a ouvir essas coisas, quero dizer. Ninguém mais dá importância. É como se todas essas mortes e ferimentos horríveis fossem... normais. As pessoas mal se sentem chocadas agora. Isso é terrível! Pelo menos as pessoas deviam se sentir chocadas! Passe o prato, Arthur. — E começou a pôr fatias grossas de carne no prato de Arthur. — E sabe o que mais? Estão transformando Hamborough, o que era Hamborough, em um campo para prisioneiros de guerra. Estão mandando prisioneiros alemães de toda parte para cá e os deixando em acampamentos especiais. Alguns foram para a prisão de Monteith. Jake, quanta carne você quer?

— Uma fatia só — disse Jake. — Hamborough? A velha cidade fantasma?

— É. Parece que alguns prédios ainda estão bons. Aí estão pondo os presos lá. Acho que não é uma boa idéia. E se fugirem? Tem *certeza* de que não quer outra fatia, Jakey?

Jake se encolheu. Detestava quando ela o chamava assim.

— Tenho certeza, sim.

— Olha, tem muita batata. — E ela encheu o prato dele de batatas. — Acho que ter prisioneiros fugidos aí pela floresta não é boa idéia.

— Não tem guardas? — disse Jake. — Já tem muito, mãe. Não vou conseguir comer isso tudo.

— Tente — disse a mãe, insistindo com suavidade. Arthur sabia que ela se preocupava com Jake o tempo todo. Cada minuto do dia. A guerra, a morte dos rapazes Luntz não mudaram nada. Na verdade, pioraram as coisas: com rapazes morrendo aos milhares, como os dela foram poupados? O destino devia ter alguma coisa guardada para eles. Especificamente para Jake. Era com Jake que ela se preocupava, isso Arthur entendia. Sempre fora assim, agora mais do que nunca. Não a condenava. Jake também estava sempre em seus pensamentos. Uma sombra manchada de culpa.

— Os veteranos vão servir de guardas — disse a mãe. — Mas vão acabar dormindo. Estão todos velhos.

Jake deu um riso alto de desdém. Comeu uma fatia de carne, uma batata e meia cenoura e afastou a cadeira.

— Vou sair — disse. Às vezes, Arthur achava que comia pouco assim porque sabia como isso incomodava a mãe.

— Não vai querer sobremesa? É torta!

— Depois eu como.

— Aonde você vai?

— Sair. — Fez-lhe um carinho na cabeça e se foi. A porta de tela bateu atrás dele.

No silêncio da cozinha, a mãe perguntou:

— Acha que ele é feliz aqui? Conosco, quero dizer. Será que ele é feliz aqui conosco?

Arthur olhou-a e viu desolação em seus olhos.

* * *

Certa noite, no início de maio, Otto Luntz veio dizer-lhes que ele e Gertie estavam indo embora.

— Nom sei quanto tempo — disse. Sentou-se à mesa e aceitou a caneca de chá que a mãe de Arthur pôs na frente dele. — Talvez bastante. Irmã de Gertie morrra em Oshawa, famos morrrarr com ele. Talvez a gente vende o fazenda, nom sei. — Otto olhava de um para o outro. Seu rosto estava tão desolado que era difícil não desviar os olhos. — Querria que focês cuidasse de tudo — disse. — É clarro que fou pagarr.

— Não queremos seu dinheiro, Otto — disse o pai de Arthur. — Vamos cuidar de tudo da melhor maneira possível. — Mas parecia ansioso. Havia um limite para o que podiam fazer.

Mas Otto entendia isso. Disse:

— O imporrrtante som as porcos. Sei que focês nom podem cuidarrr de mais terra, mas nom podem usarr a trratorr e cuidarr de mais um pouca? Focês ficam com o raçom de combustível. Aí focês terr cavalos e trratorr...

Arthur e o pai entreolharam-se duvidosos. Nunca quiseram um trator, por mais rápido que fosse, por mais eficiente. Achavam que não valia o preço — Otto fizera um grande empréstimo no banco para comprá-lo e no início vivia quebrando, fazendo-o gastar mais ainda —, mas a verdade era que não gostavam da idéia. Não queriam uma máquina grande, feia e barulhenta se arrastando pela terra deles. Comparado aos cavalos, que conheciam tão bem seu serviço, que eram tranqüilos e companheiros e fertilizavam a terra enquanto andavam em vez de compactar o solo ou transformá-lo em um mar de lama sempre que chovia, os cavalos ganhavam fácil. Mas agora, se tivessem de cuidar da terra de Otto além da deles...

— Nunca dirigimos tratores antes — disse o pai de Arthur, na esperança de que isso os eximisse.

— Mostrro a focês amanhã — disse Otto. — Nom é difícil.

Assim, no dia seguinte mostrou-lhes, e não era difícil. Tanto Arthur quanto o pai deram uma volta subindo e descendo a estrada de acesso à casa dos Luntz e parecia bem fácil de conduzir. Como um caminhão, só que maior. E assim ficou combinado. Os Dunn iam cuidar da fazenda o melhor que pudessem e, sob protesto, ficariam com parte do lucro, e Otto e Gertie poderiam pensar bem no que fariam depois. Embora todos soubessem que estavam se despedindo para sempre, que da próxima vez que os Luntz viessem a Struan seria apenas para esvaziar a casa.

Otto levou-lhes o trator na manhã em que ele e Gertie partiram. E com a tensão da despedida, ninguém lhe deu muita atenção, mas depois que os Luntz se foram todos quiseram dar uma olhada nele mais de perto, até Jake. Podia servir para o trabalho na fazenda, mas tinha rodas, e Jake gostava de rodas.

— Ele só me faz lembrar os rapazes — disse a mãe de Arthur. Tinha os olhos vermelhos e sua voz estava embargada, como se tivesse um resfriado. — Nunca vou conseguir olhar pra ele sem pensar nos rapazes.

— Não adianta insistir nisso — disse o pai de Arthur. — Não ajuda.

— Sei que não ajuda. — A voz dela estava cortante de infelicidade. — Mas é um fato.

— Não parece tão forte quanto dois cavalos — disse Arthur para mudar de assunto, embora o trator parecesse bem forte. Mas não parecia tão amistoso quanto os cavalos, com toda a certeza.

Jake passeava por ali, dando tapinhas nos pneus imensos, desenhando com o dedo uma linha nas laterais empoeiradas.

— Ainda bem que é vermelho — disse com satisfação. — Vermelho é a cor certa para tratores. — Subiu e sentou-se no lugar do motorista e sorriu para eles. — Aposto como é divertido de dirigir — disse. — Até que velocidade vai? Uh-huu! A gente devia levá-lo até a estrada e ver o que dá para fazer!

— Isso não é brinquedo — disse o pai, ríspido, com o tom que usava com Jake antigamente, e Jake corou.

— Só estava brincando, pai. Era só brincadeira.

— Hora do jantar — disse a mãe. — Talvez depois do jantar vocês possam experimentar.

Depois do jantar, Jake sumiu, como sempre, e a mãe lavou a louça, como sempre, e Arthur e o pai ficaram sentados por alguns minutos como sempre faziam para a digestão, embora talvez por menos tempo do que de costume porque, embora não admitissem nem para si mesmos, estavam bastante entusiasmados com o trator.

— Parece maior do que antes do jantar — disse Arthur, quando saíram para vê-lo de novo.

— Não vai ficar menor amanhã — disse o pai. — Talvez seja bom dar uma volta.

Subiu rigidamente, colocando os pés nos degraus com firmeza, e forçou-se a sentar. Então hesitou e olhou para Arthur.

— Quer ir primeiro? — Arthur fez que não com a cabeça. — Tem certeza?

— Tenho.

— Então tá. Lá vamos nós. — Como Otto ensinara, ligou o motor, que acordou com um rugido. Ele e Arthur sorriram um para o outro. Engrenou a marcha e as rodas enormes começaram a girar. Agarrou o volante com força, com as duas mãos, e gritou: — Vou até o campo de baixo!

Arthur fez que sim e observou-o enquanto se afastava.

— Tomara que ele tenha cuidado — disse a mãe. A voz dela fez Arthur pular. Não a ouvira chegar.

— Vou atrás dele — disse. — Ver como está indo.

— Fale para não ir tão depressa — disse a mãe. — Vou até os Luntz cuidar dos porcos de Otto. Só para ver se está tudo bem. Se for dirigir, Arthur, tome cuidado.

Ele partiu, seguindo as marcas deixadas pelo trator. O pai já estava fora de vista; parecia estar indo bem depressa. Mas, ora, essa era a vantagem dos tratores: eram rápidos. Otto admitia que podia arar 4 ou 5 acres no mesmo tempo em que uma parelha de cavalos arava um só. Talvez o comprassem quando Otto começasse a vender tudo. Mas era barulhento. Ele não gostava do barulho. Agora o pai já devia estar a uns três campos de distância, mas ainda dava para ouvir o rugido. E então, de repente, o tom mudou. O rugido oscilou e subiu, e foi subindo até virar quase um grito. Arthur franziu a testa, perguntando-se o que o pai estaria fazendo. Será que engrenou a marcha errada? Subitamente inquieto, andou mais depressa e logo passou a correr. O grito continuava. Passara pelo trator muitas vezes quando Carl ou algum dos seus irmãos arava e nunca ouvira aquele barulho.

Quando chegou à crista do morro, no início não conseguiu vê-lo. Parou e olhou em volta. Conseguia ouvi-lo mais alto do que nunca, o grito agudo que nunca parava, e as marcas dos pneus ali estavam, seguindo retas pela lateral do campo, mas não havia sinal do trator, só uma coisa grande, preta, quase marrom, saindo da vala no fundo do campo. E então percebeu o que era e começou a correr e a gritar ao mesmo tempo "Pai! Pai!", como gritara tantos anos antes quando a mãe estava em perigo, correndo e gritando, agora e então, o medo a lhe apertar o coração.

O trator rolara de lado, e as rodas giravam no ar. O pai estava debaixo dele. Arthur só conseguia ver a cabeça e o pescoço. O rosto estava voltado para cima, roxo, os olhos saltados, a boca totalmente aberta. Arthur pulou na vala e agarrou a lateral do trator, mantendo distância das rodas monstruosas, e forçou os braços e puxou com todas as forças. O trator não se moveu nem um milímetro.

— Agüente aí, pai! Agüente aí! — berrou Arthur, a voz estalando de descrença e terror. O trator gritava como um bicho; virou-se, pôs as costas contra ele e meteu as pernas na lateral do fosso, usou toda a sua imensa força e *içou-se*, urrando com o esforço. Houve algum movimento? Não sabia, mas achou que talvez houvesse, e não podia deixar o trator cair de novo porque o peso todo recairia sobre o pai. Rugiu "Jesus! Jesus!" e em resposta houve um movimento no alto do fosso e Jake estava lá olhando, pálido e chocado. Jake pulou, esticou-se rapidamente e desligou o motor, e o silêncio gritou tão alto quanto o motor. Jake agarrou o trator e tentou levantá-lo também, mas sua força era nenhuma e não fez diferença.

— Vá buscar os cavalos! — rugiu Arthur para ele. Suas pernas tremiam com o esforço. E se não conseguisse mantê-lo levantado? De que adiantavam seu tamanho e sua força, se não conseguia impedir que o peso do trator esmagasse o pai?

Jake fez que sim e subiu pela lateral do fosso o mais depressa que a perna mais curta permitia, e no alto gastou uma fração de segundo para olhar para trás. Parou. Arthur rugiu: "Traga os malditos cavalos!", mas Jake desceu de volta e pôs a mão no braço de Arthur. E disse:

— Art, ele está morto.

A voz tremia e os lábios estavam azuis com o choque.

Arthur deu uma olhada para baixo e viu a cor pavorosa do rosto do pai, o jeito como seus olhos estavam saltados e que agora havia sangue escorrendo da boca. Mas isso não significava que ele estivesse morto, nada disso significava que estivesse morto, só significava que tinham de tirar o peso de cima dele para que pudesse respirar.

— Traga os malditos cavalos! — urrou de novo, e Jake hesitou, e concordou, e subiu de novo pela lateral do fosso e sumiu. Arthur esperou, o suor correndo, ombros, costas e pernas tremendo com violência, dizendo sem parar:

— Agüente aí, pai. Agüente aí. Ele já volta. Agüente aí.

Então lá estava Jake de volta, com dois cavalos e os arreios e cordas e tudo o que era necessário — é bom dizer que dessa vez Jake fez tudo o que era preciso, e depressa, e bem —, e içaram o trator de cima do corpo quebrado do pai e Arthur, agora aos soluços, carregou-o pelo campo até em casa.

* * *

A mãe de Arthur disse:

— Eu não achava que seria ele. Eu achava que um de vocês seria tirado de mim. Nunca achei que seria ele. Achei que passaríamos anos e anos juntos. Achei que íamos envelhecer juntos.

Jake disse:

— Eu achava que quando crescesse e arranjasse um emprego em algum lugar, fazendo alguma coisa importante, ele veria que eu não era inútil. Quer saber a verdade? Odeio-o, porque morreu antes de saber que não sou inútil. Essa é a verdade.

Quanto a Arthur, não tinha palavras.

Nove

Recompensa pela caça de lobos pode ser revogada
Especialista alerta: silagem é complicada

TEMISKAMING SPEAKER, MAIO DE 1960

Estavam junto à horta quando o Cadillac freou no terreiro. Todos começaram a andar em sua direção, mas, quando a porta se abriu e um homem desceu, Laura parou tão de repente que Ian esbarrou nela.

— Jake — disse ela. E foi só.

Ian, curioso, desviou os olhos dela para o estranho.

O sorriso deste se ampliou. Estava encostado no carro, de braços cruzados, o peso apoiado em uma das pernas. Usava terno, coisa que não se via com muita freqüência em Struan, e sapatos limpíssimos.

— Oi, Laura — disse ele. — Como vai tudo aqui na fazenda? — Parecia mais uma piada do que uma pergunta, e talvez Laura também tenha entendido assim, porque não respondeu. Os olhos do homem foram dela para o bebê que segurava e depois para Ian, Julie e, finalmente, March. — Um, dois, três, quatro — disse o homem, pensativo, indicando cada um com a cabeça. — Como vocês trabalham. — O olhar voltou para Ian e ele inclinou um pouco a cabeça. Ainda sorria, mas parecia intrigado. — Você é Carter? — disse.

Parece que a pergunta irritou Laura. Ela passou o bebê de um lado do quadril para o outro e respondeu:

— Não, não é. Desculpem, eu devia ter apresentado vocês. Esse é Ian, filho do Dr. Christopherson. Ajuda Arthur no verão. E este aqui não é meu. Estou só tomando conta dele durante a tarde. Ian, esse é Jake, irmão de Arthur. — Ela hesitou e disse: — Você devia ter escrito, Jake. Devia ter contado pra gente que vinha.

— Aí estragaria a surpresa. — Ele deu um passo à frente e estendeu a mão para Ian. — Eu achei que não havia muita semelhança com a família — disse.

Ian respondeu ao aperto de mão.

— Prazer em conhecê-lo.

Já fazia três verões que trabalhava na fazenda e ninguém jamais mencionara que Arthur tinha um irmão.

— Carter não está aqui agora — disse Laura. — Volta logo. E Arthur está no campo.

Jake riu.

— Onde mais ele estaria ? — perguntou. — Como vai ele?

— Vai bem — disse Laura. — Está tudo bem. Todos estamos bem.

Jake, curioso, corria os olhos pelo terreiro.

— Isso aqui não está mal. O celeiro está ótimo. É novo?

— Tem uns cinco anos, acho. — Houve uma pausa. E Laura continuou: — Você... você deve estar com fome, Jake. Quanto tempo viajou hoje? Quer comer alguma coisa? O jantar ainda vai demorar. Vai ficar para jantar, não é? Mas, enquanto isso...

A voz dela se esvaiu. Ian achou que parecia nervosa. Estava sendo educada com Jake, do jeito que se é com um estranho ou com alguém que nos deixa sem graça.

Jake sorriu outra vez para ela.

— Parei na cidade e dei uma volta. Comi um pedaço de torta no Harper's. Mas com certeza vou ficar para jantar. Na verdade, estava pensando se vocês me agüentariam por uns dois dias.

— Ah, claro! — disse Laura, apressada. — Claro que pode ficar o tempo que quiser... — Olhou para Julie e disse: — Este é o seu tio Jake, querida. Diga oi ao tio Jake.

— Oi — sussurrou Julie.

— Oi — sussurrou Jake de volta. — Você é a cara de sua mãe, sabia? — Julie fez que não com a cabeça. — Você teve sorte — disse Jake, e piscou para ela. Julie sorriu timidamente e Jake virou-se outra vez para Laura.

— Acho que vou guardar as malas e procurar Art.

— Ah, você não devia ir até o campo — disse Laura, apressada. — Está muito enlameado. Vai estragar seus sapatos. Ian pode chamá-lo, não é, Ian?

— Claro — disse Ian. Notou que Jake mancava. Pólio? Acidente? O pai devia saber.

— Vamos juntos — disse Jake alegremente. — O sapato vai sobreviver. Quero fazer uma surpresa a Art.

Abriu o porta-malas e tirou duas malas. Ian avançou e pegou-as, sentindo-se um serviçal. Jake sorriu-lhe.

— Se insiste — disse. — Pode cobrar por fora do Art. "Serviço extra".

Ian levou as malas até a cozinha e deixou-as ao lado da escada. Pela janela, podia ver Laura e Jake ainda conversando. Ou talvez Laura só estivesse escutando. Agora segurava o bebê a sua frente e observava Jake por cima da cabeça da criança. March dava voltas em torno dela, sem parar, olhando o estranho. Enquanto Ian observava, Laura pôs a mão livre na cabeça do menino e puxou-o para junto dela. Ele abraçou-lhe os joelhos e ela acariciou-lhe o cabelo. Julie ainda estava ao lado e ela parecia embrulhada em crianças. Era um quadro e tanto, pensou Ian. Poderia se chamar "A mãe". Embora houvesse na cena alguma coisa menos tranqüilizadora do que parecia.

Foi até a porta e Jake o viu, e fez um sinal de cabeça que queria dizer "Vamos, vamos logo", então Ian saiu e se juntou a eles.

— Ian sabe em que campo ele está — dizia Laura. — Arthur vai ficar contente em vê-lo, Jake.

Ela é que não estava tão contente assim, pensou Ian. Imaginou se Jake percebera. Mas ele parecia perfeitamente à vontade.

Começaram a descer o caminho, com Ian tomando cuidado para não andar depressa demais. O outro coxeava de maneira bem visível.

— E então? — perguntou Jake. — Há quanto tempo você trabalha com meu irmão?

— Uns três anos.

— E ele é um bom patrão? — Alguma coisa na idéia o divertia.

— Muito bom — disse Ian. — Ele é um sujeito bem legal.

— Com certeza — disse Jake, concordando com a cabeça. — Com certeza. Ninguém acusaria Art de não ser legal. — Olhou de lado para Ian e acrescentou: — Tem uma bela esposa também, não é? — Ian deu-lhe uma espiada rápida e Jake riu. — Foi o que pensei.

Ian sentiu o rosto ficar vermelho. Enfiou as mãos no bolso e tirou-as de novo.

— Ela é uma mulher muito boa — disse, e Jake riu de novo e deu-lhe um tapinha nas costas. — Não se preocupe — disse —, não vou dedurar você. Vamos mudar de assunto. Você é filho do Dr. Christopherson. Não lembrava que ele tinha filhos. Que idade você tem? Dezessete? Dezoito?

— Dezoito — disse Ian.

— Então você já tinha nascido. Eu fui embora... vejamos... há uns 15 anos, acho.

— Foi fazer faculdade? — perguntou Ian, ansioso por manter a conversa nesse terreno relativamente seguro. Jake parecia ter uns 30 e poucos anos. Provavelmente não era comum um garoto da roça fazer faculdade naquela época, mas quem sabe ganhara uma bolsa? Dava para ver que era inteligente.

— Pensei nisso — disse Jake —, mas decidi não ir. Era meio... Ah, você sabe. — Ian não sabia, mas achou que seria falta de educação dizer. — Além disso, meu pai já tinha morrido e Art cuidava da fazenda. Estava indo bem financeiramente, teve uma boa guerra, como diziam, mas não parecia certo pedir que pagasse a faculdade para mim.

Chegaram a uma porteira e Ian parou para esperar que Ian abrisse. O chão era uma mistura encharcada de lama e bosta de vaca, e Jake escolheu o caminho com cuidado. Ian passou direto por ele. Suas botas já estavam tão cobertas de lama que não podiam piorar.

— Deu tudo certo sem ela — disse Jake. — A instrução formal não tem muita serventia no mundo real. — Usava os pequenos tufos de grama como se cruzasse um riacho pulando de pedra em pedra, procurando a cada passo o tufo seguinte, mas poupou um instante para dar uma espiadela em Ian. — Acho que você é do tipo acadêmico. Vai para a universidade?

— É — disse Ian, sentindo-se vagamente envergonhado por ser tão previsível. — No outono.

— Vai fazer o quê? — perguntou Jake.

— Ainda não tenho certeza.

— Bom, não faz muita diferença. É só sair daqui, isso é que é importante. — Acenou para a paisagem em volta. — Para longe de Struan! Para longe do norte! Para longe dessa maldita *roça*! — Ian sorriu e Jake sorriu de volta. — Entende o que eu quero dizer?

— Com toda a certeza.

Havia uma moita grande de capim ao lado do caminho e Jake pisou nela para limpar os sapatos.

— Para onde quer ir?

— Toronto, provavelmente.

Tantas perguntas. Jake respondera mais perguntas em dez minutos do que Arthur fizera em três anos.

Jake franziu a testa.

— Parece desperdício, não acha?

— É mesmo? Como assim?

— É que... é um pouco seguro demais, não acha? Toronto não é nada. Que tal alguma coisa mais estimulante? Que tal Nova York? UCLA? Caramba, por que não a China? Tem universidade lá. Ver o mundo!

Ian fitou-o, e Jake riu.

— Fiz você pensar, não é? Mas estou falando sério. Você pode ir a qualquer lugar, um garoto esperto como você. Agarre a chance com as duas mãos, rapaz, e vá!

Já tinham chegado à crista do morro e o campo se estendia diante deles. Arthur estava na outra ponta. Os cavalos tinham parado e ele estava de cócoras ao lado da semeadeira, mexendo em alguma coisa. Provavelmente havia entupido; toda hora era preciso dar uma olhada.

— O homem em pessoa! — disse Jake. — E ainda tem os cavalos! Incrível!

Arthur deve ter ouvido alguma coisa, porque se endireitou e olhou na direção deles. Ficou parado alguns instantes, evidentemente tentando descobrir quem era o estranho, e aí deve ter concluído — talvez tivesse visto que mancava —, porque começou a atravessar o campo para encontrá-los.

Jake apressou-se o mais que podia, correndo para o irmão. Ian seguiu devagar, pensando no que Jake dissera. Era verdade: podia ir a qualquer lugar. Ninguém lhe dissera isso antes. Os professores faziam perguntas limitantes, com sugestões tão limitadas. Diziam: "O que você quer fazer?", referindo-se apenas ao assunto que o aluno queria estudar, e quando respondia diziam coisas assim: "Ah, Sudbury fica perto, e tem um bom curso", ou se a gente tivesse sorte, "Toronto tem boa reputação nesse campo". Na concepção deles, os alunos nunca saíam da província e muito menos do país. Custava mais caro ir para mais longe, mas provavelmente não era tão caro assim. Talvez fosse necessário alguém de fora para mostrar que havia um mundo inteiro por lá.

Jake e Arthur vinham pelo campo, em sua direção, e Ian percebeu que perdera o encontro. Quisera ver a reação de Arthur à súbita visita do irmão, mas esquecera-se de olhar. Estavam andando um ao lado do outro, Jake falando animadamente, fazendo gestos, olhando de lado para Arthur, e ao mesmo tempo escolhendo o caminho pelo campo enlameado. Parecia muito magro ao lado de Arthur, muito elegante com o terno e os sapatos da cidade. Mais elegante e inteligente que o irmão, em todos os aspectos.

Arthur não falava quase nada, mas isso não era novidade. Se estava contente em ver Jake, era impossível dizer.

* * *

Ian gostaria de ir pescar com Pete naquela noite. Não falava com ele desde a discussão depois da prova de matemática e queria esclarecer as coisas. Mas ele e Cathy estavam novamente namorando firme e ele lhe prometera que iriam ao Harper's comer um hambúrguer quando ele voltasse da fazenda. Assim, tomou um banho, vestiu calças e camiseta limpas e voltou de bicicleta.

Cathy estava sentada de pernas cruzadas na varanda da casa dos pais, à sua espera. A mãe estava na cozinha; Ian a viu pela janela, acenou e ela acenou de volta. Ela e o pai de Cathy aprovavam-no, de acordo com Cathy, muito embora freqüentasse a igreja errada, mas Ian suspeitava de que era por causa de seu pai. Ser filho do médico era um bom começo junto aos pais dos outros.

— Por que demorou tanto? — perguntou Cathy severamente. Usava uma blusa do mesmo tom rosa-pálido de seu rosto. Toda vez que Ian a via lembrava-se de por que os colegas da escola o invejavam. Talvez não fosse das mais inteligentes, mas compensava de outro modo, sendo bonita e agradável.

— Tem gente que precisa trabalhar — disse, deixando a bicicleta ao lado da varanda.

— Plantou muito milho?

— Não, mas arranquei muita erva daninha.

— Então desculpo. — Ela levantou-se, desceu os degraus e lhe deu o braço. Depois virou-se e acenou para a mãe. — Aonde vamos? — perguntou.

Ian respondeu:

— Eu estava pensando no Ritz.

— Ah, estou cansada do Ritz. A gente não podia ir a outro lugar?

— Vamos pensar... Tem um lugar chamado Harper's que parece estar na moda...

— Ótimo! Então vamos lá! — Ela estava tão feliz depois que tinham voltado... Tão fácil de agradar. — Só mais uma prova — disse ela, pegando a mão dele e balançando-a bem alto. — Uma só. Aí nossos dias de escola se acabam para sempre e começa a vida real! Dá para acreditar? Nem parece que é verdade!

— Sei — disse Ian. Todas as provas terminavam na segunda-feira. Geografia para Cathy, pela manhã, e química para ele, à tarde. E estaria acabado. Menos de dois dias, e estaria acabado. À noite, a turma toda ia para a Ponta Baixa comemorar o fim de todas as comemorações.

— Não está animado? — perguntou Cathy. — Estou tão entusiasmada com o ano que vem que mal consigo dormir.

— É — disse Ian. — Eu também.

Ela fez um muxoxo.

— Você não parece muito animado.

— Mas estou. — Ela estava animada demais, esse era o problema. O entusiasmo dela era cansativo.

Ron Atkinson e Fats Fitzpatrick já estavam no Harper's quando eles chegaram, entrincheirados na mesa junto à porta. Fats estava com o pé no banco do lado oposto. Tentara puxar a meia por cima das ataduras, mas formavam um volume grande demais e a meia estava amontoada sobre os dedos do pé, como um chapeuzinho.

— Eis o homem em pessoa! — disse Ron. — Com a mulher em pessoa! Quem diria!

Fats disse:

— Ei, que bom encontrar você, Christopherson. Preciso lhe perguntar uma coisa. Quando eu quiser tomar banho ou algo assim preciso tirar a atadura?

— Como preferir, Fats — disse Ian. — Não dou a mínima. — Conduziu Cathy até outra mesa, do lado contrário do bar.

— Mas eu preciso saber! — gritou Fats atrás dele.

— É só não deixar molhar! — gritou Ian de volta.

— Seu pai deve ficar tão cansado dessas coisas — disse Cathy baixinho, esgueirando-se para o seu lugar. — Onde quer que vá todo mundo deve lhe fazer perguntas sobre saúde. Seria bom se tivéssemos outro lugar para ir. Algum lugar onde pudéssemos ficar mais à vontade.

Susan Jankowitz veio até a mesa; ela trabalhava no Harper's aos sábados. Caíra em prantos depois da prova de matemática, mas parecia recuperada.

— O que vai ser, crianças? — perguntou, o lápis encostado no bloco. Usava uma blusa branca que precisava de mais botões.

— Você não vai fazer o pedido? — disse Cathy, franzindo a testa. Ele não estava cumprindo seu dever.

— Ah, claro. Dois hambúrgueres com tudo, menos cebola. — Cathy achava que hálito de cebola era nojento. — E um milk-shake... — Ele a olhou. — Morango ou chocolate?

— Chocolate.

— E uma coca-cola. E uma porção dupla de batata frita.

Susan fez que sim, escrevendo depressa. Quando ela se afastou, Cathy olhou em volta como se nunca tivesse estado ali. Mostrava uma expressão melancólica.

— Vamos sentir falta daqui, sabe — disse.

— Falta do quê?

— Disso tudo. — Com um gesto, ela mostrou as divisórias de madeira, as cadeiras com almofadas de plástico, vermelhas e manchadas, as mesas de fórmica vermelha, as paredes enfeitadas com fotografias de pescadores felizes segurando peixes grandes. Toalhas americanas de papel com mais peixes pintados nas bordas, com linhas de pescar saindo da boca. Acima da porta do banheiro havia um lúcio de um metro de comprimento, empalhado e pregado na parede. — Quando a gente ficar mais velho, vamos nos lembrar deste lugar e perceber que era bonito.

— O Harper's? — disse Ian.

— Até o Harper's — disse Cathy, muito séria. — Vamos nos lembrar e perceber que a nossa infância foi bonita, e tudo dela foi bonito, até... — ela olhou em volta — até os buracos dessas almofadas. Vamos perceber que Struan era o lugar mais maravilhoso do mundo para crescermos. Vamos perceber que não importa para onde formos, não importa onde morarmos pelo resto da vida, nenhum lugar será tão perfeito quanto aqui.

Uma minhoquinha de irritação subiu por dentro de Ian, vinda de algum ponto no meio do peito.

— Talvez fosse melhor não irmos embora — disse, torcendo a boca num sorriso. Recordou a si mesmo como ela era bonita e agradável. Não funcionou. A verdade é que, ultimamente, o sentimentalismo de Cathy passara mesmo a lhe dar nos nervos. Era excessivo, soava falso. E as expectativas dela de que também se sentisse assim irritavam-no ainda mais. Davam-lhe vontade de seguir no sentido oposto, de negar que sentia coisas que realmente sentia.

— Mas temos de ir. — Cathy, séria, inclinou-se em sua direção.

— Não temos de ir. A maioria do pessoal com quem estudamos não vai.

— É, mas gente como nós tem de ir. Você sabe disso.

Susan trouxe os hambúrgueres e as bebidas, e Cathy lhe sorriu.

Ian mordeu o seu hambúrguer. Estava ótimo. Ele não se lembraria do Harper's pela beleza, e sim pelos hambúrgueres.

— E você mais que todo mundo — dizia Cathy. — Você tem tanto potencial, Ian. Não pode desenvolvê-lo aqui. Você precisa criar asas. Nós dois precisamos.

Ele gostaria que ela parasse de falar. Bastava ela calar a boca e tudo ficaria bem.

— Não acha espantoso a gente ter-se encontrado? — disse ela. — Quero dizer, quais eram as chances? Numa cidade desse tamanho? Tivemos tanta *sorte*!

— Hum... — disse ele em volta do hambúrguer. Cathy ainda não tocara no dela. — De... nos encontrarmos?

Com certeza, a probabilidade de nunca se verem é que era remota.

— A chance de achar a pessoa com quem a gente quer passar o resto da vida! Numa cidadezinha minúscula! No meio de todas as pessoas do mundo, de todos os lugares do mundo, essa *pessoa especial* nascer na mesma cidade que a gente. — Ela suspirou. — Sabe o que minha mãe disse? Ela disse que nunca me viu tão feliz desde que nós voltamos. Não acha uma gracinha?

Ian concordou com a cabeça. Pegou um punhado de batatas fritas e enfiou-as na boca. Cathy debruçou-se na mesa na direção dele. De repente, parecia muito séria.

— Conversei com eles ontem à noite, com meus pais. Estavam dizendo que achavam que já era hora de eu decidir para onde vou ano que vem. Qual faculdade de enfermagem. Acham que eu já devia me inscrever. — Ela pegou a mão dele, virou a palma para cima e examinou-a. Estava engordurada por causa das batatas e ela deu um muxoxo, pegou um guardanapo de papel no suporte que havia na mesa e começou a limpar um dedo de cada vez.

Ian mastigou as batatas fritas com a máxima atenção e engoliu-as. Estava ficando constrangido com aquela conversa.

— Você ainda não se decidiu? — disse ele. Com a outra mão, pegou mais batatas. Sentia uma ânsia súbita de enfiar o prato todo na boca.

— Ainda não. — Ela amassou o guardanapo e pegou outro. — Não posso, não é? Só quando você se decidir. A sua carreira é mais importante que a minha. Mamãe e papai entendem isso, entendem perfeitamente. Posso estudar enfermagem em qualquer lugar, então não importa muito. Mas eles acham que já está na hora de decidirmos. Sabe, para conseguirmos a primeira opção.

Ian parou, as batatas fritas a meio caminho da boca. Devolveu-as ao prato e olhou-as. Era como se Cathy abrisse uma porta em sua cabeça e mostrasse a ele tudo o que se passava lá dentro. O quadro que ela estava pintando.

— Ian? — ela disse com a voz intrigada. Soltou a mão dele e Ian recolheu-a com cuidado. Começou a ajeitar as batatas em uma fila arrumadinha na beira do prato, empurrando-as aqui e ali até ficarem alinhadas por baixo. Empurrou uma das pontas da fila de batatas até juntá-las, para que formassem um leque.

Depois de algum tempo, ouviu-a levantar-se da mesa. Viu o movimento na periferia do campo de visão. Ela esgueirou-se para fora do reservado e ele ouviu os passos se afastando pelo corredor. Levantou-se, catou um punhado de moedas no bolso e colocou-as ao lado dos pratos — o dela ainda intocado — e seguiu-a. Quando passou por onde estavam Fats e Ron Atkinson, eles assobiaram baixinho e Ron disse:

— Ei, Romeu! O que você fez agora?

De longe, Ian seguiu Cathy pela rua. Não queria alcançá-la enquanto ainda houvesse gente por perto. Quando ela entrou na rua onde morava, ele se aproximou. Ela tentou se afastar, mas ele ficou na frente dela, e disse:

— Espere, Cath, espere.

Ela deu um passo para um lado e outro, tentando contorná-lo, mas desistiu e ficou ali em pé, os braços caídos. Ele pegou a mão dela e levou-a até o lado da estrada. No início do ano, caíra uma árvore durante uma tempestade e o tronco ainda estava ali deitado, à espera de ser cortado; sentou-se nele e puxou-a para sentar-se a seu lado. Disse-lhe que ainda não estava preparado para tomar decisões sobre o futuro. Disse que talvez fosse muito imaturo ou coisa parecida, mas que não estava mesmo preparado. E que por isso achava que seria melhor terminar o namoro. Ela chorava. Perguntou se fizera alguma coisa, se dissera alguma coisa, e ele respondeu que não, que não era ela, era ele mesmo. Ela disse que tentaria ser diferente, que o amava tanto que seria tudo o que ele quisesse, e ele balançou a cabeça, horrorizado. Ela disse que não queria prendê-lo, mas por que não podiam continuar como antes, e ele respondeu que não, infelizmente. Infelizmente mesmo.

Levou algum tempo para Cathy se recuperar, mas finalmente ela conseguiu. Respirou fundo e limpou o rosto com as costas da mão, olhando bem para a frente, o queixo erguido. Então levantou-se. Ian também se levantou e perguntou se ela queria que ele a acompanhasse pelo resto do caminho de casa. Ela disse que não e ele ficou onde estava, observando-a se afastar.

* * *

Certa vez, quando Ian era pequeno, a professora de catecismo deu uma aula sobre ser bom. Disse que às vezes era difícil saber o que era certo;

que podia ser difícil distinguir o bom do mau, o certo do errado. Mas, acrescentou, falando naquela voz baixinha, mas alegre, típica das professoras de catecismo, havia um jeito seguro de saber. Era perguntar o que Jesus faria. Bastava imaginar o que Jesus faria em qualquer situação e agir do mesmo modo, e com certeza seria o modo certo.

Ele tinha esquecido a lição assim que a aula terminara, mas agora a lembrança lhe veio. Viu que, nos últimos três anos, usara uma variação dessa idéia; em todas as situações pessoais complicadas, perguntava-se o que a mãe teria feito e então fazia o contrário. Ela parecia o anti-herói perfeito: não se importara em ferir quem a amava e dependia dela, pusera seus próprios desejos acima dos desejos de todos, mentira, fingira, enganara. Ele resolvera em seu código pessoal de comportamento nunca se comportar como ela; mas, falando francamente, tratara Cathy exatamente como a mãe fizera. Não a enganara propriamente, a menos que se levasse em conta o amor platônico por Laura, mas deixara que ela pensasse que a amava quando não a amava, o que dava na mesma.

Apavorou-se com a idéia de estar se comportando como a mãe. Isso o fez supor que em algum nível profundo e inalterável era igual a ela.

Foi para casa. Deixara a bicicleta na casa de Cathy; teria de ir buscá-la outra hora, quando ela não estivesse por lá. Quando entrou, havia um bilhete do pai na mesa da cozinha com o nome "Lefebvre", um número de telefone — ele sempre deixava bilhetes em casos de emergência — e as palavras "mais um" rabiscadas embaixo, querendo dizer outro bebê. Parecia que agora fazia partos noite sim, noite não; era praticamente uma epidemia.

Ian desceu até o atracadouro. Ali era muito tranqüilo. Ainda não estava escuro e as nuvens baixas davam ao lago um brilho metálico. Desvirou a canoa, colocou-a na água e embarcou.

Remou pela margem, mantendo-se próximo a ela, a canoa deslizando em silêncio pela água. Havia uma névoa fria a se infiltrar pelo lago antes do anoitecer. Ian descansou o remo sobre a canoa e fechou o casaco. A embarcação foi arrastada para o antigo abrigo de castores na entrada da Baía Baixa. Ficara alguns anos abandonado até que os castores voltaram no outono anterior; os ramos de bétula branquíssimos que trouxeram projetavam-se da água como ossos. Sentou-se sem se mexer por algum tempo, na esperança de ver um castor, mas não havia vestígio deles. A primavera não era época de trabalharem; faziam a maior parte das construções no outono. As fêmeas já deviam estar com filhotes agora, enrodilhados, secos e protegidos nas profundezas do abrigo.

Manobrou a canoa e remou contornando a ponta de terra. Pensou no ano seguinte; viu-se caminhando pela rua de uma cidade, os carros passando barulhentos, o fedor dos canos de descarga, gente esbarrando nele. Nenhum silêncio em lugar nenhum. Pensou no irmão de Arthur a agitar o braço, dizendo: "Para longe de Struan! Para longe do norte! Para longe dessa maldita *roça*!" Em certo nível, concordava inteiramente com ele. Em outro nível, não tinha certeza de que sobreviveria.

Contornou a ponta que formava a margem leste da enseada Desesperança e, claro que o *Queen Mary* ali estava, com Pete debruçado sobre a linha de pesca, como sempre. Ian aproximou-se devagar, tomando cuidado para não agitar a água.

— Como está indo? — perguntou, baixinho.

— Mais ou menos — respondeu Pete.

Havia meia dúzia de trutas no fundo do barco.

— Não parece tão ruim assim — disse Ian, indicando-as com a cabeça.

— Titica, cara.

Ian não conseguiu avaliar o tom de voz do amigo. Não sabia se era bem-vindo ou não. Até uma semana atrás nem pensaria no assunto; teria amarrado a canoa no *Queen Mary* e subido a bordo. Sua vara de pescar ainda estava onde a deixara, projetando-se por cima da popa. Seria um bom sinal? Talvez Pete nem tivesse notado.

— Acha que ele ainda está lá embaixo, não é? — disse Ian.

— É.

— Ainda acha que é um lúcio?

— É.

— Já o viu?

— Não.

Fez a canoa deslizar para a frente e para trás com o remo. Não sabia direito o que esperava. Um convite? Que Pete dissesse: você não vai pescar? Fosse o que fosse, não aconteceu.

— Boa sorte — disse, finalmente.

Pete olhou-o por um instante e concordou com a cabeça.

— Obrigado.

Quando Ian voltou, o pai estava na cozinha, comendo um naco de queijo tirado diretamente da geladeira.

— Oi — disse Ian, contente porque o pai voltara. — Como foi?

— Um meninão saudável.

— Os orgulhosos genitores estão satisfeitos?

— Não muito. Já têm nove.

— Nossa!

A geladeira estava aberta. O picadinho que a Sra. Tuttle lhes deixara estava em uma prateleira, ao lado de um vidro enorme que continha um único pepino em conserva.

— A gente podia esquentar isso — disse Ian, indicando o picadinho com a cabeça. Toda sexta-feira, ela fazia uma dose dupla de picadinho à irlandesa para comerem no fim de semana. Às vezes dava outro nome, ragu, mas o picadinho era sempre o mesmo.

— Podemos — concordou o pai. — Está com tanta fome assim?

— Não muita.

— Nem eu. Tome um pedaço de queijo. — O pai cortou outro naco e lhe deu; depois, examinou-o um instante. — Está tudo bem?

— Está. Quer dizer, mais ou menos. Terminei com a Cathy.

— Ah. Isso é... mau. — Ele não disse "De novo?", o que foi legal da parte dele. O pai era bom nessas coisas.

— É. Não estava... dando certo. Não temos muito em comum.

O pai concordou com a cabeça. A ausência da mãe de Ian passou pela cozinha.

— Além disso, tem alguma coisa errada com o Pete — disse Ian, rapidamente. — Errada, não. Estranha. Não sei o que é.

O pai disse:

— É um período difícil para ele, sabe. Sempre é difícil ter um pé de cada lado, e quando há problemas entre os lados fica mais difícil ainda.

— Eu sei.

Mas isso o fez lembrar que, quando se é amigo a vida toda, a gente devia ter o direito de não estar de lado nenhum. Gostaria que ele e Pete conseguissem conversar direito sobre o assunto, trazê-lo à luz, mas isso nunca aconteceria. A relação dos dois baseava-se em coisas não ditas e, quanto mais importante fosse uma coisa, menos provável seria que a discutissem.

— O que o avô dele acha disso tudo? De Jim Pés-Leves estar preso e coisa e tal? — Ian sabia que o pai tinha muito respeito pelo velho e imaginou que tinham conversado.

— Joe? Está muito preocupado. Preocupado com Jim e preocupado com o prejuízo nas relações entre a cidade e a reserva.

— Você viu Jim?

O pai fez que sim.

— Fui visitá-lo hoje de manhã. Ele não está muito bem. É o tipo de pessoa que gosta do ar livre. Ficar trancado é quase pena de morte para ele.

— O que vai acontecer com ele?

— Vai ser transferido para a cadeia do distrito, em Haileybury. Na segunda-feira, acho. Lá tem juiz.

— Que vai condená-lo por assassinato — disse Ian, cáustico. — Apesar do fato de que o lenhador deve ter começado. Jim não provocaria uma briga.

— O caso dele vai ser defendido no tribunal — disse o pai.

— Por quem?

— O tribunal nomeia um advogado de defesa.

— Ah, ótimo! O tribunal nomeia. Algum branco recém-saído da universidade que não arranjou emprego em lugar nenhum.

— Você está prejulgando, Ian. Está fazendo exatamente o que os acusou de fazer. Pressupondo com base em preconceitos.

— Estou pressupondo com base em Gerry Moynihan e um milhão de caras iguais a ele.

— Gerry não é tão ruim assim. Só é produto do meio.

— Tá, então a criação dele é nojenta.

O pai suspirou.

O queijo precisava de acompanhamento. Ian abriu o armário ao lado da geladeira e pegou um pacote de bolachas.

— Quer?

Comeram ao lado um do outro, olhando a geladeira. A raiva de Ian cedeu aos poucos. Sabia que não era justo jogá-la em cima do pai. Ele usaria sua influência para fazer todo o possível por Jim.

— Precisamos de um cachorro — disse dali a algum tempo.

— Está pensando no picadinho?

— É. Ela está piorando. Quero dizer, a Sra. Tuttle.

— Ora, ora. Ela faz o melhor que pode — disse o pai.

— Não faz, não, pai. — O pai sempre arranjava desculpas para os outros. Talvez fosse um bom defeito, mas ainda assim era irritante.

A geladeira ronronou para eles. Lá fora, o vento aumentava. Uma saraivada de grossas gotas de chuva chocou-se contra a janela da cozinha. Ian gostava do barulho: a combinação de vento e chuva sempre fazia a casa parecer segura.

— Estou falando sério — disse. — Gostaria de ter um cachorro.

— Eu também — concordou o pai, pensativo. — Talvez a gente devesse arranjar um.

Já haviam tido uma cadela, uma setter irlandesa chamada Molly que, durante anos, acompanhou o pai nas visitas, tão integrada à família que, quando morreu, não conseguiram agüentar a idéia de ter outro cão, porque não seria Molly. Mas talvez tivesse chegado a hora. Na verdade, de repente Ian viu que seria perfeito. Um cachorro, caminhando de leve pela casa, acompanhando o pai nas visitas, deitado aos pés dele à noite. Sentiu o humor melhorar imensamente com a idéia.

— É — disse. — Vamos arranjar.

— Está certo. Arranjaremos.

Para comemorar, Ian pegou o vidro com o pepino em conserva. Abriu a tampa, pegou o picles com os dedos, enfiou a ponta na boca e escorreu o vinagre na pia. O cheiro subiu como se fosse éter. Mordeu o picles ao meio e deu metade ao pai.

— Outro setter irlandês? O que você acha? Para combinar com o picadinho?

O pai fez que sim com a cabeça, sem largar o picles.

O picles precisava de mais queijo, e o queijo, de mais bolachas. Comiam distraídos, ambos perdidos em pensamentos, as migalhas caindo pelo chão. Os vários acontecimentos do dia rolaram de trás para a frente na cabeça de Ian.

— Sabia que Arthur Dunn tem um irmão?

— Sei — disse o pai. — Jack. Não, Jake. Por quê?

— Chegou hoje. Veio num Cadillac incrível.

— É mesmo? Faz anos que não o vejo. — Tirou de Ian a caixa de bolachas e enfiou a mão. Estava vazia. Pousou-a na mesa, abriu a caixa do pão e serviu-se.

— Ele não se parece muito com Arthur, não é? — disse Ian, pegando a manteiga na geladeira.

— É melhor a gente se sentar — disse o pai. — Não, ele é completamente diferente. Sempre preferi Arthur, para dizer a verdade.

Sentaram-se, pão, manteiga e queijo entre eles.

— Ele manca — disse Ian. — Foi pólio?

— Não, acidente. Caiu de uma ponte. Por milagre não quebrou o pescoço.

O queijo acabou. Ian levantou-se, abriu o armário outra vez e começou a remexer os potes.

— Cadê o mel?

— Acho que comi tudo no café-da-manhã.

— O vidro estava pela metade, pai. O que você fez, comeu de colher?

— Pegue a geléia.

— Você vai engordar — disse Ian.

— É o que eu quero. — O pai inclinou-se para trás e deu tapinhas carinhosos na barriga. Na verdade, ainda não havia tanta barriga assim.

— Lembrei uma coisa — disse Ian. — Quero uma fotografia sua.

— Pra quê?

— Para levar comigo. Sabe, para jogar dardos quando estiver longe.

— Tem muitas por aí — disse o pai, vagamente.

— Tem, mas são velhas. E todas elas têm... todas elas estão desatualizadas. Quero uma foto recente.

Fez-se silêncio. O pai o olhou. E disse, baixinho:

— Você precisa perdoá-la, Ian.

— O quê? — Como se não soubesse.

— Você precisa perdoá-la.

* * *

Domingo de manhã, quando Ian acordou, percebeu que, em vez de dias e dias para se preparar para a prova de química, tinha agora pouco menos de trinta horas. Não foi à igreja e estudou o dia inteiro. Era bom nisso de estudar em cima da hora e, até certo ponto, gostava; havia um certo prazer masoquista em concentrar-se tanto por tanto tempo. Tirou uma hora de folga para jantar e depois estudou até meia-noite. Acordou às 6, tomou o café-da-manhã e voltou a estudar. Às 10h30 da manhã, acabou. O livro de química todinho, um ano inteiro de trabalho estava agora em sua cabeça e, desde que nada sumisse até a hora da prova, tudo iria bem.

Decidiu sair para tomar ar; ajudaria a consolidar a massa borbulhante de fatos dentro de sua cabeça. Aí comeria um sanduíche e iria para a prova.

Lá embaixo, os pacientes se aglomeravam. Segunda-feira era sempre um dia ocupado para o pai (as pessoas mais atenciosas guardavam as doenças para depois do fim de semana) e a sala de espera estava apinhada. Fora seis ou sete adultos, parecia haver uma dúzia de bebês, todos eles aos berros. E chegavam mais. Quando passou pela entrada dos pacientes, a Sra. Aaronovitch, mulher do professor de química, entrou com a filhinha atrás, que também berrava. Estava coberta de manchas vermelhas e parecia bem doente. Este lugar é um pesadelo, pensou Ian, cumprimentando a Sra. Aaronovitch com um gesto de cabeça e seguindo para a porta.

Na soleira, parou. Manchas vermelhas. Deu meia-volta e alcançou a Sra. Aaronovitch quando ela estava prestes a entrar na sala de espera.

— Desculpe-me, Sra. Aaronovitch, a senhora se importaria de esperar na sala de estar?

Ela virou-se e olhou-o surpresa.

Ian explicou:

— Caso a doença de sua filha seja contagiosa.

Ele deu às duas um sorriso tranqüilizador e fez um gesto indicando a sala de estar, do outro lado do corredor. A menininha parou de berrar, o que foi um alívio. Seus olhos estavam tão vermelhos que só fitá-los já doía.

— É claro! — disse a Sra. Aaronovitch. — Nossa, Ian, é claro!

— Só por precaução — disse Ian. — Com tantos bebês lá dentro... — Ele as levou para a sala de estar e tirou alguns livros do sofá. — Sentem-se. Vou avisar a meu pai que estão aqui.

A menininha grasnou alguma coisa para a mãe.

— Ah, claro — disse a Sra. Aaronovitch. — Ela quer saber se pode beber alguma coisa. Você não teria um copo d'água?

— Vou perguntar ao meu pai — disse Ian à criança. — Acho que ele vai querer ver sua temperatura primeiro, mas depois eu trago a água para você, tá bom?

Ele cruzou a sala de espera, tropeçando nos bebês e sorrindo vagamente para todos sem olhar ninguém nos olhos, para que não tentassem conversar com ele. O Sr. Harper, dono do restaurante Harper's, que, segundo o pai de Ian, tinha a pressão arterial mais alta do planeta, saiu bem na hora em que ele ia bater à porta. Ian ficou de lado para deixá-lo passar, entrou e fechou a porta atrás de si. E disse:

— A filha da Sra. Aaronovitch está cheia de manchas vermelhas. Olhos vermelhíssimos. Parece mal. Deixei-a na sala de estar. Está cheio de bebês aí fora.

O pai passou a mão no rosto. Já parecia exausto e a manhã nem chegara à metade.

— Obrigado. Boa idéia.

— Cadê Margie? — perguntou Ian, olhando em volta.

— Está gripada.

— Ela escolheu um dia ótimo, isso aqui está um hospício. Ah, a pequena Aaronovitch está com sede. Ela pode tomar água ou o senhor quer medir a temperatura antes?

O pai suspirou e olhou o relógio.

— Vai fazer a prova agora?

— Não, é só à uma da tarde. Parei um pouco para descansar. — O pai olhou-o pensativo. Ian disse depressa: — Ia dar uma volta para tomar ar.

— Ah, claro, é justo.

É óbvio que isso o fez sentir-se instantaneamente culpado. Disse, resignado:

— O que quer que eu faça?

— Nada, nada, pode ir.

— Se quiser que eu tire a temperatura dela ou sei lá...

— Tem certeza?

— Pai!

— Então tá. Obrigado — disse o pai, finalmente capitulando. — E enquanto for ver a temperatura, verifique o lado de dentro da boca. Se houver manchas brancas é sarampo, e nesse caso mande a mãe levá-la para casa e dar-lhe meia aspirina amassada com geléia. Diga que vou visitá-las assim que terminar aqui. Se não houver manchas brancas, atendo às duas na sala de estar.

— Tá.

— Lave as mãos.

Ian lavou as mãos na pia do canto e o pai lhe deu o termômetro.

— Fico lhe devendo — disse.

— Quero uma máquina fotográfica.

O pai sorriu.

— Ela pode tomar água depois?

— Em pequenos goles.

Ian abriu a porta, que atingiu um bebê bem no traseiro e o fez cair de quatro. A criança já estava chorando, mas passou a berrar de verdade. Nancy Scholtz, que estava um ano à frente de Ian na escola, engravidara aos 15 anos e agora tinha três filhos, mas ainda nenhum juízo, levantou-se para pegá-lo e deu-lhe um sorriso encantador. Ele resistiu ao impulso de dizer: "Nancy, segure seu filho longe da porta, por acaso você é burra?", porque é claro que ela era.

Voltou à sala de estar.

— Pronto — disse ele à menininha, agachado diante dela. — Meu pai disse que tenho de medir sua temperatura e depois você pode tomar água. Mas antes ele quer que eu dê uma olhada na sua boca. Pode abrir a boca para mim? — Ela obedeceu e, com todo o cuidado, ele virou para fora a pele da bochecha. Manchas brancas.

— Ah, muito bom! — disse ele, como se a notícia fosse mesmo boa. — Você está com sarampo.

— Oh, não — disse a Sra. Aaronovitch.

Ian sorriu-lhe com comiseração. Sacudiu o termômetro e disse à criança:

— Isso quer dizer que depois que eu medir sua temperatura vou lhe trazer água e aí você e sua mãe vão para casa, e depois meu pai vai visitá-las. Que beleza, hein? Você não vai precisar mais ficar aqui sentada.

Ela o olhou entediada. Era óbvio que só queria ser deixada em paz. Ian disse, suavemente:

— Vou pôr o termômetro debaixo de sua língua para ver se está quente aí, certo? Ele tem de ficar aí durante dois minutos. Você pode contar o tempo para mim, eu lhe dou meu relógio... — Ele enfiou o termômetro sob a língua da menina. — Não morda, tá bom? Basta fechar a boca em volta dele. Isso, fique assim. — Ele desafivelou o relógio e o entregou a ela. Será que ela tinha idade suficiente para saber qual era o ponteiro dos segundos? — Está vendo o ponteiro que anda bem depressa? Quando ele der a volta toda duas vezes, acabou.

Os dois observaram o ponteiro dar a volta.

— Você não tem prova hoje, Ian? — perguntou a Sra. Aaronovitch, mantendo a voz baixa para não distrair a filha.

— Tenho. — Ele sorriu. — Química. A última.

— Ora, você está sendo muito gentil.

— Obrigado. É uma boa pausa. Papai vai visitá-las assim que terminar aqui no consultório. Ele disse para lhe dar meia aspirina amassada com geléia.

— O aniversário dela foi no sábado — disse a Sra. Aaronovitch. — Demos uma festinha. Ela já não parecia muito bem, mas achei que fosse a agitação da festa.

— Oh, não — disse Ian. Era no pai que ele estava pensando, mais que nas crianças. — Então é melhor a senhora contar a meu pai quem esteve lá.

— Pode deixar.

A menininha estendeu para ele o relógio e o termômetro.

— Uau! — disse Ian, mas baixinho, porque parecia que qualquer barulho mais alto faria a cabeça dela soltar-se. — Quarenta graus! Impressionante!

Talvez tenha se enganado, mas achou que ela quase sorriu.

Ian desceu até o lago e sentou-se no ancoradouro por algum tempo, fitando a água sem pensar em quase nada. Por volta do meio-dia, o pai chegou.

— Vou visitar a menina Aaronovitch — disse. — Obrigado pela ajuda hoje de manhã.

— De nada.

— Acho que você já vai ter saído quando eu voltar.

— É, vamos todos para a Ponta Baixa. Não sei direito a que horas começa. É possível que eu não venha jantar.

— Tudo bem. Divirta-se. Aliás, hoje de manhã recebi uma notícia que vai lhe interessar. Gerry Moynihan me ligou. Jim Pés-Leves fugiu da cadeia ontem à noite.

Ian levantou os olhos.

— O senhor está brincando!

— Gerry foi lá hoje de manhã levar-lhe o café-da-manhã e a cela estava vazia.

— Como é que ele saiu? — perguntou Ian. — Gerry sabe?

— Ah, sabe sim. Seria difícil não saber. Abriram um buraco no teto.

— No teto? — Ian deu uma gargalhada. — Isso é demais!

— Talvez não seja tão bom assim. Agora a polícia montada está envolvida. Para eles, é um suspeito de assassinato que está à solta.

— Nunca vão pegá-lo. Ele vai sumir na floresta.

— É claro. Mas eles vão andar pela reserva toda, procurando quem esteve envolvido. A situação pode ficar bem desagradável.

Ian pensou em Pete, perguntando-se se estaria envolvido. Era mais do que provável.

— Ainda acho o máximo — disse.

Ian meio que esperava que Pete não aparecesse para fazer a prova, mas lá estava ele, desta vez sem atrasos, esperando no corredor como todo mundo.

— Como vão as coisas? — disse Ian com cautela, encostando-se na parede ao lado dele.

— Não muito ruins.

— Soube da fuga da cadeia.

Pete olhou para ele.

— Eu também.

— Os policiais montados já estão lá?

— Por toda parte, cara. Saindo das esculturas de madeira, rastejando pelas paredes, a gente nem consegue ir ao banheiro sem encontrar um policial na casinha, farejando.

Ele sorriu. Parecia ter ganhado um milhão de dólares.

O Sr. Aaronovitch chegou, todos entraram em fila na sala e sentaram-se. Agora eram profissionais nisso, era quase vergonhoso que já estivesse terminando. Aaronovitch distribuiu as provas e disse: "Preparar, apontar, fogo", e todos viraram as folhas e começaram a escrever. Durante três horas, Ian despejou naquele papel tudo o que absorvera nos últimos dois dias e, quando acabou, seu cérebro estava vazio como uma bota velha, sem nada dentro.

Depois, formaram rodinhas inquietas, conversando sobre como era bom ter acabado, mas que não parecia ser verdade, e como ia levar um tempão até se acostumarem. Alguém sugeriu que fossem ao Harper's, mas Ian preferiu não ir. Dava para prever exatamente qual seria a conversa. Fariam a autópsia da prova, questão por questão, até se convencerem todos de que não tinham passado. Ele não gostava disso. Cruzou os olhos com os de Pete e apontou a porta com a cabeça, numa pergunta, e em resposta Pete fez que sim. Ian sentiu um alívio imenso. Quase tão bom quanto Jim Pés-Leves fugir era o fato de que Pete parecia estar de volta ao normal.

O equipamento de pesca estava na casa de Pete e o avô lhe dissera para ficar fora do caminho da polícia, e assim decidiram caminhar até o Salto. Fazia anos que os dois tinham estado ali; a pescaria era um vício tamanho que não sobrava tempo para mais nada.

O Salto era uma escarpa de granito quase vertical, com quase 100 metros de altura, que se elevava do lago. Quem tivesse o equipamento certo conseguiria escalá-lo, mas até onde se sabia ninguém jamais o fizera. Em vez disso, chegava-se lá em cima por trás, onde a subida era apenas íngreme, em vez de um precipício.

Passaram pela casa de Cathy para pegar a bicicleta de Ian, pedalaram até onde a estrada se aproximava mais do Salto e ali largaram as bicicletas e subiram. No princípio o caminho era fácil, subindo suavemente entre grandes pedregulhos redondos de granito, incrustado de liquens cor-de-rosa, praticamente nu com exceção de um ou outro tufo de capim ou alguma rica almofada de musgo. Aqui e ali, em buracos suficientemente fundos para juntar um pouco de terra, havia um pinheirinho nodoso, agarrando-se com força.

Depois as pedras ficavam mais escarpadas e era preciso escolher o caminho, escalando o mais depressa possível, ambos sentindo a ânsia de forçar-se fisicamente para fazer o sangue voltar a correr depois do esforço mental concentrado da manhã. A meio caminho, havia um pedregulho gigantesco em forma de tartaruga, onde lembraram-se de ter sentado quando crianças; subiram nele e sentaram-se para recuperar o fôlego.

— Foi seu avô que nos trouxe aqui pela primeira vez, não foi? — perguntou Ian, ofegante. — Anos atrás. Éramos bem pequenos.

Pete fez que sim.

— Era seu aniversário, não era?

— Era.

Ian tinha uma lembrança confusa do velho ajudando-os a subir em uma pedra, dizendo alguma coisa encorajadora em uma língua que ele não entendia e depois repetindo em inglês. Ali. Agora suba aqui. Bom. Bom. Era um velho gente boa. E agora havia policiais rondando a loja. Fazendo perguntas.

— Como vai ele? Você sabe, com tudo o que está acontecendo.

— Ele está bem. Preocupado.

— Com Jim?

— Com tudo, cara. Com tudo.

Abaixo deles, um par de corvos pulava em uma rocha, gritando um com o outro. Então um terceiro corvo se uniu a eles para dar sua opinião, depois um quarto. Ficaram ali brigando um instante e, de repente, chegaram a um acordo e voaram todos.

Ian pôs a mão aberta contra a pedra e elevou-se um pouco, ajeitando as costas em uma posição mais confortável. O sol deixara a pedra quente e sob suas mãos a superfície áspera e arredondada parecia a pele de um animal velho.

— Que idade você acha que têm essas pedras? — perguntou Ian, pensativo.

— Estão aqui desde sempre — disse Pete. — Estão entre as pedras mais velhas do mundo.

Ian, curioso, olhou para ele.

— É mesmo?

Pete fez que sim.

— Existem pedaços do Escudo com 3 bilhões de anos.

— Três *bilhões*?

— Isso é pedra de alta qualidade, cara. Já foi uma cadeia de montanhas. Alta como as Rochosas. Depois ficou no fundo do mar... depois houve geleiras por cima. — Deu tapinhas de aprovação na pedra. — E ainda está aqui.

Continuaram subindo. As pedras ficaram mais íngremes e às vezes precisavam procurar onde pôr a mão e içar-se para cima. De repente, arrastaram-se sobre uma crista de rocha e viram-se no alto, com o lago abaixo deles, ofuscante ao sol.

— Uau! — disse Ian. — Eu tinha esquecido como a vista era fantástica.

O sol brilhava tanto na superfície da água que Ian teve de proteger os olhos para observar. A distância, a margem parecia de renda, centenas de baías e rios e enseadas saindo e desaparecendo do imenso reservatório do lago propriamente dito.

— O que é aquilo na borda da encosta? — perguntou Pete.

— Onde?

— Tem alguma coisa no ar.

Ainda estavam a uns dez metros da beira, mas agora, olhando com mais atenção, Ian conseguiu ver que o ar parecia dançar de um jeito estranho, como se fossem ondas de calor, mas não era isso. A princípio achou que era ilusão de ótica, mas quando se aproximou viu que Pete estava certo, havia alguma coisa no ar. Muitas coisas, na verdade. Milhares de coisas.

— Caramba! — disse Pete. — São libélulas!

Uma cortina de libélulas pendia no ar bem na beira do precipício, centenas e centenas delas, como um enorme exército de helicópteros minúsculos, quase sem se mover além do leve balanço para manter a posição na corrente de ar quente que subia do lago. Todas estavam viradas para dentro, como se fossem para algum lugar e batessem contra uma parede de vidro.

— Que diabos estão *fazendo*? — perguntou Ian, chegando o mais perto que ousava da beira do precipício. Cem metros abaixo as ondas batiam contra o sopé da escarpa.

— Sei lá.

— Você já as viu fazerem isso antes?

— Não.

Pete sentou-se de pernas cruzadas na beira do abismo, frente a frente com as libélulas. Ele as observava e elas o observavam. Homem e insetos, pensou Ian, sorrindo com a imagem. Homem e insetos, olhos nos olhos na borda da pedra mais velha do mundo. Sentou-se ao lado de Pete, chegando cuidadosamente mais perto da beira, e concentrou-se em uma só libélula. Elas oscilavam bem próximas umas das outras, a pouco mais de dez centímetros de distância em todas as direções, mas mantinham a posição tão bem que era fácil escolher uma só. Estava a menos de um metro de distância — ele poderia tocá-la caso se inclinasse para fora da borda —, mas não parecia em nada incomodada com a presença dele. Encararam-se, mutuamente incompreendidos.

— E que idade têm as libélulas? — disse, finalmente. — Você sabe tanta coisa.

— Você quer dizer essas aqui?

— Não. Por exemplo, quando é que a primeira libélula voou?

— Há 200 ou 300 milhões de anos.

— Não é uma resposta muito satisfatória, com essa variação de cem milhões de anos. Você não pode ser um pouco mais exato?

— Há 276.310.422 anos atrás, no dia 14 de dezembro.

— Obrigado.

— Às ordens — disse Pete. — Se houver mais alguma coisa que queira saber, basta perguntar.

Ficaram sentados em silêncio, ou quase em silêncio; se prestassem bastante atenção conseguiriam ouvir o leve zumbido de milhares de asas. Para além das libélulas, o sol se punha lentamente, lançando seus raios pelo lago, e dos dois lados tudo, até onde o olhar alcançava, dissolvia-se devagar na névoa.

Ian pensou: mesmo que eu viva 100 anos, sempre me lembrarei disso.

* * *

Já estava escuro quando chegaram à Ponta Baixa. A maior parte dos outros já chegara e tinha acendido uma fogueira. Cathy estava lá, misturada a um grupinho de meninas que lançava olhares maldosos a Ian. Ele evitou olhá-las.

Alguém estendera cobertores velhos na areia, a alguns metros da fogueira, e Ian sentou-se para fitar as chamas. Sentia-se estranho, distante e isolado. Parte de seus pensamentos ainda estava na escarpa e outra parte estava cansada demais para festejar. Tentou não pensar nisso — provavelmente seria a última reunião antes de cada um seguir seu caminho —, mas os outros também não pareciam muito animados. Alguém lhe passou uma coca-cola e outro ofereceu um saco enorme de batatas fritas; ele pegou um punhado e comeu-as devagar. Havia gente de pé nas sombras, no limite da luz da fogueira. Outros estavam perto da água. Pete estava lá, olhando o lago. Talvez também tivesse voltado às libélulas. Ou se comunicasse com o lúcio místico. Ou pensasse no que os policiais procuravam na reserva, e em como o avô estava se virando.

Esfriava. O fogo já baixara o bastante para assar os hambúrgueres e salsichas que tinham trazido; assim, isso foi feito e depois jogaram mais lenha no fogo e se aglomeraram em torno. Houve algumas carícias, mas nada sério. Alguém tentou cantar, mas as vozes se extinguiram quase de imediato e ficaram sentados praticamente em silêncio, como um grupo de homens das cavernas, observando as chamas.

Antes tinham falado em virar a noite para saudar juntos o nascer do sol, mas todos começaram a ir embora por volta de 1h da madrugada. As despedidas foram silenciosas e discretas.

Pete sumira algum tempo antes e Ian voltou para casa sozinho de bicicleta. Seguiu devagar, querendo manter a sensação de isolamento que o inundara. Um estado de não-ser. Um estado sem tempo. Sem passado, sem presente, sem futuro. Sem decisões. Achou que seria bom ficar assim pelo resto da vida.

Quando chegou em casa o carro sumira; o pai estava atendendo a um chamado. Ian subiu para o quarto. Deitou-se na cama, pensando no que Jake dissera sobre abandonar o norte e depois pensando no próprio Jake. Deve ser estranho voltar, depois de longa ausência, ao lugar onde fomos criados. Estranho ver de novo coisas que já foram tão familiares que quase faziam parte da gente. Embora fosse difícil imaginar que Struan ou qualquer coisa da região fizesse parte de Jake. Ele não parecia fazer parte dali. Era um homem da cidade grande. Seguro de si. Confiante. Ian invejou-o por isso. Parecia não ter dúvidas sobre si mesmo nem de para onde ia. Parecia saber exatamente o que queria da vida. Parecia ter todas as respostas.

Dez

Arrecadação de guerra perto de atingir objetivo
Caminhão desgovernado cai em riacho

TEMISKAMING SPEAKER, MAIO DE 1943

As vacas tinham de ser ordenhadas, portanto ele tinha de levantar-se pela manhã. Não fosse isso, talvez não se levantasse. Talvez ficasse na cama, afundado no colchão, sobrecarregado demais com a perda para se mover, enquanto a floresta avançava e tomava conta da fazenda. Mas o mugido das vacas chegava até onde ele estava, debaixo do monte de cobertores cinzentos, e quem tivesse coração não conseguiria ignorar aquele som.

Assim que se levantava, outras coisas também não podiam ser ignoradas. O gelo se fora, mas até a semana anterior o chão estava encharcado demais para a semeadura. Agora estava no ponto, e a aveia e a cevada, produtos de que os animais dependiam nos longos meses de inverno, precisavam ser plantadas imediatamente. Seria preciso mais ração do que nunca, porque tinham aumentado o rebanho leiteiro, graças ao acordo com Otto, e se vendesse tudo agora teria prejuízo. E havia os porcos de Otto. Os leitõezinhos podiam ser vendidos quando chegassem ao peso de mercado, mas não as fêmeas. Otto dependia delas para viver.

Assim, havia os porcos para cuidar durante o inverno, e o gado e os cavalos. Ele não sabia como daria conta. Só seria possível se usasse a terra de Otto, mas um homem sozinho não conseguiria cuidar de duas fazendas. Ele e o pai tinham calculado que os dois, usando o trator e as duas parelhas de cavalos, mal seriam capazes. O trator. Sempre que Arthur pensava nisso via as rodas gigantescas girando no ar, via o rosto do pai, roxo, os olhos esbugalhados. Na véspera do funeral ele conduzira o trator, pela primeira e última vez, até a fazenda dos Luntz e o guardara no celeiro de Otto. Nunca mais queria vê-lo de novo.

Mas a terra de Otto se arruinaria se não fosse bem cuidada, essa era outra preocupação. Precisava escrever a ele e contar o que acontecera, pedir que voltasse e desse um jeito em tudo. Que vendesse a fazenda ou encontrasse alguém para arrendá-la. Sabia que tinha de fazer isso, mas a idéia de pôr tudo aquilo no papel desanimava-o. Como explicar? "Caro Otto, papai morreu, seu trator caiu em cima dele." Como se escreve isso? A mãe saberia o que dizer, mas ficara nervosa quando ele pedira isso a ela. Não fazia sentido pressioná-la. Ela não estava em condições de cuidar de nada naquele momento. Ele gostaria de conversar com ela, contar-lhe o que o preocupava, mas isso estava fora de questão. Seria um alívio contar a alguém. Ter mais alguém com quem dividir seu medo de que acabassem se endividando outra vez. De que perdessem a fazenda.

Em alguns dias, sentia que não ligava. Deixava para lá. Não tinha ânimo, agora que o pai se fora. Nada parecia ter objetivo. Mas aí pensava na mãe e em Jake; se perdessem a fazenda, o que fariam? Para onde iriam?

Assim, Arthur continuou trabalhando. Pela manhã, depois de terminar a ordenha e ir à fazenda dos Luntz cuidar dos porcos, atrelava as duas parelhas de cavalos e levava-as até o campo e trabalhava com as duas alternadamente, duas horas uma, duas horas outra. Trabalhavam de sol a sol, arando, dragando, semeando, subindo um sulco, descendo o seguinte. As mesmas idéias davam voltas em sua cabeça, mantendo o ritmo com as fortes pisadas dos cavalos. Mantendo o ritmo de seu pesar. O pesar doía, a preocupação dava náuseas. Certa vez disse, em voz alta, assustando-se a si e aos cavalos: "O que vou fazer, pai?" E o silêncio caiu com tanta força e tão depressa que lhe tirou o fôlego. Parou no meio do caminho e os cavalos se detiveram, viraram a cabeça e olharam-no, inquisitivos.

— Está tudo bem — disse, mas chorava ao mesmo tempo e os cavalos ficaram inseguros. — Está tudo bem — disse outra vez, limpando o rosto na manga. — Vamos. — Os cavalos avançaram e ele seguiu atrás, com lágrimas correndo pela face.

Manter a rotina era tudo o que sabia fazer, mas a rotina fora inventada pelo pai e as lembranças o emboscavam a cada instante. Por alguns dias depois do acidente, o capim alto que contornava o campo no qual tinham semeado batatas ainda estava marcado onde Arthur e o pai haviam se sentado. Parecia inacreditável. Há poucos dias, tão recentemente que o capim nem tinha se endireitado ainda, tinham se sentado juntos, tomando chá doce e quente, examinando quanto já tinham feito e quanto faltava fazer. Sem saber de nada.

Tinham conversado daquela última vez? Ele não conseguia se lembrar. Provavelmente, não. Eles não falavam muito. Não havia necessidade. Um dizia: "Chão pesado" ou "Muito bom", e o outro assentia com a cabeça. Ou simplesmente terminavam o chá em silêncio e levantavam-se para voltar às parelhas.

Agora ele via que não conseguia sentar-se na hora do descanso. Tomava o chá em pé, ao lado da parelha que estivesse usando. Os cavalos do pai foram gentis com ele. Achara que se rebelariam, incomodados com a mão estranha no arado, mas não. Parece que entenderam. Eram o único consolo que tinha, lá sozinho no campo o dia todo.

Na hora do almoço e à noite outra vez voltava para casa pela trilha e, nos primeiros 15 dias, as marcas das botas do pai ainda estavam visíveis, como sua assinatura escrita na terra. Aí choveu e elas sumiram. Parecera traição que suas pegadas pudessem se apagar com tanta facilidade. Quantos milhares de vezes ele caminhara por aquela trilha? A vida inteira. O pai dele, avô de Arthur, fizera nascer aquela trilha, limpara a terra e arara o primeiro campo atrás das costas largas e balouçantes de um boi. Suas pegadas deviam durar para sempre.

A última coisa que fazia à noite era ir ao celeiro e ao estábulo para uma última olhada antes de dormir, como ele e o pai sempre faziam, só para ver se estava tudo bem. Depois, costumavam ficar alguns minutos no terreiro, examinando o céu, e Arthur ainda agia assim; não conseguia romper o hábito, embora de todos os momentos do dia este fosse o que provocava mais dor. Ficava sozinho, em pé no silêncio da noite, recordando. Com os olhos da mente, via os dois — sempre iguais, juntos, de pé, o rosto para cima. Nuvens pálidas contra o azul negro da noite. Estrelas frias e brilhantes. A lua ali pendurada, pálida e resplandecente, as nuvens passando por ela como fumaça. O céu e a terra silenciosa por baixo a se estender mais, e mais, e mais, até que ele e o pai minguavam até quase nada naquela vastidão. Duas manchinhas insignificantes lado a lado, rosto para cima, fitando o céu.

* * *

Tinham de escrever a Otto. Não havia como evitar. Já eram meados de julho e os campos de Otto eram só um monte de mato. Não podiam continuar adiando.

— Mãe, temos de contar a ele. Ele tem de vender ou arrendar a terra, senão tudo vai se arruinar.

Estavam na mesa do jantar. Jake estava lá, para variar. Agora Arthur raramente o via. As aulas tinham terminado e estavam nas férias de verão, mas Jake sempre estava “fora”. A mãe ficava em permanente estado de pânico por causa dele.

— Onde será que ele está, Arthur? — perguntava ela de cinco em cinco minutos. — Onde você acha que ele está?

Acontece que Arthur sabia onde ele estava, pelo menos parte das vezes. Estava bem perto, no celeiro de feno, para ser exato, com uma garota. Nem sempre era a mesma; dessa vez era Susan Leroux, uma moça magra, rija e de olhos escuros que morava com o pai vadio e bêbado em um barraco perto da serraria. Era vários anos mais velha que Jake e tinha uma "fama" que Jake se esforçava por aumentar.

No entanto, naquela noite ele estava em casa, pelo menos em corpo, se não em espírito, sentado à mesa com eles, lendo uma revista em quadrinhos enquanto comia.

— A senhora tem de escrever a Otto — disse Arthur à mãe, tentando falar com firmeza. Precisava fazer com que ela entendesse.

Na mesma hora ela ficou nervosa.

— Mas, Arthur, eles nem sabem ainda o que querem fazer. Talvez queiram voltar. Com certeza podemos manter tudo em ordem para eles.

Os lábios dela tremiam. Seria possível pensar que depois de sofrer tamanha perda nada mais lhe importaria, mas parece que não era assim que funcionava. Agora ela tinha medo de tudo. Era como se finalmente percebesse o poder aterrador do destino, seu caminho tortuoso, o modo como podia, num instante, dar fim à única coisa em que tinha certeza de que podia confiar, e agora ela ficava o tempo todo olhando para trás, por cima dos ombros, tentando adivinhar onde cairia o próximo golpe.

Arthur disse, tentando ser gentil, mas ainda firme:

— Eu não consigo, mãe. Já tentei. Não dá para cuidar da terra. Quando chegar o outono, se Otto não fizer nada, terei de vender as porcas. Não vamos conseguir alimentá-las durante o inverno. Talvez nem consigamos alimentar nossas próprias vacas. Seja como for, mal consigo ordenhar todas elas; isso leva horas.

Ela disse, em lágrimas:

— Vou tentar ajudar mais, Arthur. Sei que não tenho ajudado nada.

Isso era verdade. Parecia que ela não conseguia se aprumar. Começava a ordenha e meia hora depois Arthur, seguindo seu caminho atrás da fila de animais pacientes, encontrava-a ainda no mesmo lugar, sentada no banquinho, o rosto ausente, as mãos no colo. Até seu próprio serviço, o serviço que fizera a vida toda — a horta, a contabilidade da fazenda, as galinhas, os ovos —, parecia estar além de suas forças. Até mesmo preparar as refeições.

— Céus! — dizia ela quando Arthur chegava no fim do dia. — Céus, Arthur! O seu jantar...

Era como se tivesse perdido o juízo. Essa parecia ser a expressão certa. Ela ficava o tempo todo perplexa, como se tivesse acabado de largar alguma coisa e não conseguisse mais encontrá-la. Arthur servia-se de pão e queijo. Ou não se incomodava. Só ia dormir.

Se ao menos ela conseguisse ver a verdade no que ele dizia, se ao menos ela não discutisse. Arthur não tinha forças para discutir com ela. Estava exausto a ponto de desesperar.

Mas ela teimava.

— Não podemos fazer isso com eles, Arthur. Não depois de tudo pelo que eles passaram. Precisamos dar um jeito.

— *Não tem jeito!* — Ele parou. Ela se assustou, fitando-o com os olhos arregalados. Ele respirou fundo e tentou acalmar-se. — Mãe, não tem nenhum outro jeito. Sou eu sozinho para fazer tudo e não consigo.

— Você podia arranjar um prisioneiro de guerra — disse Jake, sem levantar os olhos da revistinha. O Super-Homem levantava o punho para o céu.

— O quê? — disse Arthur, impaciente. Agora só faltava Jake meter o bedelho. Não havia razão nenhuma no mundo para Jake não ajudar na ordenha, mas é claro que ele não ajudava. Jake não fazia nada. Jake não fazia nada com tanta coerência, de modo tão desafiador, que era quase como se o pai ainda estivesse vivo e Jake ainda o provocasse, ainda se recusasse, por questão de princípios, a fazer qualquer coisa que o pai aprovaria.

— Um alemão, um prisioneiro de guerra — disse Jake.

— E eu com isso? — disse Arthur, quase gritando, exasperado além dos limites. O que ele tinha a ver com prisioneiros de guerra fedidos e nojentos? Na opinião dele, podiam todos se afogar.

Jake levantou os olhos.

— Você podia arranjar um — disse ele. — Várias fazendas estão usando, eles estão por toda parte. Há uma dúzia deles trabalhando na serraria. Puseram-nos para trabalhar nas minas e tudo. — E voltou à revistinha.

Arthur ficou ali sentado, encarando-o.

— Deixam prisioneiros de guerra trabalhar nas fazendas? — perguntou, finalmente.

Jake virou a página e disse:

— Por que você nunca sabe o que está acontecendo, Art? É surdo, cego ou o quê?

Arthur olhou para a mãe.

— Acho que não é uma boa idéia — disse ela, instantaneamente. Ele percebeu que ela sabia e deliberadamente não lhe contara. — Inimigos trabalhando na nossa fazenda? É perigoso!

— Eles não deixam os perigosos trabalhar, mãe — disse Jake.

— Como é que sabem quem é perigoso? — gritou a mãe. — Só vão saber quando for tarde demais! Quando a gente estiver morta na cama!

Arthur tentava entender. Um prisioneiro de guerra trabalhando para ele. Ajudando no campo.

— Eles não fogem? — indagou, finalmente.

— Para onde? — respondeu Jake. Largou a revistinha e estendeu a mão para pegar o pão. — Têm um medo horrível dos ursos. — Sorriu. — Usam um uniforme azul com um círculo vermelho enorme atrás, como um alvo, e disseram a eles que os ursos adoram o círculo vermelho, como se fossem touros. Me contaram que alguns fugiram na primeira semana e dali a dois dias voltaram. Pediram para voltar à prisão.

Arthur pensou bem no assunto, analisando os prós e os contras.

A mãe pediu:

— Arthur! Não quero eles aqui! São nazistas! Assassinos!

Arthur disse:

— Podemos ficar com mais de um?

— Não sei — disse Jake.

— Arthur — disse a mãe, a voz baixa e trêmula —, não vamos receber assassinos na nossa fazenda.

* * *

Eles se chamavam Dieter e Bernhard — Arthur não decorou qual era qual na época e nunca soube direito. Eles foram entregues em um sábado, de manhã bem cedo, amontoados como novilhos na carroceria de um caminhão.

— Tá aí — disse o guarda, um homem baixinho e magro, com cabelo branco e ralo e uma espingarda maior do que ele. Devia ser um dos veteranos da guerra passada; eram eles que guardavam os prisioneiros. — São todos seus. Você pode ficar com eles aqui ou podemos vir buscá-los para dormir no campo, você decide. Claro que aí você perde algumas horas de trabalho, e se eu fosse você ficaria com eles aqui. Ganham 30 centavos por dia e bônus de 20 centavos se fizerem um bom trabalho. Não dê o dinheiro a eles, dê para a gente, a gente guarda para eles. Eles recebem três refeições por dia. Se ficarem aqui, podem dormir no celeiro até esfriar, e então vocês têm de botá-los para dormir na casa. Como vai ser?

Tinham uns 16 anos, calculou Arthur. Mais novos que Jake, mas de aparência forte, não eram magros e fracotes como ele. Pareciam mortos de medo. Olhavam-no como se achassem que ele lhes enfiaria o forcado na barriga. Isso o deixou pouco à vontade.

— E aí, como vai ser? — perguntou o guarda outra vez, sugando o ar entre os dentes.

Arthur não conseguia imaginá-los cortando a garganta de ninguém. Eram apenas garotos. A mãe estava escondida na casa, provavelmente acocorada atrás do sofá ou encolhida dentro do armário; incomodava-o aumentar os temores dela, mas não podia fazer nada. Seja como for, tudo ficaria bem assim que ela os visse. Ele não ia desperdiçar duas horas de trabalho por dia.

— Fico com eles aqui — disse.

— Você não pode maltratá-los — avisou o guarda. — Tem a convenção de Genebra e, além disso, se você maltratá-los os krauts maltratam os nossos. Pão, pão, queijo, queijo. Então, não bata neles nem os deixe passarem fome. Alguém vem dar uma olhada de vez em quando pra ver se estão trabalhando direito e se você os está tratando bem.

— Não vou machucar ninguém — disse Arthur. — Diga isso a eles.

— Não falo alemão — disse o guarda —, e eles não falam inglês. Alguns falam, mas esses aí não.

Para Arthur isso não era problema, ele mesmo não falava muito. Embora preferisse que os garotos soubessem que não lhes faria mal.

— Eles sabem alguma coisa do trabalho na fazenda? — perguntou, com esperanças. — Quero dizer, você sabe o que eles faziam antes? — O que o povo faz na Alemanha? Fazem guerras, principalmente. Vai ver esses dois eram do exército regular ou trabalhavam em uma fábrica de armas ou coisa assim.

— Estavam na escola — disse o guarda, consultando uma folha de papel. — Mas ambos foram criados na roça. Pelo menos é isso o que está aqui.

— É? — disse Arthur, mal ousando acreditar. Olhou os meninos, que, apreensivos, observavam-no. Acenou a mão para o campo e levantou as sobrancelhas numa pergunta. Os meninos entreolharam-se, se remexeram inquietos, cochicharam entre si. Então balançaram a cabeça, dizendo violentamente que não.

— Ah — disse Arthur. Sabia que era bom demais para ser verdade.

— Eles não entenderam você — disse o guarda. — Acho que pensaram que você estava perguntando se iam fugir. Tente outra coisa.

— O quê, por exemplo? — disse Arthur.

— Não sei. O que se faz numa fazenda? Mostre um trator ou coisa parecida. Mostre uma vaca.

Os garotos olhavam apreensivos do guarda para Arthur e deste para o guarda. Arthur apontou as vacas, que pastavam pacificamente em um campo mais distante. Os meninos pareceram perplexos. Arthur fez com as mãos o movimento da ordenha. Os meninos entreolharam-se... e deu para ver uma luz se acender, deu literalmente para *ver*. Os dois sorriram, olharam para Arthur e fizeram movimentos de ordenha como os dele. Movimentos lindos, firmes, graciosos, dava para ouvir o leite chiando dentro do balde. Arthur sentiu-se sorrir, sentiu o alívio lhe correr por dentro como uma onda de creme frio. Adorava esses dois garotos. Adorava até o guarda. Queria cair de joelhos e agradecer a alguém, mas não sabia direito a quem. Deus? O governo? Jake?

Sabiam trabalhar, aqueles dois garotos. Levantavam-se às 5h para ordenhar as vacas (e faziam o serviço direito: levavam às vacas alguma coisa para mastigar que as deixasse contentes, lavavam bem os úberes e ordenhavam depressa, dando-lhes uns tapinhas de agradecimento e seguindo para a próxima da fila), depois para a cozinha, espertos e ansiosos, para um desjejum rápido de mingau, pão e manteiga, depois de volta ao campo até o meio-dia. Retornavam para o almoço, com carne dos porcos de Otto ou talvez um frango e verduras da horta (servido, com muitos cacarejos e com uma insistência sem palavras, pela mãe de Arthur, que em dez segundos se converteu ao ver os rostos jovens e assustados dos dois). De volta ao campo até o pôr-do-sol. Nenhum dos dois era muito bom com o arado, mas se esforçavam e vinham melhorando. Trabalhavam como se sua vida dependesse disso. Trabalhavam até que Arthur desconfiou que talvez tivessem medo de que ele lhes batesse, ou de que dissesse que não eram bons e os mandasse de volta ao campo de prisioneiros, de onde iriam para lugar pior. Mas certa manhã, ao ver um deles encostar o rosto no pescoço quente da vaca e endireitar-se um minuto depois com os olhos suspeitosamente úmidos, descobriu: estavam com saudades de casa. Com saudades, e as vacas e os porcos e o solo duro eram o mais perto que conseguiam chegar de casa. Eram os campos dos pais que viam o dia inteiro enquanto trabalhavam na terra de Arthur. Arthur conseguia entender isso. Passara por coisa parecida.

E na verdade, de um jeito vago bem além de sua utilidade, a presença dos dois ali na fazenda do pai também era um consolo para ele. Até o fato de que não podiam comunicar-se com palavras parecia bom.

Definitivamente foram bons para a mãe. Ela gostava de ter os dois para cuidar.

— Uns meninos tão *bons* — dizia. Ainda estava ansiosa e distraída, mas melhor do que antes. Pelo menos, as refeições ficavam prontas na hora certa. — São tão educados. — Eles diziam "*Danke schön*" quando ela punha o jantar e levavam os pratos para a pia ao terminar. — Seus pais devem ser boa gente. Como Otto e Gertie. Criaram os filhos para serem bem-educados e trabalhadores.

— É — disse Jake, inclinando a cadeira sobre as pernas de trás. — Eles alisam a palha do celeiro toda manhã quando se levantam. Arrumam tudinho em linha reta. E dão polimento nas vacas.

— Gostaria que eles dormissem aqui dentro — disse a mãe, sem notar o tom de voz de Jake. Ela fizera camas na sala — pôs almofadas no assoalho com cobertores dobrados à guisa de colchão — e mostrou aos garotos, mas eles educadamente fizeram que não com a cabeça e mostraram que gostavam do celeiro.

— Devem estar acostumados com celeiros — disse Jake. Balançava de trás para a frente, olhando vagamente pela janela. — É provável que morassem em celeiros na terra deles. Seria bom se tomassem banho de vez em quando, mas nem tudo é perfeito.

Ela notou.

— Jacob — disse, chamando-lhe a atenção. — Eles se lavam na bomba todas as manhãs.

Jake continuou balançando, olhando o nada.

— É mesmo? Então deve ser coisa deles mesmo. Talvez os nazistas tenham um fedor natural.

Era engraçado que não gostasse deles, pensou Arthur, quando fora ele quem dera a idéia. Mas quem sabe o que se passava na cabeça de Jake? Arthur o vira no campo certa noite; era algo tão raro que parara e olhara de novo para confirmar se era Jake. Estava em pé, na beira da vala onde o pai morrera. Não fazia nada, só olhava o fundo do fosso. Arthur achou que parecia uma figura bastante desamparada, ali de pé. O que era estranho, porque a última palavra para descrever Jake era desamparado.

Arthur levou uma parelha de cavalos e Dieter ou Bernhard até a fazenda dos Luntz. Os campos estavam em péssimo estado, cheios de ervas daninhas, mas se arassem ainda conseguiriam plantar um pouco de cevada e torcer para o verão ser mais longo do que o normal. Valia a pena tentar. Mas, no terreiro da fazenda, Dieter, ou talvez Bernhard, parou de repente no caminho, fitando o chão a sua frente.

— O quê? — disse Arthur.

O garoto apontou para os pés, fitando Arthur com os olhos arregalados.

Arthur olhou para baixo. Não havia nada ali, nem mesmo capim. Estavam do lado de fora do celeiro onde Otto guardava o trator e o chão estava bem compactado pelo peso do veículo, as marcas dos pneus firmes como concreto.

— O quê? — disse Arthur de novo.

O menino ajoelhou-se e contornou as marcas do trator com o dedo. Levantou os olhos para Arthur e apontou o celeiro, as sobrancelhas levantadas numa pergunta. Pôs-se de pé, foi até o celeiro e abriu a porta, as dobradiças gemendo de ferrugem por falta de uso. O trator estava onde Arthur o deixara no dia seguinte ao funeral do pai. Vê-lo deu-lhe náuseas. O garoto subiu nele com agilidade, sentou-se e agarrou o volante com ambas as mãos, sorrindo de orelha a orelha.

Então havia tratores na Alemanha. Provavelmente o outro garoto também usava um deles. Isso explicava por que nenhum dos dois era muito bom para arar com os cavalos.

O garoto apontou para além de Arthur, para os campos distantes, e levantou as sobrancelhas, esperançoso.

— Não — disse Arthur. Saiu mais duro e rígido do que pretendia, e o garoto parou de sorrir e desceu do trator. Saiu, fechou a porta do celeiro e apoiou as costas nela, parecendo intrigado e um pouco assustado. — Está tudo bem — voltou a dizer Arthur. — A gente só não usa, é isso.

O garoto fez que sim vigorosamente, como se entendesse e concordasse. Foi até os cavalos e levou-os até a porteira.

Arthur ficou onde estava, olhando para além do garoto, para os campos ali estendidos, cheios de mato. Pensou no pai, não como estivera nos últimos momentos terríveis de sua morte, mas como fora em vida. Era teimoso, é verdade, mas não chegava à tolice pura e simples. Não a ponto de permitir que a terra de um vizinho se arruinasse quando salvá-la estava a seu alcance. Não quando o país estava em guerra e precisava de toda a comida que pudesse produzir. Usando cavalos, Dieter/Bernhard, inexperiente como era, levaria o dia todo, de sol a sol, para arar meio acre de terra. Arthur faria o dobro, mas, segundo Otto, com o trator era possível arar 4 ou 5 acres no mesmo período. E ali estava um garoto que sabia usá-lo. Arthur podia adivinhar o que o pai diria lá no céu se estivesse olhando para baixo naquele momento. "Estúpido", diria ele, cuspindo a palavra como fazia quando estava muito zangado com alguma coisa. "Totalmente estúpido." Se Arthur tentasse discutir com ele, se dissesse "Mas odeio o trator, pai", o pai retorquiria: "E daí?"

O garoto já abrira a porteira e estava levando os cavalos. Arthur pigarreou.

— Ei, espere um instante.

O garoto virou-se e olhou-o.

— Talvez você pudesse usar o trator aqui — disse Arthur, relutante.

Dieter/Bernhard espichou a cabeça um pouquinho para a frente. Os dois rapazes faziam isso quando tentavam adivinhar o que Arthur queria dizer.

— Mas só aqui — avisou Arthur, indicando com a mão os campos de Otto e depois trazendo-a para baixo com um movimento rápido para marcar a fronteira entre as duas fazendas. — Ele não entra na nossa terra. Não quero vê-lo. Deixe-o aqui.

Ele não via o trator, os garotos cuidaram disso, mas às vezes o ouvia. Às vezes, quando o vento soprava da direção certa, seu pesado grunhido vinha da fazenda de Otto. Era estranho, mas não era o pai que Arthur via quando ouvia o barulho. Era Carl. Carl, sentado lá em cima no trator, os olhos espremidos contra o sol, abrindo caminho pelo campo como se os últimos quatro anos não tivessem se passado. Como se toda a confusão sangrenta da guerra, com tudo o que dela decorrera, fosse apenas um pesadelo.

* * *

Foi no verão de 1944 que o reverendo March e a filha chegaram a Struan. O reverendo Gordon ainda estava no exterior com os soldados e, enquanto isso, seu lugar fora ocupado por uma sucessão de religiosos que tinham deixado a aposentadoria para preencher a vaga, só que descobriam que os rigores da vida no norte eram demais para eles e iam embora. Mas o reverendo March era de North Bay e assim, raciocinou o povo de Struan, devia saber no que estava se metendo.

Era um velho de quase 70 anos, de aparência rija (mas gentil no fundo, todos concordavam), grisalho e um pouco curvado. Enviuvara recentemente — a mulher morrera de gripe — e aceitara mudar-se para Struan pelo bem da filha, na esperança de que o novo ambiente ajudasse a moça a superar a perda. A filha chamava-se Laura. Tinha 17 ou 18 anos, nova demais para ser filha de um homem tão velho. Estava na igreja no primeiro domingo depois que chegaram, sentada sozinha no banco da frente. Antes que o culto começasse, o pai a apresentou, falando do púlpito, e ela levantou-se, deu meia-volta e sorriu para a congregação. Arthur a viu e caiu de amores por ela com tanta força que ficou uma semana com o corpo dolorido.

Não podia ser sua beleza que provocara isso, porque naquele dia ela não estava bonita. Os olhos estavam vermelhos, o rosto pálido, e o sorriso que dirigira à congregação era apreensivo e infeliz.

— Coitadinha — disse a mãe de Arthur no caminho de casa. — Faz poucos meses que a mãe morreu. Acho que não foi certo trazê-la para cá tão cedo.

Arthur não prestava atenção. Estava ocupado tentando acalmar o caos dentro de si. Sentia-se como se uma coisa enorme o agarrasse e o girasse no ar meia dúzia de vezes, e o jogasse de cabeça no chão.

— Vão ficar com os Christopherson até a casa deles ficar pronta — disse a mãe. — É uma vergonha não terem se mudado assim que chegaram, mas tinham de esperar a permissão de Gertie e Otto, e a carta deles só chegou na quinta-feira.

Ela voltava a se interessar pelas coisas, quase soava como a antiga mãe. Se tivesse notado, Arthur ficaria aliviado.

Ela continuava a tagarelar.

— Mas Gertie está contente porque a casa não vai mais ficar vazia e é claro que o aluguel também ajuda. Assim terão mais tempo para decidir se voltam ou não. O problema é Gertie, sabe. Ela não consegue vender e não consegue morar aqui. Ainda estão morando com a irmã dela em Oshawa. Seja como for, eu disse a ela que colocaremos toda a mobília dela naquele quarto grande dos fundos. O reverendo March vai trazer a mobília dele, não sei por quê. Eu disse que você e os meninos fariam a mudança, Arthur. E seria bom se vocês pudessem dar uma limpada no terreiro, para estar tudo arrumado quando se mudarem. Arthur? Está me ouvindo?

— Hein?

— Eu disse que gostaria que você e os rapazes arrumassem o terreiro antes de os March se mudarem. Para ficar tudo prontinho para eles. E que ajudassem os dois a trazer as coisas deles. Agora está tudo na garagem do Dr. Christopherson, um caminhão grande trouxe tudo na semana passada. Você teria tempo de arrumar o terreiro amanhã? Você ou algum dos meninos?

— Que terreiro?

— Céus, Arthur! O reverendo e Laura, que nome bonito, você não acha?, vão se mudar para a casa de Otto e Gertie, pelo menos por enquanto. Se gostarem de lá, podem ficar para sempre. Talvez, se Gertie e Otto decidirem não voltar, os March comprem a casa. Seria bom para todo mundo, não acha? Seja como for, querem se mudar assim que for possível.

Eles iam se mudar para a casa dos *Luntz*? Aquela moça ia ser sua *vizinha*? Arthur ficou atônito. Ia à fazenda dos Luntz pelo menos duas vezes por dia para conferir o trabalho de Dieter/Bernhard. Iria vê-la todos os dias. Todos os dias! Ele não sabia se ficava extasiado ou horrorizado. Ela veria como ele era estúpido, como nunca sabia o que dizer.

Quanto a ajudar na mudança dela e do pai, isso poderia levar *horas*. Ele não tinha certeza de que sobreviveria horas na companhia dela.

Na ocasião, foi Laura quem deu a impressão de que não sobreviveria.

— Ali, eu acho — disse o reverendo March. — Inclinado, se é que você me entende, Arthur. De frente para o fogo, mas não bem na frente. O que acha, Laura?

— É — disse Laura. — É.

Arthur segurava na frente dele, como um escudo, a grande poltrona verde de espaldar alto. Tinha de espiar pelo lado, como uma criança com medo de monstros, para ver aonde o reverendo March apontava. Baixou a cadeira com todo o cuidado.

— Excelente — disse o reverendo. — Perfeito. Não acha, Laura?

— É — disse Laura. — É, tá bom.

Arthur trazia as coisas sozinho. Mandara Dieter e Bernhard no caminhão buscar o restante da mobília dos March na garagem do médico. Ficou inquieto por um instante ao ver o caminhão se afastar barulhento pela estrada: dois prisioneiros de guerra de posse do veículo perfeito para a fuga. Se o guarda da prisão soubesse disso, teria um ataque. Mas meia hora depois estavam de volta. Simplesmente não queriam fugir.

Já tinham feito três viagens, buscando coisas na garagem e descarregando-as no terreiro da fazenda — cadeiras, camas, abajures, um sofá, uma mesa de jantar, uma escrivaninha, um bufê, cômodas —, tudo isso ali, bem no meio da poeira.

Arthur transportou até a casa tudo o que conseguiu carregar sozinho. O reverendo March tentara ajudar, mas a mãe de Arthur proibira.

— Céus, reverendo, o senhor não devia fazer isso! Nem você, Laura! Céus, não! Deixem Arthur cuidar de tudo. Vocês só precisam dizer onde as coisas vão ficar. — Ela corria de um lado para o outro, polindo coisas, limpando coisas que já estavam perfeitamente limpas. Não parava de se desculpar por Jake não estar ali para ajudar. — Ele queria tanto estar aqui — disse —, mas ele... ele prometeu ajudar um amigo hoje. — (Jake dissera: "Não posso. Tenho mais o que fazer.") — Ele tem a sua idade, Laura. Acho que em setembro vocês vão ficar na mesma classe na escola.

Arthur trouxe uma mesinha lateral. Os móveis, em sua maioria, eram grandes e pesados, feitos de uma madeira maciça e escura que ele não conhecia, mas temia que fosse cara. Ficou com medo de estragar alguma coisa. Dera aos rapazes uma pilha de cobertores para enrolar tudo na hora de carregar o caminhão e levara cada móvel para a casa com o máximo cuidado, esgueirando-se pelas portas.

O reverendo March queria arrumar primeiro o andar térreo, o que parecia o jeito errado de fazer as coisas — não seria melhor arrumar primeiro o lugar de dormir? —, mas Arthur não disse nada. Queria terminar o serviço o mais depressa possível, pelo bem de Laura e pelo seu. Ele já percebera como ela estava.

Demorara algum tempo para notar. Para começar, estava meio tonto com a falta de sono. Passara a noite pensando nela, com medo de cometer alguma tolice na frente dela, com medo de ela não saber que ele tentara se alistar e achar que era covarde, um zumbi, como diziam, que se recusara a lutar por seu país. Aí, de manhã, quando ele e a mãe foram à fazenda dos Luntz abrir e arejar a casa, começou a pensar em Carl outra vez. Viu-o descer a escada ou sumir em um canto e isso deixou-o com um vazio no estômago. E quando os March chegaram e sua confusão diante de Laura veio se empilhar em cima de tudo o mais, a cabeça virou uma bagunça, incapaz de um pensamento claro.

Estava no terreiro quando ela e o pai chegaram no carro velho do reverendo. Laura usava um chapéu grande e mole que fazia sombra no rosto; talvez Arthur não conseguisse mesmo ver direito o estado dela, mas tinha medo de olhar a moça por temer que ela visse sua confusão. Murmurou os cumprimentos a ela e ao pai e seguiu carregando coisas para dentro da casa. A mãe disse "coitadinha" algumas vezes, baixinho, mas vinha dizendo isso a semana toda, então ele não lhe deu muita atenção.

Ele tinha tanta *consciência* dela, era esse o problema. Era como se ela lançasse algum tipo de raio, como se ela estivesse cercada por uma luz negada a todo o resto do mundo. E, pior que isso, ter consciência dela fazia com que também tivesse total consciência de si mesmo. Ficou tão preocupado consigo que mal conseguia andar direito. Apavorou-se com a possibilidade de tropeçar nos próprios pés. Deixar cair alguma coisa valiosa. Rolar da escada.

Então, no meio da manhã, de repente ele notou que a tudo ela respondia "sim". A tudo, absolutamente, sem exceção.

— Ah — disse o reverendo March. — A escrivaninha. Que linda. Onde acha melhor, Laura? Naquela parede?

— É — disse Laura. — É, tá bom.

— Você pode empurrar aquela cadeira, Arthur? Um pouquinho para a direita. Isso! Excelente, não acha, Laura?

— É. É, sim.

— Laura, querida — a mãe de Arthur apareceu de repente na porta. — Laura, quer que eu desembrulhe a louça para você?

— Ah, sim. Obrigada, Sra. Dunn.

— Posso colocar no armário que eu quiser, querida, só para abrir espaço? Depois você arruma melhor?

— Sim, obrigada. Obrigada, Sra. Dunn.

Depois que ele notou, continuou observando e finalmente deu-lhe uma olhadinha furtiva. Nessa hora, estavam na sala de visitas. Os Luntz nunca usavam a sala de visitas. Arthur passara incontáveis vezes pela porta, mas não conseguia se lembrar de já ter entrado lá. Laura estava de pé ao lado do pai no meio da sala. Tirara o chapéu ao entrar na casa e agora Arthur via claramente seu rosto. Ficou chocado com a aparência da moça. Estava extremamente pálida, a pele de um branco pisado e meio azul, e os olhos terrivelmente inchados, as pálpebras vermelhas e lustrosas. Parecia que fora esfolada, como se fosse possível ver o lado de dentro, ensangüentado e em carne viva. Ele viu que ela não se importava com o lugar das coisas nem se ficavam melhor aqui ou ali. Viu que não precisava se preocupar com o que ela pensaria dele. Ela não estava pensando nele. Mal se dava conta da presença dele.

Depois disso, Arthur parou de se preocupar consigo. Simplesmente levou as coisas para dentro e arrumou-as no lugar o mais depressa possível. Parecia que ela se agüentava por um fio e ele queria ir embora antes que o fio arrebentasse.

Os rapazes voltaram com a última carga de mobília e os três terminaram de arrumar os móveis do andar térreo. Então todos subiram a escada para arrumar os quartos. Não havia muita mobília, somente as duas camas, as duas cômodas e alguns baús para guardar roupa de cama e roupas pessoais.

— Você já escolheu que quarto quer, não é, Laura? — disse o pai. Estavam no patamar, Arthur e um dos rapazes segurando juntos uma cama de ferro. Arthur tentava afastar as lembranças de Carl. A ansiedade causada por Laura lhe tirara Carl da cabeça enquanto estavam no andar térreo, mas agora ele voltara.

— É — disse Laura.

— Era melhor você mostrar a Arthur onde quer que ponham a cama. Ah, excelente. Aí vem minha cômoda. — E ele sumiu em outro quarto.

Laura disse:

— Este quarto aqui. — E numa fração de segundo, antes que ela falasse, Arthur soube que quarto seria.

Laura entrara e olhava em volta; seus passos ecoaram no chão de madeira nua. Arthur ficou no patamar, segurando uma ponta da cama, remoendo se não devia pedir-lhe que escolhesse outro quarto. Sabia que não conseguiria.

— Acho que nesta parede aqui — disse Laura, sumindo atrás da porta.

Arthur umedeceu os lábios. Não havia nada que pudesse fazer. Com um sinal de cabeça para Dieter/Bernhard, os dois viraram a cama de lado para passá-la pela porta. É claro que as galhadas tinham sumido. Não havia nada que revelasse que tinham estado ali, além dos furinhos de prego nas paredes de tábuas.

— Ali, acho — disse Laura. — Naquela parede.

Encostaram a cama na parede. Arthur se endireitou devagar. Os corpos tinham sumido; isso piorava as coisas. Não houve funeral. Apenas cultos em memória deles. Isso queria dizer que era possível, pelo menos às vezes, fingir que Carl e os outros ainda estavam "por ali". Não mortos de verdade, só ausentes. Agora, o ato de pôr a cama de outra pessoa exatamente no mesmo lugar onde ficava a cama de Carl, tornara aquilo real. Ele, Arthur Dunn, o único que ficara em casa, em segurança, com conforto, salvo pelos malditos pés que nunca lhe deram nenhum segundo de problema na vida. E Carl e os outros rapazes com quem crescera, rapazes que tinham se sentado a seu lado naquela maldita escola ano após ano, todos, exceto alguns que estavam em um hospital sabe-se lá onde, com pedaços faltando, todos estavam mortos. Pôr a cama no chão, empurrá-la contra aquela parede nua e terrível, era quase como traí-los. Estúpido, talvez, mas era o que parecia.

Laura dizia alguma coisa. Ele se recompôs.

— Desculpe? — disse. Esqueceu-se de não olhar para ela e sua aparência deixou-o novamente chocado.

— Você os conhecia bem? — disse ela. — As pessoas que moravam aqui?

Ele levou alguns instantes para responder, para ter certeza de que a garganta estava limpa. Então, disse:

— Conhecia. Muito bem.

— Me contaram que tinham três filhos — disse Laura. — E todos morreram.

— É.

— Eles eram... eram seus amigos?

Ele fez que sim com a cabeça.

— Principalmente o mais novo, Carl. Éramos amigos.

Talvez fosse aquele detalhe final, além do resto todo, ou talvez fosse só porque ela estava cansada demais para agüentar, mas de repente estava chorando, em silêncio, ainda olhando para ele, sem nem virar a cabeça. Houve um movimento atrás dele: Dieter/Bernhard abandonava o navio, fugindo do quarto. Arthur ficou onde estava.

— Desculpe — disse Laura, limpando as lágrimas com as costas da mão. — Soube que seu pai também morreu. Sinto muito. Parece que todo mundo está morrendo. Todo mundo.

— É — disse Arthur. — Eu sei. — Também era assim que se sentia.

— Sinto muito — disse ela outra vez.

— Tudo bem.

— Meu pai diz que faz parte do plano de Deus — disse ela. — Ele diz que a gente só não entende. Ele diz que tudo vai acabar bem, porque Deus cuida da gente. Mas não acredito nisso. Não acredito que Ele cuide da gente. Não acredito que alguém que cuida da gente faria um plano desses. Você acredita nisso?

Arthur mudou o pé de apoio, desconfortável. E respondeu:

— Não sei quase nada sobre essas coisas.

Ela limpou o rosto de novo com a mão e perguntou, desconsolada:

— Acha que eu sou má por pensar assim?

— Não. — Ele balançou a cabeça. — Não.

Ele ouviu a voz do pai dela no patamar e prendeu a respiração, com medo de que entrasse, mas aí ouviu o som dos passos descendo a escada.

— Gostaria que não estivéssemos aqui? — perguntou Laura. — Na casa de seu amigo?

— Não! — disse Arthur. Estava consternado. Será que a fizera pensar assim? Seus sentimentos eram assim tão óbvios?

— Tem certeza?

— Claro! Claro, tenho certeza! É bom que não fique vazia. É melhor do que ficar vazia. — E talvez fosse mesmo, a longo prazo.

— Obrigada — disse ela, como se ele tivesse lhe dado um presente. Ela tirou da manga um lenço encharcado, assoou o nariz e disse: — Eu não queria vir para cá, para esta casa triste, mas não havia outro lugar. Eu não queria vir para cá de jeito nenhum, para Struan, quero dizer. Não conheço ninguém. Pelo menos lá em casa eu tinha meus amigos. — Ela olhou para ele com os olhos doídos e vermelhos e disse: — Mas você foi muito gentil. Você e sua mãe. Obrigada.

Sentado na cama à noite, olhando os pés, ele rememorou toda a cena repetidas vezes. Parecia-lhe que tinha acontecido uma coisa imensa, que sua vida tinha mudado para sempre. Em todos os seus dias, jamais pensara em ter uma conversa assim com uma moça. No entanto não devia enganar-se achando que isso significava alguma coisa. Sabia que fora por pura sorte, embora a palavra sorte soasse errada naquelas circunstâncias. Ela não o teria escolhido como confidente se tivesse opção. Foi só porque estava desesperada e, por acaso, ele estava ali; se o estado dela fosse outro, a conversa não teria acontecido. Na verdade, se ele mesmo não estivesse se sentindo mal a respeito de tudo, a conversa não teria acontecido, porque ele teria fugido, teria ultrapassado Dieter/Bernhard escada abaixo.

Mas ela agradeceu por ele ser gentil. Isso queria dizer alguma coisa, não é? Não muito, talvez, mas alguma coisa.

* * *

Na semana seguinte, um prisioneiro de guerra alemão foi assassinado na floresta, perto do Rio do Corvo. Ou pelo menos foi ali que encontraram o corpo. Arthur estava lá quando o acharam; ele e os homens que o acompanhavam não estavam procurando cadáveres, mas ursos. Cinco ovelhas e dois bezerros tinham sido mortos na área, nas semanas anteriores, e um fazendeiro, Frank Sadler, fora visitado por um urso enquanto estava na latrina.

— Olha, na verdade ele me fez um favor, sabe? — disse Frank, quando contou a história depois. — Estou com um probleminha nesse departamento, um entupimento, por assim dizer, estava começando a pensar em usar dinamite para resolver, mas aí no mesmo instante ele me deu tamanho susto que soltei tudo na mesma hora. Mas agora Lona e as crianças estão morrendo de medo de sair de casa. Tudo anda diferente agora e isso os está deixando de mau humor. Temos de fazer alguma coisa.

Assim, meia dúzia de fazendeiros, entre eles Arthur, formaram um grupo e saíram para caçar o urso. A verdade é que Arthur preferiria ir sozinho, porque só teria de se preocupar com o urso e não com mais meia dúzia de sujeitos nervosos brandindo espingardas de um lado para o outro. Mas tinham lhe pedido que fosse junto, o que era gentil da parte deles, porque eram da geração do pai, e ele não conseguira dizer não.

Com ursos na cabeça, quando encontraram o cadáver acharam primeiro que o responsável pela morte fora um urso. Então viram que não havia marcas de dentes nem de garras. E depois viram que as mãos do homem estavam amarradas nas costas. Pela aparência dele, fora surrado até a morte.

— Alguém o conhece? — perguntou Charlie Rugger. Tinham formado um círculo em volta do corpo, seis fazendeiros belicosos com as armas apontando para o chão. Era de manhã cedinho e o sol filtrava-se inclinado por entre as árvores, manchando o corpo de luz. O homem usava o uniforme do campo de prisioneiros, o blusão azul com um grande círculo vermelho nas costas, e o sol fazia desenhos de folhas de bordo que tremeluziam no círculo como se o homem fosse canadense e se orgulhasse disso.

— É — disse Lennie Hogenveld, acocorando-se para ver o lado do rosto. Estava em frangalhos, mas dava para perceber os traços. — Ele trabalhava para Stan McLean.

— Alguma idéia de quem fez isso?

— Com certeza — disse Lennie. — Posso citar uns vinte assim de memória. Ele é um kraut, não é?

— É, mas este em particular — disse Charlie.

Lennie deu de ombros. Toda quinta-feira o *Temiskaming Speaker* publicava na primeira página uma lista de garotos do norte que tinham se ferido, morrido ou desaparecido em ação e a cada semana a lista parecia ficar mais longa. Logo depois do Dia D várias famílias perderam todos os filhos. Se o assassinato era obra de um louco, e pelo estado do corpo parecia ser, bem, havia muitos loucos por ali naqueles dias, pais ou filhos ou irmãos que perdiam a cabeça de tanta dor e raiva.

Acontece que quem fizera aquilo pegara o alemão à noite. Havia sinais de confusão no celeiro de Stan McLean, onde ele dormia, com palha por toda parte. Arthur decidiu levar os garotos para dormir dentro de casa. Ainda estava quente no celeiro e os dois protestaram, mas ele não queria correr riscos. Também não gostava da idéia de deixar Dieter/Bernhard sozinho nos campos de Otto durante o dia, mas não havia como resolver isso. Graças ao agosto mais seco dos últimos anos, a cevada estava pronta para ser colhida e tinham de trabalhar. Pelo menos agora a casa de Otto estava ocupada e dali dava para ver a maior parte da terra.

Arthur tinha esperanças de que Dieter e Bernhard não ficassem sabendo do caso, mas quando o guarda do campo de prisioneiros fez uma de suas visitas para ver como iam, havia outros prisioneiros no caminhão e é claro que os rapazes foram conversar. Depois, Arthur viu pela expressão de seus rostos que haviam lhes contado.

Tinha esperanças de que ninguém contasse a Laura — outra morte para ela enfrentar —, mas também foi esperança vã; o reverendo

March foi dos primeiros a serem chamados. Arthur a viu alguns dias depois do assassinato. Fazia duas semanas que os March tinham se mudado, mas ele não a vira muito durante esse período, pelo menos não o suficiente para conversarem. Pela manhã, ele e Dieter/Bernhard iam até lá pelas 6h30 e, embora o pai dela já estivesse de pé e às vezes saísse para dar bom-dia, e embora o trator provavelmente a acordasse, ela nunca aparecia tão cedo. Quando Arthur voltava no fim do dia, em geral ela e o pai estavam jantando. De vez em quando ele a via de relance quando ela passava pela janela da cozinha, e era tudo. A princípio foi um alívio; tinha quase tanto medo de falar com ela quanto no primeiro dia em que a vira. Mas aí começou a achar que ela o evitava. Talvez sentisse vergonha de ter chorado na frente dele e nunca mais quisesse pôr os olhos nele outra vez. Talvez fosse mais simples do que isso, talvez tivesse percebido que ele não passava de um fazendeiro grande e burro cuja conversa não valia a pena.

Mas naquela manhã, dois dias depois do assassinato do prisioneiro de guerra, ele ficou na fazenda um pouco mais do que de costume. Estava sem pregos (todo mundo estava sem pregos, parecia que todos os pregos do país tinham sido requisitados) e lembrou-se de que talvez houvesse alguns no galpão de ferramentas de Otto. E havia, um vidro grande e cheio. Quando saiu triunfante do galpão com o vidro debaixo do braço, viu Laura na janela da cozinha. Ela também o viu. A moça levantou a mão em um aceno hesitante, depois sumiu; a porta da cozinha abriu-se e ela saiu para o alpendre. Arthur cruzou o terreiro até ela, a boca seca.

— Vi que o galpão estava aberto — disse ela quando ele chegou —, e por uns segundos fiquei me perguntando... sabe... quem era. Mas aí vi que era você.

Ela usava um vestido de mangas curtas, cinza-azulado, de gola branca. O cabelo estava solto e se espalhava sobre os ombros, e estava descalça. Pés pálidos, finos, perfeitamente imaculados.

— Ah — disse Arthur. — Pois é. Desculpe. Era eu. Estava procurando uma coisa. Eu devia ter-lhe dito que ia entrar ali.

— Eu só estava sendo boba — disse ela.

Ele achou que ela ainda parecia infeliz, mas bem melhor do que quando a vira pela última vez. E linda. Muito linda. Como se a beleza estivesse escondida sob o peso escuro da dor e agora começasse a surgir.

Fez-se silêncio. Arthur tentou pensar no que falar.

— Achei esses — disse, finalmente, sem jeito, levantando o vidro de pregos.

Ela se inclinou um pouco para a frente.

— São pregos?

— São. É bom, porque há poucos. Quero dizer, aqui tem muitos pregos, o vidro está cheio, mas não há mais pregos para vender. *Em lugar nenhum.*

Ele parou de repente. O que ele estava *falando*? Ela não ligava para pregos, ia achar que ele era maluco.

Mas ela concordou com a cabeça.

— Está tudo assim — disse ela. — Tudo em falta.

— É — disse ele com gratidão.

Arthur olhou para o outro lado. O trator desapareceu atrás de um grupo de árvores e reapareceu do outro lado.

— É... — começou Arthur, mas no mesmo instante ela disse:

— Você acha que ele está em segurança lá? Sozinho?

— Durante o dia acho que sim — disse ele, embora ainda não gostasse da idéia. — Mas agora eu os ponho para dentro durante a noite. — Parecia estar falando do gado. — Dieter e Bernhard, quero dizer. Agora eles dormem dentro de casa.

— É — disse ela. — Isso é bom. — E aí acrescentou: — Qual é o que vem para cá? É Dieter ou Bernhard?

— Não sei — disse Arthur. — Nunca consegui guardar quem é quem. — Deu um sorriso sem graça e ela sorriu de volta.

— Eles são legais. Os dois. Dá para notar.

Ele fez que sim. Ouviram o trator trabalhando ao longe. Um garoto alemão o dirigia, como antes da guerra.

— Normalmente aqui é bem tranqüilo — disse ele, com medo de que ela pensasse que Struan fosse um lugar cheio de malucos e assassinos em épocas normais. — Nunca tivemos um assassinato antes. Há brigas e coisas assim, mas nunca um assassinato de verdade. Não que eu saiba.

— Eu sei — disse ela. — É a guerra. Está enlouquecendo todo mundo.

— É.

Outro silêncio. Ele olhou o campo e limpou a garganta.

— É... tenho de ir embora.

Ela disse depressa:

— Obrigada pelo outro dia. Não lhe agradeci direito. Desculpe. Eu estava... nervosa.

Ela corou e o coração dele começou a bater com força. Mas aí houve um movimento atrás dela; a porta de tela se abriu e o pai dela apareceu.

— Bom dia, Arthur — disse ele. Sorrindo e esfregando as mãos com força. — Como sempre, acordou cedo. Vocês daqui deixam a gente da cidade no chinelo.

— Bom dia. — Arthur sentiu-se corar. E se o reverendo March não gostasse que ele conversasse com sua filha? Parecia bastante amistoso por enquanto, mas e se tivesse a idéia errada? E se tivesse a idéia certa? Ansioso, levantou o vidro cheio de pregos como se fosse a prova das boas intenções. — Encontrei no galpão — disse.

— Pregos — disse o reverendo March. — Espero que você não esteja planejando inaugurar o mercado negro de pregos, Arthur. — E sorriu. Depois viu os pés da filha e franziu a testa. — Laura, vá se calçar. — Falou com suavidade, mas dava para ver que estava irritado, como se achasse que ela não estava vestida apropriadamente.

— Pai, são só os meus pés — disse Laura com voz um pouco impaciente. Talvez já tivessem conversado sobre isso antes.

— Mesmo assim — disse o reverendo March.

— É... — suspirou e despediu-se de Arthur. — Até logo.

— É... — respondeu Arthur, trocando o pé de apoio — até logo. — Ele e o pai de Laura ficaram um de frente para o outro, sem ter o que dizer.

O velho sorriu e esfregou as mãos vigorosamente para demonstrar boa vontade. Arthur sorriu de volta e sacudiu os pregos.

Cortando lenha naquela noite, percebeu que não havia perigo de o reverendo March ter idéias erradas nem certas sobre seus sentimentos por Laura. O reverendo não teria medo nenhum quanto a isso, porque a idéia era tão absurda que nunca lhe passaria pela cabeça.

Não fazia diferença o fato de ser absurda. Assim mesmo, Laura tomou conta da vida dele. Ordenhando as vacas, pensava nela. Consertando a enfardadeira. Cortando milho, malhando aveia, consertando a cerca. Ela estava com ele todos os minutos do dia.

* * *

Quanto tempo durou esse período perfeito e dourado em que ele a amava, justa e simplesmente, sem medo nenhum? Duas semanas? Três, no máximo. Três semanas perdido de amor, flutuando pelos dias. Não é que não trabalhasse; já era setembro, todo mundo trabalhava. Todos os fazendeiros da província observavam as nuvens, trabalhando com um olho no céu, perguntando-se se a chuva esperaria até terminarem a colheita. Toda a região estava até o pescoço de aveia, todo mundo que podia ser aproveitado ajudava na colheita. Assim, Arthur vivia em uma névoa de trabalho e amor e as semanas passaram depressa.

* * *

Durante todo esse tempo, Jake se ocupara com seus próprios assuntos, fossem eles quais fossem. Arthur mal o via. Se acontecia de ele estar em casa na meia hora em que Arthur e os rapazes jantavam, Arthur o via, mas era só. Depois do jantar saíam de novo e trabalhavam até que estivesse escuro demais para enxergar; e iam dormir.

Jake voltara à escola. O caso da cola no ano anterior fora perdoado e ele agora obteria o certificado de conclusão do curso, para alegria da mãe. Segundo ela, o mundo inteiro aguardava por rapazes com diplomas. Principalmente (Arthur pensou mas não disse) se dispensados de ir para a guerra. Todos os empregos que seriam de todos os rapazes que nunca voltariam para casa agora estariam à disposição de Jake.

Arthur suspeitava de que, se Jake não tivesse uma desculpa perfeita para não se alistar, teria inventado. Lutar pelo país não combinava com a idéia que Jake fazia de diversão. Mas não havia consolo nisso; nenhum exército do mundo aceitaria Jake. Quem o visse de costas saberia que havia algo errado com a forma de sua coluna. Ir e voltar da escola andando todos os dias era o máximo que agüentava.

Laura também começara as aulas. Arthur não gostava de pensar nela como estudante, sentada em uma carteira, levantando a mão para responder perguntas. Em seu pensamento, ela era uma mulher. Queria que ela ficasse em casa, queria saber que estava bem próxima.

— Como vai Laura na escola? — perguntou a mãe.

Jake não a ouviu. Estava folheando o exemplar da semana anterior do *Temiskaming Speaker*.

— Jacob?

— Hein?

— Como vai Laura na escola?

— Não sei. Bem, eu acho.

— Ela está na sua sala?

— Tá.

— Ora, você devia ajudá-la, Jakey. Deve ser difícil começar as aulas numa escola nova, sem conhecer ninguém. Você podia apresentá-la aos outros, para que ela conheça gente. Ela é tímida, sabe.

— Eu não a conheço, mãe.

— Conhece, sim! É claro que conhece!

— Só a vi uma vez. Isso não é conhecer.

— Pois devia conhecê-la. — Havia um tom brincalhão na voz da mãe que Arthur nunca ouvira antes. — Não a acha bonita? Aquele cabelo? E ela tem um rosto tão doce...

Arthur ficou paralisado, um pedaço de batata meio mastigado na boca.

— Sabe — disse a mãe —, seria gentil se você a convidasse para vir aqui depois da escola um dia desses.

Arthur aguardou, sem se mexer, os olhos no prato. A batata estava colada no céu da boca. Isso, ou o que a mãe dizia, quase o fez engasgar.

— Não acha que seria boa idéia? — disse a mãe.

Nenhuma resposta de Jake. Arthur tinha de ver a expressão de seu rosto e levantou os olhos.

Antes não tivesse feito isso. Antes tivesse ficado como estava. Engolido a batata, mantido a cabeça baixa. Antes isso. Mas levantou a cabeça só um tiquinho, alguns centímetros, e o movimento atraiu o olhar de Jake. E Jake, que estava a ponto de dizer alguma coisa desagradável à mãe — dava para ver isso no rosto dele —, parou e olhou curioso para Arthur, e disse:

— Qual é o problema?

Bem então, quando sentiu-se corando, o sangue espalhando-se lentamente em seu rosto, quando viu que Jake notara, quando viu a luz se acender e o irmão sorrir, Arthur soube o que ia acontecer. Viu tudo, bem ali.

Onze

Ontário começa certificação de porcos
Menores proibidos de dirigir tratores

TEMISKAMING SPEAKER, JUNHO DE 1960

— Seu pai era o certinho — disse Jake. — O errado era eu.

Ostensivamente, era com Julie que ele falava. Era hora do almoço. Desde que Jake chegara, as refeições na fazenda eram muito mais divertidas, não havia como negar.

— Eu *vivia* me metendo em encrenca — disse Jake. Julie observava-o de seu lugar, no outro lado da mesa, e Ian podia ver que a menina não sabia se o tio estava brincando ou não. — Eu não fazia nada direito, sabe, nenhum dos serviços da fazenda. Não era capaz de ordenhar uma vaca nem que fosse para salvar minha vida. Mas seu pai, quando tinha a sua idade, seu pai conseguia ordenhar duas vacas ao mesmo tempo. — Abriu os braços para os lados o mais que pôde sem bater na cabeça de March, fechou as mãos em torno de duas tetas imaginárias e puxou uma e depois a outra, fazendo um chiado como se fosse o leite espirrando no balde. Julie achou engraçado e riu.

March olhava Jake de lado, sob a sombra de seu braço.

— Epa! — disse Jake. — Pronto, March. Agora você está coberto de leite. — March, assustado, olhou para baixo.

— Ele conhecia todas as vacas pelo nome, não é, Art? Tinha Daisy e Maisie e Millie e Lily e Polly e Dolly... dúzias delas, e seu pai era amigo íntimo de todas. Enquanto isso, eu ficava atrás do celeiro tentando queimar os mourões da cerca. Lembra dos mourões da cerca, Art?

Arthur fez um movimento mínimo de assentimento com a cabeça. A presença de Jake visivelmente não animara Arthur. Parecia mais o contrário. Jake tagarelava sobre histórias dos velhos tempos e Arthur ficava ali sentado, mastigando a comida, os olhos no prato, sem dizer palavra.

— Seu pai não gostava — disse Jake, piscando para Julie. — Ele tentava raspar o carvão. Vivia tentando me salvar de mim mesmo, não é, Art?

Ian notou que até Carter prestava atenção. Não saíra de casa batendo a porta no instante em que terminara de comer, como era de hábito; ficou por ali, ouvindo tudo o que Jake tinha a dizer.

— Mas não conseguiu — disse Jake, lamentando. — Me salvar, quero dizer. Eu era um caso perdido. — Deixou a voz ir sumindo, triste, e Julie riu outra vez.

Nos primeiros dias, Ian achara um prêmio ter Jake ali, um emissário do mundo lá de fora, a prova de que esse mundo realmente existia. Mas no final da semana começou a sentir que preferia as coisas como eram antes. A presença de Jake mudara tudo, o lugar parecia diferente com ele por lá. Mais interessante, porém menos tranqüilo. Até a rotina se alterara. Arthur parou de descansar meia hora depois do almoço, por exemplo. É claro que a primavera era uma época muito ocupada, mas ainda assim a parada no meio do dia sempre fora sagrada. Não importava o que acontecesse, Arthur, Ian e o velho costumavam sentar-se nas poltronas assim que terminavam de almoçar, para o que Laura chamava de "hora da digestão". No princípio Ian tentou ajudá-la com a louça, mas ela ficara bastante chocada e disse que ele tinha de sentar-se para digerir a refeição. Ele percebera que isso fazia parte da ordem natural das coisas e que era assim que ela queria que fosse.

No entanto agora Jake sentava-se com eles, folheando o *Temiskaming Speaker* e lendo em voz alta trechos que achava engraçados, ou seja, quase tudo, e parecia que isso irritava Arthur.

— "Fábrica de queijo tem três turnos" — lia Jake. — Ora, se essa não for uma notícia de abalar o mundo, nem sei qual seria. Aqui tem outra que vai lhe interessar, Art. "Monumentos fúnebres — Liquidação de primavera. Desconto especial de 10% até o final de junho". Não é ótimo? Dá até para estocar lápides! "Tenha cochos em seus pastos." Você tem cochos em seus pastos, Art? Se não tem, por quê?

Depois de alguns minutos, Arthur levantava-se e dizia a Ian:

— Bom, tenho de voltar ao trabalho. Mas você não precisa vir agora. Descanse mais um pouco.

E lá ia ele, de volta ao campo.

Assim, Ian poderia continuar sentado com Jake, mas não lhe parecia certo descansar enquanto Arthur trabalhava. Além disso, não dava para descansar. Quando Arthur saía, Laura deixava Julie e March voltarem à cozinha — normalmente, as crianças eram expulsas na "hora da digestão" — e os dois ficavam por ali, conversando e pedindo coisas e rodeando Laura. Ela se irritava com eles e mais ainda com Carter. Carter sempre ia até o celeiro logo depois do almoço para mexer na bicicleta, que passava mais tempo desmontada no chão do que na estrada, mas agora ficava ali, escutando Jake, e sabe-se lá por que isso irritava a mãe. Ela dizia:

— Carter, pode cuidar das suas tarefas, por favor?

E ele se levantava, relutante, e saía para fazer alguma tarefa de que o tinham encarregado.

Quanto a Jake, sentia-se perfeitamente à vontade. Ian não conseguia imaginar o que ele fazia o dia todo. Na maior parte do tempo parecia andar atrás de Laura, conversando enquanto ela alimentava as galinhas ou capinava a horta ou fazia angu para algum bezerro doente. Ian achou que a presença dele a atrapalhava. Nos movimentos dela havia uma tensão que ele nunca tinha visto antes. E ela não olhava Jake ao responder às suas perguntas; parecia manter-se sempre meio virada para o outro lado. Quanto mais Ian via, mais se convencia de que Laura não gostava do irmão de Arthur.

Ian gostava. A única coisa que não lhe agradava era como Jake rodeava Laura. Isso começou a deixá-lo inquieto. Perguntou-se o que Arthur acharia disso. Mas Arthur nem parecia notar. Do jeito que mantinha a cabeça baixa naqueles dias, provavelmente nem via.

Em um fim de tarde, March achou um filhote de coelho debaixo de uma moita, no canto do celeiro. Por sorte, os cachorros haviam saído.

— Peguei! — guinchou March. Ele se jogou sobre a moita e ela explodiu em coelhos, filhotes de coelho correndo por toda parte. Saíram pulando em pânico e depois seguiram para a segurança do capim alto que ladeava a floresta. March correu atrás deles, gritando "Esperem! Esperem!", mas eles sumiram. Durante meia hora ele vasculhou o capim, procurando, chamando baixinho. Ian, que estava no terreiro escovando Robert e Edward antes de levá-los para passar a noite no pasto, foi atrás dele.

— Foram procurar a mãe — explicou. — São pequenos demais para ficar sem ela. Ela deve ter levado todos para a floresta, onde é mais seguro.

March olhou-o tragicamente.

— Não quer que fiquem em segurança? — perguntou Ian, despenteando o cabelo do menino. — Se ficassem por aqui, os cachorros iam comê-los. Isso não seria horrível?

Jake, divertido, observou tudo.

— Mocinho sentimental, né? — disse, quando Ian voltou. — Deve ter saído à mãe. Não me lembro de Art chorar por causa de coelhos. Ele os matava e jogava na panela.

Estava sentado no toco que usavam como apoio na hora de montar, enxotando mutucas com um mata-moscas de plástico amarelo. Acostumara-se a ficar ali perto de Ian no fim do dia. Era um tanto lisonjeiro, até que Ian se lembrava de que ele não tinha mais nada para fazer.

— É — disse Ian. — Parece mesmo que saiu a Laura. — Terminara de escovar Edward e começara com Robert. Escovar era serviço demorado, como lavar um ônibus, mas dos que mais gostava; era um verdadeiro prazer ver o brilho rico e escuro da pelagem dos cavalos surgir debaixo do pó e do suor do dia. E eles adoravam, e deixavam isso claro, esfregando o focinho nele de vez em quando.

— Acha que algum dos garotos vai se interessar em cuidar da fazenda? — perguntou Jake.

— Não sei. — Parou, pensando em Carter. — Carter, quem sabe. Talvez March também. Ele gosta de bichos. — Robert cutucou-o com o focinho: ande logo com isso.

— Carter? — perguntou Jake. Parece que achou a idéia engraçada. — Sem chance. Nunca o vi no campo.

Ian não respondeu. Recordava o comentário de Carter de que Arthur nunca o deixava fazer nada. Pensou de repente se Carter realmente gostaria de estar trabalhando no campo ao lado do pai. É estranho que Arthur sempre lhe desse tarefas de criança, perto do terreiro. De certo modo, era uma vergonha que não tivessem um trator. Carter seria muito bom no trator, era bom com tudo o que fosse mecânico. Adorava o carro de Jake, embora, ao contrário dele, estivesse interessado no motor. Jake não ligava para motores. Era o estilo que lhe importava. A imagem.

— Seja como for — continuou Jake —, acho que as comunidades daqui estão condenadas. Seu sangue está indo embora — golpeou uma mutuca com o mata-moscas e ela voou para longe —, ou seja, gente como você e seus amigos.

— Acha que vão se transformar em cidades-fantasma? — disse Ian. Não conseguia imaginar aquilo. Não conseguia ver Struan deserta, lojas fechadas, o pó soprado pelas ruas como nos filmes de bangue-bangue.

— Não necessariamente cidades-fantasma, mas bem menores do que hoje. O que... droga de mosca! Eu tinha esquecido como elas são irritantes. — A mutuca estava de volta, dando voltas em torno dele, fora do alcance do mata-moscas. — E isso vai significar ainda menos empregos, e aí mais jovens vão partir, e assim por diante. Um declínio lento. — Ele se abaixou e a mutuca foi para Ian. Ian manobrou para ficar no raio de alcance do rabo de Robert e a mosca voltou a Jake.

— Struan ainda está crescendo — disse Ian. — Meu pai tem tantos pacientes que está enlouquecendo. Principalmente no verão, turistas que pisam em urtiga e fincam anzóis na orelha e coisas assim. E na estação de caça, sulistas ricos que atiram no rabo uns dos outros.

Ou um surto de sarampo. Naquele momento havia algumas crianças bem doentes em Struan. Ian estava de olho em Julie e March, mas até agora ambos tinham escapado.

— Cuidar de turistas não é vida — disse Jake. Levantou-se do toco, foi até Edward e abaixou-se sob ele. A mutuca pousou na cernelha de Edward, e Jake esmagou-a com o mata-moscas. Edward virou a cabeça e lançou-lhe um olhar sinistro.

— Mas não são só turistas — protestou Ian. De repente, pareceu-lhe importante que Struan continuasse a existir. Podia não ter vontade de morar ali, mas definitivamente queria que existisse. — Há outras coisas. Por exemplo, todo mundo sempre vai precisar de madeira, então sempre vão precisar de serrarias, e para as serrarias funcionarem é preciso ter gente para trabalhar, então a cidade é necessária.

— Não sei por que não consigo ver você trabalhando em uma serraria — disse Jake. Sentou-se de novo no toco. — Quanto a seu pai, ele é um médico bom demais para ficar preso aqui. Devia ir mais para o sul. Poderia ganhar três ou quatro vezes mais do que ganha aqui trabalhando metade do tempo.

Ian também pensava nisso de vez em quando, mas agora que a idéia fora externada por Jake, descobriu que não concordava. O pai não seria feliz em nenhuma cidade mais para o sul, por mais que lhe pagassem.

— Acho que ele gosta daqui — disse.

— É, talvez — disse Jake. — Mas é quase um desperdício, não acha? Alguém com tanto talento tratando da garganta inflamada dos outros?

Ian concentrou-se em escovar a área da cernelha de Robert que costumava se esfregar na canga. Sabia que Jake dizia isso como um elogio, mas ofendeu-se por alguém ver o trabalho de seu pai sob essa luz. Ser o único médico em uma área enorme, à disposição 24 horas por dia, 365 dias por ano, cuidando de todas as emergências, com o hospital mais próximo a horas de distância... Como alguém podia achar que era serviço simples? Era preciso pelo menos tanto talento quanto o de um especialista da cidade grande em um hospital cheio de equipamentos modernos. O pai era importante para o povo dali, tinha papel fundamental na vida de todos. Eles não mereciam um bom médico? Quanto mais Ian pensava nisso, mais ofendido ficava.

Mas Jake deve ter percebido no que Ian estava pensando, porque de repente sorriu e disse:

— Não me entenda mal. Acho seu pai admirável por devotar a vida ao povo daqui. Ele faz um grande trabalho, sei disso. Só sou tendencioso. Sempre achei que, se Deus quisesse que vivêssemos no norte, nunca nos daria cérebro para acharmos o caminho do sul.

* * *

À noite, Ian e Pete iam pescar, como sempre. Às vezes faziam explorações, verificando as baías do lado norte do lago, mas isso não era pesca de verdade, era para encontrar lugares bons para onde levar turistas. Pete andava muito ocupado naquele verão. No começo da estação um advogado de Nova York, que costumava contratar o avô de Pete como guia de caça, perguntara ao velho se levaria ele e alguns amigos para pescar lúcios. O avô de Pete recomendou-lhe o neto e agora a notícia se espalhara, e Pete estava cheio de fregueses. Tantos, na verdade, que teve de passar alguns para amigos da reserva, ou não lhe sobraria tempo para pescar.

Os turistas pagavam bem, o que era ótimo, claro, mas de acordo com Pete a principal razão pela qual gostava de ajudá-los era que, assim, podia controlar onde pescavam. Queria mantê-los longe da enseada

Desesperança. Era ali que o grande lúcio-fantasma tinha o seu território e Pete não queria que ninguém o pegasse.

Ainda estava atrás daquele peixe. Não tinham visto sinal dele em mais de dois anos, mas Pete estava convencido de que estava lá. Ian começava a duvidar. Os dois tinham verificado cada centímetro da enseada, cada foz pantanosa de rio, cada ponta de terra, cada arrecife, e tinham percorrido quilômetros de margem para cada lado sem nenhum vestígio dele. Naquela época, Pete pegara vários lúcios muito grandes, mas insistia em que nenhum deles era o peixe que quase o arrancara do barco.

— Como sabe? — perguntou Ian mais de uma vez, subindo no banco do remador, os joelhos na altura das orelhas, tentando sair do alcance dos dentes do monstro de mais de 7 quilos que se debatia no fundo do barco. — Como sabe que esse aí não é ele?

— Não é tão grande.

— Não é tão grande? Você está maluco!

Pete também tinha subido em um banco. Tentara subjugar o lúcio com o remo curto da canoa, mas ele o arrancara de sua mão e agora o combatia com o remo longo. Havia sangue e água voando para todo lado.

— Esse aí é um lúcio comum, cara. Não é o grande lúcio. Ele não conseguiria me puxar para fora do barco.

— É claro que conseguiria! — gritou Ian. — Você estava desequilibrado!

— Eu estava sentado! Como alguém pode se desequilibrar sentado?

— Ele só existe na sua imaginação! — disse Ian. — Tomou conta da sua cabeça!

— Ele está lá, cara. Ele está lá no fundo. Dá pra sentir.

Na verdade, para Ian não fazia diferença onde, como ou por que pescavam. Era apaixonado pela pescaria, mesmo que só pegasse galhos e peixinhos. Havia algo especial em estar na água, a superfície prateada sempre em movimento escondendo sabe-se lá que lutas de vida ou morte, os longos períodos de paz que podiam ou não ser quebrados a qualquer momento por um surto de selvagem animação. Era possível pensar durante esses longos períodos; ou, melhor ainda, era possível não pensar, embora ultimamente fosse preciso brigar para manter os pensamentos longe. Sempre os mesmos pensamentos: o futuro, o que faria na vida. Sua própria indecisão o deixava maluco.

Gostaria de ser mais parecido com Jake nesse aspecto. Quaisquer que fossem seus outros defeitos, Jake tinha uma filosofia de vida admirável. Resumia-a em duas palavras: "Não esquente". Sua vida parecia extraordinária a Ian. Saíra de casa por um capricho momentâneo e sem ter absolutamente nada: sem dinheiro, sem planos, sem diploma do ensino médio, nenhuma das coisas consideradas essenciais. No princípio foi tateando o caminho; arranjava emprego quando ficava sem dinheiro, saía quando ganhava o suficiente para ir embora. Colheu pêssegos na Califórnia, trabalhou como crupiê de blackjack em Nova Orleans, foi cozinheiro autônomo, vendedor de enciclopédias, gerente de um café chique em Nova York. Recentemente montara a própria empresa, que tinha algo a ver com imóveis, e acabara de vendê-la por uma "boa quantia". Disse que não tinha certeza do que faria depois; estava pensando em algumas idéias. Sua vida inteira parecia um jogo fabuloso. E ele fazia tudo parecer tão simples.

— Basta deixar as coisas acontecerem — aconselhava, dando um tapinha no ombro de Ian. — É o único jeito de viver.

Como se fosse fácil fazer o que fizera, abandonar o caminho bem trilhado, resistir às pressões, desafiar as expectativas dos outros. Era preciso coragem para isso. Coragem e imaginação. Ian estava começando a achar que não tinha nem uma nem outra.

— Você me arranja um coelho? — perguntou. Agora o lúcio estava subjugado, ofegante no fundo do barco, às vezes batendo o rabo nas tábuas do fundo. — Um filhote, de preferência. — Tanto Pete quanto o avô faziam armadilhas, logo era possível.

— Para que você quer um coelho?

— Para March. O filho de Arthur. Acho que vou fazer uma coelheira para ele.

Pete torceu o caniço, esperou um instante, depois puxou-o com força e um achigã-de-boca-pequena rompeu a água a 3 metros de distância, o corpo a arquear-se com graça.

— Posso lhe arranjar um coelho morto — disse, puxando a linha. O achigã lutou furiosamente, cobrindo-os de respingos.

— Eu estava pensando num coelho vivo.

— Se estiver morto você não vai precisar de coelheira. Ele podia carregá-lo por aí. Pendurá-lo no pescoço. Nem vai fugir. — Pete pegou na mão o achigã que lutava, retirou o anzol, bateu sua cabeça na borda do barco e jogou-o no fundo. — Qual é mesmo o nome dele?

— March.

— *Marcho* contra fêmea? Ou como "Em frente, *Marche*"?

Pete andava mesmo tagarela ultimamente. Os policiais haviam desistido de encontrar o responsável pela fuga de Jim Pés-Leves e tinham afinal saído da reserva.

— Ele tem o nome do avô. O pai de Laura era, ou é, o reverendo March. — O pobre velho ainda se agüentava. Tinha todas as doenças do mundo, mas Laura cuidava tão bem dele que ia viver para sempre.

Pete soltou um peixinho do anzol e jogou-o de volta n'água.

— Para que o garoto quer um coelho?

— Para bichinho de estimação.

Pescaram. Em cima deles quatro abutres voavam em círculos nas últimas correntes de ar quente do dia, esperando que alguma coisa morresse. O *Queen Mary* balançou suavemente sobre uma onda que se originara horas antes a quilômetros de distância, no passado de alguém.

Pete comentou:

— Coelho morto é melhor, cara. Dá para esfolar e depois rechear de penas. Fica igualzinho a um de verdade.

— Acho que ele ia descobrir.

Na noite anterior, Ian sentara-se e fizera uma lista de todas as carreiras em que conseguiu pensar, de geólogo a limpador de chaminés. Então começou a riscar uma a uma (começando com "médico"), com a idéia de que sobrariam algumas em que pudesse pensar a sério. O problema é que riscou todas. Todas caíam em uma das seguintes três categorias: previsível, chata ou ridícula.

— Você já decidiu o que vai fazer? — perguntou a Pete, espantando-se porque não pretendia perguntar antes de ele mesmo decidir-se.

— Quando? — disse Pete.

— Pelo resto da vida.

— Ah, já.

Ian olhou-o, surpreso.

— Já? Quando?

— Faz algum tempo.

— Por que não me contou?

— Estava esperando você se decidir, cara.

— Ora, então me conte logo. Talvez me ajude a tomar alguma decisão.

— Não.

— Por que não?

— Você tem de se decidir primeiro.

— Por quê? — Ian estava começando a se irritar. — Já contou ao Sr. Hardy?

— Não.

— Ora, então me conte logo, tá? — Não queria brincar com isso.

— Assim que você se decidir.

Pescaram. A irritação arranhava Ian por dentro.

Houve uma leve puxada na linha. Pete disse baixinho:

— Você pegou alguma coisa.

Ian prendeu a respiração. Havia mesmo algo ali. Esperou, contou até três... e puxou a vara para trás com força. Houve uma sacudida feroz do outro lado, a vara se inclinou, a linha girou fazendo a carretilha gritar e um segundo depois uma forma longa, lisa e aerodinâmica pulou da água a quase 20 metros, subiu no ar, torceu-se de modo a quase tocar o rabo com a cabeça e sumiu. A linha frouxa caiu na água como erva daninha.

— Droga — disse Ian.

— Era uma beleza — disse Pete, admirado.

— Não fisgou direito. Droga.

— Ele era esperto, cara. Sabia exatamente o que fazer.

Um comentário bastante generoso.

Continuaram pescando. O coração de Ian voltou aos poucos a bater normalmente. O ar da noite era fresco e agradável. Sentia-se melhor, apesar de ter perdido o lúcio. Isso é que era bom na pescaria: era quase impossível ficar muito tempo irritado.

A sombra de um abutre navegou pela água. Pete disse:

— Sabia que os abutres mijam nas pernas para se refrescar?

— Você está brincando — disse Ian.

— Tô não. É verdade.

— Como sabe?

— Antiga sabedoria tribal, cara.

— É mesmo?

Pete girou o caniço.

— Não. Li não sei onde. Num livro de algum cientista.

— Ah — disse Ian, desapontado. Gostaria que fosse sabedoria tribal. — E como é que ele sabe?

— Como é que ele sabe o quê?

— Que os abutres mijam na perna para se refrescar. Talvez só tenham má pontaria. Não sabem mijar em linha reta. Ele pode até saber que mijam nas pernas, mas como é que descobriu por quê?

Era uma pergunta séria, mas Pete achou engraçado e começou a rir.

— Qual é a graça? — perguntou Ian. Olhou os abutres que voavam lá em cima com o vento e de repente a idéia lhe veio, uma idéia recém-cunhada. — Descobri! — disse. — Droga, descobri! Sei o que vou fazer! Finalmente! Sei o que vou fazer!

Pete parou de rir. Enfiou a mão debaixo do banco, puxou uma garrafa de coca-cola e arrancou a tampa na borda do barco.

— O quê? — perguntou, desconfiado, tomando um bom gole.

— Vou ser piloto!

Era tão perfeito que ficou espantado de não ter pensado nisso antes. Nunca pensara em colocar "piloto" na lista. Era totalmente diferente de tudo o que esperavam dele, e além disso era uma boa profissão: interessante, respeitada, bem paga, tudo. Mas nada de Força Aérea. Seria piloto comercial, para conhecer o mundo. Ninguém, nem seu pai, nem os professores, nem mesmo Jake desaprovariam.

Pete engasgou e jorrou coca-cola pelo nariz. Começou a rir de novo.

— Qual é a graça? — disse Ian, mas isso só piorou as coisas. Pete rugia de tanto rir, balançando o barco, afugentando os abutres, que se afastaram no ar fresco da noite.

* * *

— Acha que volta aqui no verão? — perguntou Arthur. Estavam sentados em uma pedra de granito no meio do trigal, tomando chá. O sol estava quente, mas havia uma brisa que deixava tudo perfeito. Os cavalos estavam de pé, um ao lado do outro, debaixo de umas árvores ao lado do campo, espantando com o rabo, educadamente, as moscas um do outro.

Fazia tanto tempo que Arthur falara alguma coisa que Ian olhou-o surpreso. Ele andava muito quieto esses dias, mesmo para o próprio padrão.

Ian pensou na pergunta. Quanto mais perto chegava a hora de partir, mais via que teria vontade de voltar com bastante regularidade, não somente pelo pai, mas também por si mesmo.

— Provavelmente sim, eu acho — disse. — Pelo menos no próximo verão.

Os dois observaram o trigal. A brisa passava por ele como mão enorme e descuidada, fazendo-o rolar e ondular, hipnótico como o mar.

— Acho que você não vai querer trabalhar na fazenda, né? — disse Arthur.

— Você teria trabalho para mim?

— Com certeza.

— Não seria melhor arranjar alguém que pudesse trabalhar também nos fins de semana?

— Não tem muita gente querendo trabalhar na roça hoje em dia — disse Arthur. — Ainda mais gente que tenha jeito com cavalos.

— Acha que eles vão se lembrar de mim? — perguntou Ian. — Quero dizer, os cavalos? — Que sentimentalismo. Ainda bem que Pete não estava ali para ouvi-lo.

Foi a vez de Arthur ficar surpreso.

— É claro que vão se lembrar de você. Vão se lembrar de você, como a gente também.

Era absurdo como Ian ficou feliz ao ouvir isso.

— E tem as mulheres. — disse Jake. — Está interessado em se beneficiar da minha enorme experiência?

Ambas as conversas aconteceram no mesmo dia. Quando comparava os dois irmãos fisicamente, lado a lado, e os examinava, Ian achava que dava para ver que tinham alguns genes em comum. Os olhos eram da mesma cor, por exemplo, e ambos tinham a pele muito clara. Mas ao entrar na cabeça deles, enfiando-se pelas orelhas para dar uma olhada no que acontecia lá dentro, ninguém acharia que fossem sequer da mesma espécie.

Sorriu para Jake de um jeito que esperava que fosse de um homem do mundo. (Dezoito anos e ainda virgem. Se por algum acaso terrível Jake descobrisse, não ia acreditar.)

— Com certeza.

— Primeiro, elas são maravilhosas — disse Jake. — A gente tem de admitir: o mundo seria muito chato sem elas. Mas, em segundo lugar, elas estão por aí para pegar a gente. Todas elas. Não conseguem impedir, é biológico. O objetivo delas na vida é amarrar a gente.

Ian fez que sim, pensando em Cathy. Dava para imaginar Jake tendo problemas com mulheres. Era um cara bem bonito.

Laura escolheu esse momento para ir até o terreiro. Acenou para os dois e seguiu até o celeiro. Jake e Ian a observaram.

Pensativo, Jake disse:

— Embora a gente nem fosse se incomodar caso algumas nos amarrassem, não é? — Olhou para Ian e levantou as sobrancelhas de modo sugestivo.

Ian sorriu, desconfortável. Não gostava que Jake falasse assim de Laura.

— Vou lhe contar uma coisa — disse Jake. — Quando você for mais velho... e aqui é o tio Jake que está falando... quando você for mais velho, acredite ou não, a idéia de se acomodar começa a ter algum encanto. Como no jantar, outro dia, eu estava olhando Art, ali sentado como um saco de cimento, como ele sempre fica, com Laura cuidando de tudo para ele, e pensei, sabe, se a gente olha do jeito certo até acha que o boi burro e querido do meu irmão tem tudo na vida.

Eis aqui o resumo do que Ian sabia sobre Jake quase duas semanas depois que este chegara à fazenda. Tinha 35 anos. Nunca se casara. Morara em Toronto, Calgary, São Francisco, Nova Orleans, Nova York e Chicago. Preferia Nova York e achava que voltaria para lá. Achava que o único carro que valia a pena comprar era um Cadillac. Considerando o quanto ele falava, era notável que revelasse tão pouco sobre si mesmo.

Mas alguns dias depois, disse:

— Na verdade acabei de romper com alguém. Acho que ficamos juntos uns três ou quatro anos. Ela era um chuchuzinho, e bem legal, mas sabe... — Ele deu de ombros. Parecia melancólico, o que era estranho. Fez Ian achar que talvez a moça é que tivesse terminado tudo. Talvez isso tivesse algo a ver com a razão de ele estar ali. Talvez tivesse voltado para casa para lamber as feridas.

* * *

Ian estava a meio caminho da ponta de terra, na canoa, quando ouviu o sino do ancoradouro tocar loucamente. Era noite de sábado e ele e o pai tinham acabado de jantar. Deu meia-volta e remou depressa. Gerry Moynihan estava no ancoradouro, balançando-se impaciente num pé e noutro.

— Acidente de carro — disse, puxando a canoa para o ancoradouro quase antes de Ian desembarcar. — Margie já chegou, mas seu pai precisa de você também. Quatro pessoas muito feridas, a ambulância está vindo de New Liskeard, mas ainda demora.

Os dois correram para a casa. Gerry Moynihan ofegava. A pança balançava para cima e para baixo enquanto corria, fora de sincronia com o resto do corpo.

— Quem são? — perguntou Ian. — Gente daqui? — Agora conseguia ouvir os gritos que vinham da casa.

— Turistas. Placa de Detroit. Corriam demais. Tinha um alce na estrada e bateram de frente. O carro se acabou.

Era uma família, os pais e duas crianças pequenas. O homem estava na maca de exames e o pai de Ian tentava enfiar-lhe um tubo na garganta. A mãe estava na mesa de cavaletes, do outro lado da sala, gemendo baixinho. Margie estava debruçada sobre uma das crianças, um menininho, deitado na escrivaninha do Dr. Christopherson. A outra criança, pouco mais que um bebê, é que fazia barulho; isso significava que pelo menos o coração e os pulmões funcionavam. Estava em uma pilha de cobertores no chão. Tinha uma bandagem na cabeça, mas o sangue corria e o rosto estava todo ensangüentado. Ele puxava a bandagem e gritava histericamente.

— Cuide do sangramento — disse o pai de Ian, indicando a criança com a cabeça. — Veja se consegue acalmá-lo.

— Posso pegá-lo no colo?

— Pode, mas segure a cabeça. Gerry, preciso de ajuda aqui.

Passava de meia-noite quando a ambulância levou as crianças e os pais para o hospital. Ian e o pai sentaram-se na cozinha, ouvindo o silêncio. Ian perguntou-se se os gritos do bebê ecoariam em sua cabeça pelo resto da vida.

— Acho que uma xícara de chá seria bom — disse o Dr. Christopherson depois de um bom tempo. — À guisa de comemoração. Acho que os quatro vão sobreviver. — Ele se levantara. O rosto parecia exausto, a pele frouxa de cansaço. Fora chamado duas vezes na noite anterior e estava trabalhando sem parar havia 16 horas. A epidemia de sarampo ainda não passara e não havia mais fim de semana.

A pequena brasa de raiva, já com três anos de idade e adormecida na maior parte do tempo, avivou-se dentro de Ian; era espantoso como ainda podia passar de um brilho fraco à raiva mais ardente em questão de segundos. Raiva nascida da culpa. Raiva nascida da injustiça da culpa. Dali a poucos meses, o pai ficaria sozinho. O que faria em uma noite como aquela?

— O senhor precisa de outra enfermeira.

— Talvez você tenha razão. — O pai pôs a chaleira no fogão. — Você foi ótimo com aquele rapazinho hoje à noite, aliás. Você tem muito jeito com crianças.

— O senhor precisa publicar um anúncio pedindo outra enfermeira agora — disse Ian. — *Agora*. Assim que amanhecer.

De repente, estava tão irritado que quase tremia.

O pai pôs-lhe a mão no ombro. E disse baixinho:

— Ian, vai ficar tudo bem por aqui. Não precisa se preocupar comigo. Vai ficar tudo bem.

Ela parara de escrever, e ele ficara contente. Ela ligara no aniversário dele, em maio, e chorara ao telefone, e ele desligara. Depois houve uma última carta e a partir daí, mais nada. Ele sentia falta do ato de jogar fora os envelopes fechados; nos anos de ausência dela, recebera 192 cartas e o ritual de jogá-las fora sem ler lhe dava grande satisfação. Mas quando pararam de chegar ficou contente. Ainda procurava por elas na caixa do correio, mas quando não havia nenhuma ficava contente.

Tinha de ir à fazenda. Era muito tarde, mas sabia que se não fosse não conseguiria dormir; ainda estava zangado demais, alterado demais. Esperou até o pai deitar-se e então partiu de bicicleta. A lua estava alta no céu e a noite tinha um brilho fantasmagórico. A estrada parecia irreal, insubstancial como uma fita, como se a qualquer momento fosse se desgrudar do chão e subir no ar. Quando chegou à floresta que rodeava a fazenda, deixou a bicicleta no lugar de sempre e seguiu a pé entre as árvores. A certa distância viu uma luz tremeluzir, o que significava que Jake — com certeza era Jake — ainda estava acordado. Ian sentiu uma onda de irritação. Preferia que ele não estivesse lá, que não estivesse na casa. Atrapalhava a sensação de calma que Ian costumava encontrar ali.

No entanto, quando se aproximou, parecia não haver ninguém na cozinha. Ian foi de um lado a outro, tentando ver os cantos do cômodo. Não tomou muito cuidado para fazer silêncio e foi um susto enorme quando viu, de repente, o brilho de um cigarro fora da porta dos fundos. Jake devia estar de pé na soleira. Na verdade, agora que sabia que ele estava ali, Ian conseguiu perceber-lhe a silhueta.

Mas Jake não se mexeu. Os cães estavam por ali e vieram atrás de Ian balançando o rabo; talvez Jake pensasse que era deles o barulho. O cigarro brilhou e se apagou algumas vezes e Ian viu-o jogar a guimba na soleira, pisá-la com o sapato e chutá-la para fora. Um segundo depois, Jake deu meia-volta e entrou.

Não parecia ter pressa nenhuma para ir dormir. Na cozinha, acendeu outro cigarro e sentou-se em uma poltrona junto ao fogo. Parecia que ia ficar ali um bom tempo. Ian se irritou. Estava prestes a desistir e voltar para casa quando Laura apareceu.

Ela não entrou na cozinha, só ficou na porta. Usava um roupão bem amarrado na cintura e segurava-o bem fechado no pescoço com uma das mãos. Jake sorriu-lhe e disse alguma coisa. Ela balançou a cabeça negativamente. Disse algo — Ian achou que era algo urgente; ela se inclinou para a frente ao falar.

Jake deixou a cabeça pender para um lado e respondeu. Parecia muito calmo; o que Laura dissera, fosse o que fosse, não o preocupara. Ela balançou a cabeça de novo, ainda fechando o decote do roupão.

Estava nervosa com alguma coisa, Ian tinha certeza. Então Jake se levantou. Apagou o cigarro em um pires sobre a mesa, demorando-se, esmagando a brasa no pires várias vezes, e depois começou a atravessar a cozinha na direção dela, sorrindo como se quisesse tranqüilizá-la. Laura virou-se de repente e saiu da cozinha.

Por um instante Jake ficou parado onde estava, olhando a porta vazia. Então voltou à cadeira e sentou-se. Pescou outro cigarro, acendeu-o e começou a fumar, a cabeça encostada no espaldar.

Ian percebeu que prendia a respiração. Não sabia o que pensar. A postura de Laura, o jeito como ela saíra tão depressa quando Jake se aproximou... Era como se estivesse mesmo nervosa com ele, ou até com medo, embora isso soasse ridículo.

Caminhou de volta pela floresta até a bicicleta, remoendo a idéia. Ela o deixava inquieto. Fazia-o pensar no que Jake estaria aprontando. Por que, exatamente, ele estava ali.

* * *

Pescavam havia quase duas horas quando Pete disse de repente:

— Ah, quase esqueci.

Meteu a mão debaixo do banco e içou uma caixinha de sapato do meio do monte de equipamentos de pesca e garrafas de cerveja. A caixa era mole, do tipo usado para os mocassins vendidos aos turistas nas vendas. Estava com o fundo empapado por ter ficado no molhado e parecia prestes a se desintegrar. Ian prendeu a ponta da vara de pescar em um furo no casco do *Queen Mary*, pegou a caixa com uma das mãos por baixo para impedir que se desfizesse e abriu-a. Lá dentro, encolhido no meio de um pouco de capim e um montinho de cocô havia um coelhinho cinzento bem pequeno.

— Uau! — disse Ian. — Que gracinha! Onde você o achou?

— Ao lado da armadilha.

— É minúsculo! Será que já tem idade suficiente para ficar longe da mãe?

Pete prendeu um peixinho no anzol e jogou-o na água.

— Comemos a mãe dele ontem à noite, cara, logo essa preocupação não faz muito sentido.

— Ah — disse Ian. Fez um carinho de leve entre as orelhas do coelho. O pêlo era tão macio que quase não conseguia senti-lo. O bichinho tremeu e se achatou contra o fundo da caixa. — Coitadinho — disse. — E essa caixa é pequena demais.

— Ora, que bobagem — disse Pete. — É perfeita.

— Ele mal tem espaço para se virar — argumentou Ian. — Achei que vocês tinham sentimentos especiais pelos animais. Uma relação de respeito. Como pedir perdão antes de atirar, coisas assim.

Pete lhe deu uma boa olhada. Estendeu a mão e pegou a caixa, a outra mão ainda segurando a vara sobre a lateral do barco. Baixou a cabeça até a caixa e disse:

— Ei, coelho, me perdoe, cara. Desculpe eu ter comido sua mãe e enfiado você numa caixa de sapatos.

Devolveu a caixa a Ian.

— Pronto. Agora ele está se sentindo melhor. — Fez o anzol subir e descer dentro d'água.

De volta a casa, Ian foi até o sótão e vasculhou a bagunça. Não havia nada perfeito, mas encontrou uma caixa que serviria. Era quase tão frágil quanto a caixa de sapatos e as laterais não eram tão altas como gostaria, mas o coelho não parecia ser um artista da fuga e, pelo menos, teria espaço para se mexer um pouco. Levou a caixa para fora, colocou um pires d'água em uma ponta, cobriu o fundo com uma camada grossa de capim e folhas e pôs o coelho dentro dela. Ele parecia ainda menor ali dentro. Agachou-se no chão e fechou os olhos, como se orasse por um fim rápido. Ian arrependeu-se de ter pedido o bicho. March adoraria, caso o coelho durasse tempo o bastante para chegar até ele, mas provavelmente o pegaria no colo com tanta força que logo o mataria. Morto por amor. Bem, talvez fosse melhor do que ser comido.

Decidiu retardar o presente por alguns dias. Deixou o coelho descansar um pouco antes da próxima aventura. Seria uma vergonha tanto para o menino quanto para o coelho se o animalzinho morresse logo. Ian pôs a caixa nos fundos da casa, onde pegaria o sol da manhã e não assaria no sol da tarde. Depois arranjaria uma tela de arame e descobriria como fazer uma gaiola. Seria preciso uma gaiola grande, com um abrigo onde o coelho pudesse se esconder. March podia ajudá-lo a construí-la.

— Vamos montar um zoológico — disse o pai mais tarde, à noite. Ian o levara para admirar o coelho. — Recebi um telefonema de Ernie Schwartz. A cadela dele teve uma ninhada há um mês e meio e ele disse que podíamos ir lá no fim de semana escolher um filhote.

— O senhor está brincando! — disse Ian. — Um setter irlandês?

— É. Ernie disse que tem até pedigree. Eu disse a ele que isso era demais e que a gente não podia pagar uma fortuna, e ele falou que não queria uma fortuna, só que eu rasgasse a conta por consertar a perna da filha dele.

— Ah — disse Ian. — E isso é justo?

— Eu já tinha até esquecido a conta, então acho que sim.

— O senhor precisa de uma secretária, além de uma enfermeira.

— Eu só preciso me organizar.

— E os porcos vão voar — disse Ian.

O pai suspirou.

— Aliás — disse Ian —, decidi o que vou fazer ano que vem. — Ao dizer isso, sentiu quase uma dor no meio do peito.

— Ah, é? — perguntou o pai. — O que decidiu?

— Vou ser piloto.

O pai olhou para ele, depois para o outro lado. Ian sentiu um certo medo de que ele risse, como Pete, mas o pai não riu. Abaixou-se e começou a examinar o coelho.

— Piloto — disse. — É uma profissão interessante. Que bom. — Não levantou os olhos.

— É o que eu quero fazer.

— Ótimo — disse o pai. — Excelente. Então faça. Parece ser muito bom. — E chegou o pires com água mais para perto do coelho.

— Tenho de conversar com o Sr. Hardy sobre isso — disse Ian. A dor tinha se irradiado, enchendo agora o peito todo, apertando-lhe a garganta. — Não sei como é que a gente se candidata, onde é que se aprende, esse tipo de coisa.

— É — disse o pai. — Eu também não. É bom falar com Hardy. Ele deve saber. — Finalmente, o pai levantou os olhos e sorriu. — Parece uma profissão interessante. Que bom.

Por direito, deveria ter sonhado com o pai naquela noite, mas em vez disso, quando adormeceu, o carro de Jake veio suavemente até o terreiro e a porta do passageiro se abriu e a mãe de Ian saiu de lá, as pernas longas e elegantes com sapatos de salto alto. Ian estava em pé junto do cocho d'água, mas ela não lhe deu atenção. Escolheu o caminho pelo chão do terreiro, entrou na casa e sentou-se na poltrona que Jake costumava usar. Tirou da bolsa um maço de cigarros e acendeu um. Ian estava em pé junto à mesa, devia tê-la seguido até ali. Ela olhou para ele com um sorrisinho e disse.

— Diga a Laura que ela não precisa se preocupar com Arthur. Arthur vai ficar bem.

Doze

Dezesseis homens do distrito entre as baixas: comunidade de luto
Homem do distrito ganha 80 dólares com ursos mortos

TEMISKAMING SPEAKIER, OUTUBRO DE 1944

Outubro. O céu de um cinza-pálido e sem vida, os campos desnudados, tudo com a respiração presa, tudo encolhido contra o frio iminente. A perseguição de Jake a Laura estava bem avançada e tudo o que Arthur podia fazer era ficar parado e observar.

— Ele diz que seu pai era um homem maravilhoso — disse Laura.

Estavam no celeiro de Otto. Arthur e os dois prisioneiros de guerra preparavam o abrigo de inverno dos porcos; nevara na noite anterior e a qualquer momento teriam de levar todos os animais para dentro. Laura acabara de chegar da escola e trouxera canecas de chá para os três. Os rapazes estavam sentados em fardos de palha, aquecendo as mãos nas canecas. Arthur e Laura estavam de pé no portal, Laura encostada na porta, os braços cruzados com força para afastar o frio. Usava um casaco velho do pai e um cachecol vermelho e comprido enrolado várias vezes no pescoço. O crepúsculo caía e a luz era sugada do céu, levando consigo a cor de tudo ao ir-se embora — de tudo, pensava Arthur, menos da chama brilhante daquele cachecol.

— Ele contou que você é igualzinho a seu pai. — disse Laura. — E disse que você tem sido maravilhoso desde que ele morreu, o jeito como tem administrado a fazenda, as duas fazendas, sozinho. O jeito como tem cuidado dele e da mãe. Ele afirma que é mais do que inútil e não ajuda você em nada. — Ela sorriu para mostrar que sabia que não era verdade, que Jake fazia todo o possível.

Arthur olhou o chão. Às vezes mal suportava ficar perto dela.

— Ele me contou que você salvou a vida dele, Arthur — disse ela. — Que você arriscou a própria vida entrando naquele rio e depois o carregando no colo até em casa.

Será que Jake planejara a melhor maneira de conquistá-la? Será que a estudara, pensara em quem ela era e como fora criada, e decidira a melhor estratégia? Ou era só mais uma coisa que Jake nascera sabendo? Agora ele e Laura iam e voltavam juntos da escola todos os dias. Meia hora para ir e para voltar. Cinco horas por semana sozinho na companhia dela, contando-lhe a versão das coisas que desejava que ela escutasse, pintando o quadro que queria que ela visse.

— Ele diz que é com você que sua mãe conta — disse Laura em outra ocasião, a voz cheia de pena e admiração por Jake.

Era verdade, e era essa a maior esperteza. Arthur soube disso por anos sem nunca pôr em palavras. Era com ele que a mãe contava; Jake era quem ela amava.

Às vezes, quando olhava Laura, ficava quase paralisado de medo de perdê-la. Mal conseguia respirar, às vezes. E isso era estranho: como alguém podia ter tanto pavor de perder o que não tinha?

Aconteciam outras coisas no mundo, coisas grandes, históricas, de importância infinitamente maior do que o problema do amor de um homem por uma mulher que lhe estava sendo roubada pelo irmão. Em meados de novembro, a foto granulada de um encouraçado chamado

Tirpitz foi colada na vitrine da agência do correio para que todos pudessem vê-la, embora não desse para ver muita coisa com as nuvens de fumaça preta que se despejavam do casco do navio. Era o último encouraçado alemão, assim diziam, e agora estava no fundo do mar. A guerra estava quase acabando e Hitler fugira. Alguns meses antes, a Real Força Aérea tinha jogado mais de 2 mil toneladas de bombas em Berlim em uma só noite; tudo devia ter virado pó. Agora, a qualquer dia a paz seria declarada e tudo voltaria a ser como antes.

Mas todos sabiam que nada seria como antes. Não para todo mundo. Certa manhã, pouco antes do Natal, o guarda da prisão chegou com cartas para os rapazes. Eles pediram desculpas imediatamente depois do almoço e levaram-nas até a sala de visitas, que era seu quarto, para ler. Em geral, quando recebiam cartas, os dois liam trechos um para o outro, e quem estivesse na cozinha escutava os dois tagarelando e até rindo, às vezes, de alguma notícia da família. Foi a mãe de Arthur que notou que desta vez não havia conversa.

— Estão muito quietos — disse ela, de repente. Arthur levantou os olhos da fivela que costurava a um arreio. Era verdade; não vinha som nenhum da sala de visitas. Ele e a mãe se entreolharam, ele com o alicate pronto a puxar a agulha, ela com as mãos na pia.

— Acha que... — disse a mãe, mas nesse instante Dieter/Bernhard apareceu na porta. O rosto estava tenso.

— Irrmom de Dieter — disse ele. — *Tod.* Morto. Morreu.

— Ai! — disse a mãe de Arthur. — Coitadinho! — Ela já estava a meio caminho, secando as mãos em um pano de prato enquanto andava. O rapaz (este devia ser Bernhard, o que dirigia o trator de Otto; finalmente Arthur sabia quem era quem) ficou de lado e ela entrou na sala. Arthur sabia que dali a um segundo abraçaria Dieter. Era tão fácil para as mulheres, seus braços se abriam instintivamente e elas consolavam a dor que houvesse e pronto, nem precisavam pensar. Arthur e Bernhard entreolharam-se desolados e depois desviaram os olhos para longe.

No Natal, alguns sortudos voltaram para casa de licença. Dava para achar que, se a guerra estava quase acabando, como viviam dizendo, podiam terminá-la logo e mandar todo mundo para casa direto, mas não, o melhor que podiam fazer era dar a alguns trinta dias de licença antes de mandá-los de volta à matança. Então, na semana antes do Natal, Ted Hatchett voltou para casa para sempre. Do caminhão cheio de rapazes que foram alistar-se em North Bay, ele era o único, além de Arthur, que ainda estava vivo.

— Você devia visitá-lo, Arthur — disse-lhe a mãe, embora ele já soubesse disso muito bem. — Parece que quase morreu, ficou no hospital, na Inglaterra, um ano inteiro, mas já está em condições de receber visitas. Deve ser estranho estar de volta. Você precisa visitá-lo.

Arthur foi, cheio de culpa e maus pressentimentos. O que diria? O que diria a um amigo que quase morrera na batalha enquanto ele estava em casa, com conforto e segurança? Ted ficara no exterior quase cinco anos. Cinco anos recebendo tiros e bombas, encharcando-se e congelando e vendo os amigos em volta explodirem em pedaços. Cinco anos durante os quais Arthur fizera o quê, exatamente? Ordenhara vacas. Dormira na própria cama toda noite. Comera três boas refeições por dia. Arthur arrastava-se pela neve cheio de medo.

A mãe de Ted estava péssima e isso devia tê-lo alertado. Ele devia ter percebido que havia algo muito errado para ela não estar dançando de alívio e alegria porque o filho voltara da guerra. Ela conseguiu sorrir para Arthur quando abriu a porta, mas nada disse. Levou-o até a sala de estar, onde em um canto fora improvisada uma cama, e deixou ele e Ted sozinhos. Estava escuro na sala e Arthur não conseguiu enxergar o rosto de Ted. Disse "Oi, Ted, como vai?" antes que os olhos se acostumassem com a luz.

Havia uma cicatriz correndo pelo lado direito do rosto de Ted, com um pedaço de pele rosada e brilhante cobrindo a cavidade do olho. E quando os olhos se ajustaram à penumbra da sala, Arthur viu mais: viu que os cobertores estavam bem esticados e lisos sobre a cama, lisos e esticados como uma toalha de mesa, no lugar onde deveriam estar as pernas de Ted. E que onde deveria estar seu braço esquerdo a manga estava vazia, dobrada e presa com alfinete na altura do peito. Ted olhava Arthur com o único olho tão ferozmente brilhante que fez Arthur pensar em um bicho preso em uma armadilha, um bicho que mataríamos assim que possível para dar fim a sua dor. Arthur deu meia-volta e saiu da sala.

Na cozinha parou, de cabeça baixa, ofegante. A mãe de Ted descascava batatas e chorava junto à pia. Olhou Arthur, o rosto uma máscara de sofrimento, e disse:

— Converse com ele, Arthur. Por favor, converse com ele.

Arthur voltou à sala de estar e tentou outra vez. Conseguiu dizer:

— Sinto muito — mas foi tudo. Ficou um minuto com o rosto virado e depois saiu e voltou para casa.

Teve nojo de si mesmo. Nojo do mundo. Queria esmagar alguma coisa, qualquer coisa, quebrar alguma coisa ao meio. Começou a limpar a terra, uns 2 acres onde ele e o pai tinham começado a trabalhar quando o pai morreu. Mais terra para cuidar era a última coisa de que precisava naquela hora, mas cortar árvores era o único serviço violento o bastante para acalmar o sofrimento em que conseguia pensar. No meio da primeira tarde, levantou os olhos do buraco da raiz que arrancava e viu Dieter e Bernhard a olhá-lo. Também traziam machados — deviam ter vasculhado o galpão —, e era tal o estado de espírito de Arthur que, por um instante, achou que vinham matá-lo. Parecia justíssimo; ele nem resistiria. Então os rapazes apontaram as árvores próximas com os machados e levantaram as sobrancelhas, e ele viu que também precisavam de um pouco de violência. Então fez que sim e mostrou com a mão o mato próximo: vão em frente, cortem tudo, arranquem as pequenas pela raiz, quanto mais, melhor. Durante três dias, enquanto a neve caía lenta em volta deles, atacaram a floresta como uma tempestade, cortaram e serraram, depois atrelaram os quatro cavalos e arrancaram raízes do chão como dentes podres, até que o lugar ficou igual a um campo de batalha só deles, cheio de crateras e arruinado e esmagado em uma polpa sangrenta.

No crepúsculo do terceiro dia, Jake apareceu, mancando pelas árvores como um fantasma pálido. Arthur o viu chegar com o canto do olho. Estava no meio de uma machadada, pronto a dar outro golpe na pele lisa e redonda de uma faia, e de repente viu sangue na neve. Uma grande mancha de sangue, vermelha como o cachecol de Laura. Fechou os olhos um instante, o machado ainda levantado, e quando abriu-os de novo não era sangue, era apenas um grande torrão revolvido, preto como a noite, sem nada de vermelho. Baixou o machado e olhou para Jake. O choque de ver Ted Hatchett realmente conseguira tirar de sua cabeça, durante vários dias, o assunto de Jake e Laura, mas agora tudo voltava. O olhar de Jake encontrou o seu e houve uma pausa, na qual Arthur se perguntou se Jake também vira sangue na neve.

— O que é? — perguntou Arthur e Jake respondeu, baixinho, que a mãe queria que parassem e deixassem tudo de lado porque o dia seguinte não só era domingo como também era véspera de Natal.

Houve dois cultos, um pela manhã e outro à noite. A igreja ficou lotada em ambos; até quem nunca estava entre os fiéis apareceu na véspera de Natal. Mas nada parecia muito festivo. Os cinco anos de guerra tinham esgotado a capacidade do povo de ter sentimentos festivos. Em teoria, a guerra podia estar acabando, mas na prática ainda chegavam telegramas e a paz era apenas um sonho irreal. No culto da manhã, o reverendo March fez o melhor que pôde, com um sermão sobre o dom da esperança do Natal e sobre entregar a dor a Deus. Arthur gostaria de sentir-se mais animado, mas não conseguiu. Não tinha esperanças a respeito de nada e o trecho sobre entregar a dor a Deus o fez pensar em Ted Hatchett. Imaginou Ted estendendo sua dor a Deus com a única mão que lhe restara: aí está, Deus, é toda sua. Em seguida, o que aconteceria? Arthur não conseguia ver, por nada no mundo, como isso poderia ajudar. Sabia que o reverendo March era mais inteligente do que ele e por isso devia confiar em sua palavra, mas não conseguiu; desistiu, então, e passou a observar Laura.

Ela estava no banco de sempre, na frente da igreja, e Arthur se posicionara, como sempre fazia, de modo a ver bem suas costas. Eram muito retas, magras, eretas. Olhá-las acalmava-o e, dali a algum tempo, veio-lhe a idéia de que o pedacinho do sermão do pai dela sobre a esperança talvez fizesse algum sentido, afinal de contas. Talvez ele pudesse ter esperanças no que dizia respeito a Laura. Talvez estivesse errado em ter tanto medo do que poderia haver entre ela e Jake. Bastava olhá-la ali sentada, escutando com tanta atenção o que o pai dizia. Não era o tipo de garota de que Jake gostava. Na verdade, se alguém tentasse imaginar o extremo oposto do tipo de garota de que Jake gostava, seria Laura. Jake não teria nenhum interesse nela se não visse que Arthur estava apaixonado. Gostava de moças que fossem um pouco divertidas, como ele dizia, querendo dizer moças que fossem com ele ao celeiro. Laura nunca iria com Jake ao celeiro, nem em um milhão de anos.

E o irmão devia saber disso. Jake, agora sentado do outro lado da mãe, pensando na sabedoria divina, devia saber disso. Provavelmente já estava cansado dela. Jake estava apenas fazendo o que sempre fizera: dizendo "Aposto". Aposto que posso tirá-la de você. Aposto que sou melhor nisso do que você, assim como sou melhor do que você em tudo. Quando torturasse Arthur mais um pouquinho, ia abandoná-la e seguir em frente. E talvez Laura ficasse alguns dias triste, mas aí veria quem Jake realmente era e ficaria aliviada por ele ir embora.

Durante o dia todo essa idéia o consolou. Foi até a fazenda de Otto depois do almoço para cuidar dos porcos — domingo ou não, véspera de Natal ou não, era preciso alimentar os animais — e Laura acenou-lhe alegremente da janela da cozinha. O prazer inundou Arthur como a luz do sol. Tudo ia dar certo.

Foi depois do culto da noite, quando o reverendo March estava nos fundos da igreja cumprimentando os membros da congregação e desejando-lhes feliz Natal, que Arthur viu Jake ir até Laura e cochichar-lhe alguma coisa. Arthur estava junto da mãe, esperando a vez de apertar a mão do reverendo, então pôde ver bem. Viu Jake chegar por trás dela, inclinar a cabeça e sussurrar-lhe na orelha. Os olhos de Laura se arregalaram e ela corou, depois virou-se, encarou-o e sorriu.

Foi o sorriso que obrigou a serpente fria do medo a enrolar-se no coração de Arthur? Ou foi o ângulo do queixo quando ela levantou o rosto para Jake? Ou foi simplesmente a luz que surgiu em seus olhos quando ouviu o sussurro dele, o brilho, a felicidade, o desejo puro e inconfundível naqueles olhos claros e cinzentos?

* * *

Ele não conseguia olhar para Jake. Não conseguia ficar no mesmo cômodo que ele. Passava o máximo de tempo possível no celeiro e no estábulo, mas o clima não cooperava; em meados de janeiro, a temperatura chegou a quarenta graus negativos. Quem ficasse ao ar livre mais de dois minutos sentiria a medula congelar dentro dos ossos. Em desespero, Arthur passou a visitar Ted Hatchett. Ia e sentava-se ao lado dele durante mais ou menos uma hora todas as tardes. Era impossível dizer se Ted apreciava as visitas, mas a mãe dele com certeza gostava. Ficou tão grata que deixou Arthur envergonhado. Estava ali para escapar do frio e aliviar a própria culpa, e também porque, na presença de Ted, tudo, inclusive a própria vida, parecia trivial, e havia nisso um certo consolo lúgubre.

É claro que nunca conseguia pensar em nada para dizer; ficava lá sentado, revirando o cérebro atrás de algo que pudesse contar a Ted. Não acontecia muita coisa.

— Os porcos abriram um buraco na porta do celeiro ontem à noite.

Ted virou a cabeça devagar e olhou-o. Era difícil dizer se estava interessado. Os Hatchett não eram fazendeiros. O pai de Ted trabalhara na serraria e Ted na mina de prata, e não devia dar muita importância a porcos. Mas fora a única coisa que acontecera a semana toda.

— Não estavam com fome — explicou Arthur. — Só entediados. Detestam ficar presos lá dentro. Gostam de fuçar o chão, procurando bichinhos e coisa assim. A gente tem de botar um monte de palha para eles fuçarem no inverno, senão ficam malucos e começam a comer o celeiro. Ontem os rapazes não puseram palha suficiente.

Ted nada disse. Até onde se sabia, não havia nada físico que impedisse Ted de falar, mas parece que não dissera palavra desde que se ferira. Era artilheiro de tanque — Arthur agora sabia mais detalhes pela mãe de Ted — e estivera nalgum lugar da Itália. O tanque batera em uma mina e explodira, e todos os outros tripulantes tinham morrido.

— O chão do celeiro é de concreto, sabe. Não dá para fuçar no concreto.

Ted piscou seu único olho. Arthur entendeu isso como um encorajamento.

— As vacas não se importam muito. Ficam bem felizes só ali de pé, sem fazer nada. — E parou. De repente, falar disso pareceu falta de tato. Até as vacas, até os porcos tinham mais liberdade do que Ted. O problema era que tudo era falta de tato. Não havia nada acontecendo em nenhum lugar do mundo que não fosse irrelevante para Ted.

Arthur pensou em lhe contar o que andava pensando. Imaginou-se dizendo: Estou com medo de acabar matando meu irmão. Ele fez a garota que eu amo se apaixonar por ele. Ele não a quer, ele só se interessou por ela porque viu que eu a amava. Mas agora acho que ele vai obrigá-la, sabe, a ir ao celeiro com ele, como faz com as outras garotas. Sei que ela nunca faria nada assim, mas ele é muito bom em convencer as pessoas e ela está tão apaixonada... E se ele conseguir, se ele a ganhar pelo cansaço... Acho que o mato. Estou com muito medo disso.

Perguntou-se se o olho único de Ted mostraria algum interesse caso dissesse isso.

Ainda a via praticamente todo dia. Era um tormento, porque ela parecia tão feliz. Parecia ainda mais nova do que quando chegara a

Struan, mais despreocupada, mais como uma menininha. Ria e jogava a cabeça para trás quando alguém dizia alguma coisa engraçada. Não que Arthur fizesse isso; era Jake que a fazia rir. Quanto mais feliz ela ficava, mais medo Arthur sentia. Queria alertá-la: não confie em meu irmão. Imaginou-se dizendo isso, viu a descrença e a desaprovação nos olhos dela.

A primavera veio cedo. Em março a neve sumiu do campo, embora ainda houvesse bolsões pela floresta. Arthur ia sempre ao campo, pegava um punhado de terra e esfregava-o entre o indicador e o polegar, olhando o céu, farejando o ar. Já devia começar a semear? Todos os fazendeiros da região perguntavam-se a mesma coisa. Alguns já tinham começado. Arthur estava ansioso por começar, pelo menos para distrair-se, mas era cauteloso. O pai teria começado tão cedo? Pegou outro punhado de terra e esfregou-o, vendo o pai fazer a mesma coisa, ou melhor, sentindo o pai, sentindo o grau de umidade (um pouco molhada) e a temperatura da terra (um pouco fria) com o indicador e o polegar do pai. Viu que suas mãos eram as mãos do pai, largas, quadradas e fortes. Isso lhe deu confiança.

Sempre que os rapazes o viam ir para o campo, iam com ele; também queriam começar. Andavam muito calados. Arthur adivinhou que tinham sabido pela rede de boatos dos prisioneiros como ia a guerra: os exércitos alemães em retirada, cidades e aldeias transformadas em escombros pelo bombardeio. Deviam precisar de distração tanto quanto ele.

— Tá bom? — diziam cheios de esperança, copiando seu gesto, esfregando migalhas de terra. — Tá bom agorra?

Mas Arthur fazia que não com a cabeça. Decidiu esperar a terra esquentar um pouco mais. Alguns dias de sol forte fariam isso.

Então, em primeiro de abril, houve uma forte nevasca e da noite para o dia a temperatura despencou para vinte graus negativos. Os rapazes sorriram para ele e o cumprimentaram, dizendo:

— Bom fazenderra!

Ele sentiria falta deles quando voltassem para casa. Não conseguia imaginar o que faria sem eles. Como cuidaria da terra de Otto? A lembrança o levou de volta a Laura, como faziam todos os seus pensamentos.

Jake e Laura passaram a fazer o dever de casa juntos, depois da escola. Levavam os livros para o quarto de Jake, lá em cima. A Sra. Dunn ficou tão feliz por serem "amigos" que nem protestou.

— Ela fez bem a ele, Arthur — confidenciou em voz baixa. — Ele está mais tranqüilo, não acha?

Arthur ficou consternado com a inocência da mãe. Como ela podia conhecer tão pouco o próprio filho? Ele não deixaria nenhuma moça sozinha na presença de Jake nem por dez segundos. Estudava Laura sub-repticiamente, atrás de sinais de que estava sendo pressionada a fazer coisas que não queria. Não tinha certeza de quais seriam esses sinais, mas tinha certeza de que saberia quando visse.

E em uma manhã de sábado, no final de abril, ele percebeu. Estava no estábulo das vacas; o frio cedera e ele e os rapazes iam levá-las para o pasto pela primeira vez, e Laura apareceu na porta. No instante em que a viu, soube.

— Bom dia — cumprimentou ele, o coração apertado no peito. E ela sorriu vagamente, e disse bom-dia, e ele soube.

Ela lhe contou que o gerador tinha enguiçado e o pai queria saber se Arthur podia dar uma olhada. Pediu desculpas por incomodar e ele disse que não era incômodo nenhum, que iria naquele instante mesmo. Voltaram a pé juntos para a fazenda dos Luntz e ela mal falou, e ele teve certeza.

Arthur teve de desmontar o gerador inteiro para descobrir qual era o problema, e não parava de deixar cair as coisas, com pregos e parafusos rolando pelo capim. A cabeça zumbia como um ninho de vespas, com pensamentos voando para todo lado. Não parava de ver Jake e ela juntos, Jake sussurrando e tocando-a. Isso lhe causava tanta raiva que mal conseguia respirar. Lutou para acalmar-se. Disse a si mesmo que não sabia com certeza, mas não era verdade; alguma coisa ele sabia com certeza, só não sabia o quê. Disse a si mesmo que provavelmente ainda não acontecera nada realmente grave. Se algo de grave tivesse acontecido, Laura ficaria em um estado horrível, e não ficara; só parecia confusa e infeliz. Ele decidiu, com grande alívio, que isso devia significar que Jake estava insistindo com ela, mas ainda não chegara a lugar nenhum. Ele a empurraria aos pouquinhos, cada pequeno passo mal aparecendo, mas com pressão constante e incansável; Arthur já estivera na mira das campanhas de Jake com freqüência suficiente para saber como funcionava. Ela teria medo de perdê-lo, medo de que ele pensasse que ela era pudica. "Pudica" era uma das palavras de Jake; Arthur já o ouvira dizer isso de outras moças que conhecia: "Ela é pudica demais."

Deixou cair outro parafuso e teve de procurá-lo no capim, de quatro no chão. Ouviu o som de passos e quando levantou os olhos viu o reverendo March contornando o canto da casa.

— Vim ver como está indo — disse jovialmente o reverendo. Ficou ali parado na luz, olhando atônito o gerador desmontado, espalhado em uma lona velha sobre o chão. — Céus! — disse. — Céus! O que faríamos sem você, Arthur? — Era uma boa pergunta. O reverendo March não conseguiria pregar um prego em uma tábua nem para salvar a própria vida.

— Está tudo bem — disse Arthur, incapaz de encará-lo diretamente por causa das imagens que flutuavam em sua cabeça. — Só terra no carburador, só isso.

— Acredito — disse o reverendo March. — É muita gentileza sua nos salvar novamente. Parece que sempre pedimos sua ajuda.

Arthur deixou cair outra porca. Dessa vez, conseguiu bater a mão sobre ela antes que rolasse para fora da lona. Perguntou-se se devia avisar o velho de que a filha corria perigo. Como é que se diz essas coisas? E não ia adiantar, o reverendo não acreditaria. Jake o encantara, como encantava todo mundo; Arthur o observara e era coisa a que valia a pena assistir. Jake escutava muito sério todas as palavras que o reverendo dizia, mostrava-lhe respeito, pedia sua opinião, ria de suas piadas. Chegava a fazer perguntas sobre coisas que o reverendo dissera nos sermões. A seriedade, o interesse com que perguntava fazia Arthur ter vontade de vomitar, mas dava para ver como o reverendo ficava impressionado. Se Arthur tentasse lhe contar que era tudo fingimento, que Jake só queria seduzir a filha dele, o velho pensaria que ele, Arthur, estava maluco. O mesmo aconteceria se tentasse avisar Laura. Ela também não acreditaria nele. As mentiras de Jake eram muito mais convincentes do que a verdade.

Ele teria de tratar diretamente com Jake. Suava só de pensar nisso, mas não conseguia ver mais nada a fazer. Diria a ele que, se tocasse em Laura, ele o mataria. E faria com que Jake acreditasse nele. Viu-se fazendo isso, batendo a cabeça de Jake contra a parede. A idéia fez suas mãos tremerem.

Um movimento lhe atraiu a atenção: Laura, levando alguma coisa até o varal.

O reverendo March também a viu. Ela começou a pendurar uma toalha de mesa, esticando os lados para que secasse bem alisada. Ao observá-la, Arthur sentiu a raiva subir dentro dele outra vez, quente e ácida como bile. Curvou-se sobre o gerador, com medo de que o outro visse como ele estava.

— Ela está tão esquisita hoje — disse, distraído, o reverendo March. — Temos de tomar uma decisão. Precisamos decidir se ficamos aqui ou não. Em Struan, quero dizer. Quando essa guerra horrorosa terminar e o reverendo Gordon voltar a seu rebanho, estamos pensando se devemos ou não ficar. Precisamos tomar uma decisão, mas acho que isso a está deixando nervosa.

Arthur parou no ato de apertar um parafuso.

— Pessoalmente, sou a favor — disse o reverendo, observando a filha voltar para casa. — Fiquei maravilhado com a gentileza do povo daqui, o jeito com que todos vocês, apesar das dificuldades e tristezas, nos receberam tão bem. Mas é uma decisão difícil para Laura. Ela tem amigos em casa e sente falta deles.

Laura sumiu atrás do canto da casa e o velho suspirou. Abaixou-se, pegou a chave de fenda de Arthur e, curioso, examinou-a, girando-a algumas vezes.

— A princípio o plano era ficar aqui enquanto durasse a guerra — disse ele, testando cuidadosamente com o dedo o fio da ferramenta. — Preencher a vaga e afastar Laura de tudo por algum tempo. Pretendíamos voltar. Não para a mesma casa, as lembranças lá são dolorosas demais, mas para North Bay. Mas é claro que, nesse ínterim, ela também fez amizades aqui. Ótimas amizades.

Sorriu para Arthur e deu-lhe a chave de fenda.

— Não sei por que estou sobrecarregando você com esse assunto, Arthur. Sobrecarregando você ainda mais. É que Laura parece meio tristonha agora e temo que essa questão tenha trazido de volta as lembranças e a tristeza. Ela estava tão bem, é doloroso vê-la infeliz de novo.

Parecia esperar algum tipo de comentário. Arthur levantou-se, limpou as mãos no macacão e conseguiu murmurar que todo mundo ficaria contente de verdade se eles ficassem. A cabeça girava. Tinha tanta certeza. Tanta certeza. Agora parecia que podia não ter nada a ver com Jake.

O reverendo March agradeceu-lhe as palavras gentis. Arthur assentiu. Agachou-se de novo e terminou de limpar o carburador. O reverendo continuou falando e de vez em quando Arthur concordava com a cabeça para mostrar que estava escutando, embora não estivesse. Remontou o gerador, reconectou a mangueira de combustível ao tanque de gasolina e ligou o motor. O gerador deu uma sacudidela e voltou a funcionar.

O reverendo March parou no meio de uma frase e fitou o gerador.

— Milagroso — disse. — Totalmente milagroso. Não sei como você consegue.

Depois do jantar, Arthur foi visitar Ted Hatchett. Ficou sentado uma hora ao lado dele sem nada dizer. Ficava vendo Jake enfiado entre as pedras debaixo da ponte, a água correndo sobre seu rosto. Culpa sua. Culpa de Arthur. Via Jake no dia em que voltara do hospital, deitado na cama na cozinha. Seu rosto, quando perguntou: "Você estava falando sério, Art? Quando a gente estava na ponte? Você queria que eu caísse?" E aí os meses em que Arthur aguardara, doente de medo, que Jake contasse aos pais o que realmente acontecera na ponte. Tinha certeza de que contaria. Mas nunca contou.

Viu que era impossível ter certeza das coisas em que Jake estava envolvido. Nunca saberia o que Jake pensava ou pretendia, nunca conheceria seus motivos, nunca entenderia nada sobre ele.

Agora não conseguia pensar no que fazer. Se devia confiar em seus sentimentos mais íntimos, quanto peso devia dar ao que o reverendo March dissera. Tinha certeza de que Jake estava pressionando Laura. Talvez ela estivesse nervosa com o problema de onde iriam morar, mas Arthur tinha certeza de que havia mais coisa envolvida. Quase certeza.

O que poderia fazer? Poderia mandar Jake cair fora, mas isso era perigoso porque poderia sair pela culatra. Se Jake estava fazendo jogo, cortejando Laura só para torturá-lo — não fosse assim, com certeza já teria desistido dela agora —, então definitivamente isso o estimularia ainda mais.

Um som, um tipo de guincho, ali pertinho, interrompeu seus pensamentos. Olhou em volta, tentando descobrir de onde vinha, e então percebeu que era Ted. Tentava dizer alguma coisa. Arthur inclinou-se para ouvi-lo melhor. Ted fez mais algumas tentativas e finalmente conseguiu falar.

— Como estão os porcos? — foi o que pareceu.

— Os porcos? — perguntou Arthur, o pensamento ainda em Jake.

Ted fez que sim.

— Estão bem — disse Arthur, voltando à cadeira. — Estão bem contentes. Levamos eles para fora na semana passada. Para o pomar. Lembra do pomar dos Luntz? Terreninho pequeno, não produzia muita maçã, mas bonitinho. Estão fuçando como loucos por lá. Parecem bem felizes mesmo.

Ted assentiu de novo e Arthur de repente percebeu que ele falara de verdade.

Disse, com todo o cuidado: "Ted, você falou", mas parecia que Ted não estava mais interessado e não disse mais nada.

* * *

Oito de maio de 1945. Certo dia, alguém arranjou um exemplar da véspera do *Toronto Daily Star* e colou a primeira página na vitrine da agência do correio. Dava para ler a manchete do outro lado da rua: dizia "RENDIÇÃO INCONDICIONAL" em letras garrafais. A cidade estava apinhada de gente; fazendeiros e lojistas, pessoal da serraria, lenhadores e mineiros, soldados de licença, veteranos da guerra anterior, mães, avós, crianças e bebês de colo. Acabara, finalmente, ou pelo menos a guerra na Europa acabara, ainda havia os japoneses, mas com certeza isso não ia demorar.

Do nada surgiram bandeiras e também bebidas alcoólicas. Não havia loja de bebidas em Struan, mas o estoque do Ben's acabou antes do meio-dia e devia haver muito mais guardado por ali, porque no meio da tarde tudo já estava fora de controle. Havia homens cambaleando pela rua, bebendo no gargalo, e aqui e ali surgiam brigas. Arthur levara a mãe até a cidade para a festa, mas quando a bebedeira começou levou-a de volta para casa. Ela se zangara. Não admitia bebida alcoólica nem nas melhores situações.

— É revoltante — disse ela. — Simplesmente revoltante. Dá para entender que todo mundo esteja contente, mas não está certo se comportar assim. É uma falta de respeito com as famílias que perderam filhos. Ou seja, quase todas. Vi Marjorie Black lá e ela estava chorando, e Anna Stubbs também.

Sua boca formava uma linha reta, mas a pele macia sob o queixo tremia. Arthur se perguntou se ela vira Jake e se isso era parte da razão pela qual estava tão irritada. Jake e Laura estavam sentados nos degraus do banco, com um grupo de garotos da escola, e Jake bebia alguma coisa em uma garrafa de coca-cola que não tinha cor de coca-cola. Não era o único, e Arthur não acharia nada estranho caso não tivesse visto Jake oferecer a garrafa a Laura e ela beber antes de devolvê-la. Seu rosto estava corado, o que fez Arthur imaginar se não seria o primeiro gole da vida dela. No instante em que a idéia lhe passou pela cabeça, sentiu as entranhas se apertarem. Será que Jake queria dobrá-la com bebida? Estaria aproveitando a ocasião para embebedá-la e conseguir seduzi-la? Expulsou o pensamento, obrigou-o a voltar à caverna escura de onde saíra. Provavelmente Jake só estava comemorando como todo mundo, e não tinha nenhum motivo sinistro.

Levou a mãe para casa e depois voltou à cidade. Parecia importante estar lá. Estacionou o caminhão atrás da agência do correio e caminhou pelo beco lateral até a Rua Principal. Alguém tinha acendido uma fogueira bem no meio da rua, diante do correio, e havia cerca de uma dúzia de homens em torno dela, os braços nos ombros uns dos outros, gritando uma canção de bêbados a plenos pulmões. Arthur viu que eram mineiros. Tinham ficado presos debaixo da terra nos últimos seis anos; a guerra consumia tanto carvão que os homens que estavam na mina quando a guerra começou não tinham mais recebido permissão de sair, e havia um tom ressentido na canção que rompia sempre que passava alguém fardado. Arthur achou que ali estavam todos os sinais de uma boa briga e decidiu seguir adiante.

Percorreu a Rua Principal e voltou devagar, fingindo para si mesmo que não procurava Laura. Não havia sinal do grupo da escola. Talvez tivessem ido todos para a casa de alguém ou descido até o lago para fazer sua festinha particular na praia.

Ficou na esquina do banco e observou a multidão. Havia um bom número de homens fardados, alguns com ataduras, outros de muleta ou com o braço na tipóia, outros somente de licença em casa. Pareciam tão felizes. Felizes e com orgulho da vitória. Vitória deles, não de Arthur.

De repente, viu-se como os outros na multidão com certeza deviam vê-lo: uma figura silenciosa e solitária, isolada do resto. Olhou as hordas de gente que cantavam e riam e sentiu-se mais sozinho do que nunca na vida. Então era assim que ia ser? Era isso que ele era? Um homem separado dos seus semelhantes, fazendo sozinho a jornada pela vida?

Dois homens com farda da Força Aérea, segurando um terceiro entre eles, desviaram-se de repente dos outros, arrastaram o companheiro para o lado da rua e seguraram-no enquanto ele vomitava na sarjeta.

— Isso, garoto! — disse um deles. — Agora tem lugar para mais!

O que vomitara só tinha um braço e de repente Arthur se lembrou de Ted. Deu meia-volta, enojado com a sua autocomiseração, e abriu caminho pela multidão até o caminhão.

A Sra. Hatchett deve tê-lo visto estacionando na rua, porque abriu a porta assim que ele se aproximou dos degraus. Disse "Arthur" e sorriu, trêmula, levando-o para a sala. Ele sentou-se na cadeira de sempre, ao lado da cama. O olho único de Ted estava fechado e Arthur achou que estava dormindo, mas dali a instantes, sem abrir o olho, Ted disse:

— Esteve na cidade? — Agora já falava mais ou menos normalmente.

— Estive — disse Arthur.

— Como está?

— Barulhenta. Muita gente. A maioria bêbada.

Ted fez que sim. Dali a pouco perguntou:

— Foi só a Europa que se rendeu? Hitler e a turma dele?

— É — disse Arthur. — Os japas ainda estão lutando.

Perguntou-se se Ted gostaria de ver a comemoração. Sua mente encolheu-se com a idéia de pegar aquele corpo truncado e mutilado, levá-lo até o caminhão e tentar arrumá-lo de modo que não caísse. De repente viu-se a si mesmo e Carl, levando Ted de volta para casa, este com um braço nas costas de cada um, e os dois arrastando-o pela estrada congelada. A bebedeira loquaz e alegre de Ted.

— *Filho úúúúúúnico. Que tristeza, que tristeza.*

Arthur pigarreou.

— Quer ver o que está acontecendo?

Ted abriu o olho e olhou para ele.

— Não — respondeu.

O que foi um alívio.

A Sra. Hatchett trouxe duas xícaras de chá, colocou-as na mesa ao lado da cama e saiu de novo. Dali a alguns instantes, reapareceu na porta.

— Tenho de sair um instantinho — disse ela.

Havia algo na voz dela; Arthur olhou-a e viu que o rosto estava contorcido de tristeza. Virou os olhos depressa para o outro lado, lembrando que talvez o final da guerra trouxesse de volta todas as lembranças.

— Tá bom, mãe — disse Ted.

A mãe se aproximou da cama, beijou-lhe a testa e saiu. Ouviram o carro se afastar pela rua.

— Mães — disse Ted como desculpa.

— É.

Arthur pegou seu chá. A Sra. Hatchett fazia o chá fraco demais e com muito pouco açúcar, mas ele não gostaria de pedi-lo de outro jeito.

— Quer seu chá? — perguntou a Ted. Não tinha certeza se Ted conseguiria alcançá-lo onde estava.

— Não, obrigado

Ficaram sentados em silêncio, Arthur não pensava em quase nada.

— Vou lhe pedir um favor — disse Ted dali a pouco.

— Peça — disse Arthur.

— Sabe aquela cômoda? — Indicou com a cabeça a cômoda que ficava do outro lado da sala. — O revólver do meu pai está na gaveta de cima. Pode ver se está carregado e colocá-lo na gaveta de baixo?

Era um pedido meio esquisito e Arthur quase perguntou por quê; na verdade, estava a ponto de perguntar quando a razão, a única razão possível, lhe ocorreu e um abismo pareceu se abrir dentro dele. Ficou sentado, imóvel, a voz de Ted ecoando dentro da cabeça. Tinha consciência das batidas do próprio coração. Da xícara em sua mão. Tinha consciência da espera de Ted. Veio-lhe outra lembrança: ele e o pai, no estábulo, em uma noite no meio do inverno, a nevasca uivando lá fora. Um cavalo, frenético de dor. Umedeceu os lábios, que tinham secado, pousou a xícara, levantou-se, atravessou a sala e abriu a gaveta de cima da cômoda. A arma estava ali, como Ted dissera. Arthur pegou-a e verificou que estava carregada. Então curvou-se, abriu a gaveta de baixo, colocou a arma lá dentro e fechou-a.

— Deixe aberta.

Arthur abriu a gaveta. Endireitou-se, mantendo o rosto virado.

— Mais uma coisa — disse Ted. — Meio esquisita. Poderia fazer sozinho, mas levaria muito tempo e se eu desmaiar ou sei lá e não conseguir e a minha mãe voltar e não estiver tudo terminado, vai ser duro para ela. Então, se você pudesse me ajudar a descer para o chão eu ficaria agradecido.

Arthur umedeceu os lábios outra vez. No silêncio, conseguia ouvir os passarinhos cantando lá fora.

— Ela não vai dizer que você esteve aqui — continuou Ted como se falassem do tempo —, e você não vai ter nenhum problema. De qualquer jeito, vão ver que eu consegui fazer tudo sozinho.

Nalgum lugar bem longe Arthur conseguiu escutar um avião, ou talvez mais de um. Talvez estivessem participando da comemoração.

Ted disse:

— Não é uma coisa muito legal de se pedir, eu sei. Se não quiser, tudo bem. Consigo me virar sozinho.

Arthur descobriu que não conseguia falar. Não conseguia nem abrir a boca. O máximo que conseguiu fazer foi concordar com a cabeça.

— Obrigado — disse Ted. — Não há pressa, ela vai ficar um bom tempo fora. Termine o chá, se quiser.

Naquela noite, Jake voltou para casa muito tarde, bem depois das 2h da manhã. Arthur ainda estava acordado, sentado à mesa da cozinha. A mãe fora para o quarto em algum momento, mas depois descera de novo e sentara-se na outra ponta da mesa, preocupada com Jake.

Arthur mal notou a presença dela. Antes, naquela noite, o reverendo March o chamara para contar que Ted Hatchett tinha se suicidado. Arthur mal o ouviu dizer que a irmã da Sra. Hatchett estava com ela. Ninguém mencionou circunstâncias suspeitas e Arthur não se incomodaria se mencionassem. Estava além do ponto de se incomodar. Mal notou o estado cada vez mais nervoso da mãe conforme as horas se passavam e, quando Jake finalmente chegou, envolto em sorrisos e cheirando a bebida, ele também mal percebeu. A rixa entre Jake e a mãe, as lágrimas dela, a posição desafiadora de Jake passaram pela sua cabeça e, por tudo o que ouviu, poderiam muito bem estar a 200 quilômetros de distância.

Até o tom de triunfo na voz de Jake, que poucas horas antes faria o alarme soar dentro de sua cabeça, não lhe causou nenhuma impressão.

* * *

Os rapazes partiram três semanas depois, no final de maio. Foi outra perda, de certa forma. No que dizia respeito a Arthur, faziam mais parte da família do que Jake. Os dois começaram a se despedir de modo muito digno e adequado (o caminhão do campo de prisioneiros chegara e havia outros prisioneiros assistindo), de pé, lado a lado, quase em posição de sentido, mas aí a mãe de Arthur começou a chorar e os dois desmoronaram.

— Agrradecemos focês muito, focês som muito gentis — disse Dieter, assoando o nariz em um lenço passado com todo o amor por ela na noite anterior, e Bernhard disse:

— Vamos lembrrarr focês semprre. E Canadá semprre.

E a abraçaram, e apertaram a mão de Arthur com tanta sinceridade que ele quase chorou também.

Sentiu enorme falta deles, por várias razões. O reverendo March e Laura haviam decidido ficar em Struan e iam comprar a casa dos Luntz; Otto e Gertie finalmente venderam a fazenda. Mas a terra seria vendida separadamente e Arthur se encarregara de cuidar dela até a venda. Mais uma vez, tentava cuidar sozinho de duas fazendas e não havia horas suficientes no dia. Mas isso não o preocupou tanto quanto antes de os rapazes chegarem. A morte de Ted mudara seu ponto de vista, de um jeito que nem a guerra conseguira; o que era a perda de uma ou duas colheitas comparado àquilo? E naquela época também havia no ar uma sensação de inquietude e incerteza que fazia tudo parecer irreal. Ele a percebeu principalmente quando foi à cidade; era como o fim de alguma coisa, não só da guerra, que na verdade ainda não acabara, mas de algo mais. Era como se o país inteiro, talvez o mundo inteiro, quisesse saber o que viria em seguida e não soubesse a quem perguntar.

Talvez tenha sido por causa disso, do sentimento de inquietude e mudança, que ele não percebeu os sinais de que havia algo errado com Laura. Ou talvez fosse porque achava então que ela estava a salvo. No fim de uma tarde de segunda-feira, pouco depois da partida dos rapazes, Arthur voltava do mercado e viu Jake sair do restaurante Harper's com uma moça que não era Laura. Riam de alguma coisa, os dois se dobravam de rir. Arthur desacelerou o caminhão e viu Jake estender a mão e socar de leve o ombro da moça; viu a moça socá-lo de volta, ainda rindo, viu-os fingir que brigavam, brincando como crianças, mas sem nenhuma inocência. Arthur sentiu sua própria alma inflar de alívio. Terminara. Finalmente Jake se cansara de Laura.

É claro que não terminara com ela de uma vez, não era esse o jeito de Jake; deixou-a na reserva, como um pão quase estragado que não damos aos porcos, pois podemos querer mais uma fatia. Na tarde seguinte ao incidente na cidade, Arthur estava no terreiro quando Laura chegou com os livros debaixo do braço; era terça-feira e ela e Jake sempre faziam o dever de casa juntos às terças-fei ras. Ela não o vira depois da aula e viera sozinha. Alguns minutos depois, Jake chegou e pareceu surpreso ao vê-la, mas abraçou-a pelos ombros, do jeito que fazia com as garotas, como se as possuísse, e disse despreocupado:

— Ah, desculpe! Eu devia ter avisado. Tive de resolver uma coisa na cidade

Arthur viu Laura encará-lo, perplexa, mas esperançosa. Quase tranqüilizada, mas não totalmente.

Arthur foi até o estábulo retirar o esterco. Raiva e alegria brigavam dentro dele, junto com algo menos admirável, algo de que tinha vergonha, mas que não podia negar: satisfação. Agora, pelo menos, Laura perceberia exatamente quem e o que era Jake. Tanto quanto queria dar uma surra daquelas em Jake, Arthur queria mais ainda que Laura visse que era melhor para ela livrar-se dele.

Assim, nada fez. Observou a perplexidade e a angústia crescentes de Laura, conforme as semanas se passavam, e pôs na conta do amor não correspondido.

Em meados de julho, aconteceram duas coisas em rápida sucessão que deveriam ter provocado suspeitas. A primeira foi que, certa tarde, Jake apareceu no estábulo, quando Arthur terminava a ordenha, e disse que precisava de dinheiro.

— Aconteceu uma coisa — disse, olhando as baias da ordenha como se nunca as tivesse visto. — Preciso dar um jeito.

— Quanto? — perguntou Arthur. Não perguntou para quê, porque não lhe importava, e de qualquer modo sabia que Jake não contaria.

— Tudo o que você tiver. — Jake sorriu, mas parecia constrangido. Jake nunca ficava constrangido, e até isso era um alerta. — Depois eu pago.

Arthur sabia que o irmão não pagaria, mas também não se importava. Deu 10 dólares a Jake, que era tudo o que tinha no bolso.

— Isso é tudo o que você tem? — perguntou Jake, com voz de descrença.

— É — disse Arthur e voltou à ordenha, e não pensou mais nisso.

A segunda coisa aconteceu na manhã seguinte. Arthur estava cuidando do canteiro de nabos havia umas duas horas quando a mãe desceu ofegante a trilha que corria entre os campos — na meia-idade, estava ficando pesada nos quadris — para lhe contar que Jake não dormira em casa. Arthur imaginou que estivesse na casa de alguém, mas preferiu não dizer nada. A mãe insistiu em que ele voltasse a casa para confirmar que Jake não estava lá, e não estava mesmo, mas em cima da cômoda do quarto havia um bilhete que a mãe, de tão ansiosa, deixara de perceber. Arthur pegou-o, leu e passou-o à mãe. Era curto e grosso: "Desculpem partir sem dizer adeus. Amor, Jake."

Anos depois, a imagem da mãe lendo o bilhete seria uma das lembranças mais vivas e doloridas que Arthur guardaria dela. Estaria fazendo alguma coisa, consertando a cerca, talvez, ou tirando uma pedra da ferradura do cavalo, sem pensar em nada específico, e de repente lá estava ela: uma mulher corajosa, amorosa, boba, mãe acima de tudo, finalmente derrotada, de pé no quarto de quem mais amava no mundo lendo a frase única com que ele dizia adeus.

* * *

Foi no final de julho que Laura o procurou: uma tarde quente de verão, o pôr-do-sol a filtrar-se por entre as árvores. Arthur estava na fazenda de Otto, cuidando dos porcos. Estavam no pomar, fuçando debaixo das árvores, e ele os observava e pensava em Ted Hatchett e não a ouviu chegar por trás dele.

Ela o chamou:

— Arthur?

Ele espantou-se e se virou, e corou, porque ela estava muito perto, ao lado de seu cotovelo.

Apesar de ter dito seu nome, ela não o olhava. Olhava os porcos, como se tivesse vindo para vê-los.

Ela perguntou, baixinho:

— Arthur, ele lhe contou alguma coisa? Você sabe para onde ele foi?

A princípio, ele não entendeu. Ela falava de Jake, disso ele sabia, mas viu que ela estava muito nervosa, muito angustiada. Achou que talvez ainda estivesse apaixonada por Jake e sentiu uma fisgada de desapontamento.

Ela continuou:

— Não paro de pensar no meu pai. No que isso vai fazer com o meu pai.

Ela levantou os olhos, e neles ele viu o medo. Foi então que entendeu o que ela dizia. Mal conseguiu acreditar. Parecia impossível, porque ela dizia que ele estava certo o tempo todo; acertara em suas suspeitas sobre Jake. Arthur fitou-a, incrédulo, revirando a cabeça, tentando pensar quando acontecera, e onde, e por que não adivinhara. O Dia da Vitória. Só podia ser no Dia da Vitória. Agora ele se lembrava. Vira Jake bêbado e triunfante entrando na cozinha.

Laura disse num sussurro:

— Arthur, ele vai voltar?

Ele não sabia o que dizer. Não, Jake não ia voltar. Arthur podia não saber quase nada sobre o irmão, mas disso ele sabia. Virar marido e pai antes dos 20 anos não fazia parte dos planos de Jake.

Laura o observava, temerosa, os olhos a lhe vasculhar o rosto. Disse:

— Arthur, o que vou fazer?

Arthur, o calado. Desajeitado com as palavras. Pela primeira vez na vida, sabia exatamente o que dizer.

— Case comigo.

* * *

Sabia que ela não o amava e que ainda estava apaixonada por Jake. Sabia que só se casara com ele porque não tinha opção. Não fazia diferença. Ele a amava e queria cuidar dela, e isso bastava.

Sabia que certas coisas seriam difíceis, embora na verdade algumas tivessem sido mais difíceis do que esperava. A mãe, por exemplo; ele se espantou com a reação dela.

— Sei o que está acontecendo, Arthur — disse ela, a voz áspera, com uma amargura da qual ele não sabia que ela era capaz. — Sei o que aconteceu. Não nasci ontem, sabe. Não sou cega. Mas eu estava cega, agora vejo, achando que ela era tão doce, quando na verdade ela é do tipo que anda por aí atrás de rapazes para arruinar a vida deles, rapazes com todo o futuro pela frente. Se acha que vai trazê-la para cá, está muito enganado. Não quero essa moça na minha casa. É isso e pronto. Se ela vier, saio eu. Você decide.

Depois de uma vida inteira tentando poupá-la, doía-lhe ser causa de mais dor, mas ia se casar com Laura a qualquer custo. Ofereceu-se para construir para a mãe uma casa só para ela, na cidade, mas ela se recusou até a discutir isso. Foi morar com uma prima em North Bay e, embora Arthur fosse visitá-la sempre que podia, ela nunca o perdoou.

A noite de núpcias também foi difícil. Pensara bastante no que deveria fazer e quando chegou a hora mostrou a Laura o quarto dos pais, com a cama de casal na qual ele e Jake tinham nascido, e disse que, se ela precisasse de alguma coisa, ele estaria em seu quarto, do outro lado do corredor. Ela o olhou, o rosto pálido com a tensão do dia, e o alívio em seus olhos foi difícil de suportar. Mas ele temia vagamente que, depois que deixasse de sentir gratidão por ele, passasse a odiá-lo por não ser Jake, e para evitar isso só conseguiu pensar em nada exigir dela. Prometeu a si mesmo que não entraria no quarto dela a menos que ela o convidasse, e manteve a promessa, embora dois longos anos se passassem antes que certa noite ela aparecesse na porta do quarto dele.

Mas quando o filho de Jake nasceu é que foi mais difícil. Ela estava totalmente preocupada com o bebê, e embora ele não se parecesse com o pai, Arthur tinha certeza de que ela via Jake quando olhava a criança. Arthur também o via. Era quase impossível olhar para o menino. Sabia que não era certo, sabia que Carter não tinha culpa de nada e que, se não conseguia amá-lo, devia pelo menos tentar aceitá-lo, mas isso estava além de suas forças.

Nada disso alterou o que sentia por Laura. Tudo o que se permitia desejar era que ela conseguisse aceitar sua vida em comum e não culpá-lo pelas circunstâncias. Assim, foi espantoso quando certa noite, não muito depois do nascimento da filha dos dois, Laura olhou-o, sentada na cadeira junto ao fogão onde amamentava, viu que ele a observava e disse baixinho:

— Obrigada, Arthur.

Ele não sabia por que ela estava agradecendo, mas viu que estava feliz, ou pelo menos quase feliz. Era mais do que esperava, fazê-la feliz. Considerou-se o mais sortudo dos homens.

* * *

Passaram-se quase 15 anos até o dia em que Jake voltou. Ele não o teria deixado ficar, claro. Naquele primeiro dia, quando Jake veio mancando pelo campo em sua direção com seu famoso sorriso, devia ter dito que fosse embora. Mas havia algo no rosto de Jake quando se aproximaram um do outro pelo campo... não contrição, Jake não era capaz de contrição, mas uma espécie de pesar, um reconhecimento da história passada, que fez Arthur pensar que talvez o irmão tivesse mudado. Em 15 anos um homem pode mudar, não pode? E se tivesse mudado, seria errado expulsá-lo da fazenda por pecados cometidos quando era pouco mais que uma criança.

E havia sua própria felicidade — a felicidade de Arthur. Isso também entrava na conta. Tudo dera tão certo para ele; tinha tudo com que sonhara e mais ainda. Enquanto Jake, suspeitava ele, apesar do carro vistoso, ou talvez por causa disso, não tivera tanta sorte. Com certeza isso exigia que demonstrasse um pouco de generosidade, um pouco de perdão.

E havia o fato de que, em seu quarto, Laura não parecia nada contente de ver Jake. Na noite seguinte à chegada dele, ela dissera:

— Arthur, acho melhor ele não ficar por muito tempo.

Isso não mostrava que, longe de precisar fazer o que ela pedia, não havia necessidade de fazer nada? Foi o que disse a si mesmo. Garantiu à mulher que Jake não ia querer ficar mais do que um ou dois dias, de qualquer modo, e tranqüilizou-se também.

E finalmente, claro, havia e sempre haveria aquele instante na ponte.

Então ele não mandou Jake embora, e por não tê-lo mandado embora também não o vigiou. Os dias se passaram, e Arthur ainda dizia a si mesmo que estava tudo bem, que Jake logo partiria por conta própria, que não havia razão nem necessidade de mandá-lo embora.

Treze

Fase difícil no setor leiteiro
Desmame de carneiros com 15 semanas

TEMISKAMING SPEAKER, JUNHO DE 1960

No final da tarde de domingo, quando Ian voltou da fazenda, ele e o pai foram à casa de Ernie Schwartz e escolheram uma cadelinha setter. Ela dormiu a maior parte da viagem de volta, no colo de Ian, em cima de uma toalha velha. Foi uma viagem longa e tinham esquecido de perguntar a que horas ela comera e bebera, e assim, logo ao chegar, levaram-na para a cozinha e puseram no chão uma vasilha d'água e a panela cheia do picadinho irlandês da Sra. Tuttle.

— Afinal de contas, foi para isso que a trouxemos — disse o Dr. Christopherson. — Para cuidar do picadinho.

A cadelinha levou a sério sua responsabilidade. O picadinho era maior do que ela, mas limpou a panela quase toda. Quando terminou, ficou estática por uns instantes, os olhos meio arregalados, e aí abriu a boca e vomitou tudo no chão.

— Acho que era previsível — disse o Dr. Christopherson. — Só devíamos ter-lhe dado uma colherada para começar.

— Parece igual ao que entrou — disse Ian. — Nem melhor, nem pior.

A cachorrinha pisou no vômito, escorregou e caiu em cima dele, e tiveram de levá-la até o lago para dar-lhe um banho. Quando ficou limpa, colocaram-na na areia amarela e quente para secar e observaram-na tentando sacudir-se. Ela parecia ter alguma dificuldade; sempre que conseguia impulso, caía. Acabou precisando de outro banho para tirar a areia da pelagem. O pai de Ian mergulhou-a algumas vezes na água, segurando-a com a mão sob a barriga — ela era tão pequena que a mão dele servia de berço —, e ela olhava aquele ser gigantesco que não parava de batizá-la, com olhos ansiosos, mas confiantes, a pelagem macia como pluma a se espalhar em volta dela na água feito uma auréola.

Levaram-na, pingando, de volta para casa, para secar na grama, e sentaram-se no degrau mais baixo da varanda para observá-la. Ela tentou sacudir-se várias vezes mais e caiu em todas elas; então desistiu e começou a explorar, cambaleando em círculos, o nariz para baixo, o rabo no ar.

— Ela é danada, hein? — disse Ian. — Tem menos de dois meses, acabou de se separar da mãe, veio para um lugar estranho com gente que nunca viu e já está explorando.

Tudo o que Ian queria dela, desse retalhinho de pêlo molhado, é que fosse família, amiga e companheira para o pai pelo resto da vida. Só precisava acompanhá-lo em suas visitas e ficar deitada aos pés dele à noite protegendo-o da solidão e da infelicidade e da velhice. Só isso.

— É a vantagem do cérebro pequeno — disse o pai. — Ela vive o presente e o presente é bom.

— Isso parece mais filosofia do que cérebro pequeno.

O pai pensou um pouco.

— Talvez você tenha razão.

Ela encontrou um gafanhoto e não sabia o que fazer com ele. Atacou-o, ele fugiu; pulou atrás dele, atacou de novo, ele escapuliu de suas patas. Ela tropeçou nos próprios pés e caiu como um confuso monte castanho.

— Ela sempre cai do lado esquerdo — disse Ian. — Já notou? Será que as patas dela são mais curtas desse lado?

— É improvável — disse o pai.

Lá estava ela de pé outra vez, girando atrás do gafanhoto que, imprudente, voltara para perturbá-la. Ela pulou no ar e comeu alguma coisa crocante.

— Foi o gafanhoto? — perguntou Ian.

— Foi. Ela é rápida.

— Tá brincando? Foi pura sorte.

— Qual! — disse o pai. — Ela é uma caçadora nata. Será um grande cão de caça. Isso me lembra... Onde está o coelho?

— Lá no fundo, numa caixa de papelão.

— A caixa é bem forte?

— É — disse Ian. — Acho que é. Vou dar mais uma olhada antes de entrarmos.

Queria ficar sentado ali no degrau para sempre. O dia todo estivera um forno, mas agora o calor suavizara e o ar estava tão pesado que parecia que estavam dentro de um banho. Ficou pensando em quantas vezes ainda se sentaria assim com o pai. Não muitas.

A cachorrinha veio rebolando até eles. O pai estendeu-lhe a mão, ela lambeu-lhe o polegar e depois começou a mastigá-lo vigorosamente.

—Ai! — disse ele. — Não, não, não! Seus dentes são afiados. — Com cuidado, separou-lhe os maxilares, retirou o polegar da boca da cachorrinha e enfiou-o na sua. Com a mão livre alisou-lhe as orelhas e ela lambeu-o apaixonadamente e depois saiu pulando.

O velho Sr. Johnson apareceu, arrastando-se pela esquina, vindo na direção deles.

— Hoje é sábado — disse Ian, embora sem rancor.

Não se incomodava tanto quanto antigamente em como todo mundo se aproveitava do pai. No processo de corrigir a opinião de Jake sobre a relação do pai com os moradores de Struan, tentara corrigir também a sua. A verdade é que o pai queria que as pessoas se aproveitassem dele, se é que era isso o que faziam. Ele precisava tanto delas quanto elas dele e isso não acaba às 17h de sexta-feira.

— Ele está velho e esquece.

— Como todo mundo nesta cidade — disse Ian. — Uma cidade cheia de velhos de memória curta.

O velho chegara ao portão e o abrira, mas viu a cachorrinha e parou para observá-la.

— Um filhotinho — disse ele dali a alguns minutos.

— Essa o senhor acertou, Sr. Johnson — disse Ian.

— Macho ou fêmea?

— Fêmea.

— Qual vai ser o nome dela?

— Molly.

O velho pensou um pouco.

— Não era o nome da outra?

— É tradição, Bert — disse o Dr. Christopherson. — É um nome tão bom que vamos usá-lo de novo.

— Ah — disse o velho. Os três observaram a cachorrinha comportar-se como cachorrinha.

— Não é muito boa das pernas, hein? — disse o velho.

— Ela é muito novinha — respondeu o Dr. Christopherson. — O senhor também não era muito bom das pernas na idade dela.

— Não sou muito bom das pernas agora — disse o velho. — E esse é um fato bem verdadeiro.

— Até que o senhor não está mal.

— O senhor viu o aviso no portão, Sr. Johnson? — perguntou Ian.

— Que aviso?

— O que está no portão.

O velho olhou para baixo, depois se curvou com dificuldade e espiou o aviso.

— O que diz?

— Diz: "Por favor, feche o portão." A gente esperava que todo mundo visse.

— Ninguém lê avisos — disse o velho. — Seja como for, ela vai achar um jeito de fugir.

— Verificamos a cerca toda — disse Ian. — Não tem nenhum buraco que dê para ela passar.

— Aposto 25 centavos.

— Tá bom — disse Ian. — Feito.

— De qualquer modo... — disse o velho — Agora não me lembro mais o que vim fazer aqui.

— Encanamento? — sugeriu o Dr. Christopherson.

O velho pensou um pouco e balançou a cabeça.

— Não.

— Prisão de ventre? — tentou Ian.

— Não.

— Dedos dos pés? — disse o pai de Ian.

— Não.

— Talvez o senhor só tenha saído para passear — disse Ian. — A tarde está agradável.

— Não. Vim por alguma razão.

— O coração está dando pulos outra vez? — perguntou o Dr. Christopherson.

— Não.

— Memória? — disse Ian. O pai franziu a testa para ele, mas o velho achou engraçado.

— Ah! — disse ele. — Que nada, a memória está perfeita. — Pensou mais um pouco. — Quem sabe só vim fazer um exame de rotina...

— Pois acabou de fazer — disse o Dr. Christopherson. — O senhor está melhor do que eu.

- Onde está Molly? — perguntou Ian, ao perceber de repente que ela não estava ali.

— Foi para os fundos da casa — disse o velho. — Provavelmente cavou um buraco debaixo da cerca e agora está a quilômetros de distância Você me deve 25 centavos.

Mas, assim que ele falou, ela veio galopando de trás da casa. Tinha achado uma velha meia cinzenta e matava-a com selvageria. Observaram-na sacudir a meia com violência de um lado para o outro. A meia voou de sua boca, subindo no ar, e quando caiu ela se agachou e esperou, ofegante e contentíssima, com esperanças de que se mexesse para que pudesse matá-la de novo.

— Onde será que ela achou essa meia? — indagou Ian. Não a reconheceu como sua nem do pai.

Como se o tivesse ouvido, Molly atacou a meia de novo, agarrou-a com a boca e levou-a orgulhosa para depositá-la aos pés de Ian. Só então perceberam que não era uma meia.

— Caramba, ela é bem precoce — disse o Sr. Johnson num resmungo. — Pegar um coelho nessa idade, mesmo que seja pequeno... Bem precoce mesmo.

* * *

— Vocês dois têm de se mexer — disse o Sr. Hardy. Era segunda-feira de manhã e ele chamara Ian e Pete à escola para conversar, apesar de já estarem em férias. — Vocês precisam fazer a inscrição na universidade agora. Quando o resultado das provas chegar, será tarde demais. Quero vocês dois aqui de volta amanhã de manhã. Você, Christopherson, às 9h e você, Corbiere, às 9h30, de decisão tomada e caneta na mão.

Voltaram de bicicleta para a reserva, foram direto para o ancoradouro, embarcaram no *Queen Mary*, navegaram até a enseada Desesperança e jogaram a âncora. Chovia, uma chuva calma e suave, pontilhando a superfície do lago com um bilhão de minúsculos círculos.

Pete pegou seu caniço, prendeu um besouro no anzol e deixou-o cair do lado do barco. Ian pôs uma isca em sua linha, lançou-a na água e começou a puxá-la lentamente.

— Então — perguntou Ian.

Pete fez que sim com a cabeça.

— Hora da decisão.

— Assim parece.

Pescaram. Pete pegou uma truta. Jogou-a no fundo do barco e disse:

— Pensei que você já tinha se decidido. Pensei que você ia ser piloto.

— E vou — disse Ian. — É da sua decisão que estamos falando.

— Por que não contou a Hardy?

Ian não sabia a resposta.

— Vou contar. Amanhã.

A chuva lhe escorria pela nuca. Procurou um chapéu ou alguma coisa que pudesse usar como chapéu, mas não havia nada. Entretanto a chuva estava quente e não era desagradável. Pete movia o caniço de cima para baixo na água.

— Se você não me contar o que decidiu fazer daqui a três segundos, vou jogar você na água. — Ian estava nervoso e não sabia por quê.

— Não vou continuar — disse Pete.

Ian olhou para ele; com certeza ouvira errado. Pete soltou mais um pouco de linha.

— O quê? — perguntou Ian.

— Vou ficar aqui. Eu e alguns caras vamos abrir uma empresa de pesca para turistas. Cuidar para que não peguem todos os peixes bons. Acho que dá para ganhar um bom dinheiro com isso. — Houve um puxão na linha; ele içou outra truta. Deu uma olhada em Ian e continuou: — É melhor puxar sua linha, cara. Seu anzol vai agarrar.

A linha de Ian afundara. O anzol devia estar no fundo, prendendo-se em algas e galhos. Não importava. Ian baixou a vara, deixou-a balançar na lateral do barco.

— Quando decidiu? — perguntou.

— Faz algum tempo.

— Quanto tempo? Um mês? Um ano? Dez anos?

— Que importância tem isso?

— Só estou curioso.

Mas não estava curioso, estava zangado e ficando cada vez mais zangado conforme a idéia assentava. Zangado e de alguma forma sentindo-se traído. Sabia que Pete era inteligente, talvez mais inteligente do que todos, embora escondesse isso na maior parte do tempo. Inteligente de um jeito amplo e profundo. Pensava por conta própria, questionava as coisas, não aceitava à toa a palavra de ninguém. E embora Ian nunca conseguisse imaginar exatamente o que Pete acabaria fazendo, sempre tivera certeza de que seria algo impressionante. Mostraria a todos do que era capaz, Ian sempre tivera certeza disso.

Pete deu de ombros.

— Acho que faz alguns meses.

Alguma coisa grande mordeu a linha de Pete e cuspiu-a de volta; Ian pensou ter visto uma forma longa e escura se afastando.

— Droga — disse Pete.

— Por que não me contou? — perguntou Ian. Isso era quase tão irritante quanto a própria decisão. Nenhum deles costumava conversar sobre coisas pessoais, mas isso era diferente. Não havia razão para não terem conversado sobre esse assunto. E deviam ter conversado. Definitivamente, deviam ter conversado.

— Acho que é porque eu sabia que íamos acabar tendo essa conversa — disse Pete. — Eu estava adiando esse dia. — Pelo menos havia um certo tom de desculpa em sua voz.

— Não entendi — disse Ian. — Por que fez as provas?

— Meu avô queria.

— Ele não quer que você faça faculdade?

— Quer, mas ele entendeu.

— Pois é, mas eu não — disse Ian. — Eu não entendo.

Dois gansos voaram baixo sobre a água e patinaram até parar a 20 metros dali, os pés virados para cima como esquis, e se acomodaram, sacudindo as penas.

— Não posso ir embora desse lugar. — Pete falou.

Ian olhou para o outro lado do lago, a margem rochosa e a floresta lá atrás. A chuva parara e a superfície do lago brilhava como metal.

— Tá bom. Tudo bem. Vai ser difícil partir, disso eu sei. Mas tudo ainda vai estar aqui. Nada vai a lugar nenhum. Você pode *voltar* se quiser. Mas pode fazer outras coisas *primeiro*. Não vejo por que não pode fazer outras coisas primeiro. Acho que você está cometendo um erro. Um erro grave.

Pete içou sua linha. Largou a vara no fundo do barco e sentou-se, os cotovelos nos joelhos, observando a água. Dali a pouco, disse:

— Não sei como explicar, a não ser que tudo o que é importante para mim está aqui. Tudo o que importa para mim... está bem aqui.

— Mas é porque você só conhece isso! — disse Ian. — Céus, Pete! Você nem sabe o que existe fora daqui!

— Não — disse Pete. — Mas sei o que é importante para mim. E sei que não tenho de ir a lugar nenhum pra descobrir.

Ficaram sentados em silêncio. Passou pela cabeça de Ian que era a primeira vez que via Pete sentado no barco sem pescar. Achou que isso mostrava como Pete estava levando a conversa a sério, mas não se comoveu. Sentia-se frustrado demais, desapontado demais, para se comover. Disse, contrariado:

— Todos vão achar que você está com medo de tentar. Sabe disso, não sabe? Vão achar que você está com medo de não dar certo fora daqui.

Pete virou a cabeça e olhou-o. Disse, suavemente:

— Você se preocupa demais com o que os outros pensam, cara. Esse é o seu maior problema. Você acha que estou errado? Pelo menos não vou fazer o que não quero só para provar alguma coisa.

— O que você quer dizer com isso? — disse Ian, agora roxo de raiva.

— Você sabe muito bem. — Pete pegou o caniço e jogou a linha pelo lado do barco outra vez.

— Não, não sei.

— Então você é mais burro do que eu pensava — disse Pete, ainda com suavidade. — Pense nisso.

* * *

Ele sonhou com a mãe outra vez, a segunda vez na semana. Estavam sentados na sala de estar, só os dois, e ela folheava um catálogo da Eaton. De repente, levantou os olhos arregalados e disse:

— Escute!

Ele escutou, mas não havia nenhum som a não ser o farfalhar leve e seco do vento nas árvores.

— Não consigo ouvir nada.

Ela retrucou:

— É isso mesmo. É porque não há o que ouvir. Nada! É isso o que não agüento neste lugar. Não consigo agüentar o nada!

Ele argumentou:

— Estou aqui, mãe. Não é o nada se estou aqui, né?

Ela sorriu, e por um instante Ian quase pensou que ela ia dizer: "Não, você está certo, é claro que está certo". Mas, na verdade, disse:

— Pense nisso.

* * *

Na manhã de terça-feira ele foi falar com o Sr. Hardy às 9 horas e chegou tarde à fazenda. Jake e Carter estavam no terreiro quando chegou. Estavam em pé ao lado do carro de Jake: o capô levantado, a cabeça de Carter enfiada no motor. Jake estava como sempre quando tratava com Carter: meio entediado, meio divertido. Mas dava para ver que gostava de Carter ter ficado tão impressionado com o carro. Quanto a Carter, era um garoto diferente agora. Era como se tivesse passado a vida toda à espera de alguém com quem conversar sobre carros. Ou simplesmente alguém com quem conversar.

— O que há de novo? — perguntou Jake quando Ian saltou da bicicleta. — Soube que chamaram você na escola.

— Só burocracia — respondeu Ian. — Nada importante.

A cabeça ainda estava na conversa que tivera com o Sr. Hardy e não queria bater papo. Hardy dera seu sorriso de sabe-tudo quando Ian lhe disse o que finalmente decidira fazer e, embora Ian soubesse que isso ia acontecer, ainda assim fora muito chato. Quando saiu, Pete esperava no corredor, mas Hardy o chamou imediatamente e não houve tempo para conversar. Dada a maneira como tinham se despedido na noite anterior, talvez fosse melhor assim.

— O que essa coisa faz? — perguntou Carter, meio dentro do motor. Jake foi dar uma olhada, poupando Ian de mais perguntas.

Ian dirigiu-se ao estábulo para atrelar Robert e Edward e, quando saiu, levando os cavalos, o carro dava a partida pelo caminho, com Jake no banco do passageiro e Carter ao volante.

Ian levou os cavalos para o campo. Era aveia que estavam colhendo; Arthur cortava antes a aveia e deixava o grão amadurecer nos feixes. Era trabalho pesado, e ao meio-dia tanto eles quanto os cavalos precisavam de descanso. Desatrelaram os cavalos e deixaram-nos pastar no capim alto na beira do campo enquanto voltavam para almoçar na fazenda.

O carro de Jake entrava no terreiro quando chegaram, Carter ainda ao volante, o rosto corado e feliz.

— Chegamos a quase 180! — disse, ao sair do carro. Dirigia o comentário a todos que estavam à vista. — Caramba, vocês tinham de ver! Ele voa como um foguete! — Jake sorriu, tolerante.

Todos se lavaram na bomba d'água, entraram em fila na cozinha, sentaram-se e esperaram que Laura os servisse. Carter ainda falava do carro, fazendo perguntas a Jake.

— Se a estrada fosse asfaltada, quanto tempo levaria para ir de 0 a 100? E se fosse uma descida? Se fosse uma descida asfaltada, quanto tempo levaria? — Julie e March brigavam, como sempre faziam à mesa. Arthur arava a comida em silêncio. Laura tentava ajudar o pai a levar a comida do prato à boca sem derramar na roupa.

Ian não prestava muita atenção em nenhum deles. Idéias aleatórias flutuavam para dentro e para fora de sua cabeça. Pensava que, quando chegasse ao estágio em que alguém tivesse de ajudá-lo a comer, daria um tiro na cabeça, e que Jake era de uma paciência surpreendente com Carter, dado que não era uma pessoa paciente, e que no dia anterior à noite levara quase uma hora para convencer o pai de que não ia fazer medicina só porque achava que isso o agradaria, e nem mesmo em parte por isso. Pensava na decisão de Pete, em por que a sentira como traição, e se só queria que Pete fizesse a mesma opção que ele; e pensava em sua própria decisão, se ele mesmo decidira ou se tudo estava decidido desde o instante da concepção e não era possível mudar nada. E pensava que desde que as cartas da mãe tinham parado começara a sonhar com ela e que os sonhos eram piores do que as cartas, porque não dava para jogá-los fora sem ler. A raiva doentia deixada pelo último sonho ainda fazia seu estômago revirar. Sabia que era irracional ficar nervoso com alguma coisa dita em um sonho, mas o fato era que, ainda que ela nunca tivesse dito aquilo, a essência era verdadeira: ele e o pai não tiveram importância suficiente para ela quando comparados ao "nada" que a mãe tanto odiava. Quando teve opção entre eles e outra vida, escolhera a outra vida.

Pensava em tudo isso quando de repente Julie parou de atormentar March e disse em voz alta:

— Mãe, você está derrubando tudo.

Ian olhou para Laura. Ela pegava do chão uma colher de servir e quando se endireitou, o rosto estava corado. Ian viu-a dar uma olhada rápida para Jake e depois desviar os olhos para o outro lado. Ian também olhou para ele e viu que a observava. Foi então que lembrou o que vira na noite de sexta-feira. Esquecera de tudo até então.

— Eu sei — disse Laura. — Estou meio desajeitada hoje.

— Você deve estar preocupada com alguma coisa — disse Jake.

Ela deu um risinho, sem olhá-lo.

— Não — respondeu. — Não mesmo. Sou só desajeitada. — Ela levou a colher até a pia e enxaguou-a na torneira.

Talvez, se a sombra do sonho não estivesse mais com ele, Ian não achasse isso estranho. Mas naquela hora um sussurro de desconfiança entrou-lhe pela mente, o bastante apenas para que ele se perguntasse se haveria outra interpretação para o que vira. Não duvidaria de que Jake fosse capaz, mas Laura? Não. Rejeitou a idéia, e o vaivém normal da hora do almoço envolveu-o de novo e levou seu pensamento para longe.

* * *

Mais tarde, quando se recordou dos acontecimentos daquele dia, pareceu-lhe que havia neles certa inevitabilidade, como se o destino tivesse arrumado alguns pequenos incidentes triviais, uma série deles, como um caminho de pedras na água, de modo que, se faltasse um deles, tudo seria diferente. Por exemplo, depois do almoço, quando ele e Arthur sentaram-se nas poltronas para a hora da digestão, March entrou, vindo do terreiro. Essa foi a primeira pedra. As crianças deviam ficar longe enquanto os homens descansavam, mas Laura saíra para recolher a roupa (essa então talvez fosse a primeira pedra) e March esgueirou-se para dentro. Trazia uma podadeira velha que anunciou querer afiar. Provavelmente vira Ian e o pai afiando as foices naquela manhã e achou divertido.

— Isso parece bem perigoso — disse Ian, franzindo a testa para a podadeira. — Deixe eu dar uma olhada. — March a entregou. Era velha e estava enferrujada, mas ainda afiada o bastante para ser má idéia nas mãos de um menino de menos de 4 anos.

— Onde encontrou isso? — perguntou Ian. Ninguém ali deixava ferramentas largadas. Deu uma olhada para ver o que Arthur achava, mas os olhos dele estavam fechados, a boca aberta, ressoando de leve. Para variar, estava descansando de verdade depois do almoço, como era seu costume antes de Jake chegar, e Ian suspeitava de que isso tinha algo a ver com o fato de que Jake saíra depois de comer em vez de juntar-se a eles.

— Cavei um buraco — disse March, ansioso, puxando a camiseta para cima e para baixo na barriga, com medo de que tantas perguntas significassem que, como sempre, iam impedi-lo de fazer algo divertido. — Ao lado do estábulo. Ia enterrar meu caminhão e isso estava lá.

— Olha, vou lhe dizer uma coisa — disse Ian. — Isso aqui é do seu pai e é uma ferramenta para cortar coisas, logo não vai ser um brinquedo muito legal… — March deu mostras claras de exasperação. — Calma, calma, o que eu ia dizer é que podemos afiá-la juntos, se você quiser.

Vasculhou o bolso atrás da pedra de amolar. As foices tinham de ser afiadas com freqüência e naquela época a pedra morava permanentemente em seu bolso.

— Posso fazer isso *sozinho*? — perguntou March, esticando a camiseta até os joelhos.

— Pode. Vou lhe mostrar como se faz e aí você pode fazer sozinho. Só vou segurar e você faz o resto. Está vendo que a podadeira tem um lado reto e um lado curvo? Então, a gente não afia o lado reto, a gente só passa a pedra no lado curvo, assim...

E mostrou a March como esfregar a pedra no fio da lâmina e March experimentou afiar a podadeira sozinho. Nisso, no meio do serviço, Julie entrou correndo, animadíssima porque havia um pássaro enorme — era uma águia-de-cabeça-branca — pousada no galho mais alto do pinheiro-de-Weymouth perto do celeiro de feno. March saiu correndo para ver e Ian largou a pedra de amolar e a podadeira na bancada da cozinha, achando que dali a instantes voltariam para terminar o serviço, e seguiu-os. Então Laura veio pelo canto da casa, com a cesta de roupa, e um minuto depois Jake surgiu vindo da mesma direção. Nisso Arthur, presumivelmente acordado pela animação, saiu também, e todos formaram um círculo, com a cabeça levantada, maravilhados com a águia, que olhava para eles com total desdém.

Quantas pedras? Laura sai para recolher a roupa, March encontra uma podadeira onde não devia haver podadeira nenhuma, uma águia-de-cabeça-branca no pinheiro, a podadeira e a pedra de amolar na bancada da cozinha. Fatos tão pequenos e desimportantes.

Dali a pouco a águia voou e Laura disse a Julie e March que tinham de entrar e se lavar porque iam brincar com os amigos naquele instante. Arthur disse:

— Também temos de voltar ao trabalho — e ele e Ian partiram pela trilha até o campo.

Estavam começando o serviço em um campo novo e era tarefa de Ian verificar o fio das foices, para que Arthur e os cavalos pudessem pôr a enfardadeira para funcionar. Só quando ele pegou a foice é que lembrou que deixara a pedra de amolar na bancada da pia. Arthur não tinha nenhuma com ele; então o único jeito era voltar para buscá-la. Essa foi a última pedra.

Estavam na cozinha. Laura encostada na parede e Jake de pé bem diante dela, bem perto. Apoiava uma das mãos na parede, ao lado dela, e com a outra levantava o queixo de Laura. Ela estava com os braços levantados, as mãos contra o peito dele, como se fosse empurrá-lo, mas não empurrava. Foi isso que Ian notou. Isso e a expressão de horror no rosto dela quando o viu na porta.

Se ela estivesse tentando escapar, ficaria aliviada com a entrada dele, não horrorizada — foi assim que Ian raciocinou, se é que raciocinou. Jake estava de costas e Ian não esperou para ver a reação dele. Deu meia-volta e saiu.

Voltou diretamente ao campo onde deixara Arthur. Não pensou no que deveria fazer, o certo e o errado, as possíveis conseqüências. Enchera-se de um objetivo tão furioso, tão ingovernável, que não havia espaço para pensamentos. Quando chegou ao campo, atravessou-o em linha reta, passando pelos talos altos ainda não cortados, pisoteando-os, afastando-os com as mãos. Arthur fez os cavalos pararem quando o viu chegar e foi encontrá-lo, com expressão intrigada. Ainda a poucos metros de distância, Ian disse, sem rodeios:

— É melhor você voltar para casa.

— Algum problema? — disse Arthur.

— É. Sua mulher e Jake.

Arthur fitou-o por alguns segundos e então Ian viu o entendimento no rosto dele. Era como se literalmente o atingisse: Arthur quase titubeou. Então passou por Ian e começou a andar depressa de volta a casa.

Ian o seguiu. Deixou os cavalos no meio do campo. Seguiu Arthur ainda sem pensar, ainda concentrado apenas na imagem em seu cérebro: Laura e Jake. Sentia-se sem fôlego, com um tipo de excitação, uma excitação violenta, formada por partes iguais de raiva e vingança. Estava quase tonto por causa dela.

Viu Arthur chegar aos degraus da cozinha e abrir com força a porta de tela e entrar. Sabia que alguma coisa ia acontecer, que haveria conseqüências. Ficou contente. Tinha de haver conseqüências, quanto piores, melhor. Quando entrou na cozinha não havia vestígios de Arthur. Laura estava de pé embaixo da escada, a mão no corrimão, olhando para cima. Jake devia estar lá, provavelmente fazendo as malas. Fazendo as malas com pressa, achando que ia fugir. Ian ouviu passos pesados cruzarem o patamar e então a voz de Jake, frívola, falsamente alegre. Houve um som de briga e Jake disse, quase rindo:

— Ei, Art! Ei! Calma! Qual é o problema?

Laura olhou Ian e ele viu que ela tremia. Ela disse, num sussurro:

— Ian, o que você fez?

Ian encarou-a, boquiaberto, sem fala de tanto nojo. Quando conseguiu encontrar as palavras, disse:

— O que *eu* fiz? O que *eu* fiz? O que *você* fez?

— Tem razão — disse ela. — Tem razão. Mas, ah, Ian...

Lá em cima Jake falava depressa, ainda com voz divertida, mas aí houve mais sons de briga, cruzando o patamar, e ouviram-no dizer:

— Céus! Art! Céus! Calma!

E então desceu a escada correndo, com Arthur bem atrás dele. No pé da escada, Jake caiu e, antes que conseguisse se levantar, Arthur o alcançou, agarrou-o e levantou-o. Jake tentou se soltar e disse:

— Tá bom! Tá bom! — ainda tentando fingir que não era nada, tentando soar divertido.

Olhou Ian e deu um risinho sem graça, como se pedisse desculpas pelo comportamento inconveniente do irmão, mas Ian viu que estava com medo, o que era bom. Laura parecia aterrorizada; afastara-se da escada e estava no meio do cômodo, com as mãos escondendo o rosto, e isso também era bom.

Só quando viu o rosto de Arthur Ian começou a se sentir inquieto. Arthur não dissera palavra, mas havia algo em seus olhos que Ian nunca vira antes em ninguém, muito menos nele. Era o semblante de alguém que chegara ao limite, ao fim da linha, como se cambaleasse na beira de um precipício dentro de si mesmo e, se caísse, não havia como saber o que aconteceria. Impeliu Jake pela cozinha até a porta e, quando ainda estavam a pequena distância, deu-lhe um empurrão e arremessou-o pela porta de tela com tanta força que ela se abriu de repente e bateu na parede externa e ele voou para o terreiro. Laura gritou e correu até a porta, e Ian foi atrás dela. Viram Jake tentar se levantar e Arthur chegar, agarrá-lo pelas costas da camisa e pô-lo de pé, e passar a empurrá-lo até o carro. Jake dizia "Tá bom, Art, tá bom, tá bom", mas sua voz estava sem fôlego, não fingia mais divertimento. Laura correu atrás deles. Ian seguiu-a hesitante, embora apreensivo, mas ainda não apavorado, ou ainda não admitindo que estivesse apavorado. Aprovava o que estava acontecendo; era mais sério e mais violento do que esperara, mas tudo bem.

Arthur e Jake quase tinham chegado ao carro, e Arthur, empurrando Jake contra ele, falou pela primeira vez. Não gritou e estava de costas para Ian, mas havia tamanha força nas palavras que Ian ouviu-as claramente.

— Vá embora. Agora.

Talvez Jake tenha tomado coragem com o fato de Arthur ter falado, talvez achasse que agora conseguiria ponderar com ele, que poderiam ter uma discussão civilizada, que ele venceria, claro. Arthur o soltara, esperando que entrasse no carro e fosse embora, naquele minuto, mas Jake virou-se para encará-lo, encostado no carro, e sorriu e disse com voz tranqüilizadora, como se falasse com uma criança agitada demais:

— Tá bom. Tá bom, Art. Eu vou. Vou agora mesmo, mas minhas coisas ainda estão lá em cima no quarto, deixe-me buscá-las, tá bom?

Não devia ter feito isso. Devia ter entrado no carro e partido. Em vez disso, deu um sorrisinho como se tudo fosse uma brincadeira entre eles e agora tivesse acabado, agora estivesse tudo bem.

— Você está exagerando, meu irmão.

Foi o riso ou o tom de voz condescendente? Arthur estendeu os braços, agarrou a frente da camisa de Jake com ambas as mãos e levantou-o do chão, bem no ar, e depois jogou-o contra o carro, com tanta força que o carro balançou.

— Vá agora — disse.

Ian ficou apavorado, bem apavorado; viu a cor sumir do rosto de Jake com a força do choque. Laura gritou e correu até eles e agarrou o braço de Arthur, mas era visível que Arthur nem sequer percebeu que ela estava ali; levantou Jake e jogou-o contra o carro de novo.

— Vá agora — disse outra vez. E levantou-o novamente. — *Agora*.

O barulho do corpo de Jake batendo no metal do carro era apavorante. Correndo na direção deles, alarmado, Ian viu que a força dos golpes o mataria. Talvez não fosse essa a intenção de Arthur, talvez só quisesse que Jake fosse embora, quisesse tanto que não havia palavras para explicar e, na ausência de palavras, estava insistindo com Jake de seu jeito. Talvez achasse que só estava fazendo isso, mas assim o mataria.

Ian alcançou-os e agarrou o braço de Arthur, gritando que parasse, mas Arthur o empurrou. Ian cambaleou, recuperou o equilíbrio, lançou-se de novo sobre Arthur e desta vez prendeu os braços em torno do pescoço dele, e jogou-se para trás. Arthur perdeu o equilíbrio e caiu, e os dois foram parar no chão. Ao cair, Arthur largou Jake, e Ian, lutando para manter os braços em volta do pescoço do outro, conseguiu gritar:

— Entre no carro!

Com o canto do olho, viu uma figura correndo na direção deles. Carter, ainda longe demais para ajudar, mas vindo depressa. Viu Laura ajudar Jake a entrar no carro e bater a porta atrás dele, mas não conseguiu mais segurar Arthur e, quando o motor rugiu e ligou, Arthur se soltou.

De onde estava, caído no chão, o que aconteceu pareceu levar tanto tempo para Ian que de jeito nenhum ele conseguiria impedir. Jake finalmente dentro do carro, o rosto rígido com o choque; Arthur, levantando-se e correndo para o carro, a mão estendida para agarrar a maçaneta da porta; Carter correndo na direção deles; Laura tentando alcançar Arthur, para bloquear-lhe o caminho. E aí o carro, sacudindo-se quando Jake engatou a marcha a ré, movendo-se e rugindo para trás numa grande nuvem de fumaça e cascalho, tão depressa que Carter não teve nenhuma chance, seu rosto, ao ser atingido, congelado de espanto, o corpo arremessado para trás, a cabeça batendo no pára-brisa traseiro com tanta força que as pernas subiram, subiram retas, de modo que o corpo deu um salto-mortal sobre o capô do carro e depois, lenta e finalmente, caiu. E, depois disso, imobilidade. Silêncio.

* * *

É estranho o modo como o cérebro funciona. O modo como se protege de coisas que não consegue enfrentar. Tristeza, por exemplo. Ou arrependimento. Culpa. Encontra outra coisa, qualquer coisa, para pôr na frente do que não pode ser olhado.

O que mais incomodou Ian, nos dias que se seguiram ao acidente, foi que não conseguia lembrar se Carter estava ou não com o resto deles antes, naquela tarde, quando saíram para ver a águia. Trazia a cena à mente várias vezes, tentando recordar onde todos tinham ficado, onde, dentro do grupo que formavam, Carter poderia estar. Os outros, conseguia ver com clareza. Ele mesmo ficara bem atrás de March, porque o garotinho inclinara tanto a cabeça para trás que corria o risco de cair. Laura estava à sua esquerda, com Julie ao lado. Jake estava alguns passos atrás deles. Arthur ficara ao lado do cocho d'água. Mas nunca conseguiu ver Carter.

Preocupava-se com isso constantemente. Queria ser capaz de vê-lo lá, com o restante da família, a cabeça levantada, olhando com espanto o pássaro magnífico.

Epílogo

Eram 5h da manhã quando o telefone na mesinha-de-cabeceira tocou. Quando ele atendeu e ouviu a voz dela, voltou por um instante à fazenda, vendo o carro rugir para trás, a nuvem de poeira subir. Mas ela disse:

— Desculpe ligar tão cedo, Ian, mas é Arthur — e ele voltou ao presente.

— Estarei aí em dez minutos — disse ele. Acendeu a luz, levantou-se, sentindo-se abalado e meio enjoado com a vivacidade da lembrança. Era como malária, pensou. Como um vírus que fica no corpo e volta para atormentar a gente.

— Quem era? — perguntou a esposa, a voz abafada pela roupa de cama.

— Arthur Dunn. — Esticou o braço e descansou a mão no quadril dela, ninando-a suavemente. — Pode dormir de novo.

Ela virou-se e olhou-o, os olhos franzidos com a luz, mas fez que sim com a cabeça e ajeitou-se outra vez, puxando as cobertas. Também fazia seu quinhão de visitas noturnas.

Ele foi para a fazenda dirigindo com as janelas abertas, para clarear as idéias. O dia começava a nascer, uma lasca pálida de luz cortando a escuridão. Quando entrou no terreiro, viu que a luz estava acesa na cozinha e no quarto de cima.

Laura esperava por ele na porta da cozinha. Usava um roupão e o cabelo estava solto; devia ter-se levantado correndo, alarmada e com medo, e recortada contra a luz parecia ser de novo uma menina, mais jovem do que quando ele a conhecera. Quando ela abriu a porta, disse, ansiosa:

— Acho que nem precisava ter chamado você, Ian. Parece que ele está melhor. Acho que adormeceu.

— Não se preocupe — disse Ian. — Foi bom você ter me chamado.

Seis meses antes, pouco antes do 59º aniversário, Arthur sofrera um enfarte e, um mês depois, outro. Recusou-se a ir para o hospital e Ian pouco podia fazer por ele, mas visitava-o todos os dias, duas vezes por dia nas duas últimas semanas, para assegurar-se de que estava bem. Sempre que tinha tempo, ficava com ele. Em silêncio na maior parte do tempo. Afinal, Arthur era Arthur, embora às vezes Ian contasse uma ou outra fofoca local ou perguntasse como iam as coisas na fazenda. Agora quem cuidava de tudo era March; ele e a mulher tinham construído uma casa a uns 200 metros, descendo a estrada. O primeiro filho deles acabara de nascer e fora a mulher de Ian quem fizera o parto.

Subiu sozinho. Arthur dormia, nisso Laura acertara, mas a respiração dele estava visivelmente pior do que na véspera. Ian ficou ali a olhá-lo, os dedos no pulso fraco e irregular, sentindo a dor pesada da perda. O pai morrera havia dois anos e esse peso ainda estava com ele.

Laura estava ao pé da escada quando ele desceu. Perguntou como estava Arthur e, sem olhar para Ian:

— Você teria tempo para tomar uma xícara de chá? Sei que está querendo voltar...

— Claro que tenho — disse ele. Ela devia saber que o fim estava muito próximo para Arthur e achou que ela faria perguntas.

E assim foi, no começo. Depois de servir o chá, ela sentou-se diante dele, do outro lado da mesa que ele conhecia tão bem, e fez todas as perguntas dolorosas e inevitáveis que antecedem o fim da vida: quanto tempo Arthur ainda tinha, se sofreria muito no final, se havia algum jeito de lhe dar uma morte mais fácil. Perguntas feitas tantas vezes a Ian durante a vida profissional que respondê-las ficara mais fácil. Mas fácil mesmo nunca era, ainda mais naquele dia. Laura brigava com as lágrimas e Ian não estava muito longe disso.

Quando as perguntas acabaram, os dois continuaram sentados alguns minutos e Laura disse:

— Você foi um bom amigo para ele, Ian.

Ele olhou-a com incerteza. Nos anos seguintes à morte de Carter, nunca conversaram sobre o que acontecera. Na verdade, mal se falaram. Por onde começar quando há uma coisa assim entre as pessoas? Que palavras, que assuntos usar? Depois do funeral, ele escrevera a Laura pedindo desculpas pelo que fizera, pelo ato estúpido e criminoso de contar a Arthur o que vira, ato que, com o passar dos anos, causara-lhe mil noites insones. Ficara desesperado para saber até que ponto ela o culpava. Ela não respondera e de certa forma, com o tempo, a necessidade de saber tornara-se necessidade de não saber; se agora lhe permitissem escolher, evitaria o assunto para sempre. Mas parece que não era mais permitido escolher.

— Sempre o admirei — disse ele. Se iam falar sobre isso, era melhor ser o mais honesto possível.

Ela concordou com a cabeça.

— É. Eu sei.

— E você — disse Ian. — Eu a admirava muito.

— Nem sempre — disse ela, olhando-o. Apesar da franqueza, ela parecia muito frágil à luz do começo da manhã. Oprimida, como se as emoções estivessem logo abaixo da superfície da pele.

Ele hesitou.

— Não, nem sempre. Mas eu era um garoto, Laura. Pensava em preto-e-branco naquela época.

Preto-e-branco. Durante muito tempo depois da morte de Carter fora mais preto e vermelho, as cores da raiva e do ódio, dela e de si mesmo. Raiva, ódio e culpa avassaladora. Partira para Toronto no final daquele verão e passara os dois primeiros anos da faculdade de medicina numa névoa de exaustão e desespero. Durante o dia conseguia distrair-se com os estudos, mas à noite Carter o visitava. Ian via-o sentado à mesa do almoço, interrogando Jake sobre o carro, os olhos acesos, o corpo todo animado de interesse e entusiasmo. Ou via-o no momento em que o carro o atingiu. Ou no chão, fitando imóvel o céu.

Na escuridão dessas noites, Ian achava que era culpado não só de um ato de raiva ciumenta, mas também de assassinato. O sono tornou-se algo a ser evitado a qualquer custo e, no final do segundo ano da faculdade, sofreu um colapso nervoso. Mesmo com a ajuda do pai, a recuperação levou muito tempo e foi preciso mais de um ano para que ficasse suficientemente bom para voltar a Toronto e continuar o curso.

Durante todos os anos de estudo, tinha certeza de que nunca voltaria a Struan, mas no final a cidade o atraiu de volta. A esposa, Helen, que conhecera no terceiro ano em Toronto, era moça da cidade, mas sua família tinha uma casa de veraneio no lago Nipissing e ela amava o norte. Também era clínica geral — até a morte do pai dele, houve três doutores Christopherson na cidade.

É claro que a existência de três médicos fez com que ele não precisasse visitar os Dunn profissionalmente, e assim, além dos encontros rápidos na igreja ou na cidade, Ian conseguiu evitá-los e evitar o que havia entre eles. E assim foi, e o tempo passou, e embora o fantasma não descansasse, atormentava-o com menos freqüência.

Então, seis meses antes, às 8 horas de uma manhã clara de segunda-feira, Laura telefonou para o consultório e disse que Arthur estava caído no chão e não conseguia respirar, e foi Ian que ela chamou. Ele não sabia por quê — talvez fosse vontade de Arthur —, mas qualquer que fosse a razão agora sentia-se grato, porque finalmente obrigara-o a restabelecer uma relação com Arthur e de alguma forma dera-lhe uma pequena oportunidade de desculpar-se.

Ainda assim, quando olhava Laura, o que via eram os acontecimentos daquele dia, e sabia que com ela acontecia o mesmo. Não conseguiam contornar aquilo. Quando conversava com Arthur, ela lhes trazia chá, mas nunca ficava com eles. Antes de partir, Ian entrava na cozinha para dizer-lhe como estava Arthur e ia embora. Era essa a comunicação deles, até então.

Laura olhava para o outro lado da cozinha, sem focalizar nada; ele a estudava, olhava-a direito pela primeira vez em muitos anos. Em sua opinião, ainda era bonita, mas o rosto estava magro e enrugado e o cabelo desbotara para um cinza vago. Talvez nunca tivesse sido tão bonita quanto ele imaginava. Impusera a ela uma imagem absurda de feminilidade e exigira que ela a seguisse e, quando ela falhou... quando ela falhou, como sua vingança foi devastadora.

Ela virou-se e olhou-o, e ele temeu que ela tivesse sentido seu olhar e adivinhado seus pensamentos, mas ela disse:

— Tem uma coisa que quero lhe contar, Ian. — Ele fez que sim e preparou-se para o que estava por vir. Ela continuou: — Quero que você saiba, agora, enquanto Arthur ainda vive, que eu amo meu marido. E que o amava naquela época.

Ele se espantou. Não era o que esperava que ela dissesse. Esperava que lhe contasse como ainda o culpava.

Ela respirou fundo e depois despejou tudo, insegura.

— Você mesmo disse que pensava em preto-e-branco naquela época. A gente faz isso quando é jovem. Assim, provavelmente você achou que eu não o amava. Que não podia amá-lo.

Ele recordou a mão de Jake levantando o queixo dela. As mãos dela no peito dele. É, ele achara que ela não amava Arthur.

— Depois do funeral — disse ela — , quando Jake finalmente partiu, Arthur me perguntou se eu queria ir com ele. Eu disse que não. Ele perguntou se eu tinha certeza. — O rosto dela corou de repente. — Essa pergunta, Ian. Essa pergunta! Se eu tinha certeza! Logo depois da morte de Carter, essa pergunta foi a coisa mais difícil que tive de agüentar. O fato de ele ter de perguntar.

Ian viu a cena com tanta clareza que era quase como se estivesse lá. Arthur em pé diante dela, as mãos vazias caídas junto ao corpo, *desesperado* para se assegurar. Preferindo que ela fosse embora em vez de ficar sem ter certeza. Incapaz de suportar a idéia de mais dúvidas, de mais enganos.

Ian concordou com a cabeça. Também tinha uma pergunta, que jamais faria, pergunta que, depois da morte de Carter, era a coisa mais difícil que tivera de agüentar. Era a seguinte: ela se deitara com Jake naquele verão? Porque, caso contrário, se a cena que surpreendera fora tudo o que houvera entre eles, sua culpa seria muito maior. Lembrava-se de Jake durante o inquérito, o rosto acinzentado, olhando bem para a frente, sem cruzar os olhos com ninguém. Foi quando viu o estado de Jake que lhe ocorreu, num instante de clareza súbita e chocante, que Carter era filho dele. O veredicto foi morte acidental, mas isso não foi nenhum alívio.

Voltou a atenção ao que Laura dissera.

— O que você respondeu?

— Afirmei que tinha certeza — disse Laura, a voz tensa, o rosto vermelho com a dor da recordação. — Afirmei que queria ficar com ele. Contei-lhe que não era Jake que eu amava, era ele. Era verdade, era verdade havia anos. Sabia que tipo de homem Jake era... Como poderia não saber? E sabia que Arthur valia dez vezes mais que o irmão. Acho que sempre soube disso.

Ela levantou as mãos abertas, os dedos separados, como se tentasse segurar ou explicar alguma coisa.

— Não sei como explicar, Ian. Havia alguma coisa em Jake... Entusiasmo, acho. Eu me lembro da primeira vez que ele falou comigo, a sensação de que me escolhera, a mim, em vez de qualquer outra! Achei que ele era a pessoa mais encantadora e fascinante que já conhecera. Eu era muito jovem e é claro que me apaixonei por ele, e não vi como aquilo era pouco.

Ela parou um instante e olhou as mãos. Depois voltou a olhar para Ian e continuou:

— O mais incrível, Ian, é que, quando ele voltou, tantos anos depois, ainda tinha essa coisa. Seja o que for. Essa... fagulha. Eu não o amava. Na verdade, na época eu quase o odiava, e sabia exatamente como ele era. Mas *ainda assim*, ele tinha aquela coisa

Escutando-a, vendo sua angústia, sua necessidade urgente de explicar, Ian viu-se de repente pensando na mãe. Perguntou-se se ela alguma vez se arrependera do que fizera. Com o passar dos anos, chegara a compreendê-la um pouco melhor, mas fora incapaz de perdoar. Temia que isso quisesse dizer que sua alma era incapaz de perdão.

— Eu queria... — disse Laura, a voz insegura outra vez. — Eu queria saber se ele acreditou em mim.

— Arthur?

— É. Eu queria saber com certeza se ele acreditou em mim quando eu disse que o amava. E se ainda acredita em mim. Não consigo parar de pensar nisso. Espero que ele acredite. Acho que chegou a acreditar, com o passar dos anos. Eu lhe disse muitas vezes. Mas depois de tudo o que aconteceu... Talvez ele não acredite. Isso me deixa tão preocupada, agora que o fim está próximo...

— Ele acredita — disse Ian. Pelo menos, esta era uma pergunta cuja resposta ele sabia. — Ele acredita em você.

Ela deu um sorriso tenso.

— É muita gentileza sua, Ian, mas você não precisa dizer isso. Eu não estava... Você não precisa dizer nada.

— É verdade — disse ele. O sorriso dela o fez sentir-se com 16 anos outra vez, e bobo.

Fez-se silêncio. Ela examinou o rosto dele.

— É verdade, Laura. Sei porque, apesar de... apesar de tudo, o homem que está lá em cima não é um homem infeliz. Ultimamente, passei tempo suficiente com ele para saber.

Ela tornou a vasculhar o rosto dele.

— Tem certeza? — perguntou, finalmente.

— Tenho — disse ele. — Tenho certeza.

Ele subiu para ver Arthur mais uma vez antes de ir embora, desconfiado de que seria a última. A princípio, achou que ainda dormia, mas ele abriu os olhos quando Ian entrou.

— Oi — disse Ian. — Como está se sentindo?

— Bem. — Um vestígio do antigo sorriso tímido. Ainda era um homem grande, a doença não o derrotara. Um homem grande e vigoroso, com um coração que estava indo embora. Por hábito, Ian tocou-lhe o pulso, sentiu o batimento fraco e incerto, mais fraco agora que uma hora atrás.

Sentou-se na cadeira ao lado da cama, virando-a um pouco para ver Arthur mais de frente, e ao fazê-lo viu, de repente, eles dois, sentados em sacos de aniagem ao lado do campo, escaldando-se com chá quente, os cavalos ao lado, pastando. A imagem era espantosamente clara e forte e o fez perguntar-se se talvez, com o tempo, imagens como essa surgiriam em seus sonhos, substituindo, ou pelo menos ao lado, das de Carter. Para que pudesse recordar sem tanta dor a época que passara na fazenda; contrapor a paz daqueles dias à tragédia que lhes dera fim.

Ficaram sentados num silêncio confortável, a não ser pela respiração difícil de Arthur. Então, olhando pela janela, Arthur disse:

— Acha que vai chover?

Ian virou-se, olhou e disse:

— É, talvez. March já recolheu a aveia?

— Já.

— Então não tem problema.

Arthur concordou com a cabeça e ali ficaram, Arthur pensando na colheita, supôs Ian, e ele pensando que tinha muita sorte, uma sorte inimaginável, de ter passado esse tempo com ele.

Finalmente, disse:

— Preciso ir.

Queria muito ficar, mas a manhã avançava e tinha outras visitas para fazer. Levantou-se, resistindo ao impulso de verificar mais uma vez o pulso de Arthur. Sabia o que isso revelaria.

— Quer que lhe traga alguma coisa? — perguntou, lutando para manter a voz calma.

Arthur fez que não.

— Está tudo bem. Obrigado.

— Então até mais tarde.

— Até. — O sorriso outra vez. — E Ian… obrigado por ter vindo. Não só agora. Todas as vezes.

Quando terminou as visitas e voltou para casa, a manhã já estava no fim. Ele e Helen dividiam o horário do consultório e aquela era a manhã dela, para ver as crianças, mas ela deve ter ouvido o carro porque foi ao corredor encontrá-lo. Era dia de semana e as filhas estavam na escola.

— Como está Arthur? — perguntou.

— Muito mal.

— Sinto muito.

Ela examinou o rosto dele. Ele sorriu e ela disse:

— Está uma manhã tranqüila. Quer dar uma volta?

— Tem certeza?

— Tenho, sim. Pode ir.

— Então eu vou. Toque o sino do ancoradouro se precisar, está bem? Ou se Laura telefonar.

— Toco, sim.

Ele desceu ao ancoradouro e pôs a canoa na água. O sol estava alto, mas o dia era tranqüilo e parado. Remou lentamente até a enseada Desesperança. O *Queen Mary* estava lá, como sempre, com Pete debruçado sobre o caniço como um abutre paciente.

— Como está indo? — perguntou Ian. Havia um lúcio de bom tamanho a se debater no fundo do barco, mostrando cruelmente os dentes.

— Mais ou menos — Pete respondeu.

— Algum sinal dele? — Amarrou a canoa ao barco a remo e embarcou.

— Não. Mas ele está lá, cara. Ele está lá.

Agradecimentos

A cidade de Struan foi inventada, mas em minha cabeça fica localizada na margem norte da imensa e linda região de lagos, rochas e florestas conhecida como Escudo Canadense, ao norte de Ontário. Imagino-a a oeste e um pouco ao norte da cidade real e muito maior chamada New Liskeard, e gostaria de agradecer aos moradores da cidade e das cercanias pela ajuda e pelos conselhos a respeito de como eram as coisas "por ali" antigamente. Em particular, agradeço a George Dukovac por responder a muitas perguntas e por separar-se de um exemplar raro de *Northern Doctor*, do Dr. Clifford Hugh Smylie.

Gostaria de agradecer ao Dr. Jack Bailey, da ilha de Manitoulin, em Ontário, por dividir seus conhecimentos e recordações de como era realmente a vida de um médico de família no norte do Canadá naquela época. A realidade de uma vida assim está nos detalhes: o sino no ancoradouro, o sistema de voluntários para a transfusão direta de sangue — e esses detalhes eu só conseguiria com alguém que tivesse passado por isso.

Pela ajuda a mais com informações clínicas, agradeço a Jane Bremner, de Lakefield, em Ontário, e aos doutores Oscar Craig e Alison e David Elliman, que moram, os três, na Inglaterra. Quaisquer erros, médicos ou não, são todos meus.

Achei os seguintes livros especialmente úteis:

Ten Lost Years 1929-1939: Memories of Canadians Who Survived the Depression, de Barry Broadfoot.

Six War Years 1939-1945: Memories of Canadians at Home and Abroad, de Barry Broadfoot.

Up North: A Guide to Ontario's Wilderness from Blackflies to Northern Lights, de Doug Bennet e Tim Tiner.

The Way It Was, de Dave McLaren.

In the Beginning: The Story of New Liskeard, de Edna Lillian Craven, condecorada com a Ordem do Império Britânico, e a sua obra gêmea, *Now*, de Nora E. Craven.

Home Farm: A Practical Guide to the Good Life, de Paul Heiney.

O site "Paper of Record", com certeza uma das ferramentas de pesquisa mais úteis já inventadas para escritores, permitiu o acesso a exemplares antigos do *Temiskaming Speaker*, desde 1906. O nome do jornal mudou com o passar dos anos, mas para simplificar referi-me a ele como *Temiskaming Speaker* no livro todo. Sou grata àquele jornal pelas suas manchetes, além das muitas informações ali contidas e por retratar maravilhosamente a vida na região de Temiskaming.

Devo agradecimentos à minha agente, Felicity Rubinstein, da Lutyens & Rubinstein, e às minhas editoras, Alison Samuel, da Chatto & Windus, de Londres, Louise Dennys, da Knopf Canada, e Susan Kamil, da Dial Press, de Nova York, pela paciência e pelo encorajamento.

Também sou grata a Amanda Milner-Brown, Norah Adams, Hilary Clark e Karen Solomon, pelos comentários reveladores e por muitas palavras animadoras ao longo do caminho.

E, acima de tudo, agradeço imensamente à minha família: aos meus irmãos, George e Bill, pela ajuda com assuntos relacionados ao norte; sem seu conhecimento e auxílio, nem tentaria escrever este livro. Aos meus filhos, Nick e Nathaniel, pelo apoio inabalável (e obrigada por encontrar o "Paper of Record", Nick). E, finalmente, à minha irmã Eleanor e ao meu marido Richard. A ambos, não há agradecimentos que bastem.

MARY LAWSON, 2006

Este livro foi composto na tipologia Electra LH,
em corpo 11,5/15,9, e impresso em papel off-white 80g/m^2
pelo Sistema Cameron da Distribuidora Record
de Serviços de Imprensa S. A.